UNE TOMBE ACCUEILLANTE

DU MÊME AUTEUR

La Mort du privé
Seuil, 2006
et « Points », n° P1886

Et que justice soit faite
Seuil, 2008
et « Points », n° P2170

Michael Koryta

UNE TOMBE ACCUEILLANTE

roman

TRADUIT DE L'ANGLAIS (ÉTATS-UNIS)
PAR MIREILLE VIGNOL

ÉDITIONS DU SEUIL
27, rue Jacob, Paris VIe

COLLECTION DIRIGÉE
PAR ROBERT PÉPIN

Titre original : *A Welcome Grave*
Éditeur original : Thomas Dunne Books,
an imprint of St. Martin's Press, New York

ISBN original : 978-0-312-34011-7

ISBN 978-2-02-096691-7

www.editionsduseuil.fr

Pour ma sœur, Jennifer, qui lut mon premier « livre »
il y a très longtemps et réussit à garder son sérieux

REMERCIEMENTS

Peter Wolverton et David Hale Smith ont toujours fait preuve d'une patience et d'un optimisme inouïs au stade des ébauches les plus abjectes et je leur en suis redevable, comme toujours.

Bob Hammel a assumé la pénible tâche de relire plus de brouillons et d'erreurs avec moi que quiconque ; il a probablement lu dix fois plus de pages de Lincoln Perry que ce qui en a jamais été publié. Merci, Bob.

Laura Lane et Gena Asher m'ont offert une palette d'opinions utiles, colorées et indiscutablement uniques. L'une a laissé des traces de vin sur le manuscrit, l'autre s'est endormie dessus, mais ça ne les a pas empêchées de m'apporter une contribution décisive.

J'exprime ma gratitude la plus profonde au personnel des éditions St Martin's Press et Thomas Dunne Books pour tout leur travail et leur soutien : Thomas Dunne, Andy Martin, Katie Gilligan, Rachel Ekstrom, Matthew Shear et le reste de l'équipe.

J'ai éprouvé un réel plaisir à rencontrer les propriétaires et employés des librairies de tout le pays ; ils m'ont toujours gracieusement accueilli et semblent véritablement amoureux de leur travail. Je les remercie de leur soutien.

Si j'écris, c'est parce que les œuvres d'autres écrivains m'ont diverti et inspiré au fil des ans. Ils continuent d'être une source constante de motivation – directement ou indirectement. C'est un véritable et précieux privilège de recevoir les conseils et l'encouragement des écrivains qui m'ont montré la voie et je leur en suis très reconnaissant.

Et, naturellement, merci à ma famille.

PREMIÈRE PARTIE

AFFAIRES DE FAMILLE

CHAPITRE 1

Peu après minuit, par une nuit d'octobre sans lune et qu'une pluie fine balayée par le vent rendait encore plus dure, un des hommes que j'aimais le moins au monde fut assassiné dans un champ, près de Bedford, juste au sud de la ville. À l'origine, on crut que le corps avait simplement été abandonné à cet endroit. Qu'Alex Jefferson avait été tué ailleurs et qu'il était peut-être mort avant d'avoir été mutilé.

On avait tort.

Il était midi passé le lendemain quand le corps fut découvert. Une dizaine de véhicules se rassemblèrent bientôt dans le champ : des voitures de police, un fourgon de l'équipe scientifique et une ambulance parfaitement inutile mais dépêchée néanmoins. Je n'y étais pas, mais je pus me représenter la chose – j'avais déjà assisté à mon content de scènes semblables.

Mais peut-être pas. Peut-être pas. Les choses qu'on vit ce jour-là et que j'entendis de la bouche de flics qui relataient les événements avec la distance que seuls les professionnels endurcis savent adopter… non, je n'avais pas souvent eu affaire à ce genre de choses.

Jefferson avait été transporté de la ville les pieds et les mains liés avec de la corde et la bouche couverte d'un épais ruban adhésif. Cinq cents mètres en contrebas de la route, le long d'un chemin de terre qui menait dans un champ désert, on l'avait sorti d'un véhicule – les traces de pneus indiquaient qu'il s'agissait d'un fourgon –, puis il avait été méthodiquement torturé jusqu'à ce que mort s'ensuive, mais sans qu'elle se hâte. Les résultats de l'autopsie, les hypothèses de la police scientifique et des médecins légistes suggéraient que Jefferson avait continué à respirer et qu'il avait dû rester conscient quinze minutes durant.

Que sont quinze minutes ? Un simple clin d'œil quand on dit adieu à l'être aimé dans un aéroport. Une ère glaciaire quand on est coincé dans un embouteillage ou en retard pour un entretien d'embauche. Et si vous avez les pieds et les mains liés pendant qu'on vous torture lentement de la tête aux orteils avec un briquet à gaz ou un rasoir à main ? À ce stade, ce quart d'heure représente plus qu'une éternité : vous suppliez qu'on vous expédie à votre perte, et pour de bon.

Les flics avaient passé la plus grande partie de la première journée à se préoccuper de l'essentiel : étude approfondie de la scène du crime, recours aux experts légistes du Bureau des enquêtes criminelles de l'Ohio, identification du corps, contacts avec la famille et essai d'élucidation des dernières heures de Jefferson. Ils avaient interrogé les voisins et passé les champs et les bois alentour au peigne fin.

Aucune piste ne s'étant dégagée au cours de ces observations préliminaires, l'enquête avait donc été élargie. Les inspecteurs s'étaient lancés à la recherche de suspects, c'est-à-dire de personnes qui avaient entretenu des relations de rivalité, voire d'hostilité avec Jefferson. Mon nom figurait en tête de leur liste.

* * *

Ils arrivèrent à neuf heures dix, le lendemain de la découverte du corps ; je n'étais pas encore à l'agence alors que j'habite dans un immeuble de la même rue. En dessous de mon appartement, je possède une vieille salle de gym qui me procure quelques bénéfices de temps en temps. Une gérante s'occupe du club, mais ce jour-là, elle avait des problèmes de voiture. Elle m'avait appelé à sept heures et demie pour me dire que son mari tentait de faire démarrer le véhicule avec des pinces crocodile et que si ça échouait, elle serait sans doute en retard. Je lui avais répondu de ne pas s'inquiéter – je n'étais pas pressé, et donc elle non plus. J'ouvrirais la salle et attendrais qu'elle arrive pour partir.

J'étais descendu au rez-de-chaussée, une tasse de café à la main, et avais ouvert la porte du bureau. Un système par carte permet à nos membres d'aller et venir vingt-quatre heures sur vingt-quatre, mais Grace, ma gérante, travaille de neuf heures à dix-sept heures au bureau et à la boutique. Nos principales rentrées d'argent proviennent des boissons énergisantes, des milk-shakes aux protéines, des barres de céréales ou de vitamines, et pas des cotisations mensuelles.

Quand j'avais ouvert le bureau, il y avait deux femmes sur le tapis de course et un homme qui soulevait de la fonte : taux de fréquentation habituel. Un des gros avantages de mon club de gym est qu'on n'a jamais à y faire la queue. Avantage pour les membres, désavantage pour moi.

J'avais vérifié les vestiaires pour m'assurer qu'il y avait des serviettes propres et m'étais aperçu que Grace s'en était occupée la veille. Je revenais par la salle de musculation quand j'avais remarqué les flics dans mon bureau. Deux, en civil, mais j'avais aperçu un badge fixé à la ceinture du plus grand, un éclat d'argent sous les néons qui m'avait fait froncer les sourcils et presser le pas.

– Que puis-je faire pour vous ? leur demandai-je.

J'entrai dans le bureau. Je ne les connaissais ni l'un ni l'autre, mais je ne pouvais prétendre connaître tous les flics du service, surtout plusieurs années après l'avoir quitté.

– Lincoln Perry ?

– Oui.

Celui dont le badge n'était pas fixé à la ceinture, un type tiré à quatre épingles avec les cheveux gris et des pattes-d'oie autour des yeux, sortit un étui de sa poche et l'ouvrit pour me montrer son badge et une carte d'identification : HAROLD TARGENT, INSPECTEUR, POLICE DE CLEVELAND.

Je leur accordai un bref regard avant de le reporter sur l'homme en hochant la tête.

– Bien. Que puis-je faire pour vous, inspecteur ?

– Appelez-moi Hal.

Le plus grand, qui avait sans doute une dizaine d'années de moins, me salua de la main.

– Kevin Daly.

Targent se tourna vers la salle de musculation, puis vers moi.

– Vous voulez bien fermer cette porte ? me demanda-t-il. Qu'on soit tranquilles.

– Ma gérante est en retard. Je préfère laisser ouvert jusqu'à ce qu'elle arrive, si ça ne vous ennuie pas.

Targent fit non de la tête.

– On doit vous parler en privé, monsieur Perry.

– C'est sérieux à ce point ? demandai-je en éprouvant les premiers soupçons d'angoisse, l'impression que ça n'avait peut-être rien à voir avec une de mes enquêtes passées, que ça pouvait être personnel.

– C'est sérieux, oui. Comme ça peut l'être quand il y a mort d'homme, monsieur Perry.

Je verrouillai la porte du bureau.

– Allons à l'étage.

***

Je dois leur reconnaître qu'ils ne perdirent pas de temps à me baratiner. Aucune question sur ce que j'avais fait la veille, aucun petit jeu psychologique. Ils allèrent droit au fait dès que nous nous fûmes assis dans ma salle de séjour.

– Un homme que vous connaissez a été assassiné il y a deux jours, lança Targent. Vous en avez entendu parler ?

J'avais pris les nouvelles du monde pour la dernière fois en lisant les journaux de la veille. Je n'avais pas encore vu ceux du jour et l'ivrogne qui traîne à l'arrêt de bus au coin de ma rue dispense des informations plus fiables que celles de la télévision. Je hochai lentement la tête de droite à gauche en signe de regret, Targent m'observant avec un scepticisme amical.

– Vous allez me dire de qui il s'agit ? demandai-je.

– Il s'appelait Alex Jefferson.

Ce fut le genre de moment où je regrette de ne pas fumer, juste pour avoir de quoi occuper mes doigts, effectuer un geste machinal pour éviter de rester assis, le regard fixe.

– Vous vous rappelez cet homme ? me demanda Daly.

Je le regardai et poussai un petit rire.

– Oui. Je me rappelle cet homme.

Ils attendirent un peu, puis Targent ajouta :

– Et vous aviez des relations conflictuelles avec lui ?

Je le regardai droit dans les yeux.

– Jefferson couchait avec ma fiancée, inspecteur. Un jour, j'ai descendu douze canettes de bière en deux heures, puis je l'ai tabassé devant son club privé avant de me faire arrêter pour conduite en état d'ivresse et accuser de voies de fait. J'ai obtenu que le chef d'accusation soit réduit à un simple délit, mais la police m'a licencié. Tout ça, vous le savez déjà. Donc, oui, on peut dire que mes relations avec lui étaient d'ordre euh... légèrement conflictuel.

Targent m'observait, Daly faisait semblant, mais il parcourait mon appartement des yeux comme s'il s'attendait à y découvrir, là, contre un mur, un pied-de-biche ou un club de golf couvert de sang séché et de cheveux.

– D'accord, dit Targent.

Assis, il paraissait encore plus petit, comme s'il pesait cinquante-cinq kilos ; il n'en avait pas moins une présence substantielle et une voix dure comme l'acier.

– Ne le prenez pas personnellement, monsieur Perry. Personne ne vous soupçonne. Maintenant, si je peux me permettre de vous demander...

– Étiez-vous présent quand elle a appris la nouvelle ? demandai-je.

– Je vous demande pardon ?

– Karen. Son épouse. Étiez-vous présent quand elle a appris la nouvelle ?

– Non, répondit-il en hochant la tête. Nous sommes nombreux à travailler sur ce...

– Je m'en doute. C'était un homme très important.

Targent souffla et adressa un bref coup d'œil à Daly, qui continuait de parcourir mon appartement des yeux à la recherche du premier prétexte pour hurler « Motif de fouille ! » et perquisitionner.

– Je suis sorti avec une amie jusqu'à environ onze heures samedi soir, dis-je. On a dîné et bu quelques verres en centre-ville. Il doit me rester des reçus. Je suis rentré, j'ai lu une heure et je suis allé me coucher. Là, j'ai pas de reçu.

Targent sourit timidement.

– Très bien, dit-il, mais on ne vous en demandait pas tant.

– Comme on vous l'a dit, personne ne vous soupçonne, réaffirma Daly.

– Bien sûr.

– On veut rien laisser au hasard, c'est tout, enchaîna Targent. Vous faisiez partie de la boîte il n'y a pas si longtemps, vous connaissez le topo.

– Bien sûr.

Il se carra dans son siège, la cheville droite calée sur le genou gauche.

– Donc, vous reconnaissez que votre relation avec M. Jefferson était conflictuelle.

– Elle l'était il y a trois ans.

– Est-ce que vous l'avez…

– Revu depuis ? Non. La dernière fois que je l'ai vu il était sur le dos, dans le parking, occupé à saigner tant et plus et moi, j'essayais de remonter dans ma voiture.

C'était faux. Je l'avais vu deux fois après ça, mais de loin, et sans me faire remarquer. Une fois dans un restaurant : il s'esclaffait au comptoir avec des richards en costume. J'avais franchi le seuil, l'avais repéré et avais immédiatement fait demi-tour. L'autre fois remontait à ses noces avec Karen. Garé près de là, je les avais regardés descendre les marches sous les applaudissements et les sifflets. Cette cérémonie de mariage m'avait semblé un véritable enfantillage. Quand des gens comme Jefferson – pas loin de la cinquantaine et essayant une troisième femme pour voir si elle est à leur taille – s'exposent ainsi en public, c'est plutôt triste. Lamentable même. Presque aussi triste et lamentable que d'être garé en face, toutes les vitres remontées alors qu'il fait plus de trente degrés, pour regarder un autre type épouser votre chérie.

Mais je traversais une mauvaise passe. J'avais perdu mon boulot, j'étais désœuvré et furieux. Le temps avait passé, les choses avaient changé. Alex Jefferson ne m'était pas réellement sorti de l'esprit, mais il n'y pesait plus très lourd.

– Vous perdez votre temps, leur dis-je. Je sais que vous ne faites que votre travail, mais vous êtes dans une impasse, messieurs. Je ne l'ai pas vu, ni elle non plus d'ailleurs, et je ne l'ai pas tué. Heureux qu'il soit mort ? Non. Triste ? Pas particulièrement. Indifférent. Voilà. Je n'avais plus le moindre intérêt pour cet homme ou pour sa vie. Plus aucun.

Targent se pencha, se passa une main dans les cheveux et garda les yeux rivés au sol.

– Ils ont pris leur temps.

– Je vous demande pardon ?

Il leva les yeux.

– Les responsables de sa mort, monsieur Perry. On peut dire qu'ils ont pris leur temps, nom d'un chien ! Sa mort a été lente et douloureuse. C'est comme ça qu'il est parti. Quarante-sept brûlures et plus de cinquante lacérations. Des brûlures de cigarette et de briquet, des lacérations au rasoir. Parfois la lame a été utilisée pour couper profondément, comme un couteau. D'autres fois, comme un racloir pour lui raboter les chairs. Il a été bâillonné et à un moment donné, à force de crier ou de se tordre de douleur, il s'est tranché la langue d'un coup de dents.

Je me détournai et regardai par la fenêtre.

– Épargnez-moi les détails, inspecteur. Je vous demande seulement de rayer mon nom de votre liste et de passer au suivant.

* * *

Ils s'attardèrent une dizaine de minutes avant de ficher le camp. Ils allaient maintenant vérifier mon histoire avec Jefferson, essayer de prouver que nos relations ne s'étaient pas interrompues comme je l'avais dit et, probablement, disséquer ce qu'ils pourraient de mes activités la nuit du meurtre. Si tout allait bien, et tout devrait bien aller, je n'entendrais plus parler d'eux.

Quand ils furent partis, je laissai le bureau du gymnase verrouillé et sortis chercher le journal au coin de la rue. Un vent frais agitait les pages de mon journal tandis que je lisais, assis sur un banc devant la boutique de doughnuts. L'assassinat de Jefferson faisait la une, bien entendu, mais l'article était maigre. On y avait droit à une resucée du communiqué de presse de la police et à une note signalant que l'épouse de l'avocat, Karen, se refusait à tout commentaire. Les journalistes avaient été avertis à la dernière minute, suivant les bonnes habitudes du Service des relations publiques de la police. Les nouvelles finissent toujours par filtrer, mais vous pouvez être sûrs que ce sera aussi proche que possible de l'heure de bouclage du journal.

Je ne reconnus pas le nom du reporter qui avait rédigé l'article.

Je pouvais appeler mon amie Amy Ambrose au journal, voir si elle en savait plus… mais à quoi bon ? En fin de compte, qu'est-ce que ça pouvait bien me foutre ? Je jetai le journal et regagnai mon agence.

Arrivé au coin de la rue, je traversai, montai l'escalier, ouvris la porte et entrai, accueilli par le silence. Mon coéquipier, Joe Pritchard, était absent jusqu'à nouvel ordre, et manquait à l'appel depuis déjà plusieurs mois. En ce moment même, il faisait sans doute de la rééducation ; il s'y rendait trois fois par semaine pour tenter de retrouver l'usage de son bras gauche. Une balle lui avait récemment traversé l'épaule et n'en était sortie qu'après avoir laissé de gros dégâts derrière elle. Et un siège vide à côté du mien.

J'allumai mon ordinateur et m'assis à mon bureau, le regard perdu sur l'extérieur. J'aurais peut-être dû appeler Joe pour lui dire ce qui s'était passé. Merde, il était sans doute déjà au courant. Il semblait toujours tout savoir. Il ne m'avait pas appelé et ça, en revanche, c'était surprenant. À moins qu'il n'ait, comme d'habitude, une mesure d'avance, qu'il ne soit sacrément plus malin et n'ait compris qu'en dépit de la réaction de la police, ce truc-là ne me touchait pas personnellement.

– C'était il y a longtemps, dis-je au bureau vide.

J'approchai de moi la pile de dossiers en cours et ouvris le premier qui se présenta. J'avais du boulot et personne n'allait s'en charger à ma place.

* * *

Karen m'appela à dix heures du matin, le lendemain de l'enterrement de son mari. J'étais encore au bureau, et toujours seul ; je recopiais un rapport sur une affaire de droits de garde. Le père, mon client, voulait prouver que le nouveau petit ami de son ex était un dealer. Il pensait que ça l'aiderait à obtenir la garde de ses enfants. Après deux semaines consacrées à cette affaire, j'avais conclu que son ex n'avait pas de petit ami et que mon client était un connard. Alors qu'il trouvait le temps de m'appeler six fois par jour pour râler que je ne faisais pas correctement mon boulot car il était sûr et certain que « cette salope » avait un petit ami, et qui plus est un petit ami dealer, il avait réussi à rater de trois jours l'anniversaire de son fils de sept ans. Quand il s'en rendit compte, ce fut, bien entendu, pour dire que c'était la faute de son ex.

Assis devant l'ordinateur, j'étais provisoirement bloqué sur la formule qui me permettrait de lui dire que c'était un abruti sans risquer de perdre le solde de ce qu'il me devait quand le téléphone sonna. J'enclenchai le haut-parleur, habitude que j'avais prise en l'absence de Joe, et répondis :

– Lincoln ?

À travers les haut-parleurs, les voix semblent toujours venir de loin, mais cette voix-là renforçait encore cette impression. Elle venait de très très loin, d'un endroit que j'avais essayé d'oublier.

– Karen.

Je regrettai brièvement d'avoir dit son prénom, j'aurais dû prétendre ne pas reconnaître immédiatement sa voix, mais c'était une réaction futile. Un simple éternuement m'aurait suffi pour l'identifier et elle en était tout à fait consciente.

– Comment vas-tu ? me demanda-t-elle.

– Ça va. Mieux que toi, sans doute.

– T'as un peu de temps de libre ?

Je marquai une pause.

– Je travaille. Pourquoi ?

– C'est juste... J'aurais aimé que tu passes chez moi. Je voulais m'excuser, c'est tout. Je viens juste d'apprendre ce qu'ont fait les flics. C'est ridicule. Je n'arrive pas à croire qu'ils t'aient interrogé. Ils n'avaient aucune raison de le faire.

– Mais si, ils en avaient une ! Ils faisaient leur boulot. Je ne l'ai pas mal pris.

– Eh bien, je suis désolée. Je voulais juste m'assurer... Je voulais que tu saches que ce n'est pas moi qui les ai envoyés chez toi. Ce n'est pas moi qui leur ai donné l'idée de t'ennuyer avec cette histoire.

Entendre sa voix me parut surréaliste. J'en connaissais bien les modulations et la cadence : pourtant, d'une certaine manière, j'avais l'impression d'écouter un chanteur dont je n'aurais jamais vu le visage. Cette voix ne pouvait pas m'être plus familière, mais je ne savais pas à qui elle appartenait. Je ne le savais plus.

– Je comprends, dis-je.

Silence. Je me carrai dans mon siège et attendis.

– Lincoln ?

– Oui.

– J'ai cru que tu avais raccroché.

– Non, non, je suis toujours là.

Après une autre pause, elle ajouta :

– Bref, j'espérais que si t'avais une minute… tu pourrais passer chez moi.

– Pour que tu puisses t'excuser ?

– Eh bien, oui.

– Mais tu viens de le faire. Je te remercie, mais ce n'était pas nécessaire.

– D'accord, dit-elle. D'accord. Eh bien… au revoir, Lincoln.

– Au revoir, Karen. Bonne chance.

Elle raccrocha, mais il me fallut le bip du téléphone pour penser à désactiver le haut-parleur.

Dix minutes plus tard, nouvel appel. Karen à nouveau.

– Lincoln, j'ai vraiment besoin de te voir. Je suis à bout, j'ai les nerfs à vif et j'ai raccroché parce que… tu m'as semblé sur la défensive. Et je le comprends. Je t'assure. Mais j'ai besoin de te voir. En personne.

– Seulement pour t'excuser ?

– Lincoln…

Il y avait des larmes dans sa voix.

Merde. Je repoussai mon fauteuil et roulai les yeux au plafond. Qu'est-ce que c'était que ce bazar ?

– Vingt minutes, dit-elle en énonçant les mots doucement et prudemment et en essayant de masquer l'émotion dans sa voix. C'est important.

– Où ?

– À la maison.

La *maison*. Comme si c'était Monticello [1], ou quelque autre foutu monument historique.

– Je ne sais pas où est « la maison », Karen.

1. Résidence de Thomas Jefferson, troisième président des États-Unis. *(Toutes les notes sont de la traductrice.)*

– Pepper Pike. Tu tournes dans Shaker Road, près du club privé.

Elle me donna l'adresse.

– Le club privé, dis-je. Bien sûr.

C'était là que j'avais croisé Jefferson pour la dernière fois, mais Karen n'étant pas du genre à apprécier ce flash de nostalgie, je décidai de le garder pour moi.

– Tu viendras ?

– Faudrait vraiment que je sois le dernier des cons.

– Pardon ?

– Rien. À tout à l'heure.

– Merci, Lincoln.

Elle raccrocha une nouvelle fois et, après m'être traité de tous les noms, je me levai et sortis.

CHAPITRE 2

La maison était spectaculaire. Une allée pavée bien entretenue serpentait parmi des arbres qui, plus grands et plus parfaits les uns que les autres, ombrageaient une pelouse ressemblant à un fairway du golf d'Augusta. Puis le virage débouchait sur la villa : type sudiste croisé colonial croisé contemporain. Mais, bizarrement, l'ensemble avait de la gueule. Il y avait beaucoup de blanc et de verre, et une énorme véranda sous le balcon du premier étage. Un mur en pierre bordait une piscine et un patio. La piscine était couverte et je crus voir une cheminée en pierre dans le patio.

La bâtisse était flanquée d'un garage pour quatre voitures, imitation écurie. Je m'arrêtai et attendis qu'on apporte de l'avoine et de l'eau aux montures de ma diligence. Personne ne se présentant, je coupai le moteur et descendis de voiture. La cour spacieuse était calme et tranquille, la maison de même. J'empruntai un chemin pavé jusqu'à la porte d'entrée. Arrivé devant, je levai le heurtoir de cuivre et le laissai retomber plusieurs fois. Une minute s'écoula, deux peut-être. Quelqu'un avait laissé un bouquet de fleurs devant la porte. Je le ramassai et examinai la carte : *De la part de Ted et Nancy, avec nos condoléances les plus sincères.* Les fleurs dans une main, je frappai à nouveau de l'autre, produisant un son fort et creux. Cette fois-ci, la porte s'ouvrit.

Son apparence me choqua. Elle était superbe, bien sûr, mais ce n'était pas tout : elle était exactement comme je me la rappelais, ou plutôt comme j'essayais de ne pas le faire. Une ou deux rides de plus sur le visage, peut-être, une meilleure coupe de ses cheveux blonds et souples, un ou deux kilos supplémentaires sur un corps qui aurait pu en supporter cinq de plus, mais, nom de Dieu, c'était encore la

Karen que j'avais demandée en mariage sous la pluie, par une tiède nuit d'avril. J'aurais préféré que ce ne soit pas la même.

Elle portait un pantalon blanc flottant et un chemisier sans manches – et ni chaussures, ni bijoux. Son corps était ferme et souple. En la regardant, j'eus un bref aperçu des scènes que j'avais ratées au cours des dernières années : les dîners où des gros richards, amis de Jefferson, avaient regardé sa femme-trophée et pesté de jalousie dans leur moustache ; le sourire suffisant de Jefferson quand ils croisaient ensemble une de ses ex-épouses vieillissantes.

– C'est bon de te voir, Karen, dis-je.

– Oui, c'est vraiment bon, dit-elle en s'approchant pour m'étreindre.

Je me souvins de l'empreinte exacte de son corps : le haut de ses épaules parfaitement encastré sous les miennes, son menton glissé au creux de mon cou. Mais ses cheveux avaient une odeur différente. Un parfum de luxe avait évincé le soupçon de pommes de son shampoing bon marché.

Elle recula tout en gardant les mains sur mes biceps.

– Merci d'être venu, reprit-elle. Je comprends... Vraiment je comprends que tu n'aies pas envie d'être ici. Mais il faut que je te parle. Il faut absolument que je te parle.

– D'accord.

– Entre.

Son regard glissa sur le bouquet que je tenais encore à la main.

– Oh, Lincoln, merci. Tu n'aurais pas dû...

– Non, non. Je l'ai trouvé devant la porte.

– Ah bon.

Elle me lâcha les bras, prit les fleurs et me précéda à l'intérieur. La porte d'entrée donnait sur un vaste hall avec une vue dégagée sur tout le rez-de-chaussée : bois blond, encadrement blanc, et je n'avais jamais vu autant de fenêtres. Je la suivis, nous laissâmes sur la gauche une pièce pleine de livres – aucun écorné – et, sur la droite, un espace avec bureau et cheminée, qui avait sans doute été utilisé pour travailler à domicile mais qui ressemblait à un showroom. Mince, c'était toute la maison qui avait ce look de salle d'exposition. En passant devant la cuisine pour arriver au salon, je remarquai qu'il n'y avait même pas un verre de jus de fruits sur le comptoir, ni une salière sur la table. Tout semblait aseptisé, agencé pour une photo. Des fleurs et des cartes avaient été livrées par dizaines, mais je notai qu'elles avaient toutes été placées dans une autre pièce, sur notre droite, et disposées avec goût autour d'un piano.

Karen entra dans un salon au fond de la maison et s'assit dans un fauteuil en cuir couleur noix en tournant le dos à la rangée de fenêtres qui donnaient sur la cour. Je m'installai en face d'elle, dans un canapé assorti, et m'enlisai d'une trentaine de centimètres dans ce truc.

– Confortable, dis-je en me demandant si je n'étais pas le premier à l'essayer.

Elle ne répondit pas et se contenta de me dévisager. Je ne l'avais jamais vue si fatiguée et n'aurais jamais cru qu'une femme avec son énergie et sa vitalité puisse l'être autant. Belle, certes, mais épuisée de l'intérieur. Cela dit, en meilleure forme que son mari.

– Tu bois quelque chose ? me proposa-t-elle.

– Non.

Je ne pris pas la peine de lui faire observer qu'il n'était pas encore onze heures. Elle s'était déjà emparée d'un verre de vin sur la table basse.

– Je suis sur les nerfs, m'expliqua-t-elle en remarquant mon regard. Ça me calme.

– Bien sûr.

Elle sirota son vin et il était tellement tôt pour boire que j'eus envie de détourner les yeux, comme si elle se déshabillait.

– Tu es toute seule ici ? lui demandai-je.

– Ma famille vient de partir. Ma mère n'est pas en forme.

– Je suis navré de l'apprendre.

– Pour les flics…, dit-elle, mais je l'interrompis.

– Tu t'es déjà excusée et ce n'était pas la peine. Ils font leur boulot du mieux qu'ils peuvent, Karen. Il aurait été plus surprenant qu'ils ne viennent pas me voir après l'*assassinat* de ton mari.

Le mot la fit grimacer. Elle porta le verre à ses lèvres et le tenait à la main quand le téléphone sonna, un long piaulement perçant. Elle sursauta si violemment que le verre lui échappa et se brisa sur le parquet de bois clair. Le vin y forma une flaque, puis s'insinua entre les lattes et prit la direction du rebord en pierre de la cheminée.

Le téléphone était sur la table à côté de moi. Je m'en emparai et le lui tendis. Elle se réfugia au fond de son fauteuil, les yeux écarquillés, et leva la main comme pour se protéger de l'appareil.

– Non, pas maintenant, s'il te plaît.

Je l'observai longuement, la main toujours tendue, puis je replaçai le combiné sur son socle. Il sonna encore une fois, puis s'arrêta ; elle attendit ce moment pour ramasser le pied du verre à vin et le déposer sur la table basse. Il y rejoignit une photo dans un cadre en argent : Jefferson et elle s'embrassant dans une véranda, à Paris ou dans une ville de ce genre. Je m'intéressai à nouveau au vin renversé, dont un filet coulait sous la table et imprégnait maintenant un tapis qui valait sans doute plus cher que ma salle de gym.

– Tu veux que j'aille chercher des serviettes en papier ? lui demandai-je.

– T'en fais pas.

– D'accord.

Nous continuâmes de nous dévisager. Sa poitrine se soulevait et retombait sous son chemisier. Je me concentrai à nouveau sur les morceaux de verre et le vin, puis je revins à elle.

– Karen, qu'est-ce qui se passe, nom de Dieu ?

Elle prit une grande bouffée d'air, se passa les mains dans les cheveux et secoua la tête.

– Mon mari s'est fait assassiner, Lincoln. Voilà ce qui se passe. Mon mari a été brutalement…

– Il y a autre chose.

– Non.

– Karen.

Elle détourna les yeux et, quand elle reprit la parole, elle semblait sur le point d'être malade.

– As-tu la moindre idée de ce qu'ils lui ont fait ? Ils l'ont torturé. Ils l'ont tailladé avec…

– Je suis au courant. Et je suis navré. Ce que tu traverses en ce moment… je ne peux rien te dire car les mots n'auront aucune valeur. Surtout venant de moi, j'imagine…

Un long silence s'installa avant que je lui demande :

– Alors, qu'est-ce que tu veux ?

Elle me dévisagea encore quelques secondes.

– Tu seras bien payé.

J'écartai les mains.

– Pour quoi faire ?

La grande maison donnait une impression de vide propre aux espaces trop vastes. De là où j'étais, j'apercevais l'escalier qui montait à l'étage, un couloir qui menait au séjour et à la cuisine. Quelques tableaux étaient accrochés au mur du couloir, mais j'aurais parié que ni Karen ni Alex Jefferson ne les avaient choisis. Du boulot d'architecte d'intérieur, de A à Z.

– J'ai besoin d'aide.

Penchée en avant, elle s'agrippait si fort à son fauteuil que ses ongles devaient en percer le cuir. Elle me regardait droit dans les yeux.

– Pour quoi ?

– Le fils d'Alex.

– Je n'ai jamais su m'y prendre avec les gosses.

– Il faut que je le trouve.

Je fronçai les sourcils et penchai la tête.

– Il ne sait pas que son père est mort ?

– Non.

– Et tu ne peux pas le contacter ? Pas de numéro de téléphone ? Pas d'adresse ?

– Non.

– Demande aux flics de le retrouver.

– Je ne veux pas qu'ils... C'est délicat.

– Pourquoi ?

– Ils ne se parlaient pas depuis des années... Alex et son fils. Ils étaient brouillés.

– La police peut le retrouver.

– Quelqu'un d'autre doit le faire avant eux.

Elle avait lâché ces derniers mots entre ses dents, le regard dur.

– Il y a une centaine de détectives privés en exercice, Karen. Tu n'as que l'embarras du choix.

– J'ai besoin de quelqu'un en qui j'aie confiance.

– Et tu as confiance en moi ?

– Oui.

Elle avait répondu sans l'ombre d'une hésitation. Au lieu d'en être flatté, j'en fus en colère. Après tout ce qui s'était passé entre nous, elle était toujours convaincue que je répondrais à ses appels quand elle aurait besoin de moi. Que je ferais ce qu'elle voulait, comme elle le voulait.

– Je ne suis pas l'homme de la situation, Karen. Excuse-moi.

Je m'apprêtais à me mettre debout et à partir quand elle me dit :

– Il va hériter de huit millions de dollars et il n'en sait rien.

– Ils étaient brouillés et le gosse touche quand même huit millions ?

Elle acquiesça.

– Et il ne sait toujours pas qu'Alex est mort. J'ai besoin qu'on le retrouve pour que je puisse lui dire tout ça. Et donc…

– Quoi ?

Elle baissa les yeux.

– Il ne faut pas que ce soit dans le journal ou que ça passe à la télé, Lincoln.

– Qu'est-ce qui ne doit pas y passer ?

J'attendis.

– Qu'Alex Jefferson était brouillé avec son fils ?

Elle fit signe que oui en détournant les yeux.

– Ah, dis-je. Mauvais pour son image ? Je vois.

Elle redressa la tête et me lança un regard vif.

– Ce n'est pas la question.

Je gardai le silence. Elle se pencha vers moi en ôtant les mains du fauteuil et je les vis trembler. Elle les pressa l'une contre l'autre et les coinça entre ses genoux.

– Tu sais combien ça fait, 1 % de huit millions de dollars, Lincoln ?

– Quatre-vingt mille.

– Ce sont tes honoraires. C'est ce que tu toucheras, même si c'est le boulot le plus facile de ta vie. Je te le promets. Un comptable te fera un chèque le jour même où tu trouveras le fils d'Alex.

Joe avait probablement terminé son cours de rééducation. Une séance de deux heures qui coûtait plusieurs centaines de dollars. L'assurance en couvrirait une partie, mais pas la totalité. Joe devait suivre trois séances hebdomadaires. Et ça durait depuis des semaines. Cela s'ajoutait aux autres frais médicaux, exorbitants pour la plupart. La semaine précédente, notre agence n'avait traité que cette sale affaire de garde d'enfant pour un client qui allait très certainement refuser de régler la totalité de la facture.

– Je nous vois mal, toi et moi, entretenir la relation détective-client idéale, lui dis-je. Je peux te recommander quelqu'un d'autre. Quelqu'un de mieux adapté à la situation.

– Non, me renvoya-t-elle d'un ton sans appel. Lincoln, je t'en prie… trouve-le. Combien de temps ça te prend ? Pour trouver quelqu'un ?

Chaque minute supplémentaire passée à lui parler semblait agrandir, vider la maison et exténuer davantage Karen. Je me souvins d'elle un samedi de juin, quand nous avions loué un voilier dans les îles Bass, ses cheveux humides collés à son visage et à son cou, son sourire complètement sincère. Pour une raison ou pour une autre, c'était ce moment qui me revenait le plus souvent à l'esprit. Dans ma cuisine, en voiture ou en plein exercice de gym, je la revoyais soudain sur ce voilier, son sourire, le soleil sur sa peau, ses cheveux mouillés, et quelque chose lâchait en moi. Puis je pensais à elle avec Jefferson et son sourire suffisant obscurcissait mes autres souvenirs.

– Retrouver quelqu'un peut être l'affaire d'une demi-heure ou de plusieurs semaines. J'aurais besoin de détails.

– Ça fait cinq ans.

– Qu'il a disparu ?

Elle acquiesça, puis précisa :

– Enfin… pas vraiment disparu. Disparu de la vie d'Alex.

– Pas le genre de disparition pour laquelle on alerte la police, c'est ça ?

– Exactement.

Je me frottai le crâne et baissai les yeux.

– Où est sa mère ? Il est aussi brouillé avec elle ?

– Non. Elle est morte deux ans après le divorce. Matthew devait avoir autour de quatorze ans, à l'époque. Elle s'était installée dans le Michigan. Il a vécu avec Alex jusqu'à ce qu'il aille à la fac. Ils se sont brouillés quand Matthew a commencé son droit.

– Il s'appelle donc Matthew Jefferson ?

– Oui.

– Y en a à tous les coins de rue. Pas loin de deux mille dans le pays. J'aurai besoin de précisions : date de naissance, numéro de Sécurité sociale, ce que tu trouves.

– Je te prépare tout ça pour cet après-midi.

Je levai la tête et la fixai des yeux.

– Tes honoraires sont ridicules. J'en ai pour un ou deux jours tout au plus. Je te ferai donc payer mon tarif habituel.

– Tu toucheras ce que je t'ai promis.

Quatre-vingt mille billets pour une localisation de routine. Je recherchais des gens qui voulaient se faire oublier pour deux cents dollars. Et en fin de compte, c'était quand même à ça que revenait cette affaire.

– Je me souviens quand tu m'as emprunté cent dollars pour rembourser ta voiture, lui dis-je.

Elle me regarda en s'efforçant en vain de faire comme si elle ne savait pas de quoi je parlais. Quelques secondes plus tard, elle détourna la tête.

– Appelle-moi quand tu auras des détails, dis-je après un certain silence. Je te le retrouverai et ce sera la fin de l'histoire. D'accord ?

Elle ne répondit pas, mais elle hocha la tête. Je me levai et marquai une pause. J'envisageai de traverser la pièce, de lui tendre les bras, de l'étreindre, de lui poser la main sur l'épaule, quelque chose. Au lieu de ça, je sortis sans attendre qu'elle m'accompagne.

CHAPITRE 3

Joe était par terre dans le salon, allongé sur le dos, un manche à balai entre les mains. Adossé à l'encadrement de la porte, je le regardai tendre le manche au-dessus de sa taille et le remonter en faisant un arc de cercle. Une personne normale aurait pu ramener le bâton derrière la tête. Joe, lui, s'arrêta au niveau du menton et grimaça. La sueur mouillait son visage et quand il pensa à respirer, ce fut douloureux. Il plissa les yeux et je remarquai la légère boursouflure des muscles de sa mâchoire tandis qu'il serrait les molaires. Il parvint à repousser le manche, mais à peine. Il maintint la pression, prit une autre bouffée d'air et tenta de forcer encore. Rien ne bougea. Il expira bruyamment et replaça le bâton au niveau de sa ceinture.

– T'as pas fait de rééduc ce matin ? lui demandai-je.

– Si.

Il se déplaça légèrement et reprit son exercice.

– Donc tu recommences tout dès que tu rentres de rééduc ? T'as pas droit à une récréation ?

– Faut travailler dur.

Je hochai la tête, m'éloignai de la porte et le contournai pour entrer dans le salon. Joe forçait – sans doute plus que le personnel médical qui l'encadrait ne le lui demandait –, mais il était ainsi fait. Je le connaissais trop bien pour être surpris, et beaucoup trop bien pour tenter de le dissuader.

Il prit une autre bouffée d'air qui siffla dans ses poumons, je détournai les yeux. Ça durait depuis trois mois et je n'arrivais toujours pas à le regarder faire. C'est ce qui arrive quand quelqu'un ramasse une balle par votre faute.

– T'es au courant pour Alex Jefferson ? lui demandai-je en m'asseyant sur le canapé.

Il abaissa le manche et le posa. Puis il s'assit en poussant un grognement, essuya la sueur de son front d'un revers de main et me dévisagea.

– Oui, j'ai appris la nouvelle. T'es pas venu te confesser, j'espère ?

– Non.

– Fallait que je vérifie, dit-il en souriant. Qu'est-ce que t'en penses ?

– Que ce devait être un enfoiré dans tous les domaines ; j'ai donc pas trop de mal à imaginer qu'un type ait voulu le buter. (J'attendis un peu.) Les flics sont venus chez moi.

– À cause de Jefferson ?

Joe se remit debout. Ce qui lui demanda un certain temps et un certain effort. Au début de l'été, quand nous allions courir ensemble plusieurs fois par semaine, il n'avait aucun problème de souffle en montant les côtes ; il se moquait de moi et de chacune de ses soixante années. Maintenant, une promenade un peu longue pouvait l'exténuer.

– Ouais.

Il gagna la cuisine. Je restai seul un instant, puis je me levai et le suivis. Adossé à l'évier, il buvait un verre d'eau. Quelques gouttes dégoulinèrent de son menton. Il portait un pantalon de survêt gris avec un sweat-shirt des Browns de Cleveland. Il y avait peu, j'aurais pu compter sur les doigts de la main les fois où je l'avais vu sans cravate un jour de semaine. Il termina son verre et s'en servit un autre tandis que, devant la fenêtre, je regardais les feuilles voleter sur le trottoir et filer dans Chatfield Avenue.

– Ils t'ont un peu cuisiné ? me demanda Joe.

– Les flics ? Penses-tu. (Je me tournai vers lui.) Karen m'a appelé.

Il baissa son verre et joua avec une goulée d'eau dans sa bouche avant de l'avaler, comme si elle avait soudain mauvais goût.

– Karen. Sans blague.

J'acquiesçai.

– Elle voulait soi-disant s'excuser de la visite de la police. Et me demander un service.

Il posa le verre et soupira comme s'il s'était attendu à cette dernière partie de l'histoire. Je lui expliquai ce qu'elle voulait, il m'écouta jusqu'au bout sans rien dire.

– Et t'as accepté ? me demanda-t-il enfin.

– Quatre-vingt mille billets, Joe. Pour retrouver un mec. On a besoin de fric.

– Mais quatre-vingt mille, c'est n'importe quoi, LP.

– Je sais. Mais s'il y a un truc dont elle ne risque pas de manquer, c'est le fric. Tu verrais sa maison…

– Et tu vas vraiment le faire ? Accepter quatre-vingt mille dollars pour un boulot que tu ferais pour moins de mille en temps normal ?

Nos regards se croisèrent.

– Je lui ai dit que c'était beaucoup trop. Mais si elle me donne le chèque, je l'encaisserai, tu peux en être sûr.

– Elle a une telle dette envers toi ?

– J'ai pas dit ça.

– Mais tu le penses, non ?

Je haussai les épaules.

– On saurait quoi faire de l'argent et elle, ça la privera pas. Point barre.

– D'accord, dit-il. Après tout, c'est toi le patron.

– Jusqu'à ton retour, en tout cas.

Il ne réagit pas, se contenta de vider le reste du verre d'eau dans l'évier et regagna le salon. Je l'observai sans bouger. Son épaule était toujours dans un sale état, ça oui. Et ses mouvements demeuraient pénibles et douloureux, mais sa santé s'était nettement améliorée. Il pouvait conduire, rester au bureau, répondre au téléphone et travailler sur ordinateur. Mais il préférait rester chez lui à faire ses exercices, bouquiner et regarder la chaîne des sports en continu. Nous n'avions jamais abordé la question de la date de son retour, mais je n'avais jamais douté qu'il revienne. Jusqu'à ces dernières semaines, tout du moins, où j'avais commencé à me poser des questions.

Je sortis de la cuisine et le rejoignis dans le salon. Il s'installa dans le vieux fauteuil du coin, les pieds surélevés. Je m'assis sur le canapé et le regardai. J'avais envie de lui demander quand il pensait reprendre le boulot. Mais j'y renonçai. Je voulais faire preuve de patience – mais peut-être redoutais-je sa réponse.

– J'ai presque rien pour commencer à chercher le gamin de Jefferson, lançai-je. Drôle d'histoire. Apparemment, il a disparu il y a cinq ans, avant que Karen fasse partie de la famille ; elle ne sait donc pas grand-chose sur lui. Pas de contact depuis. Elle peut me fournir certains détails administratifs, mais c'est tout ce que j'ai.

– Les banques de données informatiques devraient t'aider.

– Oui. On verra jusqu'où j'irai avec ça. (J'inclinai la tête.) Tu me conseilles pas d'abandonner l'affaire ?

– T'as déjà pris ta décision, tu t'es engagé. Et puis… ça n'a pas l'air bien sorcier, comme boulot.

Il prit un livre sur la table basse et l'ouvrit. Je m'étais attendu à des questions sur ce que j'éprouvais pour Karen, à des mises en garde sur les risques qu'il y avait à trop m'impliquer, mais la conversation semblait close.

– Bon, ben, je ferais mieux d'y aller, dis-je.

– D'accord. (Il ouvrit le livre.) Merci de ta visite.

– Ouais.

J'étais dans la cuisine quand j'entendis un froissement. Je me retournai et vis Joe tirer une couverture vers lui et s'installer pour lire. Je restai figé sur place. Sa tête grise s'était penchée sur le livre, ses épaules saillaient sous son sweat-shirt, la couverture s'était entortillée autour de ses jambes.

Joe Pritchard faisait vieux.

Il leva la tête et me remarqua ; je m'empressai de détourner les yeux et de gagner la porte. Je repartis travailler à l'agence, seul.

* * *

Le terme « personne disparue » a une connotation d'enlèvement et de rapt, de mystère et de grabuge. Je m'occupe quand même d'une dizaine de cas de ce genre par mois et la plupart d'eux n'entrent pas dans ces catégories. Si j'en crois mon expérience, on ne disparaît qu'aux yeux de certains, que pour un aspect de sa vie. Les gens voyagent, se marient, divorcent et se remarient ; ils prennent des boulots et en quittent d'autres. En route, ils perdent le contact avec certaines parties de leur vie. Ma tâche consiste à retrouver celle avec laquelle ils n'ont pas perdu le contact et à utiliser ce que ça donne pour traquer le disparu. Parfois, il cherche à se faire oublier. Il y a ceux qui laissent des problèmes derrière eux – juridiques, financiers, ou des responsabilités familiales non désirées. D'autres fois, ils disparaissent du paysage parce que personne ne se soucie assez d'eux pour s'intéresser à leur sort.

Je n'avais pas la moindre idée de la catégorie à laquelle appartenait Matthew Jefferson, mais je pensais avoir une bonne chance de le retrouver, vite fait bien fait. Il venait d'un milieu aisé et réputé ; il devait avoir plusieurs comptes en banque, des voitures immatriculées à son nom, peut-être même un crédit immobilier. Les individus les plus durs à localiser sont les gens perpétuellement dans la panade : permis de conduire retiré, aucun bien, pas de compte créditeur, et dans ce cas c'est la famille qui les héberge, la famille ou des amis, voire quiconque peut leur éviter de payer un loyer. Je ne m'attendais pas à ce que le fils d'un des avocats les plus éminents de Cleveland appartienne à cette catégorie.

J'avais tort. Tort de penser qu'il serait facile à trouver, en tout cas. Karen m'avait laissé sa date de naissance, ses numéros de Sécurité sociale et de permis de conduire sur un message téléphonique. Je ne savais pas où elle les avait dénichés, mais ils ne me furent pas d'un grand secours. Le permis de conduire avait expiré trois ans plus tôt – Jefferson avait alors vingt-six ans. Il en avait maintenant vingt-neuf et les dernières données informatiques le situaient à Bloomington, Indiana. À diverses adresses et toujours dans des appartements. Bloomington abritait l'Indiana University. Peut-être Jefferson y était-il allé.

Amy Ambrose m'avait un jour montré un super-lien qui donnait les adresses des sites Internet de tous les journaux du pays. J'y trouvai une publication étudiante de l'Indiana University, effectuai une recherche sur Matthew Jefferson et obtins plusieurs pages de résultats. Il y avait un Matt Jefferson qui semblait être une star de l'athlétisme, puis, en remontant quelques années, je trouvai une référence à un Matthew Jefferson qui, lui, avait obtenu quelques mentions en faculté de droit. L'une d'elles le domiciliait à Pepper Pike, dans l'Ohio.

– Je te tiens, Matt.

Je consultai le barreau de l'Indiana et de l'Ohio, ainsi que deux banques de données nationales, mais rien ne m'indiqua que Matt Jefferson ait jamais exercé le droit.

J'entrai son numéro de Sécurité sociale dans le fichier d'immatriculation automobile et n'y trouvai qu'un permis expiré. Surpris, mais non inquiet, je lançai une recherche sur les en-têtes de versements bancaires. Contrairement aux idées reçues, nous, détectives privés, n'avons pas accès aux transactions personnelles, mais nous pouvons consulter les « en-têtes », soit la partie du relevé où sont indiquées l'adresse et la date de la transaction. Dès qu'on fait une demande de carte de crédit, d'emprunt, ou une autre opération de ce genre, l'un des principaux bureaux de prêt enregistre aussitôt la date de la demande et l'adresse. Le numéro de Sécurité sociale de Jefferson me donna une adresse dans l'Indiana, à Nashville, signalée six fois au cours des dernières années.

Je sortis un atlas routier et le feuilletai jusqu'à ce que je trouve une carte de l'Indiana. Nashville était une petite ville du comté de Brown, à cinq ou six heures de route de Cleveland.

– Bon, je ferais mieux d'y aller, dis-je à voix haute. C'est pas comme si le budget me l'interdisait.

J'en ris tout seul, mais personne ne m'accompagna. Je me parlais de plus en plus souvent, surtout à l'agence. Parfois, quand je riais de mes propres blagues et que personne ne se joignait à moi, j'arrivais presque à me convaincre que Joe était là.

Le téléphone sonna ; je répondis et branchai le haut-parleur.

– Éteins ce truc… ça te donne une voix caverneuse, me dit Amy Ambrose.

– Je ne le branche que pour certains appels. Comme quand je sais qu'on va me parler si longtemps que j'aurai une crampe dans le cou en tenant le combiné.

– Désopilant. Joe a repris ?

– Non, dis-je et ma voix perdit de sa bonne humeur. Non, et y a pas moyen de savoir quand il pense reprendre. Pour tout dire, aujourd'hui, j'ai failli lui demander s'il comptait même revenir un jour. Je n'en suis plus si sûr.

– Tu aurais dû le lui demander.

– Sans doute.

Après un petit silence, je changeai de sujet.

– Dis-moi, qu'est-ce que t'as de prévu ces deux prochains jours ?

– Écrire des reportages exceptionnels, comme d'habitude.

J'avais rencontré Amy alors qu'elle préparait un article sur un lycéen assassiné qui avait fréquenté mon club de gym. Après une querelle de départ, nous étions devenus amis et, avec Joe, elle faisait maintenant partie du cercle réduit de personnes en qui j'avais une confiance absolue.

– Cruciaux, ces reportages ? lui demandai-je.

– Pas spécialement. Pourquoi ?

– Viens faire la route avec moi. Dans le sud de l'Indiana… très pittoresque.

– Beurk.

– Allez, les champs de maïs sont superbes à cette saison. Les dames se pâment rien qu'en les voyant.

– Bon. Dois-je en conclure que tu as mis la barre un peu plus haut, que tu me proposes enfin des escapades romantiques au lieu de faire de l'humour de potache à propos de mon cul ?

– J'envisageais une formule tout compris.

Elle hésita.

– T'es sérieux ?

– Absolument. J'ai une cliente qui m'offre des dizaines de milliers de dollars pour retrouver un héritier disparu. Merde, si ça se trouve, je peux facturer tes bons offices en sous-traitance. Je te trouverai un service à rendre : tiens, tu pourrais peut-être me tenir mon pistolet.

– Tu peux le tenir tout seul, soldat.

– Dans ce cas, tu ne toucheras pas de prime. Non… je suis sérieux. Tu veux m'accompagner ? Il nous faut un jour pour y aller et un pour revenir.

– Pourquoi pas ? J'ai une interview tôt dans la matinée, mais je pourrais être prête vers les dix heures.

– Bien, dis-je.

L'idée m'était venue spontanément, mais je fus heureux qu'elle accepte. J'en avais assez de travailler seul.

– Qui est ta cliente ? me demanda-t-elle.

– Karen Jefferson.

Silence.

– Tu travailles pour ton ex-fiancée? me lança-t-elle enfin. La femme dont le mari vient d'être assassiné? Le mari pour lequel elle t'a laissé tomber?

– C'est ça.

– T'as perdu la tête? Pourquoi tu t'es fourré dans une situation pareille?

– Pour de l'argent facile. Rien de plus.

– Je t'en prie, Lincoln. C'est faiblard comme argument.

– Pas faiblard puisque c'est la vérité, mon amie. Les flics sont venus me poser des questions sur Jefferson; elle l'a su et m'a appelé pour s'excuser. Puis elle m'a demandé de retrouver le fils de Jefferson. Il doit hériter de plusieurs millions et n'en sait rien. Il ne sait même pas que son père est mort.

Elle ne répondit pas.

– Tu peux être aussi sceptique que ça te chante, Amy, mais l'argent est mon unique motivation. Elle m'en a promis beaucoup et l'agence en a grand besoin avec Joe hors course et ce que ça coûte en frais médicaux.

– D'accord, dit-elle avant de replonger dans le silence.

– J'ai du boulot, finis-je par dire. On se retrouve demain matin? Tu pourras me reprocher d'avoir accepté et m'emmerder pendant tout le trajet.

– À demain matin, dit-elle en raccrochant.

Je soupirai et reposai le téléphone. Je ne m'attendais pas à ce qu'Amy soit particulièrement impressionnée par ma décision, mais j'espérais qu'elle ne prendrait pas cette suggestion à la lettre et ne m'engueulerait pas durant tout le voyage.

Je passai les heures suivantes à terminer le seul rapport d'enquête que j'avais à rédiger. On peut fignoler un peu quand on n'a rien d'urgent en attente. Mais c'est un luxe que peu de patrons de petites entreprises peuvent se permettre. Quand j'eus fini, je fermai l'agence, revins chez moi, me changeai et descendis faire de l'exercice à la salle de gym. Après une heure de musculation, je vidai les lieux et allai faire un jogging. L'air s'était rafraîchi et quand je rentrai, le soleil couchant noyait mon immeuble sous les ombres.

Je fis quelques étirements sur le trottoir, en face des deux étages de vieille pierre qui étaient devenus ma maison après que mon poing avait percuté la figure d'Alex Jefferson et mis un terme à ma carrière dans la police. Je songeai à Karen dans sa villa grandiose près du club privé. Quelle impression de vide cette demeure dégageait ce matin-là ! Je me demandai si l'impression empirait avec le coucher du soleil.

CHAPITRE 4

Amy arriva chez moi à dix heures le lendemain, comme prévu. Elle gara son Acura à côté de mon pick-up, s'arrêta net quand ses roues heurtèrent la butée du parking, puis elle recula.

– Atterrissage réussi, dis-je.

J'étais en train de bavarder avec Grace à l'entrée de la salle de gym ; elle me demandait de diagnostiquer un problème mécanique qui commençait par un « tchaqueti tchac » et devenait un « claqueti clank » avant que sa voiture n'atteigne sa vitesse de croisière sur l'autoroute. Je lui recommandai de la montrer à un vrai mécanicien et, comme elle rejetait l'idée d'un reniflement dédaigneux, je lui conseillai de conduire avec un casque et de la musique plein les oreilles.

– Salut, me lança Amy.

Elle portait un jean et une veste légère sur un chemisier blanc en coton, ses lunettes de soleil plantées dans sa chevelure, juste au-dessus des tempes. Elle avait fait lisser ses cheveux blond foncé deux mois auparavant et je ne m'y étais toujours pas habitué. C'était très joli, mais la frivolité de ses boucles naturelles me manquait.

– Tu voyages léger ? demandai-je en entrant dans le parking avec elle.

Elle n'avait qu'un petit sac en bandoulière.

– Non, dit-elle en s'adossant au capot de la voiture pour étirer ses jambes. Finalement, j'ai décidé de ne pas venir.

Je fronçai les sourcils.

– T'as du boulot ou c'est autre chose qui t'a fait changer d'avis ?

Elle me dévisagea un moment, puis détourna les yeux.

– Tu te défiles parce que je travaille pour Karen, c'est ça ?

– Non.

– Bon. C'est pas à cause de ça, ni de ton boulot non plus, et hier t'étais prête à partir, mais aujourd'hui t'as changé d'avis. Qu'est-ce qui se passe ?

Elle soupira, dégagea ses lunettes de ses cheveux et se coiffa avec la main.

– Pourquoi veux-tu que je t'accompagne ?

J'inclinai la tête, perplexe.

– Je pensais que ça rendrait le trajet plus agréable et me suis dit que toi aussi, tu pourrais passer un bon moment.

– Pourquoi ?

– Pourquoi ?

– Non, toi. Pourquoi je te rendrais le trajet plus agréable ?

Quand j'étais gamin, j'avais fait une colo dans un camp près d'un lac avec des petits pontons éparpillés à la surface. Certains flottaient quand on sautait dessus ; d'autres coulaient immédiatement. Il fallait traverser le lac en bondissant d'une plate-forme à l'autre. Chaque saut avait le potentiel de nous faire couler, mais il était impossible de savoir lequel. Notre conversation me donnait exactement la même impression.

– Pourquoi tu me rendrais le trajet plus agréable…, répétai-je.

Dans une discussion avec une femme, dès qu'on commence à répéter les questions, on est dans le pétrin.

– Oui.

– Je me disais que ça rendrait un long trajet plus rigolo. Je commence à en avoir marre de bosser tout seul.

– Tu veux que je remplace Joe ?

– Quoi ? Mais non ! (Je hochai la tête et m'éloignai d'elle.) Je pensais qu'on s'amuserait bien parce qu'on s'amuse bien d'habitude. Qu'on rigolerait, qu'on déconnerait et que ça rendrait un trajet ennuyeux beaucoup plus agréable.

– Alors, comme ça, je suis une source de déconnade ?

– Amy ! (Je lui lançai un regard pénétrant.) À quoi tu joues, nom de Dieu ? On traîne tout le temps ensemble et tout d'un coup, tu trouves bizarre que je te demande de m'accompagner ?

– Je veux pas être le Sundance Kid de ton Butch Cassidy, me renvoya-t-elle. Ni aujourd'hui, pour ton petit déplacement, ni en général.

J'eus un petit rire et écartai les bras.

– Mais où tu vas chercher tout ça ? On est amis depuis près de deux ans. Et maintenant, ça te causerait une crise d'identité ?

– Combien de relations durables as-tu eues ces deux dernières années, Lincoln ?

Je baissai les bras.

– Approximativement ? Zéro.

Elle ne sourit pas.

– Et moi ?

– Tu es sortie avec deux ou trois connards.

– Relation durable ?

– Zéro.

– Exact. (Elle se croisa les bras sur la poitrine.) Et tu me soutiens que ça n'a rien à voir ? Est-ce qu'au moins, tu penses qu'il y a un lien ?

– Ça m'étonnerait.

Elle sourit tristement.

– Et voilà… Je connais le refrain : t'es pas doué pour les relations, tu ne veux pas risquer une amitié aussi précieuse. Mais on n'est pas plus avancés.

– Donc, tu n'es pas d'accord pour…

– Pour rien du tout ; tout ce que je dis, c'est que je dois revoir certains aspects de ma vie et peut-être la réorganiser.

– C'est un peu inattendu, ce matin.

Elle rit en hochant la tête.

Si tu trouves ça vraiment inattendu, ton agence a grand besoin de trouver un vrai détective.

Une voiture se gara sur l'emplacement à côté de nous. Un des habitués de la gym en descendit et trouva le moment bien choisi pour discuter de sport et du temps qu'il faisait. Je l'écoutai en souriant et hochant la tête. Au bout d'un moment, Amy fit descendre ses lunettes de soleil et se redressa.

– À tout à l'heure, dis-je au type en levant la main pour l'interrompre. D'accord ?

Il entra dans la salle ; je me retournai vers Amy. Elle avait la main sur la poignée de sa portière de voiture.

– Amy…

– Je dois retourner au boulot et toi aller dans l'Indiana. L'Indiana, en plus. On en reparle à ton retour, d'accord ?

Je ne répondis pas. Elle monta dans sa voiture et fit marche arrière ; je poussai un juron et m'assis sur la butée du parking. Une seconde plus tard, Grace ouvrait la porte et sortait la tête du gymnase.

– Ça va, patron ?

Je me tournai vers elle.

– Tu sais ce que ça veut dire quand une amitié commence à faire un tchaqueti tchac qui devient un claqueti clank ?

– Oui. Ça veut dire que t'as merdé.

– Ah, dis-je en hochant la tête. Et comment ça se répare ?

– En arrêtant d'avoir peur.

Sur quoi, elle réintégra la salle.

– T'es virée, dis-je à la porte close.

Puis je me levai et montai dans mon pick-up.

***

La troisième fois que mon véhicule plongea dans une descente abrupte en abandonnant mon estomac au sommet, je compris que cette région de l'Indiana ne correspondait pas du tout à l'image que j'en avais. Arrivé à Bloomington – à cinq heures de route de Cleveland –, j'étais reparti vers l'est, en direction de Nashville. La route qui reliait ces deux villes était une deux voies tortueuse qui franchissait les collines avec un sens de l'humour assez cruel. Une minute, j'avais le pied au plancher et poussais le moteur pour encourager mon pick-up à monter la côte, la minute suivante, je freinais dur pour ne pas affoler le conducteur qui descendait à pic devant moi. La route serpentait trop pour que je la quitte longtemps des yeux, mais quand j'y parvenais, le paysage était spectaculaire. À perte de vue, les collines traversaient des champs immenses avant de se diluer dans d'épaissсs forêts aux couleurs si vives que le meilleur appareil photo n'aurait pas pu les reproduire fidèlement.

Au bout d'une demi-heure passée sur une route visiblement conçue par les précurseurs des montagnes russes, je me retrouvai coincé dans une file de circulation si longue que je l'attribuai à un accident ou à des travaux de fin de saison. En fait, c'était la file d'attente pour entrer à Nashville. Il me fallut dix minutes pour descendre la seule grande artère de la petite ville, qui s'appelait Van Buren Street, alors qu'ironiquement la Grand-Rue était une allée perpendiculaire.

La ville avait adopté un code de construction qui privilégiait les rondins, les bâtisses en lambris et bardeaux, tout cela pour lui donner l'aspect général d'un village de la Nouvelle-Angleterre à la fin du dix-neuvième siècle. Pour ceux qui ne saisiraient pas la référence, certaines boutiques ajoutaient un « vieil » à leur nom et veillaient à truffer leurs enseignes de mots anciens. Ainsi LA VIEILLE ÉCHOPPE DU MOULT GOURMAND. Ambiance !

Les trottoirs grouillaient de gens chargés de courses, des files d'attente s'étirant devant les petits parkings publics. Je repérai des plaques d'immatriculation de Caroline du Nord, Floride, Arizona et Ontario. Je n'avais pas pris la peine de réserver une chambre en me disant qu'il y avait toujours de la place dans un tel endroit, mais j'avais peut-être eu tort. Je m'arrêtai devant le premier hôtel situé à mi-hauteur de la colline qui surplombait la ville. Le parking étant plein, je me garai devant l'entrée, le warning allumé, tandis que j'allais demander une chambre à la réception. Ma question fit sourire l'employée.

– Vous n'avez pas de réservation ?

– Non.

– Mais nous sommes en octobre.

– Effectivement.

Son sourire s'élargit encore.

– Vous n'êtes pas du coin, n'est-ce pas ?

– Non.

– Quand on veut descendre dans un hôtel de Nashville en octobre, il faut réserver.

Je regardai autour de moi, songeai à la petite route que je venais d'emprunter et me demandai quelle grande attraction m'avait échappé.

– Sans vouloir vous offenser, lui dis-je, qu'est-ce qui attire tant de gens ici ?

– Les feuilles.

– Les feuilles ?

– Le genre qui pousse sur les arbres.

– Les gens viennent de tout le pays pour voir des feuilles ?

– Allez faire un tour dans les environs. Et levez le nez. Vous serez impressionné. Sans parler du shopping.

– Bien sûr. (Je me tournai vers ma voiture.) Pourriez-vous m'indiquer où j'aurais une chance de trouver une chambre ?

– Sans doute à Bloomington. C'est à une demi-heure d'ici. Vous ne trouverez rien de plus proche ce soir, je suis navrée.

S'il était si compliqué de descendre dans le coin, autant essayer de faire l'aller-retour dans la journée. Je n'avais qu'à trouver le fils de Jefferson, lui annoncer la nouvelle et rentrer chez moi. La route n'était pas si mauvaise et je n'avais pas envie de faire tous les hôtels de la ville pour trouver une chambre.

– Je suis seulement venu donner un message. La personne habite sur la Route 135. Est-ce près d'ici ?

Elle acquiesça et me montra le chemin.

– Vous continuez à monter. La 135 est le prolongement de Van Buren Street.

Je la remerciai, remontai dans mon pick-up, passai devant le parking et m'aperçus qu'il me faudrait attendre cinq minutes pour sortir.

– Et tout ça pour des feuilles, dis-je en regardant autour de moi.

Mais, nom de Dieu, ces feuilles étaient spectaculaires. Partout où on regardait, des taches écarlates, orange ou bordeaux tapissaient les collines tout autour de la ville. L'air vif portait aussi leur odeur, et celle de la pluie et de la fumée de bois. Je n'ai pas l'âme bucolique et trouve dans le béton les moments de beauté que d'autres vont chercher au plus profond des bois, mais je reconnais que s'il y a une saison que la ville sabote complètement, c'est bien l'automne.

Matthew Jefferson vivait à moins d'un kilomètre de l'hôtel, sa maison étant un des quatre chalets disposés autour d'une allée circulaire en gravillons. Les boîtes à lettres étaient rassemblées au bout de l'allée et je ne vis aucun numéro sur les maisons. Je descendis du pick-up et restai planté là, à essayer de comprendre le système de numérotation, jusqu'au moment où la porte du plus grand chalet s'ouvrit sur une femme grisonnante qui se dirigea vers une Honda garée près de là.

– Excusez-moi, lui dis-je. Vous habitez ici ?

Elle me jeta un regard méfiant.

– Je suis locataire, pas propriétaire.

– Je cherche un de vos voisins.

– Oh.

Elle sourit et fit passer d'une épaule à l'autre un sac qui semblait peser près de trente kilos.

– La plupart des gens qui s'arrêtent ici à cette époque de l'année veulent acheter la maison. Même s'il n'y a pas de pancarte À VENDRE, ils s'arrêtent. On est seulement locataires, mais ils nous font une dizaine d'offres par an.

– Ce n'est pas moi qui vous ferai la prochaine. Je cherche un certain Matt Jefferson. Vous le connaissez ?

– Matt ? Bien sûr. Il a habité au numéro deux pendant longtemps, dit-elle en indiquant le chalet derrière moi.

– Mais plus maintenant, c'est ça ?

Elle hocha la tête de gauche à droite et j'eus bien envie de l'imiter après avoir fait six heures de route pour arriver à une adresse bidon.

– Vous ne sauriez pas où il est allé ?

– Bien sûr que si. Il a déménagé dans un petit appartement, sur son lieu de travail.

– Et qu'est-ce qu'il fait ?

– Il ramasse des pommes.

Je haussai les sourcils.

– Sérieusement ?

Elle confirma.

– Faut suivre la route, c'est près de Morgantown. Y a des grands vergers et Matt est en charge de… ah, comment dit-on… la cueillette ?

– La cueillette, répétai-je. Il gère la cueillette.

– Voilà.

Aux dernières nouvelles, Matthew Jefferson effectuait des études de droit, c'était le fils d'un avocat aussi riche qu'éminent, et ses étoiles étaient parfaitement alignées. Et maintenant, il gérait la cueillette des pommes dans une petite ville de l'Indiana ? Le détour était intéressant.

– Vous pouvez m'expliquer comment m'y rendre ?

Elle me donna les indications et après le sixième « tournez encore à gauche », je décidai d'aller chercher de quoi noter dans mon pick-up.

* * *

Même avec un itinéraire écrit, il me fallut presque une heure pour trouver l'endroit. Les intersections étant très commodément disposées tous les dix kilomètres, quand on en ratait une, il fallait un certain temps pour s'en apercevoir. Heureusement, comme beaucoup de pancartes manquaient, il était facile de louper un tournant qui ne menait nulle part. Il n'y avait aucune station d'essence et j'éprouvais un certain réconfort à savoir que si je n'en trouvais pas rapidement, j'allais devoir continuer à pied. Je fonctionne au top, sous pression.

Mais à la sortie d'un virage, je finis par repérer un panneau peint à la main annonçant :

LE COMPTOIR DE LA POMME
TOURNEZ À GAUCHE DANS CINQ KILOMÈTRES

Sachant que la pancarte correspondante allait forcément disparaître, on avait eu le bon sens de ne pas s'embarrasser de nom de rue. Je fis cinq kilomètres, tournai à gauche et trouvai le verger.

Le bâtiment principal était un long hangar rouge dont les portes coulissantes s'ouvraient sur des rangées de barriques et de caisses pleines de pommes, avec un tas de potirons sous la véranda, le tout à l'ombre de grands arbres. Au-dessus, les nuages s'accumulaient – le soleil qui brillait quand j'étais parti s'était faufilé derrière un fin voile gris. Je m'approchai du hangar et entrai. À l'intérieur, des femmes examinaient des pommes à la lumière et, l'air concentré, y recherchaient la moindre imperfection. Deux adolescentes travaillaient aux caisses à la sortie du hangar, mais les queues étaient longues. Il devait y avoir un gérant ou un surveillant dans les parages. Je traversai le hangar, puis obéis à la pancarte DISTILLERIE DE CIDRE.

Des rangées de fleurs tardives bordaient une allée en pierre menant à un kiosque à musique qui surplombait un grand étang. Sur l'autre rive, les arbres couvrant la colline revêtaient étrangement des tons plus vifs sous les nuages. Il n'y avait personne dehors, l'endroit était calme et secret, et là, en regardant le kiosque, je me dis que ça devait être un coin parfait pour y sacrifier un après-midi avec une bouteille de champagne. Heureusement qu'Amy avait décidé de rester – j'aurais peut-être cédé à la tentation.

Je contournai le bâtiment, toujours à la recherche de ma distillerie de cidre, et tombai sur une grande machine en métal qui faisait un bruit doux et bouillonnant. Une femme rousse se tourna vers moi et me présenta un plateau de petits gobelets remplis d'un liquide couleur noix.

– Goûtez donc.

– En fait, je recherche…

– Goûtez-en un, répéta-t-elle.

Je lus dans son regard que quelque chose de fâcheux risquait de m'arriver si je refusais. Être trempé dans du caramel et recouvert de noisettes, qui sait ?

Je pris un gobelet et bus une gorgée.

– Il est bon, hein ? me demanda-t-elle en m'observant.

– Mes jambes ont failli me lâcher.

– Tout frais. D'aujourd'hui. Bon, qu'est-ce que je peux faire pour vous maintenant ?

– Je cherche le gérant… ou le propriétaire ?

– C'est moi dans les deux cas. Kara Ross.

Le plateau l'empêchant de me serrer la main, elle me fit un petit signe de tête.

– En quoi peut-on vous être utile ?

– Je dois parler à l'un de vos employés. Matt Jefferson.

– Vraiment ?

– Il ne travaille pas ici ?

– Si, bien sûr. Mais c'est la première fois qu'il reçoit de la visite. C'est un type tranquille. Il gère nos opérations de cueillette.

– C'est ce qu'on m'a dit.

– Il est au travail… sur le terrain. On a étendu nos opérations à un autre site, à quelques kilomètres d'ici. Vous savez bien… la loi de l'offre et de la demande.

– Je peux le trouver sur l'autre site ?

– Il vaudrait mieux que vous attendiez une heure ou deux. À moins que ce soit urgent.

Je hochai la tête.

– C'est important, mais je peux attendre. Il reviendra ici ?

– Oui, c'est ici qu'il habite. Suivez-moi.

Elle s'engouffra dans un couloir sombre, à côté de la machine à cidre. Un vieux chien dormait en plein milieu, mais Kara Ross l'enjamba comme s'il n'existait pas et je l'imitai. De retour dans le hangar, elle posa le plateau sur le comptoir et se tourna vers moi.

– Je peux laisser un petit mot sur la porte de Matt, si vous voulez. Je serai partie quand il reviendra.

– Et ça sera quand ?

– Il travaille jusqu'au coucher du soleil. Revenez vers, disons… sept heures. Il devrait être rentré.

Elle trouva un bloc-notes en forme de pomme et tint le stylo en suspens.

– Qu'est-ce que j'écris ?

Il n'était guère convenable que Jefferson apprenne la mort de son père sur un papier en forme de pomme collé à sa porte. Lui annoncer qu'il était millionnaire serait un peu moins déplacé, mais il me sembla préférable d'attendre et de lui donner la nouvelle de vive voix.

– Dites-lui simplement qu'un type de Cleveland le cherche.

– Pas de nom ?

– Mon nom ne lui dirait rien. C'est une affaire de famille et je n'en fais pas partie.

Elle écrivit :

Matt,
Y a un type de Cleveland qui te cherche.
Il reviendra ce soir.
Affaire de famille.

– Ça va ?

– Parfait.

– Je vais le laisser sur sa porte. Quand vous reviendrez, cette partie du bâtiment sera fermée. Je vais vous montrer où il habite.

– Très bien. Merci de votre aide.

– Pas de souci, répondit-elle avec un sourire. Vous savez, on le vend, ce cidre que vous aimez tant.

– Donnez-m'en quarante litres et une paille.

J'achetai une bouteille et un sac de pommes séchées au miel. Très bonne tactique : il faut toujours faire plaisir aux gens du coin. Puis Kara Ross me fit faire le tour du bâtiment une nouvelle fois et fixa la note à la porte de l'appartement de Jefferson, qui semblait occuper un loft au-dessus du hangar, avec vue sur l'étang et les bois. Pas mal.

– Type de Cleveland qui te cherche… affaire de famille, lut-elle à voix haute en riant. Je parie qu'il va être intrigué !

C'était une invite évidente à donner de plus amples détails, mais je ne voulais parler à personne avant de voir Jefferson junior. Ça ne pouvait pas lui faire de mal d'être un peu intrigué en m'attendant.

– Vous êtes sûre que la note ne va pas s'envoler ?

Kara Ross s'appliqua et scotcha tout autour de la forme de pomme, jusqu'à ce que le vent ne puisse plus se frayer de passage. Puis elle prit un peu de recul et observa avec satisfaction.

– Il ne peut pas le rater.

– Tant mieux, dis-je.

Le vent s'était levé et faisait tourbillonner les feuilles mortes autour de nos chevilles ; j'étais heureux de savoir que la note ne finirait pas au milieu de l'étang. Je voulais être sûr que le fils de Jefferson sache que je le cherchais.

CHAPITRE 5

La route de Morgantown incarnait l'automne comme seules le peuvent une peinture ou une carte postale aux yeux des citadins. Des arbres cramoisis et auburn bordaient des champs de maïs flétris et abîmés, le tout sous un ciel gris pâle. Les nuages s'étaient épaissis durant ma courte halte au verger, gâchant toute possibilité d'un beau coucher de soleil. Le vent s'était rafraîchi, mais il ne pleuvait pas.

Morgantown ressemblait à Nashville, en moins ostensiblement touristique. En attendant à l'un des deux feux qu'il passe au vert, je songeai que si l'on prenait une photo en noir et blanc de la rue devant moi, avec ses bâtisses en pierre aux auvents bariolés et aux fenêtres en vitraux, seule la modernité des voitures la démarquerait d'une scène des années cinquante. Une enseigne vantait des meubles artisanaux, une autre proposait du sirop de noyer blanc. Ce genre d'endroit éloignait des sentiers battus, des sorties d'autoroute avec les sept restos appartenant à des chaînes et les deux routiers habituels.

Je me baladai dans la petite ville pour tuer le temps – un peu de lèche-vitrines, salutations aux passants –, puis je trouvai un restaurant et perdis une autre quarantaine de minutes à dîner. Le crépuscule m'accompagna lorsque je réintégrai le verger, les nuances radieuses des arbres se flétrissant en bruns sourds et les ombres s'allongeant sur le chemin. Je gardai les fenêtres ouvertes, mais l'air qui s'introduisit dans la cabine de mon pick-up était si froid que je regrettai de ne pas avoir commandé un café à emporter.

Le grand hangar du verger était plongé dans l'obscurité – portes closes, parking presque vide. Des spots près de l'entrée éclairaient des compositions à base de chaumes de maïs, de bottes de foin et de gourdes ; un épouvantail était suspendu près du hangar. Je me garai, remontai les fenêtres, et le pare-brise s'embua immédiatement à la chaleur de la température intérieure.

Dehors, le silence me retint près de mon véhicule. Sous l'appartement où j'habite, la circulation ne s'interrompt jamais et parfois est ponctuée de bruits sourds de stéréo ou de hurlements de sirène. Une nuit paisible signifie que je n'entends pas la conversation téléphonique animée d'une femme dans une décapotable ou les rires bruyants d'hommes sortant du bar au coin de la rue. Ici, le seul bruit venait du vent. Il ne sifflait pas, il ne hurlait pas, il se contentait d'un léger et constant bruissement dans les feuilles et sur l'herbe.

Je m'approchai de l'entrée du hangar, mes pas claquant sur les planches, puis je longeai le bâtiment, comme me l'avait montré Kara Ross un peu plus tôt. Une lune pleine aux trois quarts fournissait le seul éclairage de ce côté. Je savais qu'il y avait un mot pour cette phase de la lune, « croissante », « décroissante » ou autre chose. En tout cas, elle avait la teinte cuivrée qu'elle ne prend qu'en automne. Je tournai au coin et trouvai la porte du loft.

Le mot avait disparu et il ne restait plus une trace de ruban adhésif. Je frappai du poing sur le bois rugueux et attendis. Personne n'ouvrit et je n'entendis aucun mouvement à l'étage. Je recommençai – avec le même résultat. Il n'y avait pas de bouton de poignée, seulement un bec-de-cane bizarrement tordu et une serrure. J'appuyai sur le bec-de-cane, mais la porte resta fermée. Le fils de Jefferson avait trouvé la note, mais ne m'avait pas attendu. Il n'avait peut-être pas été aussi intrigué que Kara Ross le pensait.

Je m'éloignai de la porte, les mains dans les poches, et serrai les épaules dans l'air gelé de la nuit. Je regardais la surface noire de l'étang ondoyer sous le vent quand j'aperçus une silhouette dans le kiosque à musique.

Il n'y avait aucune lumière dans le petit bâtiment, mais on y distinguait nettement un homme. Il était assis sur un banc, sous le treillis ouvragé, aussi silencieux que l'épouvantail devant le hangar. Je me raidis légèrement en l'apercevant ; cette présence humaine avait quelque chose de menaçant dans un endroit aussi résolument abandonné la nuit. Puis je me rendis compte que cet homme ne pouvait qu'être le fils de Jefferson. Si j'avais habité là, j'aurais moi aussi passé mes soirées près de l'eau. Le kiosque et l'étang se trouvaient à une centaine de mètres de l'arrière du hangar ; je m'étonnai qu'il ne m'ait entendu ni frapper à sa porte ni m'approcher, mais le vent avait peut-être dévié les sons. Je descendis le sentier en pierre d'un pas prudent dans l'obscurité.

À mi-chemin, je m'aperçus qu'il était assis le dos à l'étang, tourné vers moi. Il m'avait donc vu à sa porte, mais il n'avait rien dit et s'était contenté d'observer. J'avais eu l'intention de le saluer avant de le rejoindre, mais son comportement était si étrange qu'il me sembla déplacé de briser le silence et, au lieu de parler, je continuai à m'approcher de lui.

Arrivé au kiosque, j'en montai les trois marches et entrai, là, à quelques mètres de lui seulement. Il portait un jean et une épaisse chemise en flanelle ; ses cheveux bruns touffus descendaient sur ses épaules et lui couvraient le front ; quelques mèches lui tombaient sur les yeux, se mêlant aux ombres. Il avait le menton baissé, mais gardait les yeux levés et fixés sur moi. Posée sur la balustrade, je vis une bouteille de whisky dont il ne restait pas grand-chose. J'ouvrais la bouche pour le saluer quand j'aperçus l'arme.

Elle était posée sur le banc, à côté de lui, mais sa main en tenait la crosse et même si mes yeux ne s'étaient pas encore habitués à l'obscurité, je vis qu'il avait le doigt sur la détente. Le canon était tourné vers moi, mais baissé. Je m'arrêtai net et déviai mon attention de l'arme vers les yeux noirs et vides qui me regardaient sans émotion ni intérêt.

– Mon père est mort, n'est-ce pas ?

Sa voix s'accordait à ses yeux.

Je me concentrai pour garder les miens sur son visage et pas sur son flingue.

– C'est exact. C'est ce que je suis venu vous dire.

La main armée bougea, puis se braqua sur ma poitrine, qui se trouvait à deux mètres du canon. C'est le genre de portée qui élimine toute considération d'adresse. Même si la bouteille de whisky avait été pleine peu avant, il n'avait aucune chance de me rater s'il tirait.

J'essayai de bouger le moins possible. Ma gorge s'était asséchée aussi rapidement et complètement qu'un désert de sable après une averse soudaine et je sentis mon rythme cardiaque s'accélérer, le sang me cogner les tempes et les poignets, les muscles de mes jambes se mettre à trembler comme après une longue course.

– Écoutez, commençai-je.

Il m'interrompit immédiatement :

– Je pourrais vous tuer. J'aurais pu le faire dès que je vous ai vu arriver.

Je ne tentai plus de parler. On m'avait déjà tenu en joue et j'étais même parvenu à persuader plusieurs types de baisser leur arme, mais là, je ne pensais pas disposer d'une telle option. Jefferson ne faisait preuve d'aucune indécision, ni de l'effervescence d'émotions qu'on découvre habituellement chez quelqu'un qui vous menace. Il s'exprimait et se comportait comme un acteur qui termine une scène en solo : tous les autres sont partis et les feux de la rampe sont éteints, mais il connaît ses répliques et entend bien aller jusqu'au bout.

– Mais ça ne m'avancerait pas à grand-chose de vous tuer, n'est-ce pas ? poursuivit-il. Vous n'êtes pas venu seul.

J'avais maintenant l'impression de devoir absolument dire quelque chose, mais quoi exactement, je ne le savais pas, et avec cette arme braquée sur moi, je ne voulais pas lâcher des mots malheureux. Je déglutis et essayai de me calmer pour pouvoir parler d'une voix posée qui n'aggraverait pas la tension.

– Lui au moins avait un motif, reprit-il. Vous, seul l'appât du gain vous motive.

L'arme changea de place en un éclair, un tourbillon, et, dans l'obscurité, je n'étais pas sûr de ce qu'il faisait. Mais je perçus un mouvement et l'instinct me poussa à l'action. En entendant le clic du chien, je fis un écart lourd et maladroit sur la droite qui ne m'aurait servi à rien si le fils d'Alex Jefferson m'avait visé au lieu de s'enfoncer le canon dans la bouche et de tirer.

La balle explosa avec un bruit assez fort pour dominer un temps le reste du monde, puis elle lui troua la nuque et éparpilla sa cervelle dans l'étang. Projeté en arrière, son corps suivit la trajectoire de la balle, puis ses épaules percutèrent la balustrade et il fut rejeté en avant. Il s'effondra et atterrit sur le ventre, à mes pieds, un cratère bouillonnant à la place de la nuque.

Je crois que j'essayai de crier, j'y suis peut-être parvenu. Si ce fut le cas, je ne m'en rendis même pas compte. Je n'avais entendu que le coup de feu, dont les échos m'envahissaient la tête, de plus en plus fort. Je baissai les yeux sur le fils de Jefferson – le sang dégoulinait de ce qui lui restait de crâne –, puis je passai précipitamment par-dessus la rampe du kiosque sans quitter le corps des yeux. Je tombai de la balustrade et atterris gauchement dans les buissons en contrebas, m'en dégageai et remontai la côte en titubant. Arrivé au hangar, je tombai sur le cul, m'adossai aux vieilles planches et fixai le kiosque des yeux.

Il ne m'avait pas tiré dessus. L'arme était braquée sur moi, à un ou deux mètres, le coup était parti. Mais pas sur moi. Je n'avais pas été touché.

– Tu n'as pas été touché, dis-je à voix haute. Tu n'as pas été touché.

J'espérais que le son de ma voix me calmerait, mais au lieu de ça, il me fit tressaillir. Un frisson me parcourut les mains puis s'insinua dans le reste de mon corps ; je m'obligeai à me lever et à traverser les jardins jusqu'au sentier en pierre. J'y restai à avaler de grandes bouffées d'air jusqu'à ce que mes tremblements s'atténuent, puis je fouillai dans ma poche et en sortis mon portable. La première fois que je tentai de l'ouvrir, mes mains n'étaient pas assez stables et il tomba dans l'herbe. La deuxième, je parvins à entrer les trois chiffres des secours.

Je leur dis ce que j'avais à leur dire. L'opérateur voulait que je reste au téléphone jusqu'à l'arrivée de la police, mais je coupai. Puis je retournai vers le kiosque ; j'éprouvais le besoin de revoir le corps… peut-être pour m'assurer que ce n'était pas le mien.

Le sang s'était répandu et avait formé une flaque autour du corps. L'arme était tombée de sa main pendant sa chute et reposait à côté de lui. Même dehors, avec un vent constant, l'odeur du sang était forte.

– T'étais millionnairc, dis-jc au cadavrc. C'cst cc quc j'étais vcnu te dire. Je sais pas pour qui tu m'as pris, nom de Dieu, mais c'est ce que j'étais venu te dire.

Il était difficile de le regarder, je détournai les yeux et fixai l'étang qui venait d'engloutir un bout de son cerveau. Le clair de lune se reflétait sur la bouteille restée à l'endroit où s'était assis le mort et j'aperçus un bout de papier coincé dessous. Je m'approchai encore et vis qu'il s'agissait de celui en forme de pomme sur lequel Kara Ross avait écrit :

Matt,
Y a un type de Cleveland qui te cherche.
Il reviendra ce soir.
Affaire de famille.

CHAPITRE 6

La police du shérif fut la première sur place ; l'adjoint qui conduisait avait l'air d'avoir quatorze ans. Il traîna nerveusement des pieds dans le parking, parla dans sa radio et, quand je l'appelai, sursauta comme si j'avais tiré dans sa voiture.

– Il y a un corps là-bas, lui dis-je en sortant de l'ombre. Et beaucoup de sang. Vous avez déjà travaillé sur des scènes de décès ?

Il m'indiqua que non et fit un pas hésitant en arrière. Ce con de gamin avait peur de moi.

– Est-ce que les renforts sont en route ?

Il déglutit, opina et finit par sortir :

– Oui, monsieur. La police d'État.

– Vous préférez l'attendre ? lui demandai-je gentiment.

– D'accord, pourquoi pas ?

Puis il se rendit compte que les flics d'État allaient nous trouver en train de bavarder sur le parking sans qu'il ait vu le corps et il se reprit :

– Enfin, je devrais peut-être… vous savez… interdire l'accès au secteur.

J'acquiesçai lentement.

– D'accord, suivez-moi.

On était à mi-chemin du kiosque et le gamin trébuchait dans le noir quand il fut sauvé par une autre voiture qui s'arrêta dans les gravillons. Nous nous retournâmes ensemble. Il s'agissait d'une voiture banalisée, une Taurus, exactement comme celle de Joe.

– C'est la police d'État ?

– Oui.

Il semblait soulagé. Il remonta vers le parking. Un flic en civil descendit du véhicule. Il nous rejoignit au coin du hangar, à la lueur d'un des rares lampadaires.

– On a un suicide, dit l'adjoint du shérif en bombant un peu le torse pour impressionner les grands.

– Ouais, répondit le type en civil. Je m'en doutais un peu quand on a reçu un appel signalant un suicide.

Le torse du gamin se dégonfla.

– Et vous, qui êtes-vous ? me demanda le nouveau flic.

C'était un homme insignifiant à tout point de vue – taille et carrure moyennes, ni beau ni laid : un des milliers de types qu'on croise dans la rue sans leur accorder un regard.

– Je m'appelle Lincoln Perry. C'est moi qui ai signalé le suicide.

– Vous avez trouvé le corps ?

– Je l'ai vu se suicider.

– Oh.

Il hocha la tête et sortit un mini-magnétophone de sa poche.

– Lincoln Perry. Joli nom. Je m'appelle Roger Brewer, police d'État.

Il alluma le magnétophone et s'enregistra. Il déclina son nom, la date et l'heure, puis il décrivit le lieu, la teneur du message et ce que je venais de lui dire. Cela fait, il garda le magnétophone sorti et me fit signe.

– Montrez-moi le chemin.

Ils me suivirent le long du hangar et, quand nous arrivâmes dans le noir, le flic sortit une lampe électrique. Je les conduisis au kiosque, puis m'arrêtai.

– C'est lui. Vous préférez peut-être que je reste en retrait.

– Oui.

Il s'approcha du kiosque sans le moindre signe de trouble, suivi de l'adjoint plutôt nerveux. Quand le corps leur apparut plus nettement, Brewer siffla doucement et longuement en hochant la tête.

– Il s'est pas raté, dites donc !

Je gardai le silence. Le jeune shérif adjoint avait pâli ; il était à l'autre extrémité du kiosque, la main agrippée à la balustrade, les yeux baissés. Le vent, plus fort et plus frais, ondoyait sur l'étang et me fit frissonner. Quelques feuilles tombèrent, dont une qui se posa tendrement sur le dos de Matthew Jefferson. Brewer la repoussa d'une chiquenaude.

Des gyrophares illuminèrent les bois et l'étang, un autre véhicule s'approcha du hangar, cette fois un véhicule de patrouille de la police d'État. Les deux flics qui en sortirent étaient en grande tenue, jusqu'aux bottes noires et chapeaux à larges bords.

– Vous voulez bien attendre ici ? me demanda Brewer.

– Bien sûr.

Je restai près de l'étang avec l'adjoint tandis que Brewer partait à la rencontre des nouveaux venus. Je l'entendis leur dire d'appeler une ambulance pour récupérer le cadavre et de s'assurer que les mains soient protégées. Quand il eut fini, Brewer me demanda de les rejoindre. Je croisai sans mot dire les deux flics qui me lancèrent des regards durs et soupçonneux, puis retrouvai Brewer à l'entrée du hangar. Il parlait à voix basse dans son magnétophone.

– Eh bien, monsieur Perry, dit-il, je vais avoir besoin de votre témoignage. Il est crucial puisque vous êtes la seule personne à avoir vu quoi que ce soit.

– Bien sûr.

– Vous avez déjà témoigné ?

La question semblait routinière, mais c'était aussi un bon moyen de savoir si j'avais déjà été mêlé à une enquête criminelle.

– Oui, il m'est arrivé de témoigner, mais encore plus souvent de recueillir des témoignages.

– Ah bon ?

Il haussa les sourcils.

– J'ai été flic à Cleveland, Ohio, pendant quelques années. J'étais inspecteur, les derniers temps.

– Sans blague, dit-il d'un air pensif. Et maintenant ?

– Détective privé.

– Détective privé, répéta-t-il. Eh ben, l'affaire se corse, non ? Et vous étiez dans le coin pour affaires ou en vacances, inspecteur ?

– Affaires.

– Je vois. (Le magnétophone, qu'il tenait négligemment dans sa main gauche, tournait toujours.) Bon, je vais vous dire comment on va procéder, monsieur Perry. Vous allez tout me raconter maintenant, tout ce que vous pouvez, et plus tard j'aurai peut-être encore une ou deux questions à vous poser.

– D'accord.

Il m'invita à commencer d'un signe de la main. Je lui exposai tout le plus clairement et honnêtement possible, en ne laissant rien de côté, sauf mon antécédent amoureux avec Karen. Ça n'avait rien à voir avec ce qui s'était passé, mais je craignais qu'il n'essaie de tout relier et je n'avais aucune envie de me retrouver empêtré dans cette histoire. Je préférais l'inonder de détails et présenter Karen comme une cliente ordinaire. Elle n'était rien de plus à mes yeux, de toute façon. L'ambulance arriva quand je terminais, mais Brewer laissa les flics en uniforme s'occuper du corps et se concentra sur moi.

– Alors ça, dit-il quand j'eus terminé, c'est sacrément étrange. Je veux dire… le type termine sa journée de boulot, trouve un mot qui lui dit que vous êtes dans les parages et s'installe dans le kiosque près de l'étang avec une bouteille de whisky et un flingue. Et ne se suicide pas en privé, non – il attend votre arrivée. Et quand vous déboulez, bizarrement, il connaît déjà la nouvelle que vous veniez lui annoncer, après six heures de route. Il vous en fait part, puis il se tue.

Je ne dis rien, Brewer claqua la langue et prit l'air intrigué.

– Sacrément étrange, répéta-t-il. Une idée là-dessus, monsieur Perry ?

– Il m'a manifestement pris pour quelqu'un d'autre.

– Quelqu'un qui connaissait son père.

– Oui.

– Quelqu'un qui ne serait pas venu seul, d'après ce qu'il vous aurait dit.

– C'est exact. Il avait l'air de croire que j'étais accompagné.

– Et il avait, disons… peur de cette tierce personne ?

Je réfléchis et acquiesçai.

– Oui, je crois qu'il avait peur. Enfin… qu'il aurait peut-être eu peur.

– Peut-être ?

– S'il n'avait pas déjà pris la décision de se mettre le canon de l'arme dans la bouche. Il ne s'agissait pas d'un geste impulsif. Il savait qu'il allait le faire.

– Mais il a attendu que vous arriviez.

– Oui.

– Sans attendre l'apparition de cette fameuse tierce personne.

– Il faut croire que non.

– Il ne vous connaissait pas.

– Il pensait me connaître, il pensait savoir qui j'étais ou avec qui j'étais.

Brewer me dévisagea sans bouger. Son expression, ses regards m'indiquèrent qu'il n'aimait pas ma version des faits. Il n'en était pas encore à reconnaître qu'il ne me croyait pas, mais il n'aimait pas ce que je lui disais, c'était certain.

– Mystérieux, dit-il.

– Sans doute.

– Non, vraiment. Cela dit, on fera établir un profil psychologique du défunt et on sera peut-être un peu plus avancés. Mais à ce stade, cette forme de suicide semble complètement inhabituelle.

– Soit.

Il changea de position, sortit du faisceau du lampadaire.

– Si l'on considère qu'il s'est effectivement tué.

– Il s'est tué.

– D'après le gentleman de l'Ohio, lança Brewer avec bonhomie. Malheureusement, le gentleman de l'Ohio est le seul témoin. Alors si l'on considère… simple supposition… qu'il pourrait mentir… les ennuis commencent. Car s'il ment, c'est un cas d'homicide que j'ai sur les bras.

– Ce n'est pas un homicide.

– L'arme n'était pas dans la main du mort.

– Elle est tombée quand le corps a été projeté à l'avant. Vous avez déjà rencontré des cas de suicide ? (Il fit oui de la tête.) Vous savez donc qu'on retrouve souvent l'arme à côté du corps. Il arrive que la main adopte instantanément la rigidité cadavérique, mais ce n'est pas systématique.

Il ne répondit pas, se contenta de me dévisager.

– Vérifiez son pouce, dis-je.

– Excusez-moi ?

– Vérifiez s'il y a l'empreinte du chien sur son pouce. Il a utilisé un revolver, qu'il a armé juste avant de tirer. Je le sais, parce que je l'ai entendu. Puis il est mort très vite. Pas de lent processus dans ce cas. L'empreinte du chien est peut-être encore sur son pouce. Ça arrive en cas d'arrêt brutal de la circulation.

– C'est une bonne idée. (Il s'éclaircit la gorge et cracha dans les buissons.) Je m'assurerai que les pouces soient examinés, monsieur Perry.

– Parfait.

– C'est étrange, fit-il observer pour la troisième fois. Bon, monsieur Perry, comme je vous l'ai expliqué, il va me falloir une déclaration écrite.

– Oui.

– Quand pensiez-vous rentrer dans l'Ohio ?

– J'avais prévu de rentrer ce soir.

Il sourit en hochant la tête.

– Là, j'ai bien peur que ce ne soit plus possible.

– Je vous ai dit tout ce que je pouvais vous dire et je vous donnerai une déclaration écrite. Si vous avez besoin de moi, vous aurez mes coordonnées.

Il fit une grimace, comme s'il s'apprêtait à me donner une mauvaise nouvelle et rechignait à le faire. Quelle blague ! Il y prenait un malin plaisir.

– Je suis dans une situation bien délicate. Vous affirmez qu'il s'agit d'un suicide, d'accord. Mais pour le moment, tant que je n'ai pas pu enquêter davantage, vous êtes ma seule piste. Je n'aurais vraiment pas l'air malin si je vous laissais partir et qu'on retrouvait ensuite de quoi vous incriminer. Faudrait qu'on vous file le train et moi, je me taperais le mépris d'un groupe de flics de l'Ohio qui chuchoterait l'histoire de cet abruti de l'Indiana qui a laissé l'assassin quitter son État sans l'inquiéter.

Il me dévisagea froidement avant d'ajouter :

– J'ai horreur qu'on chuchote dans mon dos.

Je croisai son regard.

– Vous avez ma déposition. Alors, à moins que vous ne comptiez m'arrêter, je rentre chez moi.

Un « chez moi » qui semblait soudain très attrayant.

– On en est là, alors…

– Oui.

– Dans ce cas, je crains de ne devoir vous garder ici. Quelques heures au moins, le temps de débroussailler un peu…

– Vous m'arrêtez pour meurtre ?

Il opina de la tête.

– J'enquête sur un décès qui me semble équivoque, monsieur Perry. Le suicide est possible, le meurtre aussi. Un coup de feu accidentel, pourquoi pas ? On a fait le tour des possibilités ? Quoi qu'il en soit, il va falloir étudier la situation sous des angles différents, s'assurer que…

– C'est bon, j'ai compris. Mais si vous voulez me garder toute la nuit, il va falloir trouver un chef d'accusation. Et je ne pense pas que vous ayez un motif raisonnable de dire que j'ai tué ce type, Brewer.

Il sourit tristement et hocha la tête comme si ma remarque l'avait vaincu.

– Dites-moi… votre licence de détective privé est de quel État ?

Merde. Je compris où il voulait en venir.

– Alors ?

– De l'Ohio.

– Oups. C'est pas bon, ça. Parce qu'on est dans l'Indiana, ici. Et ce macchabée là-bas ? Il est dans l'Indiana. Et vous, vous menez une enquête dans l'Indiana sans licence valable dans cet État ? Doux Seigneur. Je regrette d'avoir à vous le dire, monsieur Perry, mais ça ressemble à un délit.

– Pas du genre à jeter les gens en prison, si ?

Cette fois, son sourire était si grand qu'il lui découvrit les dents.

– Pour une nuit, ça fera l'affaire.

CHAPITRE 7

La prison du comté de Brown était toute neuve. Ce fut le gamin-adjoint qui me fournit ce renseignement car Brewer lui avait confié la tâche de m'y transporter. En apprenant la nouvelle, le gosse avait pâli. Persuadé qu'on me bouclait pour le crime du kiosque, il devait repenser aux quelques minutes que nous avions passées seuls avant l'arrivée de Brewer. Dans la voiture, il avait jeté des regards nerveux dans le rétroviseur en s'imaginant sans doute qu'un criminel endurci comme moi pouvait franchir la grille de séparation et l'étrangler avec ses menottes. Après cinq minutes et une cinquantaine de coups d'œil inquiets, il s'était décidé à m'adresser la parole. Peut-être renoncerais-je à une occasion de l'assassiner s'il se montrait gentil, peut-être me contenterais-je même de l'assommer avec son arme et de seulement lui voler sa voiture. N'est-ce pas ainsi qu'opèrent les truands au grand cœur ?

– Elle est vraiment spéciale, vous savez ? me dit-il à propos de la prison. Bien mieux que l'ancienne. Toutes les serrures sont électroniques, maintenant ; c'est beaucoup plus spacieux, tout est sophistiqué.

– Quand je pense que j'avais peur de ne pas trouver une chambre d'hôtel pour la nuit !

– C'est un très bon endroit. Pour une prison.

– Les meilleurs tarifs de la ville, à n'en pas douter.

Il maintint un flot de bavardage angoissé pendant tout le trajet tandis que je me mettais à l'aise et regardais la campagne assombrie défiler sous mes yeux. Je me demandais quand j'allais pouvoir rentrer à Cleveland. Brewer avait l'air d'un emmerdeur, le genre à me garder le plus longtemps possible, mais à moins qu'il ne soit assez bête pour m'accuser de meurtre, ça n'irait pas jusqu'au matin. Karen serait au courant bien avant que je rentre. Ils allaient sans doute l'appeler ce soir puisque j'avais eu la gentillesse de donner à Brewer les coordonnées des proches du défunt. Après tout, j'avais été employé pour faciliter l'annonce d'un décès et Matthew Jefferson était déjà au courant de l'assassinat de son père. J'aurais horreur de penser qu'on me payait pour rien.

Je me carrai dans mon siège en ignorant l'adjoint qui me racontait une histoire de périmètre de sécurité dans la nouvelle prison : subtile tentative de dissuasion au cas où j'aurais envisagé de m'évader. J'espérais qu'après avoir parlé à Karen, Brewer se détendrait un peu. Elle confirmerait ma version des faits. Ajouté au manque de preuves tangibles permettant de conclure à un homicide, il serait bien obligé de me libérer dans la matinée. Mais ce salopard allait sans doute trouver le moyen de me faire payer une amende pour avoir exercé sans licence dans l'Indiana. La contravention serait ensuite signalée au bureau des licences de l'Ohio, qui me dresserait une autre amende. Formidable.

Il leur fallut une demi-heure pour venir à bout des formalités et me boucler. Je fus autorisé à garder mes vêtements, mais je dus leur donner ma ceinture pour éviter que je me pende. On me fit traverser les entrailles du bâtiment en franchissant plusieurs portes blindées qui se fermaient avec de forts bruits métalliques et creux. Les portes de prison me rappellent toujours les sas de sous-marins – elles claquent derrière vous avec une belle irrévocabilité.

J'étais seul dans ma cellule, ce qui était appréciable, mais un lourdingue bourré dans celle d'en face tenait à discuter et à savoir pour quel crime j'avais été arrêté.

– Vente d'alcool frelaté, répondis-je en lui tournant le dos sur ma couchette.

Au cours des heures qu'il me fallut pour m'endormir, il me vint à l'esprit qu'Amy avait loupé l'occasion d'un sacré voyage.

* * *

Brewer vint me chercher tôt le lendemain – il ne fermait sans doute jamais l'œil, comme tous les bons flics. J'avais dans l'idée que c'était un bon flic, même s'il était temporairement malavisé.

– Bien dormi ? me demanda-t-il tandis que le gardien m'ouvrait et me faisait franchir une succession de portes pour me mener dans une petite salle de conférences.

Il y avait des chaînes au mur, d'accord, mais c'était tout de même une salle de conférences.

– C'est fini, ces idioties ? demandai-je. Non, parce que j'aimerais vraiment prendre la route du nord avant midi.

– Ne soyez pas si pressé.

Après le départ du gardien, nous nous retrouvâmes seuls tous les deux. Il s'était changé et portait maintenant un jean et un sweat-shirt – tenue flic décontracté. Mais il n'était pas rasé, ce qui voulait dire qu'il n'avait pas passé beaucoup de temps chez lui avant de revenir à la charge pour un deuxième round.

– Je me suis renseigné, dit-il. Apparemment, vous étiez assez bon flic. Et vous avez travaillé sur des affaires importantes en tant que privé. C'est bien. Ça donne un peu plus de poids à votre témoignage.

– Vous devez regretter de ne pas m'avoir traité plus gentiment.

Il tapotait sur la table avec un crayon.

– Mais y a un truc qui m'intrigue : pourquoi un détective aussi futé que vous aurait omis certains éléments sacrément intéressants dans son témoignage ? Votre arrestation pour coups et blessures sur le père de la victime, par exemple. Ou le lien sentimental qui vous a uni à la belle-mère de la victime.

– Trop de détails non pertinents peuvent embrouiller une déposition.

– Vous pensez qu'on va continuer longtemps à jouer au plus malin ?

– Ça semble bien parti pour.

– Plus maintenant. (Il se pencha vers moi.) Oui, il me semble que vous avez omis certains éléments sacrément intéressants, monsieur Perry. Vous m'avez raconté que vous étiez venu ici annoncer la mort de son père à Jefferson.

– C'est exact.

– Vous n'avez pas précisé que vous deviez aussi lui dire qu'il allait hériter de plusieurs millions.

– Ça regarde la famille, Brewer. Je ne divulgue pas les détails financiers privés.

– Bien sûr que non. Mais revenons sur ce que vous m'avez raconté hier soir. (Il sortit un petit carnet de sa poche et le consulta.) Vous m'avez dit, et répété à plusieurs reprises, que Matthew Jefferson savait déjà que son père était mort. Qu'en fait, c'est la première chose qu'il vous a annoncée quand vous l'avez rencontré.

– C'est exact.

Il fit claquer le carnet sur la table.

– Bon, s'il savait que son père était mort, il est raisonnable de penser qu'il se soit soudain cru très riche. Drôle de motivation pour un suicide, vous ne croyez pas ?

– Il était en froid avec son père. Il ignorait peut-être qu'il allait hérité. Ça faisait sans doute partie de son problème émotionnel. Non seulement il avait perdu son père, mais toute sa fortune avec.

– S'il ne parlait plus à son père, comme vous l'avez affirmé hier, pourquoi a-t-il reçu trois coups de téléphone de lui ces dernières semaines ?

Je m'enfonçai dans mon siège et l'observai. Brewer ne bluffait pas, je le lisais sur son visage. S'il avait appelé un juge à domicile et obtenu un mandat pour les appels téléphoniques, il avait facilement pu les obtenir dans la matinée.

– Intéressant, non ? insista-t-il en me regardant.

– Faut croire.

Je gardai une voix neutre. C'était plus qu'intéressant, mais je ne voulais pas que Brewer pense que ça me préoccupait. Merde, est-ce que je voulais, moi, que ça me préoccupe ? Pour le moment, je voulais seulement franchir trois portes de plus et arriver dans le parking.

– Et l'argent ? reprit Brewer. Tous ces millions qui devaient revenir au fils ? Maintenant qu'il est mort, il semblerait que ce soit la veuve qui en hérite. Cette même veuve qui fut votre fiancée.

Il écarta les mains et s'éloigna de la table.

– Vous savez, monsieur Perry, si j'étais du genre parano, je me poserais de sérieuses questions sur votre version des faits.

– Je n'avais pas vu Karen Jefferson depuis des années. Appelez la police de Cleveland et demandez-lui. Croyez-moi, elle a dû vérifier en détail l'état de notre relation après l'assassinat de Jefferson.

– Je compte bien téléphoner à Cleveland. Mais pour l'instant, je dois m'occuper de vous. Et j'aimerais savoir pourquoi diable vous avez accepté ce boulot. Ou alors – et c'est une question vraiment intéressante – pourquoi diable on vous a proposé ce boulot. Vous aviez rompu vos fiançailles, cette femme et vous, vous aviez cassé la gueule de son futur mari et vous ne vous étiez pas parlé depuis des années. Puis le mari se fait assassiner et voilà que vous êtes soudain un ami de la famille ?

– Je ne suis pas un ami de la famille. Je suis un type qui fait son boulot.

– Annoncer un avis de décès, c'était votre boulot ?

– J'ai aussi dû le retrouver. Personne ne savait où il était.

– À part son père.

Je haussai les épaules.

– Oui, le père savait où vivait le fils puisqu'il avait été en contact avec lui, poursuivit Brewer. Ou quelqu'un d'autre dans cette maison de Pepper Pike. Merde alors, si le père avait parlé à son fils, vous trouvez pas ça bizarre qu'il n'ait rien dit à son épouse ? « Au fait, chérie, tu te souviens de ce gamin dont j'ai perdu la trace depuis plusieurs années ? Figure-toi qu'il habite dans l'Indiana maintenant et qu'il travaille dans un verger… »

Nous restâmes silencieux, nous dévisageâmes pendant quelques minutes, et Brewer se remit à tapoter son crayon sur la table.

– Vous m'avez dit hier soir que la victime avait rompu les ponts avec son père, ce qui n'est pas la vérité. Vous me dites aujourd'hui que vous aviez rompu les ponts avec la veuve-sur-le-point-d'être-riche. Je me demande si je dois vous croire. Je réfléchis à voix haute, c'est tout.

– Aussi flatté que je sois d'être inclus dans votre processus de réflexion, j'aimerais vraiment m'en aller.

– Comme je vous l'ai déjà dit, ne soyez pas si pressé.

Je me levai.

– Libérez-moi si vous ne m'inculpez pas, Brewer. Et ne vous contentez pas de m'épingler pour exercice de la profession de privé sans licence valide dans l'Indiana. Sinon, trouvez-moi un avocat et un téléphone pour que je puisse commencer à parler aux médias de ma détention sans chef d'accusation.

Il continua à me dévisager, sans sympathie ni antipathie ; il était seulement pensif.

– Vous nous prenez tous pour des ploucs, hein ? Vous pensez que je suis un flic bouseux et réac qui en a marre de découvrir des labos de drogues clandestins ?

– Pas du tout, Brewer. En fait, ce que je pense… en tout cas, ce que je pensais… c'est que vous êtes sans doute un bon flic. Plutôt intelligent. Mais j'ai horreur de voir un bon flic doublé d'un mec intelligent perdre son temps.

Il se leva, déverrouilla la porte et me la tint ouverte. J'étais à moitié dehors quand il me prit le bras. Il le fit au ralenti, presque doucement, mais sa poigne avait la fermeté du forceps. Ses doigts fins m'entourèrent le coude, son pouce y trouvant un point de pression et l'écrabouillant. C'est en me tenant ainsi qu'il inclina la tête et leva les yeux sur moi.

– Hier soir, vous m'avez suggéré de vérifier les pouces de la victime pour y relever l'empreinte du chien.

– Vous l'avez fait ?

– Ouais. Et je l'ai trouvée. Et quand je l'ai trouvée, je me suis dit : Zut alors, ce type qu'on a mis en taule, il est vraiment fort. Alors j'ai commencé à avoir des remords, vous voyez ? Puis je me suis demandé si c'était pas un peu trop fort. L'empreinte du chien sur le pouce… Faut oser y penser quand on vient juste d'assister à un événement traumatisant.

– Je suis détective, Brewer. C'est un réflexe chez moi.

– Le légiste dit que l'empreinte du chien peut aussi être obtenue si quelqu'un place le revolver dans la main de la victime et arme le chien avec son pouce. Apparemment, il faudrait que ce soit fait très vite, immédiatement après le coup de feu, mais il n'est pas impossible de laisser une empreinte de ce genre et de la fixer quand la circulation s'arrête.

Je baissai le bras, pris son poignet entre mes doigts, retirai sa main de mon coude, puis, de mon avant-bras contre son torse, je le repoussai. Mes gestes imitaient les siens : ils étaient pleins d'une agressivité déguisée en douceur et lenteur. Il soutint mon regard, mais ne chercha pas à résister. Je fis demi-tour, traversai le petit couloir et m'arrêtai devant la porte close. Puis je lui lançai un regard chargé d'attente. Après une petite hésitation, il descendit et m'ouvrit cette porte.

– C'était génial, Brewer. On n'aura jamais l'occasion de se revoir, quel dommage, bon sang !

– Ne vous en faites pas, dit-il, on se reverra. J'ai bien l'intention d'assister à votre procès pour meurtre.

Il avait le genre d'yeux qui ne laissent jamais transparaître si l'on plaisante ou si l'on est sérieux.

CHAPITRE 8

La balle rouge du soleil s'écrasait dans mon rétroviseur quand j'arrivai à Cleveland. Je n'avais fait qu'une pause à midi – j'avais raté le succulent petit déjeuner de la prison ; sinon j'avais roulé très vite, sans me soucier d'être pris pour excès de vitesse. Quand on est soupçonné de meurtre, les contraventions ne veulent plus rien dire. Lincoln Perry, le rebelle de grand chemin. J'avais besoin d'une mitraillette et de me préparer à succomber sous une pluie de balles si besoin était.

J'empruntai l'Interstate 71 pour entrer dans la ville, vers la banlieue ouest et vers chez moi. Mais, arrivé à Brookpark, je bifurquai sur l'Interstate 480 et me dirigeai vers l'est. Je ne m'étais pas changé depuis la veille ; mal rasé, fatigué et courbatu, je n'étais pourtant pas encore prêt à rentrer à la maison. J'avais vu un gars se faire sauter la cervelle près d'un étang, j'avais passé une nuit à l'ombre à attendre qu'un flic m'agrippe le bras et me traite d'assassin, bref, j'avais quelques questions à poser. Un détour par Pepper Pike s'imposait.

La maison et toutes ses fenêtres brillaient au soleil quand je me garai, ses vitres reflétant une lueur cramoisie éblouissante. Je descendis de mon pick-up, posai la main sur le capot et sentis la chaleur brûlante d'un moteur poussé à fond trop longtemps. Plus on passe de temps près d'une machine, plus elle semble humaine. Comme dans le vieux film où Steve McQueen est mécanicien d'un navire de la marine. Comme s'appelait-il déjà ? *La Canonnière du Yang-Tsé* ? C'était un bon film. Il l'adorait, son foutu moteur de bateau. Cela dit, il meurt à la fin. En essayant de sauver une femme, si mes souvenirs sont bons. Il n'aurait jamais dû quitter la salle des machines.

Je gravis le sentier qui menait jusqu'à sa véranda, la tête baissée et perdu dans mes pensées sur Steve McQueen et ses moteurs, et quand j'arrivai à la porte, je vis qu'elle était déjà ouverte. Karen me regardait, les yeux rouges.

– J'ai entendu ta voiture, dit-elle.

– Ah bon ?

J'entrai sans y être invité, passai devant elle et m'installai dans le salon. Je m'effondrai dans le même canapé que lors de ma visite précédente et attendis qu'elle me rejoigne.

Elle le fit une minute plus tard, après avoir fermé la porte d'entrée et tourné tous ses verrous. J'entendis le claquement du dernier verrou de sûreté et le cliquetis de la chaîne. J'écoutais en me disant qu'elle s'était précipitée à la porte en m'entendant arriver et que, la dernière fois, elle avait renversé du vin en entendant le téléphone. Elle avait les nerfs à vif, et pas qu'un peu.

– Ils m'ont raconté ce qui s'est passé, reprit-elle.

Elle portait un jean et un sweater, mais d'une marque qui coûte trois cents dollars dans une boutique où tous les employés se font faire les ongles une fois par semaine et n'ont jamais acheté un album de rock.

– Qui ça ?

– Les flics de l'Indiana. Ils m'ont appelée hier soir.

– Ils t'ont dit qu'ils me gardaient en taule ?

Elle écarquilla grand les yeux.

– Non. Quoi ? Non. Ils ont juste dit… l'inspecteur a dit qu'il devait prendre ta déposition et qu'il voulait vérifier si tu disais la vérité.

Je lui lançai un sourire narquois.

– Ils ont pris leur temps, pour vérifier. Mais ils ont eu la bienveillance de me fournir un lit de camp moelleux derrière les barreaux pendant qu'ils s'en occupaient.

Elle tira sur les manches de son sweater de luxe et se couvrit les poignets.

– Je suis désolée, Lincoln. Je ne m'attendais pas du tout à ça. Tu ne m'avais même pas dit que tu partais pour l'Indiana.

– Avec le fric que tu me jetais à la figure, je pensais que je devais lui annoncer la nouvelle en personne.

– Je comprends. Je n'arrive toujours pas à y croire.

Les mains dissimulées dans ses manches, elle croisa les bras et les serra sous sa poitrine. Elle ne m'accorda que quelques coups d'œil rapides avant de fixer son regard sur un objet inanimé, plus rassurant. Le pied de la lampe eut sa préférence.

– Ça, pour être surprenant! m'accordai-je à dire en lui lançant un regard dur. Ce pauvre cinglé s'est mis le canon dans la bouche et s'est fait sauter un morceau du crâne. Il était plus près de moi que tu ne l'es en ce moment.

Elle leva les yeux, surprise.

– C'est atroce.

– C'est sacrément étrange, dis-je en m'apercevant que je reprenais mot pour mot ce que m'avait dit Brewer la veille.

Je m'étais mis à jouer son rôle. On allait voir si j'aurais plus de chance que lui.

Karen ne répondit pas et se contenta de continuer à fixer le pied de la lampe.

– Tu te rends compte? lui lançai-je. Se tuer juste avant d'hériter de plusieurs millions de dollars. Quand même, bon sang, c'est incroyable, non? Tu parles d'un manque d'à-propos. Et le plus fou dans tout ça, Karen, c'est qu'il savait déjà que son père était mort. C'est la première chose qu'il m'a dite quand je l'ai vu assis, son flingue à la main et une bouteille de whisky à côté de lui.

Elle rentra la tête et prit un air ébahi.

– Quoi?!

– Tu ne le savais pas?

– Non, bien sûr que non. Comment aurait-il pu être au courant?

Je l'observai longuement. Elle soutint mon regard, mais elle n'était pas complètement à l'aise.

– Faut que tu sois bien conne, Karen, si tu penses que je ne sais pas quand tu me mens. S'il y a une chose que je n'ai pas oubliée chez toi, c'est la tête que t'as quand tu mens. C'est gravé dans ma mémoire.

Elle eut un mouvement de recul, s'enfonça dans le canapé et se libéra de l'étreinte qu'elle s'imposait.

– Pardon?

– Ne me mens pas, lui ordonnai-je d'une voix glacée. J'ai regardé un type se flinguer, il aurait facilement pu me tirer dessus, même que ça lui a peut-être traversé l'esprit. Après, j'ai passé une nuit au poste et maintenant, un inspecteur de l'Indiana veut me boucler pour de bon. Alors oui, Karen, on peut dire que je suis d'assez mauvais poil. Ne t'avise pas de continuer à me mentir.

Elle semblait sur le point de pleurer.

– Lincoln, je n'ai pas…

– Alex et son fils s'étaient contactés et tu étais au courant. Quand je t'ai dit que le mec savait que son père était mort, tu as fait semblant d'être surprise. C'était con. D'abord parce que je sais quand tu mens et ensuite parce que le flic qui t'a appelée te l'a dit. C'est un bon flic, et ce détail ne lui aurait jamais échappé. Il t'a forcément demandé ce que tu en pensais et comment le gamin aurait pu l'apprendre. Alors pourquoi me mentir ? Tu savais très bien qu'ils s'étaient parlé. Mais pour une raison quelconque, tu m'as envoyé chercher le fils et j'ai eu bien du bol de ne pas me faire tuer.

J'avais haussé le ton et elle pleurait quand je finis ma tirade. Je ne bougeai pas et la laissai larmoyer. Qu'elle aille se faire voir ! Dès que je fermais les yeux, je revoyais le kiosque et l'arme qui glissait dans l'ombre, entendais le clic du chien qu'on arme, et sentais la balle fondre sur moi, comme ç'avait été le cas pendant la demi-seconde avant que Matthew Jefferson ne s'expédie dans le grand inconnu. Et c'est elle qui pleurait ? Merde alors !

Ma poitrine montait et descendait tandis que l'adrénaline me travaillait le corps. Je la regardais pleurer en prenant de grandes bouffées d'air. Je finis tout de même par parler.

– Dis-moi la vérité, Karen.

Elle s'essuya les yeux.

– Tout était vrai.

– Foutaises.

– C'est vrai ! Ils étaient brouillés. Ça faisait des années. Je n'avais pas la moindre idée de l'endroit où habitait Matthew. Aucune idée. Je n'avais ni adresse, ni numéro de téléphone.

– Tu savais qu'ils avaient récemment repris contact. Pourquoi n'as-tu pas regardé les factures de téléphone ?

– Tout ce que je savais alors, c'est qu'il avait parlé à Alex. Quand on reçoit des appels, ils n'apparaissent pas sur la facture, on n'y trouve que les appels sortants et payants.

Nous nous dévisageâmes en silence. La pièce s'assombrissait, mais les planchers en bois dur et pâle conservaient un soupçon de rouge. Le calme n'était brisé que par le tic-tac de la pendule et une légère brise qui éparpillait des feuilles mortes sur la terrasse.

– Tu es très riche maintenant que ton mari et son unique autre héritier sont morts.

La colère chassa la peur et l'appréhension de ses yeux.

– Quoi ? Mais enfin, Lincoln, tu ne veux tout de même pas dire…

– Non. Mais d'autres vont s'en charger pour moi. Ils diront ce qu'on dit toujours quand une femme s'enrichit suite à deux décès mystérieux. Et si je pensais qu'il n'y a aucun lien entre ces morts, ces deux morts dont tu ne sais absolument rien, je te conseillerais de les laisser causer et de vivre ta vie.

– Mais tu ne le crois pas, dit-elle lentement.

Je lui fis signe que non.

– Je n'y crois pas parce que ce n'est pas vrai.

– Je ne sais pas ce qui est vrai, moi non plus, Lincoln. Je t'assure.

– Tu en sais plus long que moi.

– Et tu veux que je te le dise ?

– Des flics essaient de m'accuser de meurtre, Karen. Alors, oui, nom de Dieu, je veux que tu me le dises.

Elle se leva du canapé et entra dans la cuisine. Je ne bougeai pas et la regardai sortir une bouteille de vin du casier sur le bar. Elle la leva en l'air, hésita, puis la reposa avant d'aller prendre une bouteille d'eau minérale dans le frigo. J'attendis pendant qu'elle se désaltérait, les yeux baissés.

– Il y a quelque chose qui cloche dans cette famille, dit-elle enfin.

J'étais à deux doigts de rire. « Sans blague, Karen ? Il y a quelque chose qui cloche dans cette famille ? Qu'est-ce qui a donc pu te donner cette idée au cours de cette semaine de mise à mort sous la torture et de suicide bizarre ? »

– J'ai rencontré Alex au travail…

– Je sais, l'interrompis-je d'un ton dont j'arrivais mal à maîtriser le tranchant.

Je ne savais que trop bien comment elle avait rencontré Alex Jefferson et n'avais aucune envie qu'elle me le rappelle. Karen travaillait aux archives du procureur d'État quand elle s'était tournée vers le secteur privé, hausse de salaire à la clé, pour prendre un poste d'assistante juridique dans le cabinet d'avocats le plus prestigieux de Cleveland. Je n'étais pas près de l'oublier. J'avais fait des folies quand elle avait été nommée – une bouteille de dom pérignon avec un salaire de flic – et j'avais trinqué à son brillant avenir avec Alex Jefferson.

Elle me lança un regard attristé.

– Si tu veux savoir ce que j'ai à te dire, tu devras m'entendre parler d'Alex. Je ne peux pas te donner les faits, je n'en connais aucun. Je ne peux que te parler des changements que j'ai observés chez mon mari.

Je m'aperçus que je grinçais des dents lorsque je dus les entrouvrir pour parler.

– Raconte, alors.

Elle prit une autre gorgée d'eau minérale, puis reboucha la bouteille et la posa sur la table.

– J'ai rencontré Alex quand j'ai commencé à travailler dans son cabinet. Il était aimable et prêtait attention à moi. Il m'a invitée à déjeuner dès la première semaine, et c'est devenu une habitude. Je savais qu'il était très occupé et j'étais surprise qu'il me consacre du temps toutes les semaines. Il me posait beaucoup de questions sur toi et, au départ, j'ai cru que c'était pour me rassurer et me montrer qu'il n'avait pas de visées sentimentales. Puis j'ai compris que c'était l'inverse, qu'il me sondait pour voir si notre relation était sérieuse.

Pour voir si notre relation était sérieuse. Apparemment, le mot « fiancés » ne voulait pas dire grand-chose pour Jefferson. Mais peut-être que, dans le monde où il évoluait, des fiançailles – voire un mariage – n'indiquaient en rien le sérieux d'une relation.

– Je sais que tu n'as pas envie d'entendre tout ça, je t'épargnerai donc les détails. Je me sens encore abominable, Lincoln. Tu ne me crois peut-être pas et tu ne me croiras sans doute jamais. Mais je dois t'expliquer tout ça pour que tu comprennes ce que j'ai vu mon mari traverser.

J'étais penché vers elle, les coudes sur les genoux, les yeux au sol. Tandis qu'elle parlait, je me passai la main dans les cheveux en les serrant jusqu'à ce que les racines tirent fort sur le cuir chevelu.

– Toi et tous ceux qui nous connaissaient, vous avez sans doute imaginé tout un tas de théories sur ce qui m'avait attirée chez Alex. Tout le monde a dû parler de l'argent, même si j'ai horreur de penser que j'ai pu donner l'image d'une fille aussi superficielle. Mais je vais te dire ce qui m'a vraiment attirée en lui : il avait besoin de moi. Il tenait désespérément à moi. Il blaguait sur son attrait pour ma jeunesse et mon innocence, mais j'ai bientôt compris que ça allait plus loin que la plaisanterie. Je représentais quelque chose dont il pensait avoir un besoin chronique. Un jour, il m'a dit que je le guérissais et il ne le disait pas à la légère. On ne m'avait jamais parlé avec tant de sérieux. Et c'était séduisant. Irrésistible, dans un sens. Cet homme semblait ne manquer de rien et pensait pourtant avoir besoin d'une jeune collègue de vingt-cinq ans qui aspirait à faire la fac de droit.

Elle se tut. Je ne voulais pas lever les yeux et la regarder, mais je finis par m'y résoudre. Je l'observai, les coudes sur les genoux, les mains jointes, et elle me dit :

– Je sais que tu m'aimais, Lincoln. Mais je n'ai jamais senti que tu avais besoin de moi.

Le silence envahit la pièce, le tic-tac de la pendule devenant à nouveau audible. Karen paraissait troublée. Je ne devais pas avoir l'air très à l'aise non plus.

– Tu as une très forte personnalité, reprit-elle. Tu es tellement sûr de tes capacités, tellement… solide. Tu es sûr de toi, c'est sans doute le terme qui convient. Et d'une indépendance rare. Ce sont des qualités formidables, Lincoln, franchement, mais… peut-être qu'elles te rendent distant. Je savais que notre relation était importante pour toi, que tu m'aimais, mais je n'ai jamais eu l'impression que tu avais besoin de moi. Je n'ai jamais…

– Je croyais que tu voulais me parler de ton mari.

Pétrifiée, elle resta là bouche bée, une autre pensée sur le point de s'en échapper, puis elle opina presque imperceptiblement de la tête.

– D'accord. Tu as raison, excuse-moi. (Elle s'enfonça dans le canapé sur lequel elle remonta les jambes.) Chez Alex, il y avait toujours quelque chose sous les apparences. Ce « quelque chose » exacerbait ses sentiments à mon égard, mais je n'en ai jamais compris la nature. Je pensais que c'était dû à sa famille, à son fils. Il m'avait seulement dit que Matthew et lui n'étaient plus très proches. Ce sujet le mettait mal à l'aise et je n'insistais pas. Jusqu'à ce qu'on prépare les noces. Je lui avais expliqué que j'aimerais inviter son fils, que sa présence était importante pour moi. Il m'a répondu que Matthew n'accepterait jamais et il a refusé de s'étendre sur le sujet. C'est à cette occasion que j'ai essayé d'obtenir le plus de détails et ç'a été un échec complet.

« Une fois mariés, la question n'a pratiquement plus jamais été soulevée. Je savais que c'était délicat pour Alex, et pour être franche, son fiston m'est sorti de l'esprit. Pourquoi y aurais-je pensé ? Je ne l'avais jamais rencontré et il n'avait pas joué le moindre rôle dans ma relation avec Alex. De temps à autre, quelque chose me faisait penser à lui et je m'interrogeais, mais c'est tout. J'étais heureuse – nous étions heureux – et Alex semblait serein.

– Jusqu'à récemment ?

Elle acquiesça.

– Il y a quelques semaines, un événement a provoqué un changement soudain et profond chez Alex. Il avait peur, Lincoln, mais il ne voulait pas me dire de quoi. Il ne dormait plus ; je le trouvais assis devant son bureau à deux heures du matin, le regard perdu. Il est devenu fermé, méfiant. Je sais que tu aimerais avoir plus de précisions, mais je n'en ai pas. Tout ce que j'ai vu, c'est ce changement dans sa personnalité. Tout ce que j'ai compris, c'est sa peur.

– Comment a-t-il réagi quand tu lui en as parlé ?

– Il a commencé par démentir. Je me faisais des idées, il allait très bien, il était seulement occupé. Et ça a continué ainsi. Jusqu'à ce que Matthew appelle.

– C'était quand ?

Elle se concentra.

– Le premier appel, c'était il y a deux semaines, quasiment jour pour jour. Le téléphone a sonné très tard, presque à minuit. Alex était au rez-de-chaussée, et moi à l'étage. Je suis descendue lui demander qui avait appelé, et il m'a dit que c'était son fils. Tu sais, Lincoln, je n'avais jamais vu quelqu'un aussi effrayé. Je lui ai demandé ce qui n'allait pas et il s'est contenté d'un signe de tête. Puis il m'a dit que ça ne me concernait pas et qu'il était important que ça reste ainsi. J'étais furieuse, évidemment, parce qu'il me faisait peur, et je ne comprenais rien à la situation. Je me suis mise à crier, à exiger qu'il m'explique tout; il s'est levé et a quitté la maison. Mais il n'est pas parti en claquant la porte. Il agissait comme un robot. Sans rien dire.

Elle fixa la porte d'entrée comme si elle s'attendait à le voir revenir.

– Il est parti, et il est resté dehors pendant des heures. Il devait être autour de quatre heures du matin quand il est rentré. Je ne dormais pas. Il s'est allongé à côté de moi; je n'ai rien dit, mais il savait que j'étais éveillée. Après quelques minutes, il m'a dit qu'il s'excusait de me tourmenter, mais qu'il agissait dans mon intérêt. Puis il m'a expliqué que quelqu'un voulait le rendre redevable de quelque chose qu'il avait fait dans le passé. « D'un ancien péché », pour reprendre son expression exacte.

– Pas d'autres détails ? Pas de référence à quelque chose que tu n'aurais pas compris ?

Elle fit non de la tête, puis se ravisa :

– En fait, si. Il m'a dit un truc du genre : « Quand le téléphone sonne à deux heures du matin, on sait toujours que c'est soit un faux numéro, soit une plaisanterie, soit que ça va changer ta vie. Pour moi, c'est le troisième cas. »

– Il avait vu juste.

– Mais c'est bien ça, le problème : il ne pouvait pas parler de l'appel de Matthew. Il était minuit. J'étais à la maison et j'avais entendu la sonnerie.

– Il s'est peut-être trompé. Quelle heure était-il quand vous avez eu cette conversation ? Quatre heures du matin ?

– Oui.

– Il a dû croire que l'appel avait eu lieu plus tard qu'il ne le pensait. Mais j'imagine qu'on peut toujours vérifier sur une facture de téléphone, voir si tu as manqué un appel ce jour-là.

– J'ai déjà regardé, la police aussi. Il n'y a pas eu d'autre appel aussi tardif. Ni à la maison, ni sur son portable, ni au bureau.

– Et c'était la première fois qu'ils se parlaient depuis combien de temps ?

– Cinq ans. Alex me l'a dit la nuit où il a appelé. On avait fini de parler, on essayait de s'endormir et il a dit, presque pour lui : « Ça fait cinq ans que je n'avais pas entendu sa voix. »

– Mais t'a-t-il donné plus de précisions sur cet « ancien péché » ?

– Non. Il a simplement dit qu'il allait régler le problème.

– Il ne l'a pas réglé, dis-je en pensant à ce que Targent m'avait raconté sur les entailles au rasoir et les brûlures.

– Non, dit-elle d'une voix faible. On dirait bien qu'il ne l'avait pas réglé.

– As-tu raconté tout ça à la police ?

– Tout sauf le coup de téléphone de Matthew.

– Pourquoi négliger ça ? lui demandai-je en haussant les sourcils. Il devait savoir quelque chose, Karen. Quelque chose qui aurait pu être utile.

– Je sais. C'est pour ça que je voulais lui parler d'abord. Avant la police.

Je la dévisageai, perplexe quelques secondes, avant de saisir. Elle s'inquiétait des actions passées de son mari. Pour son image, peut-être. Et la sienne.

– Tu voulais pouvoir couvrir l'affaire avant que les flics et les médias s'en emparent. T'assurer que les secrets bien enfouis le restent.

Elle me fusilla des yeux.

– Bien sûr que non ! Je voulais seulement savoir ce qui s'était passé. Lui parler en premier.

Je hochai la tête.

– Eh bien, ça, Karen, c'était complètement nul, comme idée. Parce que maintenant, Matt Jefferson ne dira plus rien à personne. Si tu avais été honnête avec les flics, comme tu aurais dû le faire, ils seraient allés le voir et l'auraient appréhendé avant qu'il ait le temps de se brûler la cervelle. Et je t'assure qu'ils auraient fait un bien meilleur boulot que moi. Évidemment, je m'y serais aussi pris différemment si tu avais été honnête avec moi.

– Tu crois que je ne le regrette pas ? Tu crois que je ne me sens pas coupable ?

Je me tus. Elle hocha la tête et retint des larmes qui menaçaient à nouveau de couler. Elle y parvint, cette fois-ci. Une minute plus tard, elle se tourna vers moi.

– Je veux savoir ce qui est arrivé à cette famille, Lincoln. Il faut absolument que je le sache.

– Ce n'est pas moi qui peux t'aider. C'était une erreur depuis le départ. Et d'ailleurs, pourquoi as-tu tenu à faire appel à moi, nom de Dieu ?

– La police m'a dit qu'elle t'avait interrogé et je…

Elle laissa sa phrase en suspens, fixa le vide d'un regard concentré. Puis elle se tourna à nouveau vers moi.

– Tu te souviens des qualités dont je te parlais ? L'assurance, l'indépendance, la…

– Tout ce qui t'a fait fuir.

Elle grimaça, mais acquiesça.

– Oui. Eh bien, même si elles te rendaient distant, ces qualités me donnaient foi en toi, Lincoln. Elles me mettaient en confiance. Je suis désolée, mais je ne l'ai jamais perdue. (Elle me regarda tristement.) Ça ne signifie rien, pour toi ?

– À peu près autant que toute cette histoire.

– Est-ce que tu comprends que je dois savoir ce qui s'est passé dans cette famille ?

– Oui. Et je te souhaite bien de la chance, mais ce n'est pas moi qui vais t'y aider. C'est impossible. Je n'aurais jamais dû me laisser entraîner là-dedans et j'ai passé une bonne partie de la route à m'en mordre les doigts.

Elle garda longuement le silence.

– Je suis désolée que tu voies les choses ainsi. Je suis désolée de t'avoir impliqué.

Je me levai.

– Il faut que tu appelles la police et lui dises la vérité.

Elle m'accompagna à la porte.

– Je t'enverrai un chèque. Pour la somme dont nous avions convenu.

– Non, tu recevras ma facture avec mes honoraires habituels. Tu régleras la note et on en restera là.

Elle demeura dans l'entrée tandis que j'ouvrais la grande porte et sortais. Le soleil avait complètement disparu et je ressentis le froid morne et glacial de l'air. Je me tournai vers elle, qui n'était plus qu'une silhouette découpée dans la lumière au-dessus de l'entrée.

– Bonne chance, Karen.

Je montai dans mon pick-up et partis.

CHAPITRE 9

Avant même que je quitte la longue allée sinueuse, une paire de phares surgit de l'ombre et m'aveugla. Je grimaçai, ralentis et me protégeai les yeux de l'avant-bras. Quand enfin je m'arrêtai, les phares s'éteignirent et un poing cogna contre la vitre.

Après un clignement de paupières qui fit flotter des petits carrés blancs dans mon champ de vision, je baissai la vitre et, un clin d'œil plus tard, fus confronté au visage de Hal Targent.

– Comment allez-vous, monsieur Perry ?

– Je suis fatigué et je rentre chez moi. Vous voulez bien dégager la voie ?

– Non, je veux que vous descendiez de votre pick-up.

Je détournai les yeux et m'enfonçai dans mon siège – je sentais la frustration monter et menacer de déborder. Je n'étais pas en état de traverser une autre épreuve de ce genre. De me faire cuisiner par un flic à propos de trucs qui n'avaient aucun rapport avec moi. Pas ce soir.

– Descendez de votre véhicule, monsieur Perry.

– Non.

– Je vous demande pardon ?

Il se pencha à l'intérieur et je sentis une odeur de tabac dans son haleine.

– Je n'ai aucune raison de descendre de mon véhicule, Targent. Qu'est-ce que vous me voulez, bon sang ?

– Juste discuter un peu. Ce sera plus facile si vous nous rejoignez.

– Je rentre chez moi.

Il accrocha ses avant-bras à la portière et passa son torse entier par la vitre, empiétant sur mon espace. Mes mains se raidirent sur le volant, mais je regardai droit devant moi par le pare-brise assombri. Mes yeux s'étaient suffisamment habitués à l'obscurité pour que je puisse voir deux voitures de patrouille ; côte à côte dans l'allée, elles me bloquaient le passage. Elles ne pouvaient pas m'avoir suivi – j'étais venu directement de l'Indiana. Donc, soit les policiers surveillaient la maison de Karen, soit ils étaient passés par hasard et, ayant eu la bonne fortune de trouver mon pick-up devant chez elle, ils m'avaient tendu une embuscade.

– Aux dernières nouvelles, vous étiez en prison dans l'Indiana, reprit Targent. Vous êtes venu voir la veuve tout de suite, hein ?

– Je travaillais pour elle.

– C'est ce qu'on m'a dit. Oui, c'est ce qu'on m'a dit. C'est drôle que vous travailliez pour elle juste après nous avoir expliqué que c'était une fieffée salope que vous n'aviez pas revue depuis des années.

– Je ne l'avais effectivement pas revue depuis des années. Et je ne l'ai pas traitée de salope.

Il acquiesça distraitement.

– Non, bien sûr. Aujourd'hui, j'ai passé un bon moment au téléphone avec un détective de l'Indiana, un certain Brewer. Il m'a dit qu'il avait eu le plaisir de converser avec vous.

– Il est charmant.

– C'est aussi ce qui m'a semblé. Mais il a des drôles d'idées.

Le visage de Targent, baigné de la lueur verte du tableau de bord, touchait presque le mien.

– En effet, répondis-je.

Le pick-up était au point mort, mais je n'avais pas coupé le moteur. J'observai le levier de vitesses et songeai à passer en première et à écraser l'accélérateur, pour voir si j'arriverais à trancher les orteils de Targent avant qu'il puisse s'écarter.

– Ce gars m'a exposé une théorie complètement loufoque, poursuivit-il. Le genre de connerie digne d'un feuilleton télé. Un film avec deux vedettes : un couple d'anciens amoureux qui se revoit en secret. Comme leur flamme se ravive, l'idée folle de tuer le mari de la femme leur vient à l'esprit. Pourquoi ? Pour pouvoir s'aimer tranquillement bien sûr, mais c'est pas tout. Car il s'avère que le bougre est plein aux as, et que le premier rôle masculin – dans la version du type de l'Indiana, je crois que c'est vous qui l'interprétez – a envie de trucider le mari depuis longtemps. Il l'a même déjà agressé une fois. Bref, les amants se débarrassent du mari gênant, d'accord? Mais merde, ils s'aperçoivent qu'ils ne ramassent que la moitié du fric. L'autre revient à son merdeux de fils alors que le père et ledit fils ne se voyaient jamais. C'est trop injuste. Et si le fils mourait lui aussi, hein? Alors là, ça serait sacrément pratique. Mais c'est là que l'intrigue part en vrille, à mon avis. C'est à ce moment-là que le film passe du long-métrage au feuilleton télé merdique. L'homme et la femme essaient de déguiser la mort du fils en suicide. Alors qu'il n'a aucun motif apparent de se supprimer et qu'il vient même d'hériter de plusieurs millions! Et puis… et c'est là que les réalisateurs d'Hollywood s'arracheraient les cheveux, car l'histoire a perdu toute crédibilité… le seul témoin du suicide est le même mec que l'on soupçonne d'avoir assassiné le mari.

Targent ricana et hocha la tête.

– Franchement, c'est pas ridicule, tout ça? conclut-il. Il est suspect du meurtre, ancien amant de la riche veuve, et le voilà justement unique témoin du suicide du gamin? Vous trouvez pas ça un peu fort?

– Foutez le camp de mon pick-up, dis-je en enclenchant une vitesse.

– Pas si vite, Perry. Je vous exposais la théorie du type de l'Indiana. Ce n'est pas la mienne.

– Poussez-vous.

– Inutile de vous presser. J'ai bien peur que le passage soit bloqué.

Je levai le pied de la pédale de frein et laissai le pick-up descendre lentement. Targent m'accompagnait en gardant la main sur la poignée. Puis j'appuyai sur l'accélérateur et Targent s'écarta de la vitre juste avant que je le traîne. Les voitures de police étaient garées une dizaine de mètres devant moi. Je braquai à gauche, quittai l'allée et roulai dans l'herbe. Quelques plants d'ornement me bloquaient l'accès à la pelouse. Je passai dessus. C'est pour ça que je conduis une Silverado plutôt qu'une Toyota Prius, et ce sont des moments pareils qui justifient mon choix. Après les jolis buissons, je braquai à droite, ouvris les gaz et sentis les roues arracher l'herbe humide tandis que je contournais les véhicules, roulais sur un autre parterre et finissais par retomber dans l'allée.

– Elle a du fric et des jardiniers, lançai-je à voix haute.

Je n'allais pas être rongé par les remords pour avoir endommagé sa pelouse. Je retrouvai la route. Un moteur ronfla derrière moi, mais je ne vis pas de gyrophare et me dis que c'était aussi bien comme ça – une nuit en prison par semaine suffit amplement.

***

– Qu'est-ce que je t'ai dit, pour le paillis ? me demanda Joe. Tu peux pas le balancer en touffes, puis l'étaler avec un râteau. La couche doit être régulière et lisse. Comme une couverture.

À quatre pattes, le visage inondé de sueur, je le regardai et résistai à l'envie pressante de l'empaler avec le râteau. Il était assis dans un fauteuil de jardin, à quelque trois mètres de moi, enveloppé dans une parka dix fois trop grande qu'il aurait normalement dû sortir du placard deux mois plus tard, et sirotait une tasse de café en me fixant de son regard furieux.

– Écoute, Joe, lui dis-je. T'as déjà bien éprouvé ma patience en me faisant passer ce foutu motoculteur. C'est le genre de truc qui se fait au printemps, normalement. Pas en automne.

– Si t'avais la moindre notion de ce qui est nécessaire pour préparer un jardin à affronter l'hiver, tu ne dirais pas ça. Le motoculteur, on le passe en automne, et on le repasse au printemps. Ça fait une différence énorme.

Différence énorme, mon cul. Je me détournai de lui, hochai la tête, repris le râteau et continuai à étaler le paillis. Ruth, la femme de Joe, avait les plus belles fleurs du quartier avant de mourir. Après sa disparition, il avait pris le relais, même s'il n'avait jamais regardé les fleurs avant. Joe s'était naturellement attelé à la tâche avec plus d'intensité que le commun des mortels. Avec une épaule et un bras diminués, il m'avait recruté pour préparer son jardin à l'hiver. L'idée ne m'avait pas déplu, jusqu'à ce qu'il s'installe dans son siège avec la claire intention de me superviser.

– Est-ce que t'as pris la peine de m'écouter, au moins ? lui demandai-je.

– Oui, mais c'est beaucoup plus facile quand tu travailles correctement.

Je continuai à étaler le paillis en lui racontant mes péripéties dans l'Indiana jusqu'à ma rencontre de la veille avec Targent. Son regard m'indiquait qu'il portait toute son attention sur le paillis, mais il lui arrivait de grogner comme s'il suivait vraiment mon récit.

– Ce qui fait que, dans l'Indiana comme ici, j'ai des flics qui essaient de m'épingler pour non pas un, mais deux homicides.

– Ça représente une journée de travail bien chargée, même pour toi. Je m'attendais à un homicide, mais deux, tu te surpasses.

– Je crois que les flics étaient impressionnés, eux aussi.

– Et Karen ?

– Est-ce qu'elle était impressionnée ?

– Non, je veux dire… comment elle s'en sort ?

– Pas très bien. Ou alors, du mieux possible si on prend en compte le genre de famille qu'elle a épousée.

– Tu dis ça avec une belle satisfaction.

– Ah bon ?

– Ouais. Et même si je déteste ajouter d'autres mauvaises nouvelles à ta… Tu sais, je crois que t'as pas planté ces bulbes de plantes vivaces assez profondément.

– Quelles mauvaises nouvelles ?

– Je te l'ai déjà dit, LP, au moins quinze centimètres. Il faut bien les enterrer pour l'hiver. Les plants d'automne dépendent toujours de la profondeur.

– Mais ça fait quinze centimètres.

– Je crois pas…

Je soupirai et me tournai de l'autre côté.

– Quelles mauvaises nouvelles, Joe ?

Il posa un regard froissé sur son parterre de fleurs avant de se pencher à nouveau sur mon cas.

– Ça ne devrait pas avoir d'incidence sur toi, en fait, mais ce n'est guère encourageant pour Karen.

– Explique-toi.

– Cal Richards m'a appelé le jour où tu es parti dans l'Indiana. Apparemment, Targent lui avait posé quelques questions sur toi, il voulait avoir son avis sur ta capacité à amocher quelqu'un à la lame de rasoir.

Cal Richards était un flic des Homicides de Cleveland avec qui nous avions collaboré pendant l'été.

– Laisse-moi deviner : Cal leur a conseillé de me passer les menottes ?

– Non, il devait rentrer de vacances ou autre chose qui l'avait mis de bonne humeur parce qu'il leur a dit de pas perdre leur temps avec toi. Ils lui ont renvoyé que, de toute façon, t'étais pas une piste sérieuse. Il est possible que ç'ait changé après le suicide de l'Indiana, mais c'est ça qu'ils ont dit à Richards.

– D'accord.

– Richards m'a dit… en me menaçant de tout ce que j'encourrais si je dévoilais l'information, bien sûr… que Targent et son équipe s'intéressaient à certaines conversations que Jefferson avait eues avec son agent de change ou son expert-comptable, va savoir comment son gourou des finances s'appelait…

– Et… ?

Un coup de vent lui dégagea le front de ses cheveux grisonnants et clairsemés, souffla la fumée de son café hors de la tasse et la projeta dans un ciel couvert. Le ton de Joe restait détaché, mais son visage s'était assombri et tendu.

– D'après le comptable, Jefferson essayait de déterminer à combien de liquide il avait accès, et en combien de temps. Il n'a pas donné de raison et quand le matheux a demandé une explication, Jefferson lui a répondu de se mêler de ses affaires, mais il voulait liquider le maximum en un minimum de temps.

Je fronçai les sourcils.

– Il était avocat d'entreprise. Il avait peut-être trempé dans une affaire foireuse qui s'apprêtait à l'éclabousser et il craignait d'avoir ses biens saisis à l'issue d'une enquête.

Joe grogna, mais ce n'était pas pour approuver. J'avais passé assez de temps avec lui pour traduire ses grognements.

– Si la source de son inquiétude était une enquête, tu crois pas qu'on aurait déjà les détails ? Quelqu'un serait venu dire qu'il s'intéressait à ce type. Et je ne me souviens pas de cas de mecs torturés au rasoir et au briquet dans des affaires de délit financier, et toi ?

– La moitié des activités de la mafia baigne dans la grande finance.

Mais je vois ce que tu veux dire. Qu'est-ce que t'en conclus, dans ce cas ?

Il haussa les épaules et but un peu de café.

– Y a plusieurs raisons pour lesquelles on peut avoir envie de transformer tous ses biens en liquide du jour au lendemain, LP. T'en as avancé une, il est aussi possible qu'il ait prévu de se tirer pour fuir quelque chose. Mais on n'a aucune preuve à l'appui. Qu'est-ce qui nous reste ? Qu'est-ce que tu ferais avec tout ce liquide ?

Je portai tout mon poids sur mes talons – je m'étais accroupi par terre comme le receveur d'une équipe de base-ball gardant le marbre et le fixai en commençant à comprendre.

– Extorsion, dis-je. Tu penses que quelqu'un le faisait chanter ?

Il haussa encore les épaules.

– Il me semble que ça expliquerait peut-être ses conversations avec le comptable. Et si c'est effectivement le cas, la dette ne s'arrêtera pas forcément avec Jefferson. C'est pour ça que j'ai parlé de Karen.

J'y réfléchis et me rappelai sa peur évidente et ses nerfs à vif comme le bout dénudé d'un poteau électrique effondré sursautant et court-circuitant au moindre coup de vent. Était-ce une question d'argent ? Quelqu'un essayait-il de lui en soutirer ?

– Ne te monte pas la tête, reprit Joe. Je dis ça comme ça, c'est tout. C'est le seul détail un peu significatif que Richards m'ait donné.

Je débarrassai le paillis de mes gants et les ôtai. Joe se leva et plia le siège de jardin contre sa cuisse avec son bras valide.

– À mon avis, tu ferais bien de prendre tes distances avec toute cette affaire.

– Un peu tard pour ce conseil, mais c'est bien ce que j'entends faire.

Il lança un dernier regard critique sur le parterre de fleurs et hocha la tête. Totalement dégoûté par mon travail, mais résolu à s'en contenter jusqu'au printemps.

– Tu as de la physio cet après-midi ?

– Non, pas avant demain.

– OK. Bon, je vais retourner au bureau. Je passerai quelques coups de fil à nos avocats préférés pour voir s'ils ont du nouveau à nous filer. Faut qu'on leur rappelle de nous faire bosser de temps en temps.

Il pouvait tout à fait s'impliquer et m'aider dans ce genre d'activités ; j'attendis de voir s'il allait mordre à l'hameçon.

– J'espère que tu n'appelleras pas pour Jefferson.

– Non, je n'en ai pas l'intention.

Il approuva, puis repartit vers sa maison.

– Merci du coup de main dans le jardin, Lincoln. Et bonne chance !

Je lui dis au revoir, sortis dans la rue, montai dans mon pick-up et démarrai. « Bonne chance ! » C'est exactement ce que j'avais dit à Karen la veille. Avant de m'en aller et de la laisser se débrouiller avec ses problèmes. Coïncidence ? Mais bien sûr. Bien sûr.

CHAPITRE 10

La journée traîna en longueur. Nous avions un peu de boulot, mais rien n'exigeait un haut degré d'effort ou de concentration. De l'ordinateur dans l'ensemble – des recherches de personnes et de titres fonciers. Je fermai à dix-sept heures, rentrai chez moi, me changeai et descendis à la salle de gym.

Après une heure à soulever de la fonte, je sortis courir. Octobre est un de mes mois préférés pour le jogging ; l'air est assez frais pour tonifier, sans être froid au point de vous comprimer les poumons. Je courus une trentaine de minutes, traversai Rocky River Drive, descendis la colline jusqu'au parc, puis remontai par le pont. Je frôlai une de ses arches métalliques de la main, comme toujours, en souvenir de la fois où mon coéquipier avait failli mourir dans la rivière, en signe de remerciement qu'il s'en soit tiré. Je revins à la salle de gym couvert de sueur et à bout de souffle et repérai la voiture d'Amy dans le parking.

Je ralentis l'allure à une simple marche ; mon cœur cognait fort et ma poitrine se soulevait. J'étais heureux de la voir, mais aussi immédiatement sur mes gardes. Lors de notre dernière rencontre, elle avait été en colère – frustrée, en tout cas –, et nous ne nous étions pas parlé depuis.

Elle m'avait sans doute repéré dans le rétroviseur, car elle ouvrit la portière et descendit de son Acura avant que je l'atteigne. Elle portait un jean et un chemisier boutonné sur un débardeur blanc. Petite et svelte, comme toujours. Mignonne, comme toujours.

– Salut, lui dis-je.

J'ai le chic pour trouver des entrées en matière subtiles.

– Salut.

Elle tenait un bout de papier à la main et me regardait d'un air soucieux.

– Faut croire que j'ai bien fait de louper le voyage en Indiana, hein ?

– T'as parlé à Joe ?

– Non.

– Qu'est-ce que tu sais, alors ?

– Ça.

Elle me tendit le bout de papier. C'était une dépêche d'agence, avec Associated Press imprimé en en-tête, et la mention : Morgantown, Ind. Il n'y avait pas de titre, mais l'accroche donnait une idée précise du contenu :

> *Le seul témoin d'un suicide violent commis près de Morgantown jeudi soir est un détective privé de l'Ohio qui a certains liens avec le père de la victime, récemment assassiné.*

Je levai la tête et fronçai les sourcils avec elle.

– Où as-tu trouvé ça ?

– C'est une dépêche, Lincoln. On publie un article demain.

– Quoi ?!

Elle confirma d'un signe de tête.

– Je savais que tu serais fâché, mais je n'ai pas pu dissuader mon directeur de rédaction. Surtout avec le meurtre de Jefferson, dont tout le monde parle. Cette journaliste de l'Indiana doit être en bons termes avec les flics parce qu'elle a eu beaucoup de renseignements. Merde, on parle pas souvent des suicides sauf quand la victime est célèbre ou si c'est un élu ou un mec dans le genre. C'est une des rares zones des médias où on respecte la vie privée.

Je grognai et lus le reste de l'article dans le parking. Oui, une journaliste de l'Indiana entretenait en effet d'excellentes relations avec les flics. Elle ne citait pas ses sources, se contentait de nombreux « d'après la police », mais je savais que les citations ne pouvaient provenir que de Brewer. L'article me nommait et expliquait que j'avais passé la nuit en prison, accusé d'avoir exercé mes fonctions sans licence de privé valide dans l'État, mais n'importe qui dans la police aurait pu donner ces informations. Les détails de ma relation avec Karen et de mon agression sur son mari, ça, en revanche, ça sentait le Brewer à plein nez.

– Il lui a sans doute demandé de s'assurer que l'agence de presse diffuse largement l'info, lui fis-je observer en froissant la feuille. Il veut me mettre la pression. Ce trou du cul pense que je suis impliqué.

– Quel trou du cul ?

Je soupirai et me frottai les yeux.

– Ouais, j'ai sans doute pas mal de trucs à te raconter. Entrons.

Nous montâmes à mon appartement ; je lui expliquai ce qui s'était passé en buvant une bouteille d'eau, adossé au mur alors qu'elle s'était assise sur le canapé. Elle m'écoutait attentivement, mais un peu trop silencieusement – elle ne posait aucune question alors que d'ordinaire, j'aurais dû la faire taire pour pouvoir finir mon histoire.

– Ça t'ennuie si je prends une douche ultrarapide ? lui demandai-je à la fin de mon récit.

La sueur de la gym et du jogging séchait et je voulais me nettoyer et enfiler des vêtements propres.

– Vas-y.

J'y allai. Quand je revins, elle était toujours assise sur le canapé. La télévision était allumée, sans le son, mais elle ne la regardait pas, elle avait choisi de fixer le mur.

Je m'approchai du sofa, mais ressentis une aura ; des signes de défense émanaient d'elle et me disaient que je ferais mieux de ne pas m'asseoir juste à côté. Je décidai de m'installer par terre et, adossé au canapé, inclinai la tête pour pouvoir la regarder.

– Ça va ?

Elle acquiesça.

– Oui. Mais je pense te devoir des excuses. J'avais besoin de faire sortir des trucs, mais je m'y suis mal prise.

– C'est pas grave, Amy.

Elle haussa les épaules et se tut.

– Il faut dire ce qui te vient à l'esprit quand ça te vient à l'esprit, affirmai-je. On ne peut pas vivre autrement, mon amie.

– Ah bon ? Dans ce cas, pourquoi je sais jamais ce que t'as en tête, toi ?

– Parce que je suis un mec superficiel et idiot. J'ai jamais rien en tête.

– Bien raisonné, dit-elle en riant.

Nous gardâmes un moment le silence. Je me demandai si elle espérait que je mène le jeu et relance la conversation qu'elle avait initiée dans le parking le matin de mon départ pour l'Indiana. Mais je me tus. S'il y a une chose que je gère encore plus lamentablement qu'une relation, c'est une discussion sur cette relation. Un brillant causeur qui refuse de causer de sujets importants. Ce qui faisait de moi… un mec superficiel et idiot ? Ouais, ce n'était peut-être pas une plaisanterie.

– T'en as bavé, ces deux derniers jours, me dit alors Amy, sans doute pour combler le silence.

– Ça oui.

Je baissai la tête et poussai un long et profond soupir. J'en avais effectivement sérieusement bavé.

Elle se pencha vers moi, ses doigts frais glissèrent sur mon cou et elle se mit à masser l'endroit où les muscles du haut du dos rejoignent ceux du cou. Je poussai un soupir reconnaissant et penchai la tête en arrière en sentant la tension s'apaiser. Elle avait des mains fines et délicates, mais fortes. Tout le reste de mon corps sembla disparaître ; je n'existai bientôt plus que dans un centimètre carré juste au-dessus de l'omoplate. Ce doux contact me rappela – pas pour la première ni pour la cinq centième fois – l'ardeur de mon désir pour elle.

Tu sais ce que ça veut dire quand ton amitié commence à faire un tchaqueti tchac qui devient un claqueti clank ? Oui. Ça veut dire que t'as merdé. Et comment ça se répare ? En arrêtant d'avoir peur.

Elle me massa le dos quelques minutes de plus, puis elle s'arrêta et me caressa doucement de ses ongles en retirant la main. Je tordis le cou et la regardai.

– Merci.

– De rien, t'avais l'air d'en avoir besoin.

– Plus que tu ne peux imaginer.

Je pris appui sur le plat des mains, me relevai et glissai sur le canapé à côté d'elle. Elle m'observait, lovée contre l'accoudoir. Je lui rendis son regard en essayant de me rappeler pourquoi j'avais toujours évité de faire le premier pas, qu'est-ce que j'attendais ? Ma logique de base était sage, au départ : ma capacité à maintenir une relation était pauvre, au mieux, et Amy était une amie trop précieuse pour risquer de la perdre. Mais Grace avait raison sur un point. J'allais devoir cesser d'avoir peur d'échouer et songer à ce qui avait des chances de réussir. Et c'était peut-être le bon moment.

J'avais commencé à m'approcher d'elle quand elle dit :

– Je ne dois plus te considérer comme une relation potentielle.

Je restai figé, gauche et coincé dans mon ébauche, puis je m'éloignai d'elle et haussai les sourcils.

– Pardon ?

– Ça ne pourrait jamais marcher, tu sais. On n'arrêterait pas de s'engueuler. C'est déjà le cas la moitié du temps et on n'est qu'amis. On est trop semblables. Je crois qu'on a pris la bonne décision, même si c'est surtout toi qui l'as prise, et je devrais m'estimer heureuse. Je te demande pardon, Lincoln. Les bons amis ne courent pas les rues et les perdre est douloureux. Je ne veux pas que ça nous arrive.

Je n'avais pas vraiment tenté de l'embrasser, mais j'avais l'impression de l'avoir fait et eus du mal à me rattacher au cours qu'avait brusquement pris notre conversation.

– Tu n'as pas à t'excuser de quoi que ce soit, bafouillai-je.

– Je me suis laissé emporter par mes émotions l'autre jour, c'est tout. Et quand je t'ai demandé combien de relations abouties tu avais eues depuis qu'on s'était rencontrés, j'aurais mieux fait de m'adresser cette question à moi-même.

– En fait, je pensais…

– Merde ! s'exclama-t-elle en regardant sa montre.

– Quoi ?

– Je devais retrouver quelqu'un pour un café il y a vingt minutes. J'ai perdu la notion du temps. Je voulais te faire passer cet article et m'excuser, c'est tout.

Elle se leva et prit son sac.

– On ne devrait pas abandonner cette conversation comme ça, lui dis-je.

Elle acquiesça hâtivement tandis que je la raccompagnais.

– Bien sûr, on y reviendra, mais je dois vraiment filer. Désolée, Lincoln. À très bientôt.

– J'espère bien, dis-je à la porte qui se fermait.

Une minute plus tard, je descendis au parking comme si je

pouvais la rattraper alors que j'avais entendu sa voiture s'éloigner. Le parking était vide, aucun noctambule n'était venu s'entraîner. Je restai planté là, les mains dans les poches, à me protéger du vent d'octobre, le regard perdu dans le vide. Il faisait froid, mais je n'avais pas envie de remonter. Je fermai la porte à clé, fis le tour du bâtiment et empruntai Lorain Avenue vers l'ouest.

Cela faisait un an et demi que je connaissais Amy, nous passions chaque mois davantage de temps ensemble et je n'avais jamais rien tenté au-delà de l'amitié. Et c'était juste le soir où elle m'expliquait qu'elle acceptait cet état de fait comme une situation permanente et appropriée que je m'étais décidé à tenter autre chose. Parfait. Je suis le maître de la synchro.

Je pris Rocky River Drive sur ma gauche et descendis Chatfield Avenue, puis je marchai en direction de l'est et tentai de décrire une boucle dans une ville où tout est rectangulaire. Une voiture s'arrêta à côté de moi et se gara devant une maison qui arborait une sorcière gonflable géante juchée sur un balai, son visage vert électrique luisant sous son chapeau noir pointu. On allait célébrer Halloween dans une semaine. J'avais inconsciemment pris la direction de chez Joe. Il n'était probablement pas encore couché et regardait un vieux match rediffusé sur la chaîne des sports, mais je n'étais pas sûr de vouloir débouler chez lui pour lui annoncer la nouvelle. Peut-être hésitais-je à le déranger si tard, ou peut-être était-ce qu'au fil des semaines je m'étais mis à le voir de moins en moins comme mon coéquipier et de plus en plus comme un ancien collègue.

Plusieurs autres maisons de Chatfield Avenue étaient décorées dans l'esprit d'Halloween, avec citrouilles éclairées aux fenêtres et squelettes qui pendouillaient aux arbres. Les célébrations sont toutes bizarres quand on pense à leur origine et à ce qu'elles sont devenues, mais Halloween est sans aucun doute une des plus étranges.

Mon haleine se dessinait devant moi tandis que je marchais d'un pas vif, les mains toujours dans les poches et les bras serrés le long du corps pour conserver la chaleur. Mes cheveux mouillés absorbaient le froid en me donnant des frissons. J'étais candidat au rhume. De fait, ce n'aurait pas été le pire. J'aurais été obligé de rester chez moi, au lit, loin du monde et de tous ses imprévus.

L'agresseur courant dans l'herbe plutôt que sur le trottoir, je ne perçus ses pas derrière moi qu'à la dernière seconde. J'avais entendu l'ouverture et la fermeture d'une portière de voiture, mais je m'étais dit qu'il s'agissait des gens garés devant la maison à la décoration de sorcières et n'avais pas pris la peine de vérifier. Je m'étais à demi retourné pour voir ce qui m'attendait lorsqu'il se jeta sur moi, son plaquage me décollant du trottoir et me projetant l'épaule contre un arbre avant que je ne m'effondre lourdement.

Je tombai sur le dos, la meilleure position pour me défendre du nouvel assaut d'un type dont je ne voyais que la silhouette sombre : il avait le visage dissimulé dans l'ombre et une casquette de base-ball bien enfoncée sur le crâne. Je me remettais sur pied quand il tenta son coup, j'esquivai et plongeai sur lui, il me rata de quelques centimètres. Le bruit de sa main quand elle passa près de mon oreille m'indiqua qu'il tenait une arme plutôt lourde. Il recula avec adresse et rapidité quand je plongeai et, plutôt que de préparer un deuxième coup, il se contenta d'inverser l'élan de son corps et relança son poing droit sur ma tête en un revers aussi fluide et souple que celui d'un joueur de tennis. Il y mit tant de force et de vélocité que je crus goûter le sang dans ma bouche avant de basculer dans le néant.

CHAPITRE 11

Ma première pensée quand je revins à moi me glaça d'horreur à l'état pur : j'étais aveugle. Groggy, j'avais lentement repris conscience, puis, soudain éveillé et alerte, j'avais cligné des yeux et tenté en vain de discerner quelque chose. Tout était plongé dans le noir et, l'espace de quelques secondes atroces, je fus en proie à un effroi tel que je n'en avais jamais éprouvé – je me croyais privé de mes yeux, peut-être même pour toujours. Puis je sentis un tissu sur mon visage et compris qu'on m'avait placé une espèce de sac sur la tête bien serré autour du cou.

Je reçus un coup dans les côtes.

– Conscient ?

Je commençai à retrouver des repères : fraîcheur de la terre, humidité de l'herbe sous mon corps, mains liées derrière le dos, pas avec des menottes, mais avec une de ces attaches en plastique super-résistant qu'utilisent parfois les flics. Le sac que j'avais sur la tête était en toile très épaisse et ne laissait filtrer aucune lumière. Je passai ma langue sur mes lèvres sèches et grimaçai au contact d'une profonde entaille au goût cuivré. Une douleur cuisante s'intensifiait derrière mon oreille droite.

– Dites quelque chose.

Un autre coup, de botte probablement, dans les côtes.

– Enlève-moi ce sac de la tête, connard.

Rire.

– Ah, ça y est, il est revenu à lui.

– Enlève-moi ce sac, j'arrive pas à respirer.

Sitôt dit, j'eus l'impression que c'était vrai, non, je ne pouvais vraiment plus respirer, et je dus me calmer au risque de suffoquer de panique.

– Vaut mieux que tu gardes ce sac. C'est la gracieuse alternative que je t'offre, Lincoln Perry. Une chance de discuter. L'autre option est que tu t'appliques à mourir. Alors, tu vois, je pense qu'il vaut mieux le garder.

Sur ce, une main se baissa et agrippa le sac, avec quelques touffes de mes cheveux, et me redressa. Quand je fus agenouillé, la main me lâcha.

– Reste à genoux.

Dans cette position, les mains ligotées derrière le dos, un sac sur la tête, j'eus l'impression d'attendre mon exécution. Je tentai de me remettre debout, mais, d'un coup de botte dans le dos – et sans délicatesse –, il me remit à genoux.

– Ne bouge pas. Contente-toi de rester tranquille et de parler. Obéis et tu seras chez toi ce soir.

Je me léchai encore les lèvres, ma salive liquéfiant le sang séché dont le goût m'emplit la bouche.

– Qui t'es ?

– Un homme qui a beaucoup de choses en commun avec toi. C'est pour ça que je préfère t'entendre parler que te voir mourir. On a quelques ressemblances, oui, c'est indéniable.

Je gardai le silence – j'attendais la suite.

– Tu n'as pas besoin de me connaître, Lincoln Perry. Je te connais, moi, et c'est l'essentiel. Je sais qui tu es, ce que tu as fait de ta vie, et ce qui compte pour toi. Je sais que tu as rendu visite à Karen Jefferson hier soir, que tu as fait du jardinage chez ton coéquipier ce matin et que tu as passé un moment avec une jolie journaliste ce soir. Elle avait l'air perturbée quand elle est partie. Qu'est-ce que tu lui as fait pour lui gâcher sa soirée ?

– Je voulais jouer à des petits jeux pervers avec les mains liées et un sac sur la tête.

Il rit.

– Bravo, Lincoln. C'est bon de voir que tu as retrouvé la forme et que tu dissimules si bien ta peur. J'applaudis ce bel effort. Mais n'en fais pas trop.

J'entendis le cliquetis d'un barillet qu'on charge, puis je sentis le métal dur contre ma nuque.

– Garde bien ta peur, Lincoln. Je suis un homme à craindre, même si je veux te maintenir en vie. Ne l'oublie pas.

L'arme s'éloigna de ma tête, je m'aperçus que je mordais ma lèvre blessée et sentis le sang couler à nouveau.

– Tu as causé quelques problèmes, reprit l'inconnu en passant derrière moi, du côté gauche.

Je n'entendais que la brise et sa voix. Où que l'on fût, c'était isolé. Cette prise de conscience n'avait rien de réconfortant.

– Mais je pense que tu as causé ces problèmes par inadvertance, poursuivit-il. C'est embêtant. Ces problèmes, je suis obligé de les résoudre à présent.

– Bien.

En parlant, je sentis mes lèvres frôler l'épaisseur du tissu.

Je restai silencieux, puis compris à quel point c'était futile. Si je refusais, il trouverait un moyen de me faire parler. Ce qui aurait été valable si j'avais eu quelque information précieuse à protéger. Mais je ne pouvais rien lui apprendre qu'il n'ait déjà pu lire dans les journaux.

– Je suis allé chercher le fils de Jefferson pour lui dire que son père était mort et qu'il était riche. Quand je l'ai trouvé, il s'est tué, sous mes yeux.

– Combien de temps es-tu resté avec lui ?

– Deux minutes, au maximum.

– Il t'a parlé ?

– Oui.

– Qu'est-ce qu'il t'a dit ?

Sa voix avait pris une intensité nouvelle.

J'hésitai.

– Qu'est-ce qu'il t'a dit ?

– Il m'a donné ton nom et m'a expliqué ce que tu manigances. À cette heure, une dizaine de flics sont sur ton affaire.

Après une pause, il me frappa. Un coup rapide et puissant, dans les reins. Je basculai vers l'avant et, comme je ne pouvais pas utiliser mes mains pour me protéger, je tombai tête la première. Je reniflai la terre humide une demi-seconde avant que la main se resserre sur le sac et sur mes cheveux et me rejette en arrière.

– Pourquoi ? Pourquoi dire ça, pourquoi raconter un mensonge sans raison ?

– Parce que j'en ai ras-le-bol de ce sac, tête de nœud !

L'arme reparut, dure et froide contre ma nuque.

– Je répète ma question : qu'est-ce que le fils t'a raconté ?

Je sentis du sang me dégouliner sur le menton. Après une longue pause, je parlai :

– Il m'a dit que tu avais une raison, alors que moi, j'étais seulement motivé par l'appât du gain. Il croyait que je te connaissais, qu'on était ensemble. Et après avoir dit ça, il s'est mis son arme dans la bouche et a tiré.

– Tu mens.

– C'est ce que tu disais avant. Faudrait choisir une version.

Sa main se resserra autour du sac et il me tira douloureusement les cheveux.

– On a le même problème, au départ. Je sais ce que tu as fait à Jefferson et je sais ce qu'il t'a fait, lui. Je compatis et t'admire pour ça. Mais le compte que t'avais à régler ? L'injustice que tu as subie ? Là, Lincoln, ça ne me touche pas du tout. Tu l'as vu sous son meilleur jour et moi le pire. Et j'ai voulu régler mes comptes.

– Tu l'as tué.

– Oui. J'aurais tué aussi son fils. Mais tu m'en as empêché. Ça m'a profondément déplu.

– Qu'est-ce que le fils avait à voir avec lui ?

– Tout. Ce petit merdeux a appelé son papa en plein milieu de la nuit et j'ai payé le prix, pendant cinq ans. Mais ce n'est pas ton affaire. Rien de tout ça ne te concerne, en fait, et je regrette qu'on en soit arrivés là ; mais quand tu es allé dans l'Indiana et que tu y as laissé un homme mort, tu as créé de sérieux problèmes. Tu as changé la donne en une seule manœuvre, même si tu l'ignores. On va devoir changer de cible, repenser les choses, et toi, tu vas devoir absolument t'éloigner.

– Comment ça, changer de cible ?

– Lincoln, tu m'écoutes ?

Je m'étais mis à trembler, le vent me glaçait, j'étais à genoux, sans veste sur mon tee-shirt, la bouche en sang, les yeux aveuglés.

– Laisse Karen tranquille, lui dis-je. Quoi que Jefferson t'ait fait, ce n'était pas la faute de Karen.

Il s'adressa à moi avec une voix de professeur frustré :

– Tu ne comprends pas un traître mot à toute cette affaire. Peux-tu me le confirmer ? Peux-tu me dire que tu n'y comprends rien ?

– Je n'y comprends rien.

– Évidemment. Et ça vaut beaucoup mieux pour toi. Parce que je vais te ramener chez toi. Et c'est chez toi que tu devras rester, Lincoln. Sais-tu ce que j'ai promis à Jefferson ? Je lui ai promis que, quand j'en aurai fini avec lui, il accueillerait la mort à bras ouverts. Qu'il me supplierait de le laisser mourir. Je lui ai dit qu'il trouverait sa tombe accueillante, Lincoln. Il ne m'a pas cru. Au début. Il pensait pouvoir tout arrêter. Mais à la fin, ça, il me croyait.

Il s'accroupit à côté de moi et me tapota le crâne avec son arme.

– Ne t'occupe pas de cette pouffiasse. Je suis déçu que tu puisses encore lui adresser la parole, mais j'imagine qu'il fallait s'y attendre. Maintenant c'est fini. Bien fini. Une autre visite chez elle risque de t'attirer des ennuis que je ne pourrai pas éviter.

Un silence s'installa quelques minutes, puis l'inconnu se leva. Je l'entendis et le sentis s'agiter derrière moi. Il tombait quelques gouttes à présent, le vent avait forci et devenait plus régulier ; je fus saisi de tremblements incontrôlables.

– Que t'a dit le fils de Jefferson ? demanda-t-il une nouvelle fois.

Je portai mon poids sur l'avant de mes genoux car la position devenait douloureuse.

– Il ne m'a rien dit. Rien de plus que ce que je t'ai déjà raconté.

– Il savait ce qui l'attendait. C'est pour ça qu'il l'a fait. Je l'avais prévenu que son père trouverait sa tombe accueillante, et il n'avait ni l'arrogance de son père, ni sa bêtise. Il m'a cru. Il savait qu'il ne pourrait pas échapper au sort qui lui était réservé.

Après un moment de silence, il ajouta d'une voix préoccupée :

– Bon, d'accord.

Bien, pensai-je, ce tordu est satisfait et il va me laisser partir.

Ce fut ma dernière pensée avant qu'il me frappe à nouveau, un coup si violent que je crus que ma tête se détachait de mon corps. Puis le monde disparut pour la deuxième fois.

***

Je me réveillai dans la benne de mon pick-up toujours garé dans le terrain derrière mon immeuble. Je grognai, la douleur s'étendit de ma tête à chaque centimètre carré de mon corps, j'essayai de m'asseoir. Le ciel et la terre tournaient autour de moi en une valse effrénée ; je repris ma position allongée, léchai mes lèvres et attendis.

Je dus m'y reprendre à trois fois pour descendre. Le rebord du plateau me semblait démesurément élevé et le sol extrêmement lointain. Dès que mes pieds touchèrent le sol, mes genoux me lâchèrent et si je ne m'étais pas retenu au côté du pick-up, je me serais effondré. Je restai accroché ainsi quelque temps. Peut-être cinq minutes, peut-être dix. Je prenais des petites inspirations tremblotantes en essayant de bloquer le fougueux concert de cloches à l'intérieur de mon crâne.

Mes clés étaient toujours dans ma poche. Je les sortis avec mes doigts raides, ouvris la porte et montai les marches une à une en me tenant au mur. Puis je dus ouvrir la porte de l'appartement, ce qui me demanda un effort supplémentaire. Lorsque enfin je franchis le seuil en chancelant, j'eus l'impression de terminer la dernière manche d'un triathlon. Le genre de triathlon avec des épreuves où l'on doit courir sur la tête, bien sûr. J'entrai dans la salle de bains, allumai la lumière et me regardai dans la glace.

– Sacré nom de Dieu ! m'exclamai-je.

J'avais du sang plein le visage et le cou et je ne m'étais jamais connu une peau si pâle. Je fis couler l'eau et me rinçai le visage, puis je fis rougir de sang une serviette blanche. Quand mon visage fut nettoyé, je m'aperçus que ce n'était pas si terrible. L'entaille à ma lèvre avait pissé le sang, mais rien de catastrophique, une simple coupure profonde à l'intérieur de la bouche. Il faudrait sans doute quelques points de suture et je devrais absolument m'assurer que je n'avais pas de commotion cérébrale. Je ne savais pas avec quoi il m'avait frappé, un nerf de bœuf peut-être, ou alors un coup-de-poing américain, mais il m'avait sonné comme si Mickey Mantle m'avait asséné un coup de sa batte de base-ball.

Je me passai le bout des doigts sur la nuque et sentis deux grosses bosses, toutes les deux à droite. Je fis tomber une fiole d'Ibuprofène de l'armoire à médicaments, enlevai le couvercle, me jetai quelques cachets dans la bouche et les fis descendre avec de l'eau. Je les avais à peine avalés que je les sentis remonter ; je tombai à genoux et vomis dans les toilettes. Recroquevillé par terre, saisi de haut-le-cœur, j'appuyai la tête contre la baignoire. La fraîcheur de la céramique soulagea ma nuque meurtrie. Quelques minutes plus tard, je tentai de reprendre de l'Ibuprofène et réussis à l'absorber. Je me rendis dans la cuisine où je remplis un sac de glaçons, puis je le plaçai sur un coussin du canapé, où je m'allongeai et me blottis.

– Sacré nom de Dieu ! dis-je à nouveau.

J'avais déjà eu la migraine, comme la fois où j'étais rentré tête la première dans un mur de brique, mais ça n'avait rien à voir. Les commotions cérébrales sont dangereuses. Les fractures du crâne encore pires. Si je m'endormais maintenant, je risquais de ne jamais me réveiller.

Deux minutes après, j'étais parti.

***

Je me réveillai deux heures plus tard, des traînées d'eau glacée du sac me dégoulinaient dans le cou. Je remuai un peu pour tester ma coordination. Tout semblait bien fonctionner. J'avais toujours mal à la tête, certes, mais moins fort. Je n'avais aucun trouble de la vision.

« Pas d'hôpital », décidai-je. J'aurais dû passer une heure ou deux à poireauter aux urgences, de toute façon. Je marchais, je parlais et ne saignais pas en abondance, et aux urgences de Cleveland, ça vous relègue en fin de liste. Je me contentai d'avaler quelques Ibuprofène de plus pour limiter les tuméfactions et j'allai au lit.

Il m'avait dit qu'il me ficherait la paix si je m'éloignais de toute l'affaire. Ce que ce trou du cul n'avait pas compris, c'est que j'avais eu la ferme intention de ne pas m'en mêler. Avant.

Avant qu'il me mette ce sac sur la tête.

DEUXIÈME PARTIE

ANCIENS PÉCHÉS

CHAPITRE 12

Je trouvai la photo dans la matinée. C'était un simple tirage sur du mauvais papier glissé dans la poche arrière de mon jean. Je ne l'avais pas remarquée la veille, mais j'étais sacrément groggy. Et puis… la photo ne pesait pas grand-chose. Jusqu'à ce qu'on la regarde.

La tête et le haut du tronc d'Alex Jefferson occupaient tout le cadre. On l'y voyait torse nu, la poitrine traversée de deux lacérations diagonales dont l'intersection, au bas de la photo, me fit penser qu'il s'agissait de la partie supérieure d'un X. Sur le cliché le sang paraissait plus noir que rouge, il commençait juste à couler et à recouvrir la peau et les poils gris et raides du buste, ce qui indiquait une blessure récente.

Un épais ruban adhésif lui couvrait la bouche et tout le bas du visage sous des yeux exorbités de douleur et de terreur. Ses cheveux gris étaient ébouriffés sur son front, sa peau luisait de sueur. La température avait chuté la semaine où Jefferson était mort, nuits froides et matins frais, comme celui où Targent et Daly étaient passés à la salle de gym. En m'en souvenant, je songeai au type de douleur qui pouvait faire transpirer tout le corps dans le froid de la nuit.

Je regardai longuement ses yeux. C'étaient eux que j'avais visés ce fameux soir sur le parking de son club privé. C'était peut-être son nez que j'avais touché, mais en sentant mon poing fracasser l'os et en voyant ses jambes céder sous son poids, c'étaient ses yeux que j'avais eu envie de changer. La suffisance, l'arrogance qu'on y lisait signifiaient qu'il restait maître du monde, qu'il contrôlait parfaitement le tout. J'avais voulu ébranler ce regard et j'avais échoué. L'éclaboussure de sang sur le trottoir n'avait pas dérangé sa vie comme elle avait bouleversé la mienne. Lorsque je l'avais vu la fois suivante, ses yeux le proclamaient toujours maître du monde.

Plus maintenant. J'examinai la photo et m'aperçus que tout ce que j'avais haï en lui avait disparu. Il ne dominait plus rien. Sa maîtrise du monde lui avait échappé violemment, furieusement, brutalement, et laissé un homme important complètement démuni sur la fin. Le monde produit souvent cet effet, sur la fin.

Plusieurs minutes s'écoulèrent tandis que je restais planté là, seul dans ma chambre, la photographie à la main. Elle aurait dû revenir à la police – c'était une preuve, un lien direct avec la scène du crime.

Une preuve. Le mot m'avait obsédé pendant toute ma vie professionnelle. C'était le fil directeur de mon travail, ce que je cherchais, ce dont j'avais besoin. Et maintenant, ce que je redoutais. À n'importe quel autre moment, une photo de scène du crime à la main, j'aurais téléphoné à la police. Ce jour-là, j'hésitai. Une preuve.

Je revis Targent dans la cabine de mon pick-up, le visage éclairé par les lumières du tableau de bord, Targent qui m'expliquait les possibilités dont il avait débattu avec Brewer. Celles qui pouvaient me conduire en prison. Toutes ridicules, bien sûr. J'avais maintenant la photo de la victime à la main. C'était une preuve, certes, mais contre qui ? Je savais déjà qu'elle ne contiendrait aucune empreinte, que le papier serait d'une marque commune en vente dans tout le pays et que l'image n'apporterait rien qui puisse révéler l'identité de l'assassin. Tout ça avait été vérifié avant que le papier soit soigneusement plié et glissé dans ma poche. L'assassin de Jefferson était un pro.

Restaient mon visage, les contusions et les blessures que m'avait infligées mon agresseur. Mais seraient-elles suffisantes ? Targent et Brewer, qui tentaient de me coincer entre deux enquêtes à des centaines de kilomètres l'un de l'autre, me croiraient-ils ?

Je n'allais pas leur donner la photo. Je pris ma décision et m'épatai et de son audace et de sa stupidité. C'était ridicule. Il y avait crime et je dissimulais une preuve ? Je m'engueulai en tenant la flamme du briquet au bord de la photo, et m'en voulais toujours quand j'en arrosai les restes carbonisés pour les évacuer dans l'évier en un tourbillon de cendre froide, et me fis la morale jusqu'à ce que je monte dans mon pick-up et me dirige vers chez Karen. Je pensais que tous ces reproches finiraient par me faire peur, me convaincraient que je faisais une erreur. Au lieu de ça, ce qui éloigna la peur fut le sentiment inébranlable que je ne me trompais pas.

***

– Lincoln ! Ta figure !

J'avais eu des accueils plus chaleureux, mais j'aurais dû m'y attendre. J'essayai de sourire à Karen plantée là, sur le seuil, mais sans trop forcer. Inutile de rouvrir ma lèvre et de maculer les meubles de sang.

– Bonjour. Je peux entrer ?

Elle s'écarta de la porte, l'air toujours horrifiée, et me laissa entrer. Cette fois, elle ne me montra pas le chemin du salon, elle se contenta de rester dans le hall.

– Que s'est-il passé ?

Il y avait un miroir juste au-dessus de son épaule, un truc énorme avec un cadre en laiton poli qui devait peser une quarantaine de kilos. Je m'aperçus et réprimai une grimace.

– Un vieil ami de ton mari a décidé de me rendre visite. Il voulait bavarder. Apparemment, soit on bavardait, soit il me tuait.

Elle posa la main sur sa bouche, puis la baissa lentement.

– Qui…

– Malheureusement, il n'a pas donné son nom.

– Mais qu'est-ce qu'il a dit ? Qu'est-ce qu'il a dit sur Alex ?

– Qu'il l'avait tué.

Elle rejeta la tête en arrière, faillit être entraînée par le mouvement, puis elle cligna des yeux et retrouva son équilibre.

– Tu as vu l'homme qui l'a assassiné.

– Non. J'ai vu l'intérieur du sac qu'il m'avait attaché sur la tête après m'avoir assommé et traîné dans les bois, une arme braquée sur la nuque, pour me poser quelques questions.

Elle paraissait vingt ans de plus que moi et je ne me sentais pas tout jeune. Blême, des cernes noirs sous les yeux et l'air hagard qu'ont les gens perdus depuis si longtemps qu'ils ont renoncé à consulter la carte.

– Tu ne l'as pas vu.

– Non.

– Quel genre de voix avait-il ? me demanda-t-elle d'un ton abrupt.

La question me surprit, mais je répondis sans hésiter :

– La voix d'un sadique et d'une ordure, Karen.

Elle ne trouva rien à répondre ; elle se détourna et gagna le salon comme si je n'étais pas là. J'hésitai un peu, puis je la rejoignis. Elle me regarda m'asseoir, mais ses yeux étaient perdus, distants. Ils le restèrent tandis que je lui racontais le reste en lui offrant la version la plus fidèle possible. Je n'étais sans doute pas loin du mot à mot. Ce genre d'épisode ne s'efface pas de la mémoire du jour au lendemain.

Elle m'écouta jusqu'au bout sans bouger. Elle ne m'avait pas interrompu une seule fois, n'avait manifesté aucune réaction. Ça ne lui ressemblait pas du tout. Intérioriser les émotions n'avait jamais été son fort et je me souvins que, quand nous étions ensemble, je me disais qu'elle aurait fait un piètre flic : incapable de garder ses distances ou de bluffer.

– A-t-on fait pression sur toi pour de l'argent ? Des dettes impayées ?

– Non.

– Personne ne t'a contactée à propos du meurtre ?

– Le seul contact que j'aie eu, si on peut parler de contact, a été avec les deux officiers de police qui sont venus m'annoncer la mort d'Alex.

– Ton mari cherchait à liquider des biens juste avant de se faire tuer. Il voulait amasser un maximum d'argent le plus rapidement possible. Pourquoi ?

– C'est la police qui t'en a parlé ?

– Pas directement. Mais je pense que l'argent a joué un rôle important. Qu'il ait voulu liquider des biens juste avant sa mort peut faire penser à un chantage.

– Je sais. Et il en manque.

– Quoi ?

– C'est ce que dit la police. Je n'étais même pas au courant. Mais ils ont vérifié et, d'après eux, il manque cinquante mille dollars.

– C'est tout ?

– C'est tout ce qu'ils m'ont dit.

Cinquante patates, envolées. Et Jefferson essayait de débloquer encore plus de fonds. Une présence menaçante avait fait irruption dans sa vie pour lui rappeler d'anciens péchés. Quoi qu'il ait fait, ça devait être grave. Les cinquante mille n'avaient, semble-t-il, pas eu le moindre effet sur sa dette. Et sa vie non plus.

– On va commencer par un coup de fil, lui dis-je.

– Qui vas-tu appeler ?

– Personne. Mais tout a commencé par un coup de fil et on doit retrouver de quand il date. L'autre soir, tu m'as dit que la seule fois où ton mari avait abordé la question, ç'avait été pour te parler d'un appel à deux heures du matin.

Elle acquiesça.

– Il m'a dit qu'il savait que ce serait soit une erreur, soit un appel qui changerait sa vie.

– Exactement. Et hier soir, le salopard qui m'a attaqué a fait une remarque du même ordre. Il m'a dit que Matt Jefferson avait appelé ton mari pour lui demander de l'aide et qu'il – mon agresseur – en avait payé le prix. Il m'a précisé qu'il avait payé pendant cinq ans.

– Je ne comprends rien à cette histoire.

– Je m'en doutais. Mais tu devrais pouvoir obtenir des relevés téléphoniques. Après tout, tu es son épouse… je ne pense pas qu'on puisse te les refuser. Qu'on les obtienne et retrouve l'appel passé en pleine nuit il y a cinq ans, celui qui a changé la vie de ton mari, et on aura un point de départ. Une date sur le calendrier, à défaut d'autre chose.

– Inutile de faire une demande.

– Ah non ?

– Alex n'utilisait presque jamais le téléphone de la maison, il se servait de son portable. Il avait un blocage bizarre à ce sujet.

Les appels passés d'une ligne fixe étaient beaucoup plus faciles à mettre sur écoute ou à retrouver. Ce type de blocage était l'essence même de la corruption. Ce détail m'intéressait, mais je me gardai de commenter.

– On aura quand même besoin des relevés.

– Les portables ont des relevés détaillés. Il les conservait tous.

– Tu peux remonter cinq ans en arrière ou plus ?

– Je suis presque sûre que oui, mais laisse-moi vérifier.

– S'il te plaît. C'est un bon point de départ et sans le portable, je n'en ai pas d'autre.

– Avant-hier tu n'en voulais aucun, me fit-elle remarquer. Avant-hier tu voulais te tenir le plus loin possible de cette affaire.

– Oui. Puis j'ai changé d'avis. Tout le mérite en revient au type qui a descendu ton mari.

Elle posa sur moi le regard blanc et vide qu'elle semblait avoir subitement adopté.

– Bon, j'espère que son mérite sera pleinement reconnu.

– Oui, c'est bien comme ça que je l'entends.

CHAPITRE 13

Il nous fallut une heure pour recenser les différentes possibilités. Alex Jefferson n'avait pas reçu des milliers d'appels au petit matin, seulement quelques-uns. Karen avait raison : les factures détaillées remontaient à huit ans. Je trouvai trois appels matinaux pour le mois précédent et notai tous les numéros. L'un d'eux était précédé de l'indicatif 812, celui du sud de l'Indiana comme je ne l'ignorais plus. C'était le premier appel de son fils depuis de longues années. Les deux autres appels étaient locaux, je les relevai et poursuivis mes recherches.

Je dus remonter cinq ans en arrière pour en trouver un autre. Le 5 juillet, on avait téléphoné à Alex Jefferson sur son portable, à 1 h 36 du matin. Appel précédé du code 812 et qui avait duré onze minutes. Le suivant, effectué à partir du portable cette fois, était destiné à un numéro du nord-est de l'Ohio, entre Cleveland et la Pennsylvanie, dans la région d'Ashtabula.

Je feuilletai le reste des factures parce que je les avais sous la main et trouvai encore quelques appels reçus entre une et deux heures du matin. J'enregistrai chaque numéro sans trop compter sur leur utilité. Ce qui m'intéressait, c'était la fréquence de ces appels avec indicatif 812.

– T'aurais pas un carnet ou une liste d'adresses quelconque ? demandai-je à Karen. Pour retrouver de vieux numéros ?

– Il y a un Rolodex dans son bureau.

J'inscrivis le numéro en 812 et le lui tendis.

– Regarde si tu peux le trouver. Je pense qu'il a dû appartenir à son fils.

Elle me le confirma cinq minutes plus tard.

– Il apparaît sur le Rolodex comme le portable de Matt. Je viens juste de l'appeler, une femme qui n'avait jamais entendu parler de Matt m'a répondu.

– Je parie qu'il ne l'a pas utilisé depuis des lustres. Le dernier portable dont il s'est servi a un numéro différent. Je voulais seulement m'assurer qu'il lui avait appartenu dans le passé.

– Tu commences à y voir clair ?

– Je ne sais pas, mais j'ai une liste de numéros et l'heure des appels à vérifier. Je vais commencer par là. Il y a d'autres pistes à explorer et je m'y mettrai bientôt.

Et après une brève réflexion j'ajoutai :

– Avec un peu d'aide, j'espère.

***

Joe sortait de chez lui quand je me garai dans son allée. En jean et flottant dans sa grande parka, il tenait les clés de sa voiture à la main. Il s'arrêta tandis que je baissais ma vitre et me regarda.

– Tu tombes mal, LP. Je pars faire ma physio.

– Fais-la sauter.

Il inclina la tête et scruta l'intérieur de la voiture, surpris.

– Quoi ?

Je me tournai vers lui pour m'assurer qu'il remarque bien mon œil au beurre noir et l'entaille à ma lèvre, et coupai le moteur.

– J'ai besoin de toi une minute, Joe. C'est possible ?

Il acquiesça vaguement.

– Bien sûr. On ferait mieux de rentrer.

Nous le fîmes et nous nous assîmes dans la cuisine. Enfin, moi. Joe, lui, se versa un verre d'eau, en but un peu et s'adossa au bar.

– Bon, qu'est-ce qui se passe ?

Je le lui expliquai. Il ne dit pas un mot. Il resta planté là, à boire son verre, et le remplit à nouveau. J'avais pris place à la table de la cuisine, tout était si propre et ordonné, si… Joe. Quand j'eus fini mon histoire, je croisai son regard.

– Je commence à perdre pied, Joe. Je me sens un peu dépassé. J'ai peut-être tort. Je devrais peut-être m'appliquer, me ressaisir, étudier la situation avec calme et sang-froid, comme toi si t'étais à ma place. Mais merde, j'ai l'habitude de bosser en équipe. Avec toi. Là, tout se barre en couilles, j'ai les flics qui parlent de m'inculper de meurtre, on me fout un sac sur la tête et un flingue sur la nuque et quand je me tourne vers toi, t'y es pas.

J'adoucis le ton et reculai sur ma chaise pour conclure :

– En tout cas, je te vois pas.

Il me fixait sans laisser transparaître d'émotion. Puis il finit son eau, repoussa son verre et hocha la tête.

– Je regrette de t'entendre dire ça. Mais tu dois admettre que je ne connais la situation que depuis cinq minutes.

– C'est vrai. Parce que tu ne viens plus du tout. Je ne veux pas de malentendu... ta santé doit passer avant tout. Mais est-ce que tu dois autant t'éloigner pour la retrouver ?

– Mais je n'ai pas bougé d'ici.

– Est-ce que tu dois autant t'éloigner pour retrouver la santé ? répétai-je, et il acquiesça après avoir compris ce que je voulais dire.

– Bien, dit-il, d'accord.

Le silence s'installa.

– Je ne te reproche rien, ajoutai-je enfin. Merde, Joe, c'est à ma place que t'as pris ces balles. C'est ma faute. Si, en sachant ça, j'étais toujours en pétard contre toi, faudrait que je sois sacrément égoïste. Tout ce que je veux dire, c'est...

– Quoi ?

– C'est que j'ai besoin de toi là, tout de suite. J'ai besoin d'aide. D'accord ? J'ai besoin de ton aide, à toi.

Il passa une main dans sa chevelure grise et acquiesça.

– Dans ce cas, je vais t'aider. Évidemment que je t'aiderai. Merde, LP, tu le sais bien, non ?

– Oui, je le sais. Mais tu dois comprendre qu'avec la distance que tu maintiens entre nous... C'est pas ma faute si tu es...

– Je sais que c'est pas ta faute.

– Bien sûr que si ! C'est incontestablement ma faute et j'en suis conscient. Mais tu crois que ça m'aide à te demander quand tu seras prêt à revenir ?

Quelque chose changea dans ses yeux. Un inconnu ou une vague connaissance n'y aurait vu que du feu, mais je ne pus m'empêcher de le remarquer après avoir travaillé si étroitement avec lui.

– As-tu l'intention de revenir, Joe ?

Il alla rincer son verre vide. Le rinça avec encore plus d'eau, puis le reposa comme s'il avait accompli un acte décisif.

– Écoute, me dit-il, la question pressante est de savoir ce qui se passe avec Karen. On est d'accord ?

– D'accord.

– Bien. Alors concentrons-nous là-dessus, LP. La question de ton coéquipier n'aura guère d'importance si tu te retrouves derrière les barreaux.

Il s'interrompit, puis ajouta avec un petit sourire :

– Tout bien réfléchi, c'est peut-être exactement d'un coéquipier dont tu auras besoin s'ils t'envoient en prison.

J'éclatai de rire, lui aussi rigola, et c'était sacrément bon. Merde alors, quand avions-nous ri tous les deux pour la dernière fois ? Je ne m'en souvenais même pas. Et voilà qu'on s'esclaffait à l'idée de me voir en taule… ah la rigolade ! Enfin il tira une chaise, s'assit en face de moi et appuya son bras faible sur le bord de la table.

– Bon, dit-il. De quoi disposes-tu ? À part une gueule cabossée, qu'est-ce que tu as ?

– Une vague référence à un ancien péché, une liste d'appels téléphoniques passés en pleine nuit, cinquante mille billets disparus et c'est tout. J'avais une photo de la victime, mais plus maintenant.

Il fronça les sourcils.

– Je trouve que t'as pris la mauvaise décision pour la photo. Mais tu dois t'en douter, je t'apprends rien. C'était une preuve matérielle, LP.

– C'est exactement ce qui m'a poussé à la brûler.

Il soupira et pianota sur la table.

– Bon, on ne va pas accomplir grand-chose dans ma cuisine. On ferait mieux d'aller au bureau.

Je consultai la pendule.

– Combien de temps devait durer ta séance de physio ?

– Une heure.

– Ils accepteront de te prendre en retard si t'as une bonne excuse ?

– Probablement, répondit-il en haussant les épaules.

– Alors vas-y, lui dis-je.

Il s'apprêtait à refuser, mais je levai la main.

– Vas-y, Joe. J'étais sincère quand je t'ai dit que ta santé comptait plus que tout. Mais passe au bureau en sortant. Passe me donner un coup de main.

Il hésita avant d'accepter. Nous quittâmes la cuisine et fîmes quelques pas dehors. Je m'arrêtai devant la portière du pick-up, il ralentit et me regarda.

– Merci, lui dis-je en même temps qu'il s'excusait.

Nous nous contentâmes d'un signe de tête. Je montai dans mon véhicule, démarrai et partis au bureau ; je ne m'étais pas senti si bien depuis longtemps.

Je faillis même en oublier qu'il ne m'avait toujours pas répondu.

* * *

J'étais au bureau depuis un quart d'heure quand Targent et Daly y déboulèrent. J'avais seulement eu le temps de démarrer l'ordinateur et d'ouvrir les fenêtres pour profiter un peu de cette belle journée d'été indien. Je les entendis gravir l'escalier tandis que je m'installais au bureau et crus un instant qu'il s'agissait de Joe, qu'il avait décidé d'annuler sa physio et de prendre de l'avance. Mais quand j'entendis frapper, j'eus l'impression désagréable de connaître mes visiteurs.

J'ouvris la porte et Targent me gratifia d'un sourire chaleureux.

– Bonjour, monsieur Perry.

Ils entrèrent. Daly, qui portait un sac en cuir noir, passa devant moi et s'assit sur la vieille banquette qui se trouvait dans mon bureau, une relique du stade municipal de Cleveland. Targent le suivit, mais resta debout.

– Que faites-vous ici ? lui demandai-je.

– Vous êtes parti si rapidement l'autre soir que je n'ai pas eu le temps de conclure notre petite conversation.

– Pour moi, elle est terminée, Targent. Et je suis très pris. J'espère que vous avez quelque chose de foutrement important à m'annoncer parce que si c'est une simple visite, je vous demanderai de partir.

Il acquiesça en me dévisageant curieusement.

– En parlant de visite… vous ne vous seriez pas rendu en territoire indésirable par hasard ?

– Non.

– Parce que, dit-il en me montrant son œil et sa lèvre, vous êtes un peu amoché, là.

– Oui. C'est un souvenir du type que vous devriez mettre à l'ombre.

Je savais où cet échange allait nous mener et que rien de bon n'en sortirait. J'aurais dû signaler l'agression. J'avais attendu pour pouvoir en parler à Karen avant car je pensais qu'elle admettrait plus facilement être victime de chantage si j'allais la voir seul. Tout ça ne manquerait pas de me retomber sur le nez.

– Le type que je devrais mettre à l'ombre ?

Targent haussa les sourcils.

– On m'a posé des questions sur certains trucs, hier soir. Et plutôt vigoureusement. Le type m'a mis un sac sur la tête et m'a demandé ce qui s'était passé dans l'Indiana avec le fils de Jefferson.

Targent se tourna vers Daly. Quand il revint à moi, sur son visage on ne lisait plus que de la colère.

– On vous a posé des questions sur le fils de Jefferson ?

– Oui.

– Ça va dérouiller, dit-il. Ceux qui ont négligé de me transmettre le rapport de police et de me signaler qu'il était directement lié à mon enquête criminelle, ceux-là, oui, sont dans un sacré pétrin. Nom de Dieu, nous devons avoir des crétins bougrement incompétents dans nos rangs. Car je suis persuadé que vous avez signalé cette agression à la police et ce rapport n'est jamais arrivé sur mon bureau.

Je soutins son regard en faisant non de la tête.

– Vous n'avez rien signalé, dit Targent et dans sa voix basse il y avait toute sa fureur qui montait. Vous aviez toute raison de croire que l'homme qui vous a approché… non, attaqué… est responsable d'un homicide, mais vous n'avez pas jugé nécessaire de prévenir la police ? C'est bien ce que je dois comprendre ?

– Je voulais parler à Karen.

– C'est elle qui mènerait l'enquête criminelle ?

– Non.

– C'est vous qui vous en chargez, alors ?

– Non.

Je m'interrompis, mais m'empressai de reprendre avant qu'il ne se lance.

– La dernière fois qu'on s'est parlé, vous ne m'avez raconté que des conneries, inspecteur. Vous m'avez coincé dans une allée pour me raconter des histoires passionnantes d'intrigue de film et, globalement, vous m'avez fait perdre mon temps. Vous pensiez peut-être que j'étais pressé de vous revoir ?

– J'aimerais penser que vous, vous êtes extrêmement pressé d'assister à la résolution de ce crime. La rétention d'informations ne fait pas avancer l'enquête, Perry. Et c'est un crime. Vous étiez flic, vous devriez le savoir.

– Écoutez, Targent, si j'étais venu vous voir hier soir, je ne vous aurais guère aidé. Le type était parti et quelle piste vous aurait donnée mon histoire ? Aucune. Il ne m'a tenu que des propos confus et ne m'a laissé que des bleus.

– Vous avez dissimulé des renseignements cruciaux dans le cours d'une enquête criminelle…

– Je vous les rapporte maintenant. Vous pensez que vous auriez élucidé le crime si je vous avais appelé à deux heures du matin ? Allons donc. Ces renseignements, je vais vous les donner et ça suffira. On peut passer le reste de la journée à se disputer, mais si vous voulez vraiment résoudre ce crime, comme vous le dites, vous feriez bien de comprendre que ça ne va pas vous aider. Mais si vous préférez vous mesurer à moi dans un petit concours macho d'à qui pisse le plus loin, allons-y. On peut perdre tout le temps que vous voulez.

– D'accord, répondit-il. N'en parlons plus, mais ça ne veut pas dire que je sois prêt à partir pour autant. Il reste un sujet dont j'aimerais que nous parlions.

– Nous n'avons plus rien à nous dire.

– Ah non ?

Ses yeux changèrent, la colère avait laissé la place à l'éclat du joueur de poker qui se sait en possession d'une main à laquelle ses adversaires ne s'attendent pas.

– Non.

– Pas même à propos d'un Russe, un certain… Thor ?

Tout en le dévisageant longuement, j'essayai de garder un visage impassible et espérai que la brusque accélération de mes battements de cœur ne s'entendrait pas.

– Ça ne vous dit rien ? Un Russe dénommé Thor ? Je vous donnerais bien son nom de famille, mais je ne m'en dépêtrerais jamais. Trop de consonnes à la suite. Ou de voyelles, je ne sais plus trop.

– Qu'est-ce qu'il a à voir là-dedans ?

– Ah, vous le connaissez donc ?

– Je n'ai pas dit ça. Je vous demande pourquoi vous me parlez de lui. Dites-le-moi ou faites-moi le plaisir de déguerpir.

Targent sourit, savourant la tension qu'il sentait dans ma voix.

– Après avoir découvert le corps de Jefferson, nous avons fouillé son véhicule et découvert quelques empreintes. Il y en avait de plusieurs sortes, mais nos ordinateurs en ont identifié une seule. Deux doigts de la main droite d'un mafioso russe du nom de Thor. Un gentleman déjà inculpé de quatre crimes et impliqué dans une trentaine d'autres enquêtes criminelles, mais jamais écroué. On raconte que c'est un tueur à gages. Il protégerait Dainius Belov et je suis sûr que vous n'ignorez pas qui est ce monsieur.

Ses mots m'entraient dans le cerveau et en ressortaient. Je n'avais rien d'autre à l'esprit qu'un Russe aux yeux du bleu le plus pâle que j'aie jamais vu, des yeux dignes d'un ancien glacier. Targent m'avait demandé si je connaissais Thor. Si je ne l'avais pas connu, je n'aurais pas été planté là devant lui. Thor m'avait sauvé la vie. Ce faisant, il avait certes privé plusieurs autres types de la leur, mais quand on est celui qui s'en sort vivant, on est moins regardant, concernant l'autre côté de l'équation.

– Ce type nous intrigue depuis le début, avait repris Targent.

Je clignai des paupières et luttai pour me concentrer sur ce qu'il disait, pour sembler calme, pour ne pas avoir l'air d'avoir reçu un coup de pied dans le ventre.

– Ah bon ?

– Vous voulez rire ? Un type avec ce genre de réputation ? Il semble correspondre. Mais il nous manquait un mobile, Perry. Le seul lien entre Jefferson et lui étaient ces deux empreintes dans la voiture. Rien d'autre. Pas d'appel téléphonique, pas de connaissances mutuelles, rien. Jusqu'à ce qu'on apprenne quelque chose de très intéressant à votre sujet.

Il fit signe à Daly, qui fouilla dans le sac et en ressortit une liasse de documents. Targent les prit et les parcourut des yeux avant de reprendre la parole.

– Nous sommes en contact avec Swanders, un inspecteur des Homicides. Ça vous dit quelque chose cette fois ?

J'acquiesçai.

– Bien. Il s'avère que vous avez travaillé sur la même affaire il y a environ un an. Un certain Wayne Weston s'était fait zigouiller. On avait trouvé un lien avec la mafia russe, le gang de Belov. Vous avez joué un rôle important dans la résolution de cette affaire. En jouant un jeu dangereux, comme l'ont rapporté les journaux. Ce qui est intéressant dans ces articles de presse, c'est qu'ils sont truffés d'imprécisions. Vous savez, j'ai horreur des questions sans réponse. J'ai donc posé certaines de ces questions à Swanders. D'après ses souvenirs, à peu près au même moment que l'affaire Weston, les Russes ont fait un peu de nettoyage dans leurs rangs.

Je m'assis derrière mon bureau et tentai de garder l'air aussi indifférent et blasé que possible. Sans grand succès.

– On s'est renseigné sur ce nettoyage. Quelques types de chez nous et quelques autres du FBI surveillaient les Russes de près. Ils s'en souviennent. Apparemment, trois des Russes affiliés à Belov ont tout simplement disparu. (Il claqua des doigts.) Pfft ! Un jour ils sont ici, ils sèment la panique dans toute la ville, et le lendemain, volatilisés. Et vous qui auriez normalement dû être considéré comme un satané emmerdeur par ces Russes, voilà que vous êtes… encore ici. Certains des flics qui travaillent là-dessus trouvent ça vraiment inouï.

– Si vous avez les empreintes de ce fameux Thor et qu'il a de tels antécédents, je crois que c'est plutôt à lui que vous devriez parler, pas à moi.

– Nous lui avons parlé. Essayé, en tout cas. Mais il s'est réfugié derrière son avocat. Je me demande si on ne lui a pas posé de mauvaises questions.

– Ça ne m'étonnerait pas. Aucune de vos questions ne m'a semblé particulièrement fine.

– Vous avez un mobile. Pas Thor… du moins pas qu'on sache, mais vous si. Et quand on prouvera que vous avez un lien avec lui, vous savez quoi, Perry ? D'après moi, ce merdier deviendra soudain bien passionnant.

Je m'étirai dans mon siège et lui souris.

– Targent ?

– Oui ?

– Foutez le camp de mon bureau. Immédiatement. Vous avez poussé le bouchon un peu loin et aujourd'hui, vous dépassez carrément les bornes. J'ai assez toléré votre bêtise.

Je me levai, gagnai la porte, la lui ouvris et lui jetai un regard plein d'attente.

– Vous ne pensez pas qu'on puisse vous relier à lui ? me demanda-t-il.

– C'est fini. Partez.

– Moi, je pense qu'on va trouver un rapprochement, dit-il en se dirigeant vers la porte. À mon avis, vous avez de sérieux antécédents avec ce type.

Ils se glissèrent hors du bureau et je claquai la porte derrière eux. Quand j'entendis leur voiture démarrer, je regardai la pendule et me demandai quand Joe aurait fini sa physio et comment il me conseillerait de m'attaquer à un fantôme à l'accent russe et aux yeux d'un bleu translucide.

CHAPITRE 14

L'expression naturelle du visage de Joe oscille entre sombre et ténébreuse. Qu'il laisse transparaître son inquiétude et on se croirait devant un homme acculé dans un bunker, à court de munitions, avec un bataillon ennemi entier en face de lui. Ça ne booste pas trop la confiance, si vous voyez ce que je veux dire.

– Thor, dit-il.

Voûté sur son bureau, il fléchissait une fine règle métallique comme s'il mesurait sa force, celle à laquelle il risquait d'avoir recours à tout moment.

– Oui.

– Merde.

– Ça !

– Tu ne l'as quand même pas payé pour descendre Jefferson ?

– Heu… non.

– Merde, répéta-t-il en rapprochant les bouts de la règle comme pour tester la flexibilité du métal et sans cesser de me dévisager de son air funeste.

– Je crois qu'on est d'accord sur ce point, dis-je.

Il lâcha la règle sur le bureau.

– Cette nouvelle donnée est plus que dérangeante, LP. On n'habite pas dans une si grande ville. Il y a peu de chances que Thor soit impliqué là-dedans par le plus pur des hasards.

– Et s'ils bluffaient ?

– Tu veux dire que Targent essaierait de te donner des sueurs froides par le biais de Thor ?

– C'est possible.

– Il aurait bien visé, dans ce cas. Qu'il fouille un peu et il risque de s'apercevoir que ce lien théorique entre Thor et toi est, de fait, parfaitement réel. Et ça va poser quelques problèmes.

– S'il ne bluffe pas, qu'est-ce que Thor pouvait bien foutre dans la voiture de Jefferson ?

La question creusant les plis de son front, il s'empara de la règle à nouveau et se remit à la plier.

– Le gars qui t'a ramassé dans Chatfield Avenue pouvait-il être russe ?

Je fis non de la tête.

– Son accent était du pur Middle West.

– C'est peut-être tout simple. Jefferson aurait pu être l'avocat de Thor, un truc dans ce genre.

– D'après Targent, ils n'ont pu établir aucun lien entre Thor et Jefferson jusqu'à ce qu'ils me trouvent. S'il y avait quelque chose d'aussi évident que Jefferson bossant pour le gang de Belov, on le saurait déjà.

Il ne répondit pas. Les pieds sur le bureau, je regardais par la fenêtre. Quelqu'un s'était garé en bas de chez nous et écoutait de la musique, du rap au rythme sourd qui faisait légèrement vibrer nos vitres.

– Je pourrais toujours aller voir Thor directement.

Joe me regarda comme si je tirais sur une porte qu'on doit pousser.

– Génial, LP. Les flics essaient de t'épingler pour meurtre en partie en raison de ton association avec ce fou furieux, tu démens tout lien avec lui et maintenant tu envisages d'aller le voir ?

Je haussai les épaules.

– Il pourrait peut-être nous donner quelques réponses.

– Ou te trancher la gorge.

La dernière fois que j'avais vu Thor, il venait de planter un poignard dans la cuisse d'un type. Joe n'avait peut-être pas tort.

– Alors on continue comme si on ignorait ce petit détail ?

Joe se renfrogna.

– Ça ne me plaît pas non plus, mais ça me semble préférable. N'oublie pas que tu es un suspect, LP. Ça va forcément modifier ta manière d'opérer.

Nous gardâmes le silence quelques minutes, le rap cognant toujours au-dessous et Joe pliant toujours sa règle.

– Si je trouvais Thor, si j'avais ne serait-ce que cinq minutes avec lui pour l'interroger, commençai-je, mais Joe m'interrompit d'un grognement.

– On a d'autres solutions. On n'a pas encore vérifié tous ces coups de téléphone.

– Voyons, Joe. Maintenant que Thor fait partie de l'équation, je crois qu'on n'a plus à s'inquiéter de ces coups de fil.

– Pourquoi ? Il y a seulement une heure, tu insistais sur leur importance. Et maintenant, parce que le nom de Thor a été prononcé, tu es prêt à prendre un flingue et à aller le chercher ? Et si tu faisais un peu de boulot de détective pour changer ? C'est comme ça que tu obtiendras des réponses. As-tu accompli autre chose que de te faire emmerder par Targent ?

– J'attendais tes conseils sages et éclairés.

– Tant mieux, parce que je suis prêt à t'en dispenser quelques-uns. Premièrement, on se tient en retrait de l'angle russe. Très en retrait. Si tu commences à fouiner du côté de ces types, Targent en aura vent. Deuxièmement, je pense que ces appels passés en pleine nuit ont plus d'importance que tu ne le crois. Inutile d'abandonner cette piste simplement parce que Targent t'a détourné de ton chemin.

J'approuvai et ressortis ma liste de numéros. Sept au total, sur une période de cinq ans. Je donnai les trois plus récents à Joe et gardai les trois plus anciens. Le septième ne comptait pas : je savais qu'il s'agissait du portable de Matt Jefferson.

En moins de vingt minutes, nous avions attribué tous les numéros. Certains facilement à l'aide d'un annuaire inversé, les deux autres – appels lancés à partir de cabines téléphoniques – grâce à des bases de données plus sophistiquées.

– Les deux appels les plus récents ont été passés à partir de téléphones publics, me fit remarquer Joe. Rien d'étonnant si ce sont ceux qui ont foutu la trouille à Jefferson avec ce type qui réapparaît dans sa vie. Qu'est-ce que t'as trouvé ?

– Il a reçu deux appels de l'hôpital de Fairview Park. Mais ils remontent à quatre ans et mon type d'hier a fait référence à une période de cinq ans. Le numéro appelé par Jefferson m'intéresse davantage.

Je lui expliquai la séquence des événements : vers les deux heures du matin, Matt Jefferson avait appelé son père et ce dernier avait alors immédiatement appelé quelqu'un d'autre.

– Et tu as trouvé qui ?

– Oui. C'était le numéro d'un certain Paul Brooks, de Geneva-on-the-Lake.

– Dans ce cas, M. Brooks est notre meilleure piste. Aucun employé d'hôpital va nous parler d'un appel passé il y a quatre ans et la dernière fois que j'ai interviewé une cabine, j'ai pas appris grand-chose.

– Tes conseils sont décidément sages et éclairés.

– La route est longue jusqu'à Geneva-on-the-Lake. Espérons que le mec sera chez lui. Sinon, on l'attendra.

– Tu veux y aller directement ? Tu ne préfères pas téléphoner avant ?

– Non, ce sera plus dur de se débarrasser de nous en personne.

– C'est vrai.

Il se leva et prit ses clés de voiture. Celles de sa nouvelle Ford Taurus. La carrosserie de l'ancienne avait eu droit à quelques éraflures l'été précédent. Le genre de petits dégâts qu'une carrosserie essuie quand un fusil d'assaut se vide sur elle. Fidèle à lui-même, Joe avait acheté le nouveau modèle de la même voiture, exactement, et de la même couleur, exactement aussi. D'après Ford, la Taurus risquait de ne plus être produite. Mais je ne voulais pas être celui qui annoncerait la mauvaise nouvelle à Joe. C'est un coriace, mais je n'étais pas sûr qu'il puisse supporter ce type d'information.

– Tu conduis ? lui demandai-je.

– Oui.

– Il ne serait pas plus logique de laisser conduire le type à deux bras valides ?

– Pas si c'est toi. Et puis, faut que je mette quelques kilomètres au compteur, que je la rode. Je suis toujours en dessous de mille.

– Il y a deux mois que tu as cette voiture. Comment t'as fait pour rester en dessous de mille ?

– Je n'avais nulle part où aller. Ça faisait deux mois que tu ne t'étais pas mis dans le pétrin.

– Un nouveau record, admis-je en le suivant.

***

Une heure plus tard, Joe prenait la 534 vers le nord, là où elle devient la route qui mène au lac et à Geneva-on-the-Lake. En été, elle grouille de familles et de touristes, mais en cette journée de fin octobre, tout était tranquille. Nous traversâmes le village et empruntâmes une route de campagne sinueuse en apercevant de temps en temps le lac Érié à travers les pins.

– On devrait tomber en plein dessus, me dit Joe. J'espère que sa maison a une boîte à lettres avec le numéro. Ça me rend fou quand les boîtes à lettres n'ont pas de numéro.

Il n'aurait pas dû s'en faire: les numéros, qui faisaient soixante centimètres de haut, étaient peints sur une énorme pancarte en bois annonçant la résidence de Paul Brooks comme LE VIGNOBLE BROOKS DE LA NORTH SHORE. Joe emprunta l'allée et se gara dans le parking tout en longueur et plein de voitures. Derrière le parking se dressait un grand bâtiment en rondins et derrière encore s'étendait le lac, présence sévère et grise.

– Tu ne parlais pas d'une adresse résidentielle? me dit-il.

– D'après l'ordinateur, c'était le cas.

– Eh bien, allons demander.

Nous descendîmes de voiture et nous approchâmes du bâtiment. Des casiers de vin tapissaient l'un des murs, des réfrigérateurs étaient alignés sur l'autre et là, entre les deux, des présentoirs offraient des fromages raffinés et des produits d'épicerie fine. Dans un coin, un groupe d'une dizaine de personnes écoutait, le verre à la main et avec grande attention, une rousse vanter la richesse corsée de ce qu'ils allaient déguster. Une jeune et jolie fille en chemisier et jupe noire vint à notre rencontre, tout sourire.

– Vous désirez?

– Nous sommes un peu perdus, lui dit Joe. Nous cherchions une résidence privée. Celle de Paul Brooks.

Elle acquiesça.

– M. Brooks est le propriétaire du vignoble. Et sa résidence privée est à la même adresse… vous devez simplement prendre à droite en entrant plutôt qu'à gauche. On distingue mal l'entrée, avec tous ces pins.

Nous la remerciâmes, retournâmes à la voiture et suivîmes ses instructions. La maison était à quelque deux cents mètres de la route, soit à bonne distance du vignoble, et la fille avait raison : les pins la dissimulaient complètement. La construction était dans le même style que l'autre bâtiment, soit une grande villa en rondins avec un toit en bardeaux verts, la résidence secondaire parfaite au bord du lac. Nous nous dirigeâmes vers l'entrée en passant devant une BMW noire garée dans l'allée et frappâmes à la porte. Une dizaine de secondes plus tard, un beau jeune homme nous ouvrait. Il n'avait guère plus de trente ans et portait une chemise blanche qui flottait sur son jean et des mocassins en cuir. Avec sa tenue, son visage parfait et son épaisse chevelure brune qui lui descendait presque jusqu'au col, il ressemblait à un mannequin pour catalogues loisirs et nature qui prétendent s'adresser à une clientèle rurale, mais ne vendent qu'à des citadins employés de bureau.

– C'est à quel sujet ?

Joe et moi lui tendîmes nos licences. Il ne montra ni la méfiance ni l'exaltation enfantine que nous réservent la plupart des gens en découvrant nos badges de détective privé. Il se contenta d'acquiescer.

– C'est vous, Paul Brooks ?

– Oui. De quoi voulez-vous me parler ?

Il avait remarqué les traces de coup sur mon visage, mais avait immédiatement détourné les yeux. Bien élevé.

– D'un appel téléphonique qui remonte à cinq ans, lui dis-je.

– Pardon ?

– Nous enquêtons sur les antécédents d'un homme qui vient d'être assassiné. Il y a cinq ans, il a téléphoné à votre domicile à deux heures du matin, le…

– Le 4 juillet. C'est de cela qu'il s'agit, n'est-ce pas ? Oui, ça doit faire cinq ans maintenant.

Joe et moi échangeâmes un regard tandis que je confirmais :

– C'est ça. L'appel date du 5 au matin, mais c'était la nuit du 4 juillet.

Paul Brooks soupira et finit d'ouvrir la porte.

– Je crois que vous feriez mieux d'entrer.

CHAPITRE 15

Il nous conduisit à une terrasse en cèdre qui surplombait la forêt de pins et donnait sur une plage privée du lac Érié. L'eau clapotait doucement sur la rive tandis qu'au-delà les nuages s'accumulaient. Cela réduisait considérablement le prestige de ma vue imprenable sur le stop de Lorain Avenue et sur l'atelier de réparations mécaniques en face.

– Bien, Paul, que pouvez-vous nous apprendre ? lui demandai-je.

– Ne précipitons pas les choses. Vous ne m'avez pas encore expliqué en quoi ce coup de téléphone vous intéresse.

Je lui exposai la situation, le plus sommairement possible, me contentant de lui dire que nous étions employés par la veuve d'Alex Jefferson pour élucider les circonstances de son assassinat et celles du décès de son fils, et que c'était ça qui nous amenait chez lui.

– J'ai entendu parler du meurtre d'Alex Jefferson, me dit-il quand j'eus fini. Mais je n'étais pas au courant pour son fils.

– Vous n'avez pas lu le journal.

Il sourit.

– Je dois avoir quelques jours de retard. Mais en quoi ce coup de téléphone vous paraît-il important ?

– Matt a appelé son père un peu avant deux heures du matin, à la suite de quoi son père vous a appelé. Nous nous demandons pourquoi.

– Vous allez adorer.

– Ah bon ?

– Le fils de Jefferson avait été témoin d'un assassinat dans la propriété de mon père.

Un moment de silence suivit ses propos, Joe et moi attendant la suite tandis que Brooks avait le regard perdu sur le lac. La plage privée semblait s'étendre jusqu'au vignoble. On entendait des voix et des rires, mais on ne pouvait rien voir à travers les pins.

– Pourriez-vous nous donner plus de précisions ? demanda Joe.

– J'imagine que vous avez entendu parler de mon père ?

Joe et moi nous dévisageâmes avant d'admettre que non. Brooks, chiffonné, fronça très légèrement les sourcils.

– Fenton Brooks ? La Brooks Biomedical ? Ça ne vous dit rien ?

– Les stents, dit Joe.

– L'entreprise produit effectivement des endoprothèses vasculaires, mais nous fabriquons aussi beaucoup d'autres produits médicaux.

– Mais votre père a bien fait fortune avec les stents ? demanda Joe.

– Pour une bonne part, oui.

Brooks semblait agacé, comme s'il trouvait la question de Joe de mauvais goût.

– L'entreprise a beaucoup évolué depuis. Mon père est décédé il y a quelques années. D'un cancer.

– J'en suis navré.

Après un moment de silence, Brooks s'éclaircit la gorge.

– Bien, maintenant vous comprenez la situation. Mon père était à la tête d'une grande entreprise avec beaucoup d'employés, d'avocats et de conseillers. Il avait acquis ce vignoble pour en faire une petite entreprise à côté et appréciait assez le lieu pour y faire construire cette maison de campagne. En été, il y organisait des réceptions pour ses amis, ses collègues, etc. Il y a cinq ans, il a organisé une fête pour célébrer le 4 Juillet[1]. Il y avait au moins une centaine d'invités.

– Dont Matt Jefferson.

– Oui. Et Alex Jefferson aussi, bien qu'il soit rentré beaucoup plus tôt que son fils. C'était l'un des avocats de mon père.

– Nous l'ignorions.

– Maintenant vous le savez. Je crois que son fils faisait des études de droit. Il devait avoir quelques années de moins que moi, il me semble. Quoi qu'il en soit, il était venu et je suppose qu'il se trouvait

1. Jour de la fête nationale américaine.

mal à l'aise. Les invités ont commencé à se disperser autour de minuit, mais le type qui avait accompagné Matt était ivre et continuait à traîner, ce qui forçait Matt à faire de même.

– Qui était ce type ?

– Un autre avocat-conseil de l'entreprise, James Simon. Matt travaillait pour lui, une sorte de stage.

– Et que s'est-il passé ?

– Eh bien, quelques personnes sont restées tard... vous savez comment ça se passe quand le bar reste ouvert. Simon était soûl, Matt a dû s'ennuyer ou en avoir assez, en tout cas, il est allé se promener sur le rivage, vers le vignoble. Comme nous y avions dîné en début de soirée, il connaissait le chemin. Sur la terrasse, il a surpris un couple qui semblait s'adonner à des ébats illicites de fin de soirée. Matt a voulu les laisser tranquilles, il a fait demi-tour et il est reparti vers le lac. Puis il a eu l'impression que la fille se débattait. Il l'a entendue crier. Il a donc décidé de revenir sur ses pas au cas où il y aurait eu un problème. Quand il est arrivé sur les lieux, il n'a pas vu la fille et le type se dissimulait derrière le coin du bâtiment. Matt a accouru sur la terrasse et l'a trouvée. À moitié déshabillée, et morte. Elle avait été étranglée.

Les nuages avaient fait chuter la température. Paul Brooks ne portait rien par-dessus sa fine chemise blanche, mais ne semblait pas avoir froid. Il nous dévisageait avec un soupçon de satisfaction, en bon narrateur content d'avoir su captiver son auditoire.

– Et que s'est-il passé ? demanda une nouvelle fois Joe.

Que pensez-vous qu'il se soit passé ? On a appelé la police, évidemment. Ils ont interrogé Matt et tous les autres. Matt était très perturbé par cette affaire et c'est bien compréhensible. Il voulait parler à son père. Je pense qu'il a peut-être mal interprété les questions des flics. Il a appelé son papa, qui lui a conseillé de répondre à leurs questions et d'essayer de les aider. Après, Alex a appelé à la maison et demandé à parler à mon père pour vérifier la version de Matt.

– On ne s'attendait pas à une telle histoire à partir d'un coup de téléphone, dit Joe.

– C'est très intrigant, mais je ne vois pas en quoi ça peut être relié au meurtre d'Alex Jefferson ou au suicide de son fils, répondit Brooks. J'ai bien peur de vous avoir donné de faux espoirs.

– Qui était la victime ? lui demandai-je. Était-ce une des invitées ?

– Pas exactement. Elle était employée par le traiteur que mon père avait embauché pour la réception. Elle n'avait que vingt ans, je crois. Une jeune fille, en fait. Ils faisaient l'aller-retour entre la maison et le vignoble, et c'est elle seule qui a été chargée de nettoyer la terrasse. Mauvaise décision.

– Et le type qui l'a tuée ?

Brooks croisa les jambes et posa un mocassin sur son genou.

– Un type avec qui elle était sortie une fois ou deux et qu'elle avait essayé de plaquer. Un vrai loser, et il avait un casier judiciaire de dix kilomètres de long. Il habitait dans un mobile home à cinq kilomètres du vignoble. Il n'avait eu aucun mal à venir ce soir-là.

– On l'a arrêté ?

– Arrêté, jugé et condamné. Il est encore en prison.

– Vous vous souvenez de son nom ?

– Andy Doran. Et la fille qu'il a tuée s'appelait Monica Heath.

– Quelle histoire ! dit Joe.

– Oui, quelle histoire, acquiesça Brooks. Ça doit vous expliquer le coup de téléphone. En revanche, je ne vois pas en quoi ça vous aiderait à résoudre votre problème.

– On ne sait jamais.

Brooks semblait sceptique.

– Sans doute que non. Toute cette affaire avait considérablement embarrassé mon père. Je veux dire… Andy Doran ne figurait certes pas sur la liste des invités, mais tout de même… la fille travaillait pour sa réception, vous savez.

– Personne d'autre n'a vu ou entendu quoi que ce soit ? demanda Joe. Pas d'autre témoin que Matt Jefferson ?

– Aucun.

– Et Matt Jefferson a identifié ce Doran sans l'ombre d'un doute ?

Brooks allait acquiescer, mais se ravisa et fronça les sourcils.

– À dire vrai, je ne m'en souviens plus. Il me semble qu'il a identifié la voiture… mais pas le type ? Je n'en suis pas sûr.

– Pas facile de condamner quelqu'un avec un seul témoin oculaire.

– Ils avaient bien plus. Ils ont trouvé des preuves matérielles dans le mobile home du type, puis il s'est attiré tout un tas d'ennuis en mentant aux flics. Je crois qu'il a changé six fois de version avant le procès.

– Vous dites que Matt a appelé son père parce qu'il s'indignait des questions qu'on lui posait, reprit Joe. Que voulez-vous dire, exactement ?

– Vu qu'il était le seul témoin, je pense que la police s'est montrée plus agressive que ce à quoi il s'était préparé. Ce que je veux dire, c'est que pour moi, pendant un petit moment au moins, il s'est senti presque suspect.

– Sans blague, lança Joe. Comme si c'était lui le suspect ?

Brooks vit tout de suite où il voulait en venir et sourit.

– N'allez pas trop vite. Le vrai coupable a été puni. Vous pouvez vérifier si vous le souhaitez, mais je suis à peu près certain que vous serez d'accord avec le jury.

– Connaissiez-vous bien la famille Jefferson ? lui demandai-je.

Il haussa les épaules.

– Vaguement. Mon père était plus proche.

– Que pensez-vous de ces deux hommes ? Alex et son fils ?

– Je ne les connaissais pas assez pour formuler un jugement. Mais je n'hésiterais pas à les qualifier d'infortunés, vous ne pensez pas ?

CHAPITRE 16

Nous descendîmes la route sinueuse sans voir une autre voiture.

– Quand je pense que tu voulais laisser tomber la piste du coup de téléphone pour traquer Thor dans toute la ville au risque de te faire tuer ! me lança Joe.

– Le coup de fil était une bonne idée. Je suis content d'y avoir pensé.

– D'y avoir pensé avant de laisser tomber.

– C'est pour ça que j'ai besoin de toi… pour que tu m'aides à me concentrer sur mon génie.

Il sourit et hocha la tête.

– C'est prometteur, poursuivis-je, mais ça pourrait ne mener à rien.

– Comment ça ?

– Toute cette affaire, la fille morte, les flics qui interrogent le fils de Jefferson…

– Je serais sacrément surpris si ça n'aboutissait nulle part. Jefferson et son assassin ont tous les deux mentionné cet appel du fils. On trouve son origine et on s'aperçoit que le jeune homme a été témoin d'un meurtre. C'est important.

– D'accord, mais en quoi ? Ce Doran semble avoir été coupable. Ils ont des preuves solides, une déposition pleine de mensonges et le gamin l'a vu sur la scène du crime. Quel rôle Alex Jefferson a-t-il joué là-dedans ?

– On ne le saura qu'en étudiant l'affaire. Le plus évident serait qu'ils aient couvert le fils en montant le coup.

– On risque de tomber dans l'excès de zèle si on considère le fils de Jefferson comme un assassin.

Il me lança un coup d'œil rapide avant de se concentrer à nouveau sur la route.

– C'est toi qui m'as dit que tout s'articulait autour du gamin et ton mec de la nuit dernière semblait loin d'avoir digéré sa rancune.

– C'est vrai. Mais Doran est encore en prison. Vu qu'on peut donc le rayer de la liste des suspects rancuniers, qui nous reste-t-il ?

– Le type qui s'en est pris à la famille de Jefferson est peut-être lié à Doran. Son frère, un ami proche, ou quelque chose dans ce genre.

– Un type qui aime Doran au point de tuer pour lui, mais qui a assez de retenue pour attendre cinq ans avant de passer à l'acte ?

Il soupira.

– D'accord, j'admets que le laps de temps pose un problème. N'empêche, il faut tout envisager.

– Et on l'envisagera. Ce que je voulais dire, c'est qu'on n'a toujours pas grand-chose de concret.

– On devrait essayer d'aller voir Doran. Les taulards qui clament leur innocence sont souvent prêts à s'ouvrir au premier venu, sans même parler des types qui sont réellement innocents.

– Ce n'est pas une mauvaise idée…

Il y eut un silence, puis je me tournai vers Joe et m'aperçus qu'il affichait un grand sourire.

– Quoi ?

– L'apocalypse n'est pas loin, me dit-il.

– Hein ?

– Quand je pense que c'est toi qui viens de me mettre en garde contre l'excès de zèle ! De ralentir, de trouver du concret…

Il en riait encore quand nous rejoignîmes la nationale.

* * *

Nous fûmes de retour au bureau peu après dix-sept heures. Joe pénétra dans le parking, éteignit le moteur et tendit la main vers la poignée de la portière. Il le fit en passant le bras droit devant son corps, ce qui m'indiqua que son gauche le faisait souffrir.

Je venais juste de refermer la portière quand j'en entendis une s'ouvrir et vis Targent descendre d'une Crown Victoria garée dans la rue près de notre bureau. Il parlait dans son portable, mais prit le temps de lever sa main libre pour un petit salut engageant.

– Merde, dis-je en le montrant du doigt. Ce type n'a donc personne d'autre à voir!

J'attendis avec Joe à côté de la voiture tandis que Targent finissait sa conversation, refermait son téléphone et nous rejoignait.

– On devrait peut-être aller à l'étage? suggéra-t-il.

– J'aime mieux pas. Si vous passez encore un peu de temps dans mon bureau, je vais devoir vous faire payer un loyer.

Il m'adressa un sourire peu convaincu et se tourna vers Joe.

– Monsieur Pritchard. Comment allez-vous?

– Bien.

– Où étiez-vous, tous les deux?

– Peu importe, répondit Joe, et j'aimerais aller dîner. Je n'ai pas déjeuné et je meurs de faim.

– Je comprends. J'ai horreur de me trouver entre un homme et son assiette, alors je ne vous retiendrai pas longtemps. Je me suis dit que je devais venir faire un tour après ma dernière conversation avec Mme Jefferson. Elle m'a signalé qu'elle vous avait… heu… engagé?

– C'est exact, répondis-je.

– J'aime autant vous dire que cette idée est loin de me séduire.

– Je m'en doutais un peu.

– Je ne sais pas trop comment réagir. Une voix me dit que je devrais vous anéantir immédiatement, vous l'interdire formellement, une autre me dit qu'il est inutile d'essayer de vous convaincre.

– Écoutez la deuxième voix.

Targent regardait par terre et faisait tourner l'alliance de sa main gauche avec les doigts de sa droite. Il s'était à nouveau enveloppé d'un calme impénétrable. Même avant, quand je lui avais parlé de mon agression et admis ne pas l'avoir appelé quand ça s'était passé, il avait gardé son sang-froid, ou plutôt l'avait retrouvé rapidement. J'ai remarqué que les flics imperturbables mettent toujours les suspects mal à l'aise en leur donnant l'impression qu'ils ont cent coups d'avance sur l'échiquier. Joe appartenait à ce type de flics. J'en étais bien loin.

– D'accord, dit-il. Vous avez peut-être raison. Je devrais vous laisser faire votre boulot. Et on essaie de ne pas se gêner, d'accord?

On partage les tuyaux quand on en a, comme une équipe normale.

Je l'observais en me demandant ce qu'il pensait vraiment, pourquoi il était là à jouer à copain copain.

– Bien sûr, Targent. On fait comme ça. On fait équipe, comme vous dites.

– Tant mieux. C'est sacrément civil de votre part.

– Je suis de votre avis. On en a donc terminé, c'est ça ?

– À vrai dire, pas tout à fait. Je crains d'avoir besoin d'une minute de plus. J'ai reçu un appel du lieutenant Brewer de la police d'État de l'Indiana. Il m'a raconté une drôle d'histoire.

Il sortit un bout de papier de sa poche arrière. Le déplia en prenant tout son temps, puis le lissa contre sa cuisse et me le tendit.

C'était un formulaire d'admission à la prison du comté de Brown, où j'avais passé la nuit. L'homme sur la photo avait une moustache mal entretenue. D'âge moyen, il m'était totalement inconnu et accusé d'obstruction à la justice. Il avait été arrêté six heures plus tôt.

– Stan Meyers, lus-je avant de regarder Targent. Ce type est censé me dire quelque chose ?

– En tout cas, vous, vous représentez beaucoup pour lui.

– Comment ça ?

Il m'enleva le formulaire des mains, le plia et le glissa à nouveau dans sa poche arrière.

– M. Meyers est détective privé dans l'Indiana. Ça vous rafraîchit la mémoire ?

– Pas du tout.

– Il a été arrêté hier. Pour tentative de corruption sur la personne d'un employé de la police d'État ; il voulait récupérer un dossier confidentiel.

Il marqua un temps et poursuivit :

– Le dossier de l'enquête sur le décès de Matt Jefferson.

– Le suicide, rectifiai-je.

– L'enquête sur le décès. Aucun résultat concluant depuis ma dernière conversation avec Brewer.

– D'accord, au temps pour moi. Que vient faire ce Meyers là-dedans ?

– Cette question est d'autant plus surprenante de votre part que c'est vous qui l'avez employé.

Je ne démentis pas immédiatement. Ce qui l'incita peut-être à penser que je reconnaissais les faits ; il plissa les yeux et parut un instant très excité.

– Ça vous revient maintenant ? Votre crise d'amnésie est guérie ?

– Je n'ai jamais employé ce type. Je n'ai jamais entendu parler de lui.

– Avez-vous des preuves de ce que vous avancez ? demanda Joe. Ou est-ce que tout le monde croit votre détective sur parole à cause de sa gueule d'honnête homme ?

– Meyers a immédiatement donné le nom de Lincoln Perry. Il a dit à Brewer et à un autre inspecteur que Perry l'avait appelé le lendemain du suicide de Matt Jefferson et avait requis ses services pour surveiller l'enquête et manipuler les flics.

– La réponse à ma question est donc…

– Pas encore. C'est la réponse. Pas encore de preuves, mais Brewer y travaille.

Targent se tourna vers moi.

– Meyers raconte que vous aviez insisté pour que la police ne remarque pas ses efforts et qu'il avait décliné votre offre à cause de ça. Puis il a dit que vous aviez rappelé, réitéré votre proposition, et que vous lui aviez offert dix mille dollars en liquide par la poste s'il essayait de mettre la main sur les derniers rapports d'enquête. Ce Meyers n'a pas l'air d'un fin limier ; d'après Brewer, il a un petit boulot de gardien de sécurité à dix dollars de l'heure. Les dix mille billets ont donc su le convaincre, c'est ce qu'il affirme. C'était une mauvaise décision, bien entendu : cet abruti va sans doute perdre sa licence.

Une démangeaison sèche et désagréable me prit à la gorge, comme si j'avais un brin d'herbe coincé dedans.

– Vous savez que c'est un mensonge, lui dis-je. Ça crève les yeux.

Il leva les mains en l'air et les écarta.

– Ce n'est pas à moi qu'il faut le dire, c'est à M. Meyers. Il est persuadé de travailler pour vous. Brewer veut vous faire revenir là-bas. Il dit qu'il va vous accuser des mêmes choses que Meyers. Je l'ai prévenu qu'avec un paiement en liquide, ça risque d'être plus difficile qu'il le croit. Je m'attendais à votre euh… défense exceptionnelle et déni absolu. Je l'ai averti que vous ne seriez ni direct ni coopératif.

– Vous n'avez aucune preuve. Et Brewer non plus. Vous avez une histoire de seconde main et dix mille dollars en liquide que Brewer aurait pu tout à fait lui filer lui-même.

– Ils ont récupéré l'enveloppe. Elle vient de Cleveland.

Je gardai le silence.

Targent sourit.

– Ça vous inquiète ?

– Pas vraiment. Je me demandais juste si c'était vous qui l'aviez postée.

– Ben voyons ! Vous êtes victime d'un complot, n'est-ce pas ? Excusez-moi, j'avais oublié.

– Je n'ai pas dix mille billets à foutre en l'air, vous pouvez me croire, Targent. Si vous voulez consulter mon compte en banque, ne vous en privez pas.

– Oui, mais Alex Jefferson avait un peu de liquide et il manque cinquante mille dollars. Retrait en espèces, pas de nouvelles depuis.

– Et donc ? Vous pensez qu'il a payé Lincoln pour qu'il le descende ? demanda Joe. Quelle logique !

Targent hocha la tête.

– Vous n'avez pas oublié que quelqu'un cherche peut-être à faire chanter la famille Jefferson, monsieur Pritchard. Où est passé cet argent ? Sans doute dans les poches de la personne qui a exercé la pression.

– Et quelle pression aurait pu exercer Lincoln ?

– J'espérais qu'il me l'expliquerait.

– C'est important, dis-je. Si quelqu'un a vraiment employé ce type en se faisant passer pour moi… ça devient vraiment grave, Targent, et pour trouver qui c'était, il faudra…

– Quelqu'un se fait passer pour vous. Voilà ce que vous nous dites.

J'acquiesçai.

– Je n'ai jamais employé ce type et s'il pense vraiment que je l'ai fait, est-ce que j'ai un autre choix ?

– J'imagine que c'est tout. Soit quelqu'un se fait passer pour vous, soit vous mentez. Il n'y a pas d'autre possibilité.

– Vous pouvez rayer la seconde.

– Mais dans quel but ? Hein ? Pourquoi se faire passer pour vous ? Pourquoi payer dix mille dollars à un détective privé sans même être sûr qu'il se fasse arrêter ? S'il avait réussi à piquer les dossiers et à vous les faire passer… excusez-moi, à les faire passer à votre « imposteur »… qu'aurait-il accompli ?

– Je ne sais pas.

Il me sourit d'un air entendu.

– Bien sûr que non. Bien sûr. Vous commencez à me faire pitié, Perry. Parce que, si vous ne me mentez pas, vous êtes le plus gros couillon que j'aie jamais vu. J'en ai mal au cœur. Mais, comme je suis une bonne âme, je vais vous aider. Tous ces trucs que vous ne comprenez pas ? Toutes ces questions ? Je vais y répondre. Jusqu'à la dernière. Oui, je vais me donner cette peine, rien que pour vous.

Il salua Joe, puis il repartit vers sa voiture d'un pas vif en sifflotant un air qui me parut bien narquois.

CHAPITRE 17

Au bord d'une rivière on peut scruter l'eau, la juger tiède et langoureuse, attrayante même ; elle donne envie de se baigner. Puis on plonge et on va de surprise en surprise : le froid, le courant, les branches sous les pieds.

Voilà comment je me sentais. Quand Karen m'avait demandé de rechercher le fils de son mari défunt, il ne m'avait pas semblé imprudent d'accepter. Tout cet argent pour un boulot de simple routine. Bien sûr, il y avait une mise en garde évidente : je figurais sur la liste des suspects, même si c'était tout à la fin. Mais j'avais ignoré ce fait en vertu d'un principe que je serinais à tout le monde du temps où j'étais flic : quand on n'a rien à se reprocher, on n'a rien à craindre.

Je n'avais toujours rien à me reprocher, mais j'avais de plus en plus clairement l'impression d'avoir quelque chose à craindre. La dernière en date – la découverte de Brewer – changeait tout. Jusque-là, je n'avais eu droit qu'à des coïncidences. Plus qu'emmerdantes, certes, mais faciles à ignorer, dans mon esprit en tout cas. Ce n'était plus d'actualité maintenant. Quelqu'un s'était fait passer pour moi et avait investi dix mille dollars dans cette tentative.

– Tout a commencé quand tu étais dans l'Indiana, me dit Joe.

Nous étions assis sur le coffre de sa voiture, dans le parking. Targent avait filé.

– On dirait bien.

– Les flics sont venus te voir quand Jefferson est mort, puis ils sont partis et rien ne t'incriminait. Mais tu es allé chercher le gamin et tout a changé. Tu t'y es fait remarquer par quelqu'un.

– Ouais : les flics.

– Quelqu'un d'autre, LP.

Il se frottait l'épaule et je remarquai qu'il avait l'air exténué. La journée avait été longue, deux heures de route en plus d'une séance de physiothérapie.

– Rentre chez toi, Joe. Mange quelque chose, prends tes médicaments et relaxe.

Il arrêta de se masser et hocha la tête.

– Non, ça va. On devrait faire un peu d'ordinateur, rechercher ce Doran et essayer d'organiser une visite. Quelqu'un t'a dans le collimateur, c'est certain. Ce serait une bonne idée de préparer ta défense.

– Doran ne va pas s'envoler. Il sera dans la même cellule demain. Ça attendra le matin.

J'eus la preuve de son état de fatigue quand il acquiesça et renonça.

– D'accord, dit-il. Mais on s'y mettra de bonne heure.

– Oui, et encore merci.

Il écarta mes remerciements d'un geste et ouvrit la portière.

– Je te ramène ?

– Je vais rentrer à pied ; à demain matin. On avancera. On a déjà bien progressé aujourd'hui.

– Ma parole, on dirait même que tu commences à progresser juste le jour où je mets la main à la pâte.

– Dommage que tu ne t'y sois pas mis un peu avant. J'aurais peut-être évité d'avoir une gueule comme une citrouille écrasée par un camion.

Il monta dans sa voiture et allait claquer la portière lorsqu'il se ravisa.

– Tu te souviens quand je t'avais dit que j'aimais pas ta décision de brûler la photo ?

– Oui.

– Je retire ce que j'ai dit, conclut-il en claquant la portière.

* * *

Je rentrai chez moi, me préparai des œufs brouillés et dînai rapidement avec l'intention de descendre faire de l'exercice dans la salle de gym quand j'aurais fini. J'abandonnai l'idée en lavant la vaisselle. Je n'avais pas assez d'énergie et aucune envie d'être seul. Mes pensées se concentraient sur Alex Jefferson, Karen et Targent, mais Amy les envahissait régulièrement. Je me séchai les mains sur un torchon, pris le téléphone et l'appelai.

– T'es libre ce soir ? lui demandai-je.

– Peut-être. Si par « libre », tu veux dire prête à traîner sur le canapé en sirotant une bière, oui. Si par « libre », tu entends aller quelque part, alors, non.

– T'es d'humeur casanière.

– J'ai déjà enfilé ma tenue confortable. Rien ne m'incitera à sortir maintenant si ce n'est pas carrément décontract.

– Je pensais à une orgie romaine avec tout le monde en toge.

– C'est ce qui me plaît le plus en toi, Lincoln. Ton haut degré de sophistication.

* * *

Elle arriva, vêtue d'un vieux jean et d'un sweat-shirt, pas le jean haute couture et le sweat-shirt en coton piqué Pima ou un truc dans ce genre que Karen portait ; c'était plutôt du style qu'on sort de l'armoire pour l'enfiler quand la nuit se rafraîchit.

– J'ai de la Beck ou de la Budweiser. Tu choisis.

– T'as l'intention de progresser dans l'alphabet pour ton choix de bières ?

– Je n'en vois pas l'utilité.

– Une Beck.

Je lui en tendis une et m'en décapsulai une autre. Quand je me retournai, elle marqua un temps d'arrêt et ma figure cabossée me revint à l'esprit pour la première fois depuis quelques heures.

– Ah oui, j'ai dû oublier de te raconter ma soirée d'hier.

Elle me toucha la peau sous l'œil, grimaça et retira la main.

– C'est vraiment moche, Lincoln.

– La sensation ne vaut pas mieux.

– Raconte-moi ce qui s'est passé.

Nous nous installâmes dans le canapé du salon, je bus quelques gorgées de bière et lui fis le récit de mes dernières vingt-quatre heures. Quand j'en arrivai à Thor, l'inquiétude sur son visage s'aggrava encore.

– Thor baigne là-dedans ? Le Thor qui fait disparaître des gens comme si c'était sur sa liste de commissions ?

– Je crois que d'un point de vue technique, *c'est* sur la liste de ses corvées quotidiennes.

– Pas drôle.

– Non.

– Si la police établit un lien avec toi…

– Oui, ça sera une sacrée panade. Mais pour le moment, Thor m'inquiète moins que le détective privé de l'Indiana. Quelqu'un lui a envoyé dix mille dollars en se faisant passer pour moi. Ce n'est pas un investissement négligeable. Je me demande quels bénéfices il en attend.

– Celui de te voir en taule.

– Brutal.

– Mais vrai ?

– Je ne sais pas. Si Alex Jefferson était impliqué, ce serait plus logique. Son assassin aurait forcément intérêt à lancer les flics sur une fausse piste. Mais son fils s'est suicidé.

– Les deux sont liés. Si on pouvait te mettre la mort du fils sur le dos…

– Celle du père coulerait de soi, dis-je en sentant le brin d'herbe me revenir dans la gorge.

Elle se leva et alla chercher deux bières dans la cuisine. Nous restâmes sur le canapé environ une heure, à boire et discuter de Thor, de Jefferson et de Targent. C'était bon de lui parler, et j'en avais besoin. Elle avait pris la place de la personne toujours présente dans ma vie quand il fallait aborder des sujets difficiles, celle qui me donnait de meilleures réponses que les murs de mon appartement vide… à qui je m'adressais d'ordinaire. Je m'étais passé d'une telle personne pendant un temps et j'aurais pu continuer, mais je n'en avais pas envie. Je la sentais à côté de moi sur le canapé, et d'une manière qui parfois rendait la concentration difficile car il arrivait à mon esprit de s'échapper sur une courbe de sa hanche ou sur son parfum.

Elle me demandait quelque chose sur Targent lorsque je l'interrompis.

– J'étais à trois secondes de t'embrasser l'autre soir, quand tu m'as annoncé qu'on devait se limiter à une relation amicale.

Elle écarquilla les yeux.

– Ouah ! Tu parles d'un tournant abrupt dans la conversation !

– Je te demande pardon.

Après un petit silence, elle me demanda :

– Trois secondes, hein ?

– Moins, si ça se trouve.

– Merde. Si seulement je parlais un peu moins vite.

Elle rit, mais ce fut d'un rire gêné, tendu.

– J'aurais sans doute mieux fait de la fermer, lui dis-je. Tu semblais déterminée à respecter la conclusion à laquelle tu étais arrivée quand j'étais dans l'Indiana. Tu as peut-être raison.

– J'ai peut-être raison, moi ? Mais je croyais que la décision t'appartenait, Lincoln.

– Je sais. Mais depuis quand tu m'attribues la capacité de prendre des décisions intelligentes ? Tu n'es pas tombée de la dernière pluie.

Elle s'apprêtait à répondre, puis elle hocha la tête.

– Quoi ?

– Notre synchro est intéressante. Je me mets en colère contre toi à cause de la bizarrerie de nos relations au moment même où tu décides de m'embrasser ? Merde alors, si j'avais su que ç'aurait marché depuis tout ce temps…

– Ce n'est pas parce que tu t'es mise en colère.

– C'est discutable, mais je préfère t'épargner.

– Je sais.

Elle me regardait intensément.

– Tu étais donc prêt à faire le premier pas comme un grand, puis tu as choisi de renoncer ?

– Ben oui, ce que tu m'as dit a tout arrêté.

– Tu peux être sûr que je vais me le reprocher.

– Menteuse !

– Je n'ai jamais été plus honnête, Lincoln.

Un agréable silence de quelques secondes s'ensuivit, puis je me penchai sur elle, passai la main sous son cou et l'embrassai. Elle me rendit mon baiser, tendrement mais passionnément, puis s'écarta. Ses yeux étaient-ils heureux ou tristes ? Sans doute entre les deux.

– C'est pas juste, ce que tu fais, me dit-elle.

– C'est vrai, c'est pas juste. J'en suis conscient, Amy.

Son visage était à quelques centimètres du mien, je sentais la douceur de ses cheveux au creux de ma main.

– Alors arrête.

– D'accord, lui répondis-je en l'embrassant à nouveau.

Elle s'éloigna, gronda « Merde, enfin, Lincoln » et nous recommençâmes en changeant de position, ce qui la plaça au-dessus de moi, son corps léger contre le mien, ses cheveux me balayant le visage.

Ses doigts coulèrent sur mes épaules et mon cou, puis déclenchèrent une décharge électrique tout le long de ma colonne vertébrale. Elle me passa les deux mains dans les cheveux et quand elle trouva les bosses sur ma nuque, une douleur me transperça, bref rappel d'Alex Jefferson, de Karen, de Targent et d'un inconnu avec une arme à feu et un compte à régler. Je la débarrassai de son vieux sweat-shirt et glissai les mains sur la douceur du creux de ses reins : la douleur, les soucis et tout le reste s'éclipsèrent.

***

Plus tard, dans ma chambre, je sentis la tiédeur de son corps à côté du mien, sa jambe sur mon genou et sa tête enfouie dans mon cou. Elle respirait lentement et aisément, sur le point de s'endormir ; éveillé, sur le qui-vive, je regardais les ombres glisser sur le plafond tandis que les voitures descendaient l'avenue.

– Rappelle-moi pourquoi on n'y a pas pensé avant ? lui demandai-je.

– Parce qu'avant, j'avais des principes et n'embrassais pas n'importe qui.

Son souffle me réchauffant le cou, elle me mordilla l'épaule.

CHAPITRE 18

La sonnerie perçante du téléphone insistait. Je levai la tête et cherchai le combiné en clignant des yeux. À côté de moi, Amy s'agita sans se réveiller ; elle dormait comme si elle se préparait à hiberner. Je m'appuyai sur le plat des mains, passai par-dessus son corps et décrochai. Puis je sortis du lit et, une fois dans le couloir, plissai les yeux pour lire le numéro qui s'affichait tandis que l'appareil sonnait à nouveau. La maison de Karen.

Je répondis en même temps que mes yeux se posaient sur l'horloge du salon : il était trois heures moins dix.

– Karen, qu'est-ce qui se passe ?

– Il vient de m'appeler. À l'instant.

Le ton était laconique, et la voix pleine d'effroi.

– Qui ça ?

– L'assassin de mon mari ! Il m'a demandé de quelle somme Matthew aurait hérité. Je me suis mise à hurler, j'étais presque hystérique…

– Calme-toi, Karen.

Elle parlait si vite que j'avais du mal à la comprendre.

– Il m'a dit que je n'allais pas forcément mourir, poursuivit-elle en énonçant clairement les mots.

– Autre chose ?

– Il m'a aussi dit qu'il voulait seulement la part qui serait revenue à Matthew, si le montant était raisonnable. Il m'a vraiment dit ça. Si le montant était raisonnable. Il a ajouté qu'il me ferait passer d'autres informations par ton intermédiaire.

– Quoi ?

– Il te fait dire que vous allez avoir une conférence téléphonique à la salle de gym. Je devais t'appeler immédiatement pour te transmettre le message.

J'étais dans la cuisine, le carrelage me gelant les pieds.

– Il t'a dit que nous allions avoir une conférence téléphonique dans la salle de gym ?

– Oui, Lincoln, qu'est-ce…

– Je te rappelle.

***

Amy se redressait sur un bras quand je revins dans la chambre. Elle avait le regard ensommeillé, mais inquiet.

– Qui était-ce ?

– Karen. Mon ami de l'autre nuit semble exiger que je prenne son appel à la salle de gym.

Elle se redressa complètement et tint le drap devant sa poitrine.

– Lincoln, tu crois vraiment que tu devrais…

– Il faut que j'y aille. C'est juste un coup de fil. Il ne veut pas me tuer.

En tout cas, il n'en avait pas eu l'intention la dernière fois, mais je devais garder à l'esprit que j'avais passé les vingt-quatre heures précédentes à outrepasser ses instructions.

– Je descends avec toi.

– Hors de question.

J'enfilai une chemise et la regardai.

– Reste ici, Amy. Reste ici, et s'il y a quelque chose qui cloche, appelle la police.

Je passai par la chambre d'amis, sortis mon Glock et vérifiai qu'il était chargé. Quand je revins dans le couloir, Amy se tenait devant la porte de ma chambre, avec à ses pieds une flaque de lumière qui venait de la rue.

– Tout ira bien, lui dis-je en partant.

***

Toujours pieds nus, je marchai sur le trottoir froid et dur qui menait à la salle de gym, enfonçai la clé dans la serrure et ouvris la porte. Tout était calme, comme il se doit à trois heures du matin. Le dos contre le mur, je glissai la main jusqu'à l'interrupteur et allumai le bureau. Puis je pivotai en prenant soin de me tenir près du sol, poussai la porte et entrai en balayant la pièce avec le canon de mon arme. Personne.

Le dernier membre du club de gym avait éteint les lampes du plafond, mais l'éclairage des issues de secours projetait une faible lueur dans toute la salle. Il ne faut jamais laisser un endroit ouvert vingt-quatre heures sur vingt-quatre dans le noir complet, même s'il est vide.

Je voulais vérifier le reste du bâtiment, mais je tenais aussi à rester près du téléphone. Ce dernier impératif l'emporta et j'attendis, assis sur la table, le Glock à la main.

Quand le téléphone sonna, je faillis vider mon arme dans le mur. Je m'étais préparé à prendre l'appel dans le bureau mais la sonnerie provenait d'un autre endroit et m'avait pris au dépourvu. Le téléphone à l'usage des membres était accroché au mur de la salle de musculation, et il avait un numéro différent de celui du bureau. Il sonna une nouvelle fois, je me levai en prenant une grande bouffée d'air et en berçant l'arme dans ma main.

– C'est bon, espèce de trou du cul, dis-je à haute voix, j'arrive.

J'avais traversé la moitié de la salle de musculation quand la vitrine donnant sur la rue explosa. Du verre voltigea dans la salle et avec lui m'arrivèrent de l'air froid et le crépitement d'un semi-automatique. Je plongeai et roulai sur la gauche en essayant de me placer derrière le pilier en béton qui soutient le bâtiment, au milieu de la salle. Les balles déchiquetèrent le mur derrière moi, ébréchant des bouts de pierre et brisant verre et métal. Je parvins à m'adosser contre le pilier, rentrai la tête et me protégeai les oreilles avec les avant-bras tandis que continuait le crépitement assourdissant ; le hurlement de l'alarme de la vitre cassée ne parvenait pas à couvrir les coups de feu. Les balles percèrent le pilier et bousillèrent le distributeur de serviettes en papier fixé de l'autre côté, projetant des échardes de plastique tout autour de moi. Après une brève pause, une rafale se mit à balayer la salle selon une trajectoire est-ouest qui ne passa pas loin de moi.

Puis tout s'arrêta. L'alarme s'était tue avant la fin de la fusillade, apparemment arrachée par une balle. Je baissai les bras et tins le Glock à deux mains, prêt à m'éloigner du pilier et à tirer. Il me fallut quelques secondes avant de m'y décider.

Alors je vis seulement la rue déserte devant moi. La salle était jonchée de bouts de pierre, de verre et d'autres débris, et par le trou de la baie vitrée on ne voyait que la rue. Ni voiture, ni bandit armé.

Le téléphone mural sonna de nouveau. Les ondes sonores piégées dans mes oreilles après les tirs et l'alarme couvrirent presque la sonnerie, mais dès que je l'entendis, je traversai la salle sans me soucier de la pluie de balles qui s'était abattue sur moi la dernière fois qu'elle avait retenti.

Je décrochai, plaçai le combiné contre mon oreille et attendis sans rien dire. Quand l'homme à l'autre bout du fil se mit à parler, c'est à peine si je l'entendis, plus à cause du bourdonnement dans mes oreilles que de la douceur de sa voix. Mais je le reconnus. Il avait eu le même impact sur ma salle de gym que très récemment sur mon visage.

– Toujours vivant, dit-il. Bravo. J'ai tiré sans trop viser, mais avec toutes ces balles, on ne sait jamais.

– Si je te trouve…

– Ta gueule, Lincoln. Tu n'es pas près de me trouver et si tu essaies, je te tuerai. J'ai la désagréable impression que je vais devoir finir par m'y résoudre, mais seulement par ta faute. Je t'ai donné une chance de filer. Tu n'as pas su la saisir. La prochaine fois, tu n'auras même pas le temps de le regretter.

– C'est toi qui parleras de regrets, pourriture de merde. T'aurais mieux fait de bien viser.

– Mince alors, tu retombes vite sur tes pattes ! dit-il d'un ton détaché, comme amusé. Le fils de Jefferson aurait dû hériter d'une belle petite fortune avant sa disparition malencontreuse. Ça va probablement chercher dans les cinq millions de dollars. Peut-être plus, peut-être moins, mais je vais être équitable : pour aller au plus pressé, je ne demanderai que trois millions. Dis à la femme de préparer la somme. Nous la contacterons pour lui expliquer comment et quand me la faire passer. Si tu t'en charges, peut-être que personne d'autre n'aura à mourir.

Il enchaîna avant que je puisse répondre.

– Appelle les flics si ça te chante, Lincoln. Tu m'as déçu aujourd'hui, je pensais pas que tu te précipiterais vers eux aussi vite. Je t'avais clairement surestimé. Vas-y, va les prévenir. Mais ça ne changera rien du tout.

Puis j'entendis la tonalité, les sirènes de police s'approcher et Amy qui hurlait mon nom dehors.

CHAPITRE 19

J'appelai Targent moi-même. Les flics de Cleveland ignoraient tout de la situation et mes explications ne pouvaient que les embrouiller. J'aurais aussi bien voulu appeler Karen, mais les flics me questionnaient sans répit et je n'en eus pas l'occasion. Targent fit son apparition trois quarts d'heure après l'arrivée de la première voiture de police. Si le mitraillage de ma salle de gym remettait en question ma culpabilité dans son esprit, il n'en montra rien. Il se contenta de rôder en grommelant et grognant, sans réagir à mon exposé des faits. Il nota la présence d'Amy qui répondait aux questions d'un autre policier dans un coin de la salle, mais ne me posa aucune question sur elle et n'essaya même pas de voir si elle corroborait ma déposition.

– J'ai des caméras vidéo qui filment tout ce qui se passe dans la salle de musculation, lui expliquai-je. L'assurance m'a obligé à les installer parce qu'il n'y a aucun membre du personnel pendant la nuit. Cela au cas où vous voudriez vérifier mon histoire, vous assurer, par exemple, que ce n'est pas moi qui suis venu semer la terreur dans ma salle de gym.

Je rentrai dans le bureau, ôtai la cassette vidéo du magnétoscope relié aux caméras et la lui tendis. Il l'empocha sans un mot, s'adressa discrètement au sergent chargé de l'enquête, puis expliqua qu'il parlerait à Karen pour vérifier mes dires.

– Heureusement que je n'ai pas été blessé, fis-je remarquer.

– Vous savez ce que je trouve bizarre ?

– Non, quoi ?

– Que ce type veuille vous utiliser comme intermédiaire. Je vous assure que j'ai déjà travaillé sur des affaires de chantage et que, quand on veut soutirer du fric à X ou Y, on se contente de le contacter directement. Alors que là, ce type appelle Karen Jefferson pour lui dire qu'il va vous appeler, vous ? Et c'est à vous qu'il communique le montant ?

Je le dévisageai un instant, puis me tournai vers la salle et la lui montrai du doigt.

– Vous voyez cette salle, Targent ? Vous pensez vraiment que quelqu'un pourrait mitrailler sa propre entreprise avec un semi-automatique dans le seul but de préserver un mensonge ?

– Tout dépend de l'individu, répondit-il, et de l'importance du mensonge. Mais si les proportions sont bonnes, eh bien, oui, je peux le croire.

Je hochai la tête.

– Examinez donc la cassette de surveillance. Regardez-la bien et si vous ne me croyez toujours pas, donnez-moi un Oscar.

* * *

En faisant appel à Targent, j'avais attisé la curiosité des flics, mais je les renvoyai auprès de lui s'ils voulaient avoir de plus amples détails. Ils traînèrent encore un peu, prirent des photos et essayèrent d'extraire des balles des murs. Deux des gars en tenue m'aidèrent à balayer les fragments de pierre et de verre et les jeter dans une grande poubelle. Les haltères n'avaient que quelques éraflures, mais un ou deux vélos d'exercice avaient été touchés et leur système électronique détruit. Les dégâts se compteraient en milliers de dollars.

Quand les flics en eurent enfin terminé avec Amy, elle resta dans le coin, les bras croisés sur sa poitrine, à frissonner dans son sweat-shirt tout fin. L'air froid entrait dans la salle qui n'avait maintenant plus une seule fenêtre. Je m'approchai d'elle et la réchauffai en lui frottant les avant-bras. Elle essaya de me sourire, mais en vain. Elle avait l'air effrayée.

– Rentre chez toi, Amy, lui dis-je. Tu vas te rendre malade, ici. Rentre chez toi et mets-toi au chaud. Je suis désolé.

– Tu n'as pas à être désolé, Lincoln, c'est juste que…, dit-elle en hochant la tête. Je me suis endormie avec toi à côté de moi. Et quand je me suis réveillée, tu étais debout, tu parlais au téléphone et, deux minutes plus tard, j'étais toute seule et quelqu'un s'est mis à tirer sur le bâtiment…

– Je sais. Je suis désolé. Tout s'est passé si vite. Je ne savais pas à quoi m'attendre.

Ses yeux se posèrent sur les flics à l'autre bout de la salle.

– C'est à cause de Karen ?

– Non, à cause de son mari.

Elle prit une grande bouffée d'air et hocha la tête.

– On n'est pas près d'oublier cette nuit, hein ? lui dis-je.

– Ça, à plus d'un titre, répondit-elle en souriant faiblement. À plus d'un titre.

– Rentre et va te mettre au chaud.

Elle acquiesça, puis s'approcha de moi et me serra très fort dans ses bras. Je l'embrassai une fois, puis elle s'écarta et partit ; et s'arrêta et parla au sergent, sans doute pour lui demander si elle pouvait s'en aller. Arrivée à la porte, elle se retourna et me regarda.

– Hé, Lincoln !

– Oui ?

– Tu sais, les feux d'artifice qu'on est censé ressentir quand on sort avec quelqu'un pour la première fois ? Eh bien, je les préfère en métaphore.

Je ris, et ce rire débloqua quelque chose dans mon esprit : après tout ce qu'elle venait de vivre, elle était encore capable de plaisanter.

– J'essaierai de m'en rappeler, lui dis-je, et elle fila.

* * *

Quand ils furent tous partis, il était plus de cinq heures. Je trouvai une grande bâche de plastique et j'entrepris de recouvrir le trou dans le mur, là où était la vitre. En travaillant, je pensais à Amy, ce qui ne fit qu'empirer ma colère vis-à-vis des responsables de ce carnage. Nous aurions dû passer une nuit formidable. Elle l'avait été, pendant quelques heures. Mais ils ne voulaient même pas m'accorder ça. Amy était rentrée chez elle, épuisée, frigorifiée et terrorisée. Je mc dcmandai si ces salopards le savaient et s'ils s'étaient marrés en la regardant rentrer seule chez elle.

Une fois la baie vitrée calfeutrée et le maximum de débris débarrassé, je m'installai dans le bureau de la salle de gym, les pieds sur la table, et, les yeux fixés sur les dégâts, je sirotai un café. J'avais accroché une pancarte à la porte : FERMÉ POUR CAUSE DE VANDALISME.

J'attendis sept heures pour appeler Grace, lui raconter ce qui s'était passé et lui dire de prendre sa journée. Après avoir géré ses questions inquiètes et ses tentatives de maternage, je réussis à raccrocher et j'appelai Joe. Il écouta mon récit dans un silence absolu et, quand j'eus fini, il me posa une seule question :

– Tu dis qu'Amy y était ?

Je soupirai.

– Oui, Amy était chez moi.

– Soirée pyjama ?

– Joseph…

– Mais non, ne t'en fais pas, je ne veux pas être indiscret. J'ai juste du mal à y croire. Je pensais qu'elle avait bon goût et le tien ne m'a jamais beaucoup impressionné par le passé.

– À tout à l'heure au bureau.

Je lui raccrochai au nez, mais avec le sourire. L'appel suivant était destiné à mon agent d'assurances. Il était encore trop tôt pour lui, mais j'aimais autant : je préférais laisser la nouvelle sur son répondeur automatique. Expliquer que ma réclamation était due à un assaut généralisé sur mon bâtiment risquait d'être pénible.

À huit heures moins dix, je terminai mon café et entrai à nouveau dans la salle de musculation pour y jeter un dernier coup d'œil avant d'aller à l'agence. Le manque de sommeil ne m'avait pas encore affecté, mais ce n'était rien par rapport à la colère que je ressentis en observant le matériel criblé de balles.

J'avais laissé les lumières éteintes pour bien montrer que la salle était fermée. La bâche laissait entrer un peu de soleil, mais difficilement et dans des tons de gris, le plastique n'étant pas complètement transparent. Et là, tandis que j'étais planté au milieu de la salle de musculation, une silhouette se détacha. L'opacité laiteuse m'empêcha de distinguer les traits du visage, mais je vis qu'il s'agissait d'un homme et qu'il scrutait l'intérieur de la salle à travers le plastique. Pour une raison que je n'aurais su exprimer, je sentis un frisson d'effroi : je pressentis que l'homme de l'autre côté du plastique était dangereux.

Je fis deux pas vers le mur, me baissai et ramassai une des lourdes barres de gym. Sept kilos de métal massif. Si je m'en servais correctement, ce serait une arme redoutable. Au moment même où je soupesais la barre entre mes mains et la brandissais comme une batte de base-ball, l'homme poussa le bord du plastique et le scotch qui le tenait se mit à se décoller du mur. Une seconde plus tard, le pan entier se détachait : l'homme passa par la vitrine et entra dans la salle.

Il s'appelait Thor. La sensation de danger, apparemment infondée, que j'avais ressentie avant n'était pas si absurde. Thor – je ne lui connaissais toujours pas d'autre nom – était sans doute l'homme le plus redoutable de la ville. J'avais nié le connaître la veille, mais le simple fait de le voir m'affecta comme peu d'autres choses l'auraient pu. Bien que l'ayant rencontré de manière fortuite, il avait été important dans ma vie. Le genre de connaissance que je n'oublierai jamais tant que je vivrai. De ce genre qui ne facilite pas le sommeil quand on y pense.

– Lincoln Perry, dit-il d'une voix douce, sereine et sans menace, comme elle l'était toujours à n'importe quelle heure et dans n'importe quelle circonstance.

– Thor.

Ses yeux de fantôme enregistrèrent avec indifférence la présence de la barre de fer entre mes mains, puis revinrent sur mon visage. Il portait un pantalon noir, une chemise noire à manches longues, et n'avait rien de remarquable, hormis ses yeux.

– On dirait que vous avez eu des ennuis, dit-il en jetant un coup d'œil rapide mais exhaustif autour de lui.

Je l'imitai et parcourus la salle des yeux.

– Je me suis fait des ennemis.

– Cela semble une habitude chez vous.

Je ne perçus aucune trace de sourire ni dans sa voix, ni sur son visage, mais j'eus l'impression que cette observation l'amusait.

– À chacun sa spécialité.

Il passa l'index sur un des bancs de musculation et admira l'entaille faite par une balle dans le siège.

– Vos ennuis croisent souvent les miens, reprit-il.

Je ne trouvai rien à répondre.

– La police m'a posé des questions, poursuivit-il. Pour tout dire, la police me questionne régulièrement. Je lui réponds rarement. Mais hier, les questions portaient sur vous.

Il leva la tête et posa ses yeux bleus sur moi.

– Et qu'avez-vous dit ?

– Comme je le disais, je réponds rarement.

J'acquiesçai.

– Ils m'ont posé des questions à moi aussi, Thor. Et votre nom a été prononcé pour la première fois hier. D'après les flics, vous vous trouviez dans la voiture d'un homme mort. Un homme mort qu'ils me soupçonnent d'avoir assassiné.

Son visage resta impassible.

– L'avez-vous assassiné ?

– Non.

– Mais vous êtes amoureux de sa femme ?

– Non. Je l'ai été dans le passé, mais plus maintenant.

– On sait certaines choses l'un sur l'autre, reprit-il en détachant et prononçant prudemment ses mots, comme s'il les choisissait avec soin. Des choses qui feraient sans doute mieux de rester entre nous.

– Ce n'est pas moi qui vais parler.

Il eut un mouvement de tête.

– Il y a un autre homme…

– Il est parti et il a eu si peur de vous qu'il ne parlera jamais, à aucun prix.

Il n'eut aucun mal à le croire.

– Bon, eh bien, ce sera tout, alors, dit-il en parcourant encore la salle des yeux. Pour moi, en tout cas. Et vous ? Vous semblez avoir des ennuis. Je vous souhaite bonne chance. Vous n'en aurez sans doute pas besoin.

Il tourna les talons, se dirigea vers la vitrine et commença à ouvrir la bâche.

– Attendez !

– Oui ? me dit-il en se retournant à moitié, mais en restant penché vers l'extérieur.

– Que faisiez-vous dans sa voiture ?

Quand ses yeux d'un bleu glacial rencontrèrent les miens, ma colonne vertébrale devint aussi froide que la barre de métal que j'avais entre les doigts.

– Je ne discute jamais des affaires des autres.

Il n'avait aucune difficulté à abréger la vie des autres, et s'était souvent acquitté de cette tâche, mais il refusait d'en discuter. Question d'honneur.

– Ils sont après moi, Thor. Le type qui a tué Jefferson, et les flics. Je les ai tous aux trousses.

Il inclina la tête et fronça les sourcils. Il n'aimait pas parler. C'était un homme d'action, pas de discussion. Il resta planté là, à me dévisager, et je songeai qu'il se souvenait peut-être du long regard que nous avions échangé après qu'il avait planté son couteau dans le corps d'un autre, du fait qu'il ne m'avait pas vu au tribunal, du fait aussi que je n'avais pas témoigné contre lui. Il avait voulu que certaines choses restent entre nous et c'était le cas depuis un certain temps.

– J'ai reçu une offre, me dit-il. Mais la situation étant confuse, je l'ai déclinée et suis parti. C'est la seule fois que j'ai vu cet homme.

– Quelle offre ?

Il me fixa longuement et, au moment même où je pensais qu'il allait refuser de parler et partir, il me répondit :

– Alex Jefferson voulait m'employer pour tuer un homme. Je ne sais pas de qui il s'agissait ; je l'ai arrêté bien avant qu'il ait le temps de me fournir des détails. Je lui ai répondu que je ne savais pas qui l'avait renseigné, mais que c'était une erreur. Je lui ai dit que je n'étais pas dans le business d'assassiner pour de l'argent.

Non, seulement dans le business d'assassiner *à cause* d'histoires d'argent, me dis-je. Mais aurait-il apprécié ce genre de distinction ? Dans le doute, je me tus.

– Comment vous a-t-il trouvé ?

– Par le biais d'une connaissance qui avait représenté certains de mes associés dans des démêlés juridiques.

– Un avocat en affaires criminelles, dans ce cas.

Mon commentaire parut l'amuser à nouveau.

– Ce n'est pas votre affaire. Je vous ai dit tout ce que je pouvais vous dire. Je n'en ai pas trop dit, j'espère ?

La question avait le tranchant menaçant d'une lame de hache.

– Non, vous n'en avez pas trop dit.

Il ne répondit pas, se contenta de hocher la tête une seule fois, poliment, puis il souleva la bâche, passa par en dessous et se retrouva sur le trottoir.

Je gardai la barre de fer entre les mains longtemps après son départ.

CHAPITRE 20

– Ce n'était donc pas une coïncidence totale, déclara Joe. Je t'avais bien dit que cette ville n'est pas assez grande pour que Thor et toi vous retrouviez mêlés par hasard à la même affaire. Et quand on se tourne vers les tueurs à gages, la ville se rétrécit encore. Une petite communauté sacrément unie.

Je grimaçai.

– Et tu m'inclus dans cette communauté ?

– Écoute, moi, je ne reçois jamais la visite de types comme Thor, me renvoya-t-il en haussant les épaules.

Je repoussai ma chaise, m'approchai de la fenêtre et jetai un coup d'œil dans la rue pour la troisième fois depuis que j'étais arrivé à l'agence. Je n'arrêtais pas de faire ça depuis peu. C'est le genre de manie qu'on prend quand on craint la présence d'une personne dangereuse. Paranoïa aussi légère que salutaire.

– J'aurais dû insister.

– T'es fou ? On n'insiste pas avec des hommes comme Thor, LP.

– Les hommes comme Thor divulguent toujours le minimum, lui dis je en me tournant vers lui. Il en sait plus que ce qu'il m'a dit.

– Si j'étais toi, je serais content qu'il soit ressorti par la fenêtre, me fit observer Joe d'un air désabusé. Ressorti par cette fichue fenêtre… En dépit de son aspect posé et serein, ce type a la fibre dramatique.

– Si Jefferson était prêt à employer Thor, il devait être prêt à employer les services de quelqu'un d'autre. Si ce qui l'effrayait était devenu grave au point de le pousser à bout, il n'aurait sans doute pas abandonné après que quelqu'un eut décliné son offre. Il aurait continué à chercher.

– Possible.

– Thor a pratiquement reconnu que Jefferson l'avait trouvé par l'intermédiaire d'un avocat au criminel qui défendait le gang de Belov. Si nous le retrouvons, nous comprendrons peut-être qui d'autre est lié à eux.

Joe me regarda comme si je lui avais offert un verre de lait qui croupissait au soleil depuis une semaine.

– Tu n'envisages tout de même pas qu'on se mette à parler à tous les tueurs à gages des environs ?

– L'un d'eux saura forcément quelque chose.

– Bien sûr, et quand on le trouvera, il nous tuera pour résoudre son problème. Je suggère qu'on adopte une approche un peu plus oblique.

Je me passai la paume de la main sur le visage – je sentais les effets du manque de sommeil m'embrumer le cerveau.

– Je sais que tu as raison. J'ai juste du mal à me sortir Thor de l'esprit. C'est le genre de mec qui peut s'y accrocher, tu sais.

– Je t'assure que je ne l'ai pas oublié. Mais je crois avoir trouvé quelque chose qui va t'aider à te ressaisir.

– Ah oui ?

Il tenait un bout de papier dans la main et un éclat brillait dans ses yeux.

– Tu te souviens qu'on avait du mal à croire qu'un proche d'Andy Doran puisse avoir attaqué Jefferson ?

– Oui, l'histoire du laps de temps. Ça paraissait un peu tiré par les cheveux.

– Problème résolu dix minutes avant que tu arrives, LP.

Il glissa la feuille sur mon bureau ; il s'agissait d'un article extrait du site Internet d'un journal.

– Andy Doran s'est évadé de prison fin septembre. Il était en liberté une quinzaine de jours avant l'assassinat de Jefferson.

Je soulevai le papier et regardai Joe. Il était tout sourire.

– Alors ? Tu penses pouvoir mettre Thor de côté quelque temps ?

Je baissai les yeux sans lui répondre et lus l'article. Doran était au nombre des trois prisonniers de corvée de nettoyage qui s'étaient évadés en se dissimulant dans des poubelles. Les deux autres avaient été arrêtés dans les vingt-quatre heures. Doran, lui, s'était envolé.

– Tu es sûr qu'il est toujours en cavale ? La plupart de ces types se font reprendre si vite que…

– Il est toujours en cavale. Le site web de la police nationale lui consacre une page entière.

Je relus l'article, l'écartai et me tournai vers Joe.

– C'est lui. C'est Doran.

– Je suis de ton avis.

– Quand il me tenait le sac sur la tête, il m'a dit que le fils de Jefferson avait appelé son papa à l'aide et qu'il en avait payé le prix pendant cinq ans. Cet article dit qu'il a fait cinq ans sur une peine de vingt.

– C'est une possibilité, dit Joe. Une vraie possibilité. Mais on devrait gratter un peu avant de la donner à Targent. Une simple remarque mentionnant les cinq ans et le fait d'avoir payé le prix ne va pas suffire à convaincre les flics.

Je me penchai encore sur l'article.

– Ils disent qu'il a été reconnu coupable d'homicide involontaire.

– J'ai remarqué et je ne comprends pas. On va devoir retrouver le dossier de l'affaire et voir comment ça se présente.

– Le dossier sera à Geneva.

– Exact. Je suggère donc qu'on parte tout de suite.

* * *

En route, j'appelai Karen et lui demandai si elle avait reçu de nouveaux coups de fil, de nouvelles menaces. Ce n'était pas le cas, mais, encore secouée par l'appel de la nuit, elle avait la voix tendue, le débit trop rapide et le ton vacillant.

– Ça va ? lui demandai-je. Tu as réussi à dormir ?

Elle eut un petit rire amer.

– Non, Lincoln. Le sommeil ne m'a pas semblé possible la nuit dernière. La police est venue et elle est restée tard. Ce qui était bien. J'étais… La nuit a été dure. J'étais un peu déstabilisée.

– Tu devrais peut-être sortir aujourd'hui. Quitter la maison, ne pas rester seule, qu'on t'entoure un peu quelque temps.

– Ça va aller.

– Bien. Écoute-moi, nous enquêtons sur cette affaire, Joe et moi, d'accord ? On a déjà quelques idées et une piste probable. Je pense qu'aujourd'hui, on va avancer. J'en suis même sûr.

– Tu peux m'en dire un peu plus ?

– Donne-moi une journée. Laisse-nous travailler aujourd'hui, je passerai chez toi ce soir et je t'expliquerai où on en est et ce qu'on envisage de faire.

– Je t'en serais très reconnaissante, Lincoln. Très reconnaissante.

Je raccrochai et rapportai la conversation à Joe.

– Fais bien gaffe à ce que tu lui racontes et quand tu le lui racontes. Il y a des millions de sortes de rancunes, toutes motivées par des raisons variées. Mais supposons que nous ayons réellement affaire à Doran et qu'il soit tout aussi réellement innocent ?

– Jefferson passera pour un salopard fini.

– Exactement.

– Je n'ai pas trop de mal à y croire.

– Non, mais Karen risque de trouver ça plus difficile. Venant de toi, en plus…

– On s'en inquiétera quand ça se présentera. Tout ce qui compte en ce moment, c'est de comprendre ce qui est arrivé à ce type.

J'appréciais le trajet. Joe était dans la voiture, à côté de moi, à sa place, et nous progressions dans une affaire importante. Je profitai de ce moment de satisfaction pour lui poser la même question que la veille, question à laquelle il avait préféré ne pas répondre.

– Je te remercie sincèrement de m'accompagner dans cette affaire, Joe. Je ne suis pas sûr de te l'avoir dit.

– C'est rien.

– Mais tu sais, quand je suis passé chez toi hier, je t'ai demandé quand tu avais l'intention de reprendre.

– Ouais.

– Tu ne m'as pas répondu.

Il se tut. Les yeux sur la route, j'attendis.

– Je suis entré dans la police juste après l'école, dit-il. Je n'avais jamais voulu faire autre chose, je ne l'avais même pas envisagé. Alors je suis entré dans les forces de l'ordre et j'ai fait mes trente ans. Quand Ruth est morte, j'ai pris une semaine, puis je suis immédiatement retourné au travail et, à ce moment-là, je n'avais plus rien d'autre. On avait tout un tas de projets ensemble, tu sais ? Pour la retraite, comment nous la passerions ensemble. Mais elle est partie, et qu'est-ce que j'allais faire ? Le tour de l'Europe tout seul ? Construire une serre et planter des fleurs tropicales ? Allons donc. Tout ça n'avait plus de sens, alors j'ai pris ma retraite et je me suis lancé dans cette agence avec toi. Je n'ai même pas pris de vacances en été. Je me suis jeté tout de suite dans ce nouveau job. Et c'était toujours le même, avec le badge et la bureaucratie en moins.

Il s'arrêta une minute. J'avais envie de le regarder, mais en même temps j'en avais peur, comme si le moindre mouvement risquait de le perturber, de l'empêcher de continuer.

– Cet été, quand j'ai été blessé, j'ai dû prendre un peu de recul. C'était la première fois que ça m'arrivait, LP. La première fois depuis que j'étais gamin que je ne vivais pas plongé corps et âme dans une enquête.

– Et c'était bien ?

– Oui et non. En tout cas, ça avait le mérite d'être différent. C'était différent, après avoir vécu trois décennies de la même manière. Et je me suis posé des questions… je ne sais pas.

– Quoi ?

– Je me suis demandé si je n'avais pas envie d'essayer autre chose avant de mourir, tu vois ? Si je n'avais pas besoin de faire autre chose, ou si je ne devrais pas le faire. Il ne me reste plus beaucoup de temps…

– Il t'en reste plein.

– Tu dis ça parce que tu es jeune. Je ne suis pas à l'article de la mort ni rien, LP, je le sais bien, mais je ne suis plus tout jeune. Je suis vieux et je ne rajeunis pas. Et je n'ai jamais rien connu d'autre que ce boulot.

Je me tournai vers lui pour la première fois depuis qu'il s'était mis à parler.

– Tu étais plus heureux quand tu en étais éloigné ?

– Je n'en sais rien.

– Tu n'avais pas l'air heureux, Joe. T'avais l'air… comme vide. Je comprends ce que tu veux dire sur le temps que tu as passé dans ce boulot, mais avant que je te traîne hors de chez toi, tu n'avais rien fait d'autre que rester assis sur une chaise dans ton salon. Tu préférais ça ?

– Non, dit-il en hochant la tête. Non, ce n'était pas mieux. Et je n'ai pas l'intention de passer le restant de mes jours assis sur cette chaise comme un vieillard. Mais une partie de moi pense qu'il est temps de changer. Si je suis resté sur cette chaise, c'est simplement parce que je ne savais pas à quel changement m'attendre, ni même si je devais en attendre un.

Je gardai les yeux sur la route qui s'ouvrait devant nous et restai silencieux.

– Je sais que tu as l'impression que je t'ai un peu laissé tomber ces derniers mois, mais si tu réfléchissais deux minutes, tu comprendrais qu'il s'agit d'un compliment déguisé. Je n'ai pas à me soucier de toi. Je n'ai pas à appeler l'agence neuf fois par jour pour m'assurer que tout va bien. Tout va bien, parce que tu es compétent. Tu es excellent, bon sang, sans doute déjà meilleur que moi dans certains domaines. Tu as un flair imbattable et tu es maintenant assez mûr pour suivre tes instincts en gardant ton sang-froid. Tu n'agis plus en cow-boy comme à tes débuts… en tout cas, tu le fais moins.

– J'ai toujours besoin de toi, Joe. Je ne peux pas tout faire moi-même.

– Bien sûr que si. Tu peux te débrouiller tout seul et tu le sais très bien. Tu peux t'attaquer à n'importe quelle affaire, et t'en sortir avec brio. Tu t'en es tiré tout seul ces derniers mois, et sans souci.

– Tu sais que je respecterai ta décision quelle qu'elle soit, lui dis-je. Je n'ai aucune envie de travailler seul, mais je te soutiendrai si tu décides de partir.

– Je sais. Et quand ma décision sera prise, on en discutera tous les deux, LP. On forme une équipe, que je fasse partie de l'agence ou pas.

CHAPITRE 21

Andy Doran avait été arrêté pour la première fois huit mois après la fin de ses études au lycée John Marshall. Il vivait à Cleveland à l'époque, et avait cambriolé une villa de Shaker Heights d'où il était reparti avec quelques télés et des enceintes. Cinq kilomètres plus loin, un flic l'avait arrêté pour excès de vitesse avant de s'interroger sur l'étrange panoplie de matériel électronique posée sur la banquette arrière.

Comme c'était sa première infraction, Doran avait réussi à s'en tirer avec une simple liberté surveillée et, après avoir traîné en ville pendant deux ans, il s'était engagé dans l'armée. Sa carrière militaire avait duré quatre ans et il avait été complimenté pour ses capacités physiques et son adresse au tir lors de stages d'infanterie, d'entraînement en vol et de combat urbain. Mais les éloges ne lui avaient pas assuré un début de carrière sans histoire : les actes d'indiscipline s'accumulaient dans son dossier, jusqu'au jour où il avait été arrêté une deuxième fois. Une enquête militaire avait révélé qu'avec la complicité de deux copains civils, près de Fort Bragg, Doran avait vendu du matériel militaire volé, par l'intermédiaire de marchands d'armes locaux et sur Internet. Le matériel comprenait des jumelles de vision nocturne, des fusils et des grenades. Il avait été renvoyé de l'armée pour manquement à l'honneur et condamné à deux ans de prison, ferme cette fois.

Comme tous les bons à rien ont coutume de le faire, il avait fini par revenir chez lui. Il s'était installé chez sa mère, qui était morte six mois plus tard en lui laissant un héritage maigrichon et bien inférieur à l'emprunt qu'elle avait contracté pour sa maison. Doran s'était empressé de ne pas payer les traites et avait abandonné la maison pour aller Dieu sait où. Dix-huit mois plus tard, il apparaissait à Geneva-on-the-Lake, où il était arrêté pour voies de fait lors d'une bagarre dans un bar. Il avait quitté la rixe avec quelques petits bleus et égratignures – tous sur les mains, qu'il avait efficacement utilisées pour défoncer le visage de son adversaire. Il avait alors écopé de six mois derrière les barreaux. La bagarre avait pour origine, semble-t-il, une dispute territoriale au sujet d'une serveuse rousse. Doran avait remporté la bataille, mais pas la serveuse. Célibataire en sortant de prison, il avait tenté de régler le problème en rencontrant Monica Heath, âgée de vingt ans.

À l'époque, Doran conduisait un camion, et, quoique ne disposant pas de licence commerciale, il livrait des meubles ou s'acquittait de toute autre mission qu'on lui proposait. L'un de ces petits boulots consistait à conduire le fourgon du traiteur qui employait Heath. Une brève relation s'en était suivie, apparemment suscitée par un amour partagé pour les rapports sexuels en plein air et la marijuana. Ils étaient sortis ensemble pendant trois mois, puis les amis de Heath l'avaient convaincue que Doran lui attirerait des ennuis et qu'elle pouvait trouver mieux. Ils avaient eu un rapport sexuel d'adieu dans le fourgon, avaient partagé un joint et s'étaient séparés en termes apparemment amicaux.

Sept semaines plus tard, on retrouva Heath morte, la jupe relevée sur les cuisses, sans slip. Elle avait été étranglée avec le torchon qu'elle utilisait pour nettoyer les tables. Le problème, c'est qu'un torchon ne garde ni traces, ni empreintes. La police avait interrogé Doran une première fois après avoir découvert le corps et était revenue le lendemain avec un mandat de perquisition pour son mobile home et sa Camaro orange, cela à cause d'un témoin oculaire qui avait relié Doran à la scène du meurtre. Doran planait quand les flics étaient venus le chercher. Une pipe à eau traînait dans l'évier, mais il n'était pas défoncé au point de ne pas se rebiffer quand un policier avait trouvé un sac-poubelle noir coincé derrière un bloc de parpaings près du mobile home, sac qui contenait un sous-vêtement de Monica Heath. Doran s'était précipité hors de chez lui en déversant un flot d'injures après avoir essayé de cogner le flic responsable de la découverte ; il avait hurlé que c'était un coup monté et lancé des coups de poing désordonnés jusqu'à ce qu'on le maîtrise.

Le sous-vêtement avait été rapporté au Bureau des enquêtes criminelles de l'Ohio : des tests scientifiques y avaient décelé l'ADN de Monica Heath, mais pas celui de Doran ou d'un autre. Cela dit, la découverte du string noir et sexy n'augurait rien de bon pour Doran, surtout qu'elle s'ajoutait à son passé criminel et aux témoignages des amis de Heath. D'après une demi-douzaine d'entre eux, Monica avait souvent mentionné que ses rapports sexuels avec Doran étaient bons, certes, mais brutaux, qu'il était agressif, violent et, oui, n'hésitait pas à lui tirer les cheveux à l'occasion, voire à jouer à l'étrangler. Personne n'était sûr et certain de se rappeler avoir entendu parler de strangulation, mais deux des filles pensaient que, ouais, peut-être, mais peut-être seulement, que Monica l'avait mentionné par le passé.

Cette preuve accablante avait été renforcée par le témoignage d'un homme qui avait aperçu la Camaro de Doran sur la scène du crime et vu quelqu'un qui lui ressemblait sur la terrasse du vignoble avec Heath.

Ce témoin, un certain Matthew Jefferson de Pepper Pike, avait procédé de manière peu orthodoxe. Il avait découvert le corps et prévenu la police, mais avait été incapable de fournir le moindre détail sur l'homme de la terrasse – en tout cas, pas au début. Ce n'avait été que le lendemain qu'accompagné de son père, le jeune Jefferson avait donné une version différente des événements de la nuit. Cette fois, l'étudiant en droit avait affirmé que l'interrogatoire agressif de la police l'avait effrayé et qu'il avait donc oublié de préciser qu'il avait vu une voiture dans le parking en se promenant du côté du vignoble. Cette voiture, avait-il alors expliqué, était une vieille Camaro qui lui avait paru orange au clair de lune. Par ailleurs, il avait mieux vu l'homme sur la terrasse qu'il ne l'avait dit, assez bien en fait pour le décrire comme un homme d'un mètre quatre-vingts, avec des cheveux courts et raides et une espèce de tatouage sur l'avant-bras gauche.

Doran avait un alibi : il avait passé la nuit avec un dénommé Donny Ward, à boire du whisky et à faire du tir à la carabine sur cibles. Mais quand la police avait interrogé Ward, celui-ci avait déclaré ne pas avoir la moindre idée de ce que racontait Doran. Il avait affirmé ne pas l'avoir vu depuis une rencontre fortuite dans un bar, quelques nuits plus tôt.

Peu après la mort de Heath, Doran se retrouvait donc confronté à un témoin oculaire, une preuve matérielle trouvée chez lui et un alibi complètement nul. Il était fauché, évidemment, et donc incapable d'embaucher un avocat privé. Le commis d'office, qui avait défendu exactement zéro affaire de meurtre avant lui, était parvenu à réduire le chef d'accusation à un homicide involontaire survenu lors d'activités érotiques, mais consensuelles, s'il vous plaît. Deux jours avant l'ouverture de son procès, on lui avait proposé de plaider coupable en échange d'une peine de vingt ans de prison, ce qui voulait dire qu'il pourrait être libéré dans dix s'il se tenait à carreau. Sachant qu'il risquait la perpétuité, voire la peine capitale, s'il était reconnu coupable, Doran avait accepté.

Cinq années s'étaient écoulées depuis que Doran était en prison. Il s'y était bien tenu, n'avait donné aucun souci à ses gardiens et avait su la fermer. Il avait même un comportement si exemplaire qu'on n'hésitait pas à lui confier des tâches tranquilles, des boulots simples, peu exigeants, comme de nettoyer après les repas, laver les sols ou sortir les poubelles.

En cette année de rigueur économique, les coupes budgétaires de l'État et du gouvernement fédéral se faisaient sentir dans l'ensemble des services publics, et le département correctionnel n'y échappa pas. Il fut procédé à des réductions d'emploi et ceux qui partaient de leur plein gré tardaient à être remplacés. Le manque de personnel affectait toutes les institutions pénitentiaires et, pour pallier ce problème, on affecta une nouvelle corvée de nettoyage à Doran et à ses camarades : la supervision du compresseur d'ordures, tâche qui incombait auparavant à un officier. Toutes les ordures quittant la prison étaient comprimées, tant par souci d'efficacité que pour s'assurer que tout prisonnier tentant de s'évader dans un sac-poubelle serait écrabouillé avant d'être chargé sur un camion.

Un beau jour, à la fin septembre, tous les détritus ne furent pas comprimés. Andy Doran et deux autres types se cachèrent dans un tas de déchets, furent chargés dans un camion d'ordures, quittèrent la prison et retrouvèrent leur liberté. Quarante-huit heures après, les deux autres se faisaient arrêter dans un restaurant routier de l'Interstate 70 : ils tentaient d'acheter des hot-dogs et des boissons énergisantes Red Bull alors que leurs photos étaient diffusées sur l'écran de télé au-dessus de leurs têtes. Mais quand les flics arrivèrent, Andy Doran n'était plus avec eux ; d'après ses camarades, il avait été aperçu pour la dernière fois en train de traverser un champ de blé plein de boue et de filer vers le nord.

* * *

Joe et moi apprîmes tout ça après avoir passé plusieurs heures au greffe du tribunal du comté d'Ashtabula à lire les dépositions et les transcriptions du dossier de Doran. Pendant que je l'étudiais, Joe était allé à la bibliothèque et en était revenu avec une dizaine d'articles supplémentaires sur l'évasion de Doran et sur la chasse à l'homme qui avait suivi, sans résultat.

– Peut-on vraiment croire, me demanda-t-il, que ce type s'évade et que le premier truc qui lui vienne à l'esprit soit de se venger ?

– Pourquoi pas ? S'il a fait cinq ans pour un crime qu'il n'a pas commis…

– Il a peut-être bien tué cette fille. On ne peut pas être sûr du contraire, enfin… pas encore.

– Exact. Mais supposons qu'il soit innocent et que, pour une raison qui nous est inconnue, il tienne Jefferson pour responsable. Cinq ans en prison pour un crime qu'on n'a pas commis, c'est long. Assez long pour préparer sa vengeance. Tu n'as pas lu *Le Comte de Monte-Cristo* ? Et n'oublie pas que le type est en cavale maintenant. Où peut-il se réfugier ? Avec quel fric ? Il a besoin de tunes et Jefferson en avait.

Joe fronçait les sourcils en continuant de feuilleter les documents, mais il acquiesça.

– Jefferson n'est jamais allé à la police. Il a essayé de recruter Thor pour tuer l'individu qui le menaçait. C'est plutôt louche, tu crois pas ? Tu as sans doute raison. S'il avait besoin des services de quelqu'un comme Thor, c'est peut-être parce qu'il savait que Doran les tenait – lui et son fils – par les couilles.

– Le témoignage du fils est absurde. Se présenter avec son père pour changer de son de cloche le lendemain du meurtre ?

– C'est faiblard, oui, et d'ailleurs, ça n'a pas suffi à faire condamner Doran. Le string de la fille…

– Pas bien difficile de le glisser chez lui.

– Oui, mais c'est bien plus incriminant que les déclarations du fils Jefferson. Cela dit, il a bien montré le chemin à la police, j'imagine. C'est lui qui a tout mis en branle.

– Cette histoire de temps… est trop évidente. Doran dit avoir payé le prix pendant cinq ans, puis il attaque Jefferson et son fils dès qu'il sort de prison. Exactement au moment où ces deux-là se disputent. Je parie que Jefferson a tiré son fils d'affaire, puis qu'il a rompu les ponts. Il ne voulait pas ternir son image avec un fils assassin, mais il ne voulait plus voir le gamin non plus. Loin des yeux, loin du cœur.

– T'as peut-être raison de dire que c'est trop évident, LP.

– Comment ça ?

– Pourquoi Doran t'en aurait-il parlé ? Il me semble qu'il a dévoilé son identité un peu trop aisément en le faisant. Tous ceux qui connaissent la situation de Matt Jefferson, ou qui n'ont fait qu'en effleurer la surface, comme nous, arriveront à la même conclusion.

– Qu'est-ce que ça peut lui faire, à Doran ? Il n'a rien à perdre : s'il tombe sur un flic, il repart en taule, de toute façon. Il se fout bien que j'attire l'attention des flics sur son cas. Il est déjà en cavale.

Joe réfléchit et approuva.

– Je serais vraiment surpris si ce type n'est pas Doran, lui dis-je.

– Je suis d'accord. Mais pour l'instant, nous ne faisons que deviner. Notre seule raison de le soupçonner d'avoir buté Jefferson, c'est sa remarque sur les cinq ans.

Mon portable vibra dans ma poche et nous interrompit. Je vérifiai le cadran et lus le numéro de téléphone de la salle de gym. Étrange, vu qu'elle était fermée. Je répondis et eus Grace.

– Lincoln, je crois que tu ferais mieux de venir ici. Il y a des euh… des gens qui demandent à te voir.

– Je suis en plein milieu d'un truc très important, lui dis-je en pensant qu'elle était avec un agent d'assurances, une corvée dont je n'avais pas envie de m'occuper pour le moment. Peux-tu leur demander de prendre rendez-vous au lieu de débarquer comme ça sans prévenir ?

– C'est les flics, dit-elle en baissant la voix.

– Quoi ?

– Ils sont montés à ton appartement, et je crois qu'ils ont un mandat.

CHAPITRE 22

Le retour, rapide, nous prit une heure, mais les flics étaient toujours chez moi quand Joe entra dans le parking. Je repérai la Crown Vic de Targent et deux voitures de patrouille. La porte du couloir était ouverte et l'inspecteur en sortit au moment où je descendais de voiture, le sang bouillonnant de rage. Il avait un mandat de perquisition à la main.

– N'importe quoi ! lui lançai-je quand il me le présenta.

– Le juge n'est pas du même avis.

– Le juge va le regretter quand mon avocat vous tombera dessus pour mandat injustifié. Vous n'avez pas la moindre preuve contre moi, Targent. Et le plus triste, c'est que plus vous vous acharnez sur moi, moins vous avancez dans votre enquête.

– Allez donc chercher votre avocat, me dit-il en s'approchant de la porte. Et on parlera de notre soi-disant manque de preuves dans une petite minute, Perry. En attendant, laissez-nous faire notre boulot tranquille.

Il fit demi-tour et remonta. Du bureau de la salle de gym, Grace nous observait d'un air inquiet.

– Je suis venue t'aider à nettoyer, dit-elle. Ils m'ont dit que si je ne leur ouvrais pas la porte de chez toi, ils la défonceraient. Je ne voulais pas qu'ils…

– C'est bon, Grace, ne t'en fais pas. T'as bien fait.

Je m'exprimais calmement, mais je n'arrivais pas à masquer ma colère. Joe s'arrêta pour parler à Grace tandis que je montais chez moi. Targent dirigeait son équipe à voix basse, mais il m'était impossible de me concentrer sur ses paroles. Les perquisitions provoquent une sensation d'invasion et de violation totale : il faut ouvrir la porte à un groupe de flics dont la mission consiste à découvrir un indice incriminant. Quand j'étais flic, j'avais obtenu des mandats pour perquisitionner à tout bout de champ, sans prendre la peine d'y réfléchir. J'avais une tout autre perspective à présent.

Daly et les deux flics qui m'étaient inconnus prenaient des livres sur mes étagères et ouvraient des tiroirs. Targent restait posté près de la porte.

– Allons nous asseoir dans un coin et discuter de la raison de notre visite, me dit-il. Laissons les gars faire leur boulot.

Je refusai.

– Hors de question, Targent. Vous croyez que je vais vous laisser faire ? Je m'attends à voir apparaître un couteau taché de sang sous mon oreiller dès que j'aurai le dos tourné.

Il se renfrogna, mais ne discuta pas. Je suivis l'équipe de fouille dans mon appartement en serrant et desserrant les poings le long du corps. Ils opéraient en professionnels, vérifiaient partout sans déranger, replaçaient les objets où ils les prenaient. Le plus jeune découvrit mes armes à feu dans la chambre d'amis et les montra à Targent en l'interrogeant du regard, mais je lui répondis avant son patron :

– Ces armes restent ici. Le mandat est lié à l'enquête sur l'homicide d'Alex Jefferson et il n'a pas été tué par balle. Allez les ranger.

Comme Targent ne lui donnait aucun contrordre, le gamin rangea les armes et reprit ses recherches. Sous la caisse, dans le placard de la chambre d'amis, ils trouvèrent une autre boîte en métal résistant au feu, pour conserver des documents importants. Le jeune flic la prit, souleva le couvercle et en sortit une grande enveloppe en papier kraft qu'il vida en la secouant.

La première chose qui tomba fut un petit écrin. Le flic l'ouvrit et découvrit une bague de fiançailles. Karen me l'avait renvoyée par la poste peu après que j'avais réaligné le nez d'Alex Jefferson. J'avais jeté le mot qui l'accompagnait mais gardé la bague, car je ne pouvais me résoudre à retourner à la bijouterie pour demander un remboursement sous le regard plein de pitié des employés. Avec l'écrin, j'avais conservé des notes, des lettres et des photos. Targent s'intéressa à un cliché de Karen avec des lunettes de soleil, sur le balcon de mon vieil appartement, ses cheveux blonds dégagés ; elle riait, une canette de bière à la main. En jetant un coup d'œil rapide au cliché, je me souvins que nous rentrions d'un pique-nique au bord de l'eau, à Edgewater Park. Elle avait un chien à l'époque, un vieux labrador obèse qui se baladait avec nous sur deux cents mètres, puis soupirait, s'effondrait et rendait les armes en se roulant sur le dos.

Targent haussa un sourcil.

– Cette personne ne m'est pas inconnue, dit-il.

– J'imagine.

– Intéressant que vous ayez voulu garder tout ça, fit-il observer en feuilletant les photos et en tapotant sur l'écrin.

– Nous étions fiancés, Targent. J'ai quelques souvenirs qui le prouvent. Ça ne me rend coupable de rien.

Mon regard se fixa sur une lettre qu'il avait laissée par terre et qui portait le cachet de la poste de Boston. Je me souvins que Karen s'était absentée une seule semaine, qui m'avait semblé l'éternité. Je ramassai l'enveloppe sur la moquette, l'ouvris et lus la brève missive pleine de bons sentiments et de promesses qu'elle n'avait pas su tenir. L'expéditeur était Karen Grayson. Grayson. Ce nom ne semblait plus lui aller. J'imagine qu'elle ressentait la même chose.

– Vous la sortez souvent, votre boîte ? me demanda Targent. Pour regarder les photos en pensant à tout ce que vous avez perdu ?

– Je n'ai pas touché cette boîte depuis que j'ai fourré tout ça dedans et que je l'ai mise dans le placard, Targent. Inutile de vous exciter.

– La plupart des hommes auraient brûlé toute cette merde.

– La plupart des hommes sont des cons.

***

Ils fouillèrent longtemps. N'ayant pas fait attention à l'horloge, j'étais incapable de dire exactement combien de temps, mais ils passèrent l'appartement au peigne fin et s'attardèrent pendant des lustres sur la paperasse qui traînait sur mon bureau. Personne ne poussait des « ah ! ah ! » en brandissant une preuve accablante, mais je ne pouvais m'empêcher de le redouter. L'assassin de Jefferson m'avait semblé doué. Assez doué pour ouvrir quelques serrures ordinaires et glisser quelque chose chez moi. Mais ils ne trouvèrent rien et quand ils eurent quitté le salon, je m'acharnai à nouveau sur Targent. Il m'ignora et autorisa les deux jeunes à partir – il ne restait plus que lui et Daly. Ce dernier s'installa à la table de ma cuisine tandis que Targent m'offrait une chaise.

– Vous n'avez rien trouvé, lui dis-je. Alors, qu'est-ce que vous foutez encore chez moi ? Je ne veux plus vous voir et si vous pensez que je suis d'humeur à vous parler, vous devez être fou. Vous rappliqueriez sans doute demain matin en prétendant que j'ai avoué avoir tué Jefferson et une bonne demi-douzaine d'autres personnes. J'ai l'impression qu'il vous reste plein d'affaires à élucider.

Daly rougit, mais Targent ne sembla nullement impressionné.

– Avez-vous bien lu le mandat de perquisition ? me demanda-t-il.

– Pourquoi ? Vous l'avez trafiqué et imprimé sur votre ordinateur personnel ? Ça m'étonnerait à peine.

– Vous auriez dû le regarder de plus près. Vous auriez remarqué qu'il émanait d'une requête de la police de l'État d'Indiana.

– Mon vieux pote Brewer ?

– Vous y êtes.

– Ils doivent accorder les mandats n'importe comment dans l'Indiana, parce qu'il n'a pas la moindre raison de vouloir fouiller mon appartement, ou de vous en charger.

– Ah bon ? dit-il en serrant les bras sur sa poitrine. Brewer n'a pas obtenu ce mandat hier, quand il a arrêté votre copain détective. Il l'a obtenu ce matin, après avoir eu confirmation de quelque chose de très intéressant. Vous savez… ces dix mille dollars en liquide qu'on vous accuse d'avoir envoyés à ce détective, les deux liasses de cinq mille, en coupures de cinquante dollars ? Eh bien, ce matin, Brewer a contacté une banque de Cleveland qui a confirmé utiliser le même type de papier pour envelopper les grosses sommes. Et de quelle banque s'agit-il ? De la Caisse de crédit de Cuyahoga Valley, là où Alex Jefferson a retiré cinquante mille dollars en espèces une semaine avant sa mort.

Il se dressa devant moi et me dévisagea tandis que le brin d'herbe descendait de ma gorge dans mon estomac et y devenait une masse froide qui m'envahissait la poitrine.

– Et oui, reprit-il, le retrait de Jefferson a été fait en liasses de billets de cinquante.

CHAPITRE 23

– Ils n'ont encore aucune preuve solide qui te lie à cet argent, dit Joe. C'est la bonne nouvelle. Ils ne sont pas obligés de croire que quelqu'un se soit fait passer pour toi, mais il leur revient de prouver le contraire.

Nous étions sur les marches de mon immeuble. Targent et Daly venaient de partir.

– Ah oui ? Et combien de preuves indirectes penses-tu qu'il leur faudra avant d'obtenir un mandat d'arrêt ?

Il ne trouva rien à répondre.

– Je croyais que ces types m'avaient bien aidé la nuit dernière en mitraillant ma salle de gym. Je pensais que ça m'aiderait vraiment. Que même Targent serait obligé de croire que je ne pouvais pas avoir imaginé une telle mise en scène. Mais penses-tu !

Il hocha la tête.

– Mais ça n'a rien d'étonnant. Hier, Targent, en tout cas Brewer, a fait monter la pression avec cette arrestation dans l'Indiana. Si tu lui avais menti et que tu aies voulu le convaincre, tu aurais eu besoin d'une preuve bien voyante. Un type qui vide son fusil automatique chez toi n'aurait pas été une mauvaise idée.

– C'est ridicule.

– Ah bon ? Le coup de téléphone à propos de l'argent de Karen survient au moment précis où ils tirent sur la salle, avec toi à l'intérieur. Très bien. Mais si j'étais Targent, de l'extérieur, je ne verrais qu'un effort supplémentaire visant à prouver que tu n'as rien à voir avec ces gars. Et Targent a raison : pourquoi ces types-là se servent-ils de toi comme intermédiaire pour arriver à Karen ? Ce n'est pas logique. À moins que leur but ne soit de t'incriminer, toi.

– Doran – si c'est bien de lui qu'il s'agit – m'a dit que son complice voulait me virer de la partie. Il m'a donné la possibilité de m'éloigner et je l'ai ignorée. On en est peut-être aux représailles. J'ai refusé de m'écarter et maintenant ils sont prêts à coopérer, en me ramenant au plus près de l'action.

– Tu as parlé de Doran à Targent ?

– Pas encore.

– C'est sans doute pas plus mal. On a besoin de le relier directement à Jefferson. Targent ne va pas s'émerveiller de ce qu'on a trouvé pour le moment, parce que tout dépend d'une réflexion que ce type t'a faite, et que personne d'autre ne peut vérifier.

Je me relevai. Je me sentais inutile assis ainsi sur les marches. Targent, Brewer et des inconnus dont je ne comprenais même pas le rôle s'activaient tout autour de moi, m'encerclaient et me piégeaient, et moi je ne faisais rien. Je restais le cul posé dans un parking, à attendre qu'ils aient fini leur boulot.

– Il va falloir avancer dans cette affaire, Joe. Ce truc dans l'Indiana… et si c'était pas fini ? Il est inutile de penser que ça le sera. Une fois qu'ils s'engagent dans de telles procédures, qu'ils attirent l'attention de la police sur moi, pourquoi s'arrêter ? S'ils s'acharnent à faire de moi le suspect principal, j'ai intérêt à en trouver un autre à donner aux flics.

Joe acquiesça.

– Revenons à l'affaire Doran. Quelque chose va peut-être se préciser. Et dès qu'on le saura, on convaincra Targent de le prendre au sérieux.

– Et si on échoue ?

– J'approvisionnerai ton compte nominatif pour que tu puisses acheter des cigarettes et des oranges.

Belle tentative de plaisanterie, mais aucun de nous deux n'en rit.

* * *

Donny Ward vivait à une dizaine de kilomètres de l'endroit où Monica Heath avait été tuée. Sa maison, au toit affaissé et aux fondations effondrées, était gardée par quatre chiens qui patrouillaient dans un jardin envahi d'herbes d'un mètre de haut. Un fin panache de fumée s'élevait d'un vieux bidon, qui, si l'on en croyait l'odeur, était utilisé pour la pratique légale et écologique de l'incinération des déchets. Joe frappa à la porte tandis qu'un des molosses, un chien de meute aux oreilles déchirées, grognait au pied de la véranda.

– Bon toutou, lui dis-je, ce qui eut l'effet de lui hérisser le poil et de lui faire claquer la gueule.

– Impressionnant savoir-faire avec les animaux, me fit remarquer Joe.

– Tu veux le caresser ?

Personne ne vint nous répondre et aucun autre son ne nous arriva de la propriété hormis ces grondements canins.

– On attend ou on revient ? demanda Joe.

– Je pencherais plutôt pour la deuxième solution.

J'observais le chien, qui avait trouvé le courage de s'approcher des marches.

Nous nous apprêtions à partir quand un pick-up déboucha dans l'allée à toute allure, la fumée âcre et noire du pot d'échappement s'élevant par-dessus un vieux plateau provenant d'un autre véhicule de couleur différente. Le conducteur se gara juste derrière la voiture de Joe, les chiens l'encerclant et glapissant joyeusement en remuant la queue. C'était une meute de chiens galeux, mais ils faisaient fête au nouveau venu.

– Et ce serait Donny ? demanda Joe.

– J'imagine.

Nous attendîmes l'homme dans la véranda tandis qu'il sortait de son véhicule et passait quelques secondes à jouer avec les chiens. Ce type mince, tout en muscles et en nerfs, était vêtu d'une simple chemise sans manches alors qu'il ne faisait guère plus de dix degrés. Il portait une casquette de l'équipe des Indians, sous laquelle dépassaient des touffes brunes. Quand il eut terminé avec les chiens, il se redressa, arrangea sa casquette et nous regarda en plissant les yeux.

– Monsieur Ward ? lui lançai-je.

– Ouais, répondit-il tranquillement en s'approchant de nous. Vous êtes ici pour les chiens ?

– Non.

– Tant mieux, fit-il en ouvrant la porte. L'autre salope au coin de la rue arrête pas de se plaindre au comté, elle dit que j'ai des chiens sauvages. Mais c'est complètement con, puisque je les ai tous fait châtrer. Enfin… la femelle a été opérée, mais ce que je veux dire, c'est qu'ils sont tous châtrés et que leurs vaccinations sont à jour. J'ai près de trois kilomètres carrés de terrain, alors ça me ferait mal de les attacher dans un chenil. Vous avez déjà vu un chien dans un chenil ? Je veux dire… vous avez regardé la tête que ça fait ? Je vous jure que ça peut vous briser le cœur, ouais.

Nous étions tous entrés. Il ne nous avait pas demandé de nous présenter, il avait parlé sans arrêt en entrant chez lui et nous l'avions suivi.

– Ça vous brise le cœur, répéta-t-il en lançant ses clés sur un pied de lampe près de la porte.

L'intérieur de la maison n'était pas aussi délabré que ce à quoi l'extérieur nous avait préparés. Le canapé avait un accoudoir enroulé de chatterton, sans doute pour maintenir le rembourrage, et des marques d'humidité tachaient le plafond, mais la pièce était à peu près propre. Sur le comptoir derrière Donny Ward, j'aperçus une cocotte électrique et une machine à pain, alors que je m'attendais à voir une pyramide de canettes vides de bière Busch. Il y avait des photos encadrées sur le mur en face de nous, toutes d'une gamine joufflue de six ou sept ans au sourire édenté. Donny était sans doute plus complexe qu'il n'y paraissait au premier abord.

– Alors, dit-il en nous accordant son attention pour la première fois, qu'est-ce que je peux faire pour vous, messieurs ?

– Nous sommes des détectives privés de Cleveland, lui dit Joe.

Donny nous fit un sourire bienveillant.

– Détectives privés, ça doit être passionnant, dit-il.

– Pour sûr. Excusez-nous de débarquer chez vous à l'improviste, mais on a quelques questions très importantes à vous poser à propos d'Andy Doran.

Il garda le sourire, mais ses yeux se dirigèrent vers la porte, à présent close, et il soupira sans ouvrir la bouche, produisant ainsi un sifflement qui s'échappa entre ses lèvres souriantes.

– Vous vous souvenez de M. Doran ?

– Écoutez, les gars, dit-il en reculant de quelques pas pour se réfugier dans le salon, j'aimerais beaucoup vous aider. Sincèrement. Mais je n'ai rien à dire à ce sujet.

– Vous savez qu'il est sorti de prison ?

Donny me dévisagea une minute, s'humecta les lèvres et acquiesça.

– Oui.

– D'après moi, de deux choses l'une : soit vous avez dit la vérité à la police et Doran était le roi des couillons quand il a concocté son alibi, soit vous lui avez menti. Dans ce cas, eh bien… j'imagine que ce bon vieux Doran risque de venir vous donner le bonjour. Vous ne croyez pas ?

Donny traversa la pièce, ouvrit la porte et nous fit signe de sortir. Nous ne bougeâmes ni l'un ni l'autre.

– Je lui ai parlé, Donny, repris-je. Et j'aurai sans doute l'occasion de lui reparler. Et je peux vous assurer une chose : ce type est furieux. Il m'a dit qu'il avait fait cinq ans de taule à la place de quelqu'un d'autre. Et un des types qu'il tenait pour responsables a été tué, Donny. Torturé, puis tué.

Donny Ward ôta sa casquette de base-ball, la tint entre ses mains et en plia la visière en fixant du regard la caricature grimaçante qui s'y trouvait comme s'il cherchait à se rassurer.

– Et moi, j'ai une décision à prendre, ajoutai-je. Doran a-t-il été victime d'un coup monté ? Si oui, je pense que vous mentez, Donny. Et je veux comprendre pourquoi. C'est tout. Parce que je ne crois pas que la décision vienne de vous. Je ne pense pas que vous ayez initié toute cette affaire, mais vous pouvez m'aider à connaître le responsable.

– J'ai rien à vous dire.

– Plus de cinquante lacérations, Donny. À la lame de rasoir. Sur tout le corps. Une douleur inimaginable, pour vous comme pour moi. C'est comme ça qu'a fini l'autre type que Doran tenait pour responsable de son séjour en prison.

Il fixait toujours sa casquette.

– Ce fils de pute a tué mon chien.

Je jetai un coup d'œil à Joe, puis revins sur Donny.

– Doran ?

Il fit non de la tête, remit la casquette et ferma la porte d'un coup de talon.

– Non. Le type qu'ils m'ont envoyé. Je savais même pas qu'Andy avait été arrêté. La police m'avait pas encore parlé. Ce type est venu en premier.

– Qui était-ce ? demanda Joe.

– Vous croyez qu'il s'est présenté ? Qu'on a échangé nos cartes de visite ?

– Vous ne savez pas qui l'a envoyé ?

Il fit non de la tête et entra dans le salon, où il s'assit sur le canapé à l'accoudoir rafistolé.

– Il est venu un matin. Pas bien grand, le teint mat, peut-être italien. Mais costaud. Fort comme un bœuf, nom de Dieu. Il est sorti de voiture et il est monté à la véranda, alors je l'ai laissé entrer. Il m'a dit que la police allait me poser des questions sur Andy et que je devais dire que j'étais pas avec lui. Que ce serait, vous savez… plus simple pour moi, que j'aurais pas à aller témoigner au tribunal et tout ça. Je lui ai répondu qu'il pensait avec son cul s'il croyait que j'allais mentir alors qu'un homme risquait de se retrouver en prison. Alors il a ouvert le sac qu'il avait apporté et il a sorti du fric. Je sais pas combien. On aurait dit qu'il en sortait encore et encore. Il a tout empilé sur la table, là-bas, et m'a demandé : « Vous en êtes bien sûr ? »

Joe et moi étions restés debout, mais Donny Ward ne semblait même pas remarquer notre présence. Il jouait distraitement avec le chatterton du divan, les yeux fixés sur le mur.

– Alors je lui ai dit de foutre le camp, de remonter dans sa voiture et d'aller au diable. Parce que j'allais pas envoyer un type en prison pour quelques dollars, vous savez ? Pas moi, non. Et le type a ramassé tous ses billets, les a rangés dans son sac avec un petit sourire en coin. Une fois l'argent rentré, il a fouillé dans le sac et en a sorti un flingue. Il me l'a braqué sur l'œil et m'a attrapé les couilles. Vous connaissez l'expression « tenir quelqu'un par les couilles » ? Eh bien, ce fils de pute l'a fait pour de vrai. Il a tendu la main et m'a écrasé les roubignolles, et a tant serré que j'ai cru que j'allais crever. Je pouvais plus respirer. Il a continué à serrer, en me tenant toujours son flingue contre l'œil et il m'a demandé… si je tenais à ma fille.

Donny Ward leva la tête pour la première fois depuis qu'il avait commencé à parler, d'un mouvement brusque et rapide. Ses yeux ne se posèrent pas sur nous mais au-delà, sur le mur couvert des photos de la fillette au sourire édenté.

– J'ai une fille, mais elle vit pas avec moi. Elle s'appelle… non, ça n'a aucune importance. Mais c'est ma fille, vous comprenez ? C'est ma fille. Et il m'a dit…

Il s'interrompit, s'essuya les yeux et son regard se perdit à nouveau. Il avait la main crispée sur le chatterton, il en avait détaché et enroulé un morceau autour d'un doigt, et la colle brillait sur sa peau.

– J'avais un gros vieux bluetick, le meilleur chien au monde. Quand le gars m'a lâché, il a pris son sac et il est passé dans la véranda. Otis m'attendait dehors, comme toujours. Quand il a entendu la porte, il est arrivé en courant. Alors le type a braqué son flingue sur lui et l'a descendu. Un coup en pleine tête. Puis il s'est tourné vers moi comme si de rien n'était et m'a dit : « Pense à ta fille, Donny. » Puis il s'est éloigné et, avant d'arriver à sa voiture, il a gueulé : « Tu ferais mieux de débarrasser cette carcasse de chien avant que la police vienne te voir ! »

Donny Ward perdit la voix et arrêta de parler. Passa un long moment à tirer sur le chatterton. Joe et moi attendîmes. Sans nous regarder.

– On va retrouver ce type, Donny, lui dis-je.

– Je m'en garderais bien si j'étais vous.

– Je veux le retrouver. Et si je revois Doran et que j'ai l'occasion de lui parler, je lui expliquerai que vous n'y étiez pour rien.

Il s'éclaircit la gorge.

– Il le sait déjà.

– Quoi ?

– J'ai fait ce que j'ai fait parce que j'avais peur. Peur pour ma fille. Mais ça m'a pas facilité la vie. J'ai vu Andy aller en prison alors que je savais bien qu'il avait pas tué cette nana. Et ça m'a rongé. Ce genre de sentiment disparaît pas comme ça après un an ou deux, vous savez. Alors, il y a quelque temps, la mère de ma fille a déménagé. Elle s'est mariée et elle est allée vivre dans un autre État… Son mari s'occupe bien de ma fille. Je sais pas si j'ai pensé qu'elle serait plus en sécurité ou quoi. C'est pas comme si j'étais prêt à aller voir les flics et leur raconter comment ça s'est passé. Je serais toujours pas tranquille. D'ailleurs je vous préviens : si en partant d'ici, vous me rameniez les flics, je nierais tout.

Il nous lança un regard de défi, mais nous gardâmes le silence. Après quelques secondes, Donny reprit en ces termes :

– Le temps passait, je pensais toujours à Andy et… je me suis dit que je devais lui parler. Lui expliquer, peut-être. Je savais bien qu'il voudrait pas comprendre alors qu'il était en taule, mais je me sentais obligé de le faire. Alors je lui ai envoyé un mot sur une petite carte. J'ai simplement marqué que je l'avais fait parce qu'ils avaient menacé ma fille. Je ne l'ai pas signé ni rien, mais je savais qu'il aurait pas de mal à comprendre d'où ça venait.

Je me tournai vers Donny Ward, pensai à Alex Jefferson, et au travail au rasoir et au briquet sur tout son corps.

– Vous avez sans doute sacrément bien fait d'envoyer cette lettre, lui dis-je.

CHAPITRE 24

Il faisait nuit quand nous partîmes de la maison de Donny Ward au fond des bois. Les chiens nous accompagnèrent à la voiture. Deux d'entre eux étaient gentils, mais le troisième, le chien de meute aux oreilles déchirées, garda ses distances et grogna jusqu'à ce que Joe démarre. Je me demandais quel âge il avait et s'il était dans le coin le jour où Donny avait reçu la visite de l'homme armé avec un sac bourré de fric. Un chien pouvait-il garder de tels souvenirs ? J'étais d'avis que oui.

La voiture de Joe cahota sur le chemin plein d'ornières, puis nous rejoignîmes la route et, en quelques secondes, la maison de Donny Ward disparut. Il s'était mis à pleuvoir, une bruine silencieuse, mais qui apparaissait en fines couches sur le pare-brise entre les passages des essuie-glaces.

– Faut qu'on donne l'info à Targent, dit Joe. À mon avis, Donny ne niera pas comme il l'a dit. Il a craqué facilement avec nous et je pense qu'il craque un peu plus chaque jour et depuis longtemps. Il parlera aux flics.

– Probablement, mais ça n'établit pas de lien entre Doran et Jefferson. Ça ne suffit pas.

– Targent doit quand même être mis au courant vu que ça prouve que Doran a été victime d'un coup monté. Et par quelqu'un qui ne lésinait pas sur les moyens.

– Oui. Il nous reste juste à démontrer qu'il s'agissait de Jefferson. Je veux le tenir, ce fumier.

Joe me fusilla du regard.

– C'est ce qui te motive maintenant ?

– T'as entendu ce qu'a dit ce type ? Sa fille, son chien… Si Jefferson était responsable de tout ça, j'ai bien l'intention de le faire savoir.

– Il est mort.

– Ceux en droit de savoir sont vivants.

– Karen, par exemple ?

Je me tournai vers lui, mais il regardait la route.

– J'ai pas dit ça. Je pensais plutôt à la famille de Monica Heath. Et à celle d'Andy Doran.

Joe ralentit à l'approche d'un stop.

– Il reste un gros problème avec la version de Donny.

– Je vois pas.

– Il dit qu'un type est venu l'intimider avant les flics. Qui aurait pu connaître l'alibi de Doran avant eux ?

Sacrée bonne question. Je pris le temps de réfléchir aux différentes possibilités.

– Tu crois qu'un flic était dans le coup ? Que Jefferson en a soudoyé un ?

Joe fronça les sourcils.

– Il aurait fallu en soudoyer plus d'un, tu crois pas ?

– Ça pose problème. Je connais pas la solution, mais j'ai confiance en Donny Ward. Tu as interrogé des milliers de personnes de plus que moi, Joe. Tu crois qu'il disait la vérité ?

– Oui. Mais je tiens à comprendre comment ce type s'est pointé chez Donny avec un plein sac de fric avant que la police ait parlé à Doran.

– On reviendra demain. On parlera aux flics, au procureur et à l'avocat de Doran.

– Et quand tu verras Karen ce soir, qu'est-ce que tu vas lui dire ?

Par la vitre, je regardais les bois ténébreux qui nous entouraient.

– J'en sais rien.

* * *

Targent était chez Karen quand j'arrivai. Je posai la main sur le capot de sa Crown Victoria ; il était froid. Génial. Seul avec Karen depuis un bon moment, Targent devait lui avoir rempli la tête de théories qui me désignaient toutes comme le coupable.

Karen ouvrit la porte et me fit un sourire on ne peut plus forcé. Elle avait les traits tirés, changement subtil mais visible depuis la dernière fois. Comme si un sculpteur venait toutes les nuits y apporter une légère touche, chaque polissage augmentant la tension et ajoutant quelques entailles de peur pour le lendemain.

– Salut, me dit-elle. L'inspecteur Targent est dans le salon. Il est passé à l'improviste. Quand je lui ai dit que tu devais venir, il a tenu à t'attendre.

– Formidable. Son charme et son esprit m'ont terriblement manqué.

Elle ne répondit pas ; je la suivis dans le salon.

– Merci de nous rejoindre, dit Targent.

Il était assis sur le rebord de la cheminée en pierre. Daly était porté disparu.

– J'ai du nouveau pour vous, lui annonçai-je. Pendant que vous perdiez votre temps avec des mandats futiles, mon coéquipier et moi avons mené l'enquête.

– Ah bon ?

Son expression ne changea absolument pas. Karen sembla nettement plus intéressée.

– Vous avez déjà entendu parler d'un certain Andy Doran ? demandai-je.

J'adressai la question aux deux, mais observai la réaction de Karen. Le nom ne semblait rien lui dire.

– Non, répondit Targent tandis que Karen secouait la tête.

– Il a été condamné il y a cinq ans pour le meurtre d'une jeune femme à Geneva-on-the-Lake. Le premier et unique témoin qui ait pu l'identifier était Matt Jefferson. Matt a appelé son père la nuit du meurtre, puis il est retourné chez les flics le lendemain et a modifié son témoignage de façon à impliquer Doran, qui a ensuite été arrêté. Doran a toujours soutenu que c'était un coup monté, mais il a fini par accepter un plaider coupable moyennant vingt ans de prison.

Targent ne me regardait pas. Il gardait la tête baissée et suivait l'angle de la pierre de son index.

– Il est donc en prison, répondit-il. Pas facile de faire de tels dégâts dans ces conditions.

– Il n'y est plus, Targent. Il s'est évadé en se cachant dans un camion d'ordures il y a environ un mois. Juste avant que Jefferson reçoive son premier appel troublant.

Targent pencha la tête sur le côté et me regarda.

– Alors comme ça, ce type est tellement en pétard d'avoir été identifié par le fils de Jefferson que, sitôt évadé, il se venge de lui et de son père ? Vous me prenez pour un con, Perry ?

– Il est peut-être pas seulement en pétard d'avoir été identifié. Ce n'est pas tout.

– Quoi d'autre ?

Je lançai un regard furtif à Karen.

– Il a dit à la police qu'il était victime d'un coup monté.

Je vis que Karen n'aimait pas ce qu'elle entendait. Elle savait très bien où ça menait.

– Mais tous les criminels se disent victimes d'un coup monté, non ?

– Exactement, confirma Targent.

– Nous avons déjà découvert des preuves flagrantes de corruption dans cette affaire.

Jusque-là, je n'avais pas décidé si j'allais ou non leur parler de Donny Ward. Une partie de moi pensait qu'il était encore trop tôt, mais j'avais escompté un minimum d'intérêt de la part de Targent. Et il n'avait encore rien manifesté de tel.

– Doran a dit à la police qu'il avait un alibi. Il avait passé la nuit avec un copain. Quand les flics ont questionné ce copain, il a fait semblant de ne pas savoir de quoi parlait Doran.

– C'était sans doute vrai.

– Non, Joe et moi lui avons parlé cet après-midi. Il avait de nombreuses raisons de mentir aux flics à l'époque, mais ça ne veut pas dire que ce n'était pas un mensonge.

J'expliquai l'histoire de Ward, mais l'expression de Targent ne changea pas. Son visage ne reflétait toujours qu'un scepticisme et une patience de plus en plus forcée.

– Ça ne vous suffit toujours pas, Targent ? Vous ne pensez même pas que ça vaille le coup de vérifier ?

– Je vérifierai, c'est mon boulot, mais pour le moment, ça me paraît un peu tiré par les cheveux. Vous en faites un peu trop. Même si tout ce que vous m'avez dit est vrai, je ne vois toujours pas le lien avec Alex Jefferson.

– Il existe. Faites-moi confiance, il existe. Le type qui m'a attaqué dans la rue m'a dit que Jefferson et son fils avaient…

– Attendez…, m'ordonna Targent en levant la main. Tout ceci est passionnant, j'en suis conscient, mais j'aimerais relever quelques détails avant de nous perdre. Que venez-vous de dire ?

Je fronçai les sourcils.

– Que le type qui m'a attaqué…

– Non. Avant. Vous avez affirmé que le lien existait et vous avez dit…

Il attendit.

– Faites-moi confiance.

– C'est ça, acquiesça-t-il. C'est ce qui m'intéresse. Vous avez dit « faites-moi confiance », comme si vous étiez digne de foi dans cette enquête. Comme si vous ne me mentiez pas en ce moment et que vous ne m'ayez pas menti avant.

– C'est vrai.

– D'accord. Nous allons tous garder ça à l'esprit en regardant un film.

– Quoi ?

– Mme Jefferson et moi étions sur le point de regarder un film quand vous êtes arrivé. Je suis heureux que vous puissiez vous joindre à nous. Je crois que ça tombe bien.

Karen était assise à l'autre bout du canapé, recroquevillée le plus loin possible de moi et de Targent.

– Mme Jefferson et moi avons parlé des événements de la nuit dernière, continua Targent. Nous avons tous les deux trouvé très inhabituel que ce hum… prédateur… tienne tant à passer par vous si tout ce qu'il veut d'elle, c'est de l'argent. Pourquoi vous enlever dans la rue avant même de l'avoir contactée ? Pourquoi mitrailler votre salle de gym ?

Je me tournai vers Karen et ne compris pas l'expression de son regard. Cherchait-elle à s'excuser ou à m'accuser ? Sans doute quelque chose entre les deux, pensai-je, avant de savoir : c'était un regard soupçonneux. Targent avait réussi à semer le doute dans son esprit. Elle n'en avait pas envie et ça la mettait mal à l'aise – d'où la touche contrite que j'avais remarquée –, mais il avait instillé la méfiance en elle.

– Karen, lui dis-je, tu sais que ça n'a aucun sens.

– Je sais que tu n'as rien à voir là-dedans. Mais je suis perdue. Je ne comprends pas pourquoi quelqu'un essaie de t'impliquer. Ce type de l'Indiana qui dit que tu l'as embauché…

– Vous lui avez parlé de ça ? demandai-je à Targent.

– Ça a un rapport avec l'enquête. J'essaie de la tenir au courant.

Je hochai la tête, écœuré.

– Je sais pas quoi te dire, Karen, sinon que c'est un mensonge. Je n'ai jamais embauché ce type.

– Je te crois.

– Revenons au film.

– Vous pourriez au moins m'écouter jusqu'au bout pour Doran. C'est plus sérieux que vous ne le croyez.

– Mais naturellement. Je trouve passionnant que vous ayez retrouvé ce suspect avec un désir de vengeance dès que je vous ai informés, vous et Mme Jefferson, que Brewer avait le même genre d'affaire à nous signaler dans l'Indiana. Ça tombe vraiment à pic ! Quelle coïncidence, Perry ! Tout comme cet incident violent dans votre salle de gym la nuit dernière.

– Vous avez vu la vidéo. Vous avez bien vu ce qui s'est passé, comment pouvez-vous penser que j'aie manigancé tout ça ?

Il me dévisagea longuement. Puis il posa brièvement les yeux sur Karen, comme pour s'assurer qu'elle était attentive, et il revint sur moi.

– J'ai parlé à Mme Jefferson de l'empreinte digitale découverte dans la voiture de son mari. Celle de Thor.

Merde. C'était la dernière chose que j'avais envie de raconter à Karen.

– J'ai participé aujourd'hui à une nouvelle réunion avec l'inspecteur Swanders et un spécialiste du FBI pour le crime organisé, poursuivit-il. Il y a des gens qui ne vous portent pas dans leur cœur. Des gens qui pensent que vous leur avez dissimulé des informations très importantes sur les Russes. Certains pensent même que vous avez eu un contact direct avec Dainius Belov à l'époque. Et ce Thor, d'après eux, faisait sans doute partie du lot. C'est apparemment le bras droit de Belov. Quand j'ai demandé au type du FBI quelles étaient les chances que vous connaissiez Thor, il m'a répondu dix contre une.

Karen évitait mon regard. Elle ne lâchait pas Targent des yeux.

– Voulez-vous expliquer à Mme Jefferson la nature de vos liens avec Thor ?

– Je vous ai déjà dit que je ne le connais pas.

Il prit la télécommande et se tourna vers le grand écran plasma. L'alluma, appuya sur quelques touches et fit apparaître une image granuleuse de ma salle de gym en noir et blanc. Le film, qui provenait de mes propres caméras de surveillance, montrait l'avant de la salle de musculation. Je me reconnus près de la fenêtre détruite, une barre de métal à la main ; Thor était devant moi.

– Pouvez-vous identifier ce gentleman ? me demanda Targent.

Ce fut à mon tour d'être incapable de regarder Karen dans les yeux.

– Vous savez de qui il s'agit.

– Exact. Et vous aussi, Perry. Et c'est la preuve que vous m'avez menti. Vous vous rappelez ce que vous m'avez dit cet après-midi quand on a fouillé votre appartement ? Que je devais réussir à prouver que vous mentiez. Eh bien, c'est fait. Et me mentir revient à une rétention d'information cruciale entravant la progression d'une enquête criminelle, ce qui est un crime. Vous m'avez menti hier quand je vous ai posé la question et vous m'avez à nouveau menti il y a trente secondes, en présence de votre cliente.

– Vous ne devriez pas avoir cette cassette, je ne vous ai jamais donné…

– J'avais placé un officier en surveillance chez vous aujourd'hui. Dans l'intérêt de votre sécurité. Vous savez que les vandales aiment bien revenir sur les lieux de leur crime pour voir ce que ça a donné. Je me suis dit qu'on aurait peut-être de la chance et on en a eu. Mais je dois avouer que je ne m'attendais pas à voir ceci.

– Ce n'est pas votre officier qui a filmé. Ces images proviennent de ma caméra. La fouille et la perquisition sont illégales.

– Tout à fait légales. Vous m'avez autorisé l'accès aux vidéos en présence de quatre ou cinq autres officiers de police.

– Pour les événements de la nuit dernière.

– Vraiment ? Désolé, ça m'a échappé. J'ai appelé votre gérante et lui ai dit que j'avais une cassette à lui rendre et une autre à prendre. On a décidé ensemble qu'il valait mieux ne pas vous déranger. Après tout, vous aviez eu une nuit difficile. (Il inclina la tête.) Et maintenant dites-moi ce que Thor fabriquait chez vous.

– Il est venu se renseigner sur les conditions d'adhésion au club. Il a besoin d'une remise en forme.

Le visage de Targent resta neutre, mais celui de Karen s'empourpra de colère. En la regardant, je sentis une tension dans mes épaules et une bouffée de chaleur sur ma nuque. J'attache beaucoup de valeur à l'honnêteté et j'avais du mal à mentir devant elle. J'aurais pu leur dire pourquoi Thor était venu et de quoi nous avions discuté, mais je ne pouvais m'y résoudre. Même si j'écartais le fait que Thor m'avait sauvé la vie et décidais que ça ne méritait pas que je garde le silence, j'aurais été le dernier des cons de parler. Renvoyer Targent vers Thor avec les détails de notre conversation ? Autant commencer à faire du shopping pour mon cercueil.

– Je n'ai pas tué Alex Jefferson, dis-je. Je n'ai employé personne pour le tuer. Tout le reste de cette merde est extérieur et n'a aucun rapport avec notre affaire. Si vous tenez tant à trouver un coupable, essayez d'avoir quelque chose de vaguement plausible.

– Très bien, répondit Targent, mais j'aimerais vous entendre expliquer quelque chose. N'importe quoi. Pourquoi ce type s'en prend-il à vous ? Pourquoi le fils de Jefferson a-t-il attendu de vous voir arriver avant de se brûler la cervelle ? Que vient faire Thor là-dedans, et pourquoi avez-vous menti à son sujet ? Pouvez-vous nous donner une réponse, une seule, Perry ? C'est tout ce que je vous demande. Une réponse honnête.

– C'est ridicule, Targent. Comment pouvez-vous croire que je sois derrière tout ça ? C'est Karen qui m'a contacté pour retrouver Matt, et pas le contraire. C'est Karen qui a demandé mon aide. C'est pour ça que je suis impliqué dans cette affaire.

– Il a raison, dit Karen.

– Formidable. C'est elle qui vous a embarqué dans cette affaire. Et qu'est-ce que ça explique ? C'est la réponse à laquelle de mes questions ?

– C'est votre boulot. J'essaie de vous aider, mais vous ne prenez même pas la peine d'écouter ce que j'ai à vous dire sur Andy Doran. Qu'il se soit évadé de prison au moment même où Jefferson reçoit ces premiers coups de fil ne vous intrigue absolument pas ? Vous préférez vraiment penser que j'ai passé ces trois dernières années à ruminer et à me monter le bourrichon pour tuer un type pour quelque chose d'aussi mineur ?

– Pensiez-vous que c'était mineur quand vous l'avez agressé ?

– C'est le passé, terminé, oublié. Arrêtez de me resservir ça sans arrêt.

– J'ai vu certaines choses qui suggèrent que tout n'est peut-être pas oublié, Perry. Votre petite boîte de souvenirs…

– J'ai gardé des photos d'une ancienne fiancée et vous pensez que c'est une preuve d'obsession ? Vous êtes sérieux ? Ce serait plus psychotique de ne rien avoir gardé, d'avoir tout purgé.

– Mon coéquipier a interrogé un des collègues de Jefferson. Il dit qu'Alex vous a vu observer son mariage garé dans la rue. Il n'en avait pas parlé à Mme Jefferson pour ne pas lui gâcher ce grand jour.

Karen me regarda, surprise et compatissante ; je détournai les yeux.

– Vous vous abaissez à de sales tactiques, Targent, en me balançant cette merde à la figure quand Karen est à côté de moi.

– Sales tactiques ou non, j'aimerais que vous expliquiez votre présence à leurs noces. Car pour moi, Perry, c'est le comportement typique d'un gars qui n'arrive pas à tourner la page. Un gars obsédé et malsain.

Je baissai la tête, incapable de les regarder.

– Eh bien, reprit Targent. Expliquez-vous.

Je ris sans bonne humeur.

– Mais oui, je peux expliquer. Elle me manquait. C'est ce que vous voulez entendre ? C'est ce que vous voulez me faire dire, espèce de connard ? Elle me manquait. C'est vraiment malsain qu'un être aimé vous manque ? Je ne sais pas. En tout cas, c'est ce que j'ai ressenti pendant quelque temps. Mais ça fait longtemps que ça m'a passé.

– Je ne pense pas qu'il soit nécessaire d'aborder tout ça, dit Karen d'un ton dont la pitié me blessa.

– C'est bon, Karen. Il veut faire pression sur moi et ça ira. Le plus triste, c'est que ça n'avance pas beaucoup tes affaires.

– Et vous croyez que ça aide que vous apparaissiez partout et dérangiez notre enquête ?

– Je n'apparais nulle part, Targent. Quelqu'un essaie de vous le faire croire, c'est tout. Mais puisque vous ne pouvez pas admettre la vérité quand vous l'entendez…

– Vous savez, j'en ai fini avec vous pour ce soir. Vous avez dit ce que vous aviez à dire, Perry, maintenant j'aimerais que vous rentriez chez vous.

– Je suis venu échanger quelques mots en privé avec Karen, merci.

– Vous les échangerez plus tard. Je n'ai pas fini de lui parler, mais vous, je vous ai assez entendu. Barrez-vous, Perry. Si vous tenez tant à lui parler, téléphonez-lui un peu plus tard, même si je lui recommande de ne pas vous répondre.

– C'est bon, Lincoln, me dit Karen, je ne comprends pas ce qui se passe, mais je te connais. Ne t'en fais pas.

On m'avait congédié. Je me levai et les laissai tous les deux attendre mon départ ; je descendis le couloir, sortis sans être accompagné et fermai la porte sur des gens qui, à voix basse, évaluaient mon potentiel d'assassin.

CHAPITRE 25

La confusion tue.

Les mots s'inscrivaient sur un tableau blanc avec un marqueur dont les grincements faisaient grimacer à chaque lettre, la main du vieux flic bougeant trop vite et appuyant trop fort.

Le stage s'intitulait « Réaction en cas d'incident critique », jargon bureaucratique pour désigner les situations où l'on se faisait tirer dessus. Avec une dizaine de flics, j'avais écouté l'instructeur qui avait formé les commandos d'intervention d'urgence de tout le pays pendant près de trois décennies.

La confusion tue, avait-il lu à voix haute avant de se tourner vers nous.

« Vous devez connaître votre agresseur et vous devez connaître vos alliés, avait-il poursuivi. Ça paraît simple, ici, dans cette pièce. Ça n'est plus aussi simple dans le noir et le vacarme, avec des balles qui cherchent votre cœur. Si vous êtes correctement formés et correctement préparés, vous pourrez fonctionner sous une pluie de balles, vous survivrez et atteindrez vos objectifs. Si vous n'êtes pas prêts, la première chose que créeront ces balles sera la confusion. Et la confusion, messieurs, la confusion tue. »

Matt Jefferson était revenu chez lui après la cueillette, au soleil couchant. Comme tous les soirs, il avait garé son véhicule dans le parking en gravillons près du hangar, gravi le sentier en pierre jusqu'à la porte de son appartement et s'était arrêté. Il avait lu le message. Un homme de Cleveland le cherchait. Affaire de famille. Il reviendrait.

Quelques petites phrases, qui avaient eu un certain sens pour moi et un autre pour Matt Jefferson. Alors que je dînais dans le petit resto de la ville et dégustais ma tarte en pensant à Amy, Matt avait ôté le mot de la porte, était entré chez lui, avait pris une bouteille de whisky et un fusil, puis il était descendu attendre dans le kiosque.

Un endroit superbe. Le coucher de soleil devait être spectaculaire sur l'étang qui en reflétait les couleurs voilées et filtrées par le ciel couvert avant de se fondre en une lueur noire tandis que le ciel s'assombrissait et que la lune se levait. J'avais dîné sans me presser et conduit lentement pour revenir au verger. Il avait eu tout le temps d'attendre. D'écouter le vent, de regarder les feuilles mortes tomber par terre, de sentir le goût du whisky dans sa bouche et sa brûlure dans sa gorge, le canon de son arme, froid et réconfortant, dans sa main.

Il m'avait reconnu dès que j'étais arrivé. Dès que j'avais frappé chez lui, à portée de son fusil, il m'avait reconnu. À chaque pas que j'avais fait sur le pont en bois qui me menait à un face-à-face avec lui au kiosque, il m'avait reconnu. Et quand il avait saisi le fusil, l'avait tourné contre lui, s'en était enfoncé le canon dans la bouche et avait appuyé sur la détente, il m'avait encore plus reconnu.

La confusion tue.

Brewer avait raison de me soupçonner de meurtre. Dans un sens, j'avais bel et bien tué Jefferson. Mon arrivée, mon apparition au kiosque, mon échec à m'ôter la surprise et la peur du cerveau à temps pour me justifier : voilà ce qui l'avait poussé à faire feu.

« Le fils m'a cru, lui, m'avait dit mon agresseur quelques nuits plus tard. Il savait qu'il trouverait sa tombe accueillante. »

C'était assez juste. Matt Jefferson l'avait trouvée accueillante et s'y était expédié parce qu'il savait que ce qui l'attendait – et ce que je représentais – était pire encore.

Qui avais-je donc été pour lui ? À l'instant où il m'avait reconnu, qui avais-je été et qu'est-ce que je foutais là ?

Lui, au moins, avait un motif. Vous, seul l'appât du gain vous motive.

Matt Jefferson croyait savoir qui j'étais et ce que je voulais ; c'était cette confusion qui l'avait tué. Dans le salon de Karen, la confusion avait repris de la vigueur et s'épanouissait avec Targent qui l'entretenait tandis qu'un participant inconnu – Andy Doran ou un autre – la validait. Cette fois, j'avais eu la possibilité de donner les quelques explications qui auraient suffi à Matt Jefferson. Mais cette fois, les mots ne suffiraient pas. Cette fois, le fusil resterait braqué sur moi.

***

J'allai faire un tour à la salle de gym avant de monter chez moi ; mon inspection nocturne était devenue un réflexe. Voir la bâche en plastique devant la vitrine me surprit une seconde. Les événements de la journée m'avaient fait oublier les dégâts.

Et quelle journée ! Ce matin-là seulement, j'étais dans la salle et j'avais regardé Thor traverser la baie. Ça paraissait impossible.

Je fermai la porte à clé – comme si c'était utile avec une bâche en plastique à la place de la vitre ! – et repartis vers le bureau. Le voyant du téléphone m'indiquait que j'avais des messages, mais je ne m'arrêtai pas pour les écouter. Il y en avait sûrement un de ma compagnie d'assurances, auquel je devrais impérativement répondre, mais je ne pouvais pas m'en occuper. La compagnie d'assurances n'allait pas disparaître, ni les dégâts dans mon immeuble. D'un autre côté, j'avais peut-être besoin de savoir si Targent avait fait d'autres découvertes.

D'autres messages m'attendaient sur le répondeur de mon appartement, la plupart de membres du club qui me connaissaient assez bien pour avoir mon numéro personnel et tenaient à m'exprimer leur sollicitude et obtenir quelques détails juteux. Je les effaçai et composai le numéro d'Amy.

– J'espérais un signe de vie, me dit-elle. C'est la première fois que je sors avec un type qui présente ce genre de problème : le besoin de m'assurer qu'il est encore en vie.

– Excuse-moi. J'ai voulu t'appeler toute la journée, mais j'ai perdu un peu le fil des événements. Après la fusillade, j'ai eu la visite des flics à mon appartement avec un mandat de perquisition. Après quoi, ils ont trouvé un film prouvant que je connais Thor et que je leur avais menti à son sujet.

– Aïe !

– Ouais.

Je m'adossai au mur et soufflai, exténué par cette récapitulation des événements de la journée.

– Tu crois qu'on pourrait se voir ?

– J'espérais que oui. Mais pourquoi pas chez moi ? Sans vouloir t'offenser, après la nuit dernière, ton immeuble a perdu de son attrait.

– Quelques coups de feu nocturnes et soudain le quartier est malfamé ?

– Allez, ramène-toi.

* * *

Elle m'attendait à la porte, pieds nus, dans un tee-shirt quatre fois trop grand, avec les lunettes qu'elle ne portait jamais en dehors de chez elle. Je l'adorais avec ses lunettes.

– Un verre de vin ?

Elle tenait une bouteille à la main.

– Absolument.

Nous montâmes. Elle versa deux verres de rouge, m'en tendit un, puis nous nous installâmes dans le canapé du salon. Je bus une gorgée et fermai les yeux.

– La journée a été longue ?

Je ris.

– C'est drôle ?

– Oui. Tout à l'heure, j'étais dans la salle de gym et je me demandais combien de jours avaient passé depuis qu'elle avait été mitraillée. J'ai eu du mal à me convaincre que c'était seulement la nuit dernière.

Je lui parlai de Thor, de Donny Ward, du détective privé de l'Indiana et de la vidéo de Targent. J'en eus pour un bon moment.

– Il est sérieux ? me demanda-t-elle. Il te considère vraiment comme un suspect ?

– Comme le suspect numéro un, Amy. Et cette affaire avec Thor… n'arrange pas les choses, c'est certain. Parce qu'en surface, tout s'emboîte. Si on part sur l'idée d'un type qui veut se venger et d'un tueur à gages, on peut dire que Thor et moi formons le couple idéal. Et qu'il débarque dans ma salle de gym aujourd'hui a sérieusement aggravé la situation. Je ne peux pas me justifier.

– Pourquoi ?

– Quand un type comme Thor te dit que la conversation doit être confidentielle, il vaut mieux l'écouter.

– Mais si ça te disculpe…

– Même pas. On ne pourrait rien prouver. Targent ne croirait pas Thor et j'aurais seulement réussi à exaspérer un des types les plus dangereux de la ville.

– Qu'est-ce que tu peux faire ?

– Le boulot de Targent. Trouver un vrai suspect. Si j'y parviens et arrive à l'incriminer de manière irréfutable, les flics seront obligés de regarder ailleurs. Et Andy Doran pourrait coller.

Elle se tut. Je la regardai en me disant que cette soirée aurait dû être délicieuse. Cet instant de partage des événements du jour et d'un verre de vin, sur le canapé, le lendemain de notre première nuit d'amour, aurait dû baigner dans une intimité insouciante. Mais nous parlions d'assassins et de flics.

– Faut que ça se termine vite, lui dis-je. Targent va s'épuiser. C'est toujours ce qui se passe quand on se trompe : on finit par foncer dans un mur. Il n'a aucune preuve, rien d'autre à se mettre sous la dent.

– Et tu penses qu'il rentrera quand, dans ce mur ?

– Le plus tôt sera le mieux, lui répondis-je en lui frottant la cuisse. Je suis vraiment désolé, Amy. On devrait parler d'autre chose. Tu n'aurais pas dû te lever à trois heures du matin et traîner avec tout un tas de flics.

– Ce n'était pas un premier rendez-vous conventionnel.

– J'essaie toujours de prendre les femmes au dépourvu. De me distinguer des autres.

– Mission accomplie.

Je ne sais pas quand notre conversation ralentit, ou se termina. Tout ce que je sais, c'est qu'à un moment donné, nous nous endormîmes tous les deux sur le canapé. Quand je me réveillai plus tard dans la nuit, je fus heureux de la trouver à côté de moi.

* * *

J'étais rentré chez moi, m'étais habillé et buvais mon café quand Joe téléphona.

– T'as l'intention de te montrer aujourd'hui ?
– Il est huit heures moins dix, Joe.
– Tu ne regretteras pas de te dépêcher.
– Pourquoi ?
– Pendant que tu dormais, je travaillais, moi, et tu seras ravi d'entendre ce que j'ai découvert. Ra-vi.
– Quoi ?
– Tu te souviens de mon problème avec l'histoire de Donny Ward ?
– Comment le type a pu arriver chez lui avant les flics ?
– Exactement. Eh bien, problème résolu, LP, et la réponse va ensoleiller ta journée.
– Qu'est-ce que c'est ?
– Dépêche-toi et je te le dirai.

* * *

Un quart d'heure plus tard, j'entrai à l'agence et le trouvai derrière le bureau, un sourire jusqu'aux oreilles.
– Qu'est-ce que tu as découvert ? lui demandai-je.
– Cette question m'a rongé toute la nuit, LP. Je n'arrivais pas à échafauder un scénario logique : soit Ward nous avait menti, soit le type avait suivi Doran la nuit où Monica Heath a été assassinée.
– Tu crois ?
– Non. Je me suis donc levé à cinq heures ce matin et j'ai relu le dossier en cherchant le détail qui m'avait échappé. Je me suis aperçu que Doran avait refusé d'être interrogé par la police et qu'il avait demandé un avocat. Ils lui ont donc envoyé le commis d'office, avec qui Doran s'est entretenu avant de raconter sa nuit à la police. La seule personne qui pouvait connaître le rôle de Donny Ward dès le départ était donc l'avocat de Doran.
– C'est forcément de lui que venait la fuite.
– Forcément. Je suis donc allé voir de qui il s'agissait pour qu'on puisse lui parler. J'ai vu qu'il n'exerçait plus dans le comté d'Ashtabula. Il a rejoint un cabinet privé. Devine lequel ?
J'attendis sans répondre.
– Jefferson, Groff et associés.

Je le dévisageai, son sourire s'élargit.

– T'es sérieux ?

– Mais oui ! J'ai trouvé son nom sur le site Internet du cabinet et il est inscrit au barreau.

– Il est allé bosser pour Jefferson ? Après avoir convaincu Andy Doran d'accepter un plaider coupable qui permettait d'éviter l'examen poussé du tribunal sur une affaire douteuse, il est allé travailler pour Jefferson ?

– Et voilà.

– Nom de Dieu ! m'exclamai-je. On le tient. Jefferson a trafiqué le dossier de Doran de l'intérieur et de l'extérieur. Il a intimidé le témoin de son alibi, il l'a fait taire et a soudoyé son avocat.

– Qu'il soit employé par le cabinet de Jefferson aujourd'hui ne prouve pas qu'il ait trafiqué l'affaire.

– Mais tu sais pertinemment que c'est le cas. Je me demande combien de commis d'office de comtés paumés sont allés travailler pour Jefferson ces derniers temps ?

– Au moins un.

– Oui. J'imagine que c'est pas grâce à son CV qu'il a obtenu le poste.

– On va devoir le confondre, mais je ne sais pas comment ça va se passer. J'imagine que ce sera moins facile qu'avec Donny Ward. C'est un avocat, alors il sait ce qu'il risque : son droit d'exercer et même de la taule. S'il a saboté la défense de Doran, il sera mort de trouille.

– Dans ce cas, il niera tout en bloc. Bien. Mais ça donne plus de crédibilité à l'angle Doran. Même Targent va devoir s'y intéresser.

– J'ai aussi appelé le procureur, George Hilliard. Il semblait méfiant, mais il a accepté de nous consacrer cinq minutes de son temps ce matin.

– As-tu des raisons de penser qu'il était impliqué dans l'affaire, et pas seulement qu'il a été berné ?

– Dur à dire, mais a priori, rien ne prouve qu'il ait joué un rôle dans cette histoire.

J'acquiesçai.

– Nous l'interrogerons aussi sur l'avocat de la défense. Voir ce qu'il pense de lui. Et j'aimerais savoir quand Jefferson l'a recruté. Si c'était peu après l'affaire Doran.

– Karen devrait pouvoir nous aider : à l'époque, elle travaillait pour eux. Je suis sûr qu'elle pourra retrouver la date d'embauche.

J'acquiesçai en m'installant à mon bureau.

– Oui. Pour elle, ce sera l'affaire d'un coup de fil alors que pour moi, je risque d'avoir besoin de tout un tas de paperasses. De toute façon, il faut que je lui parle. J'ai été chassé de chez elle, hier soir.

Joe haussa les sourcils.

– Elle t'a chassé ?

– Non, Targent. Il a passé la vidéo de mes caméras de sécurité où on voyait Thor.

Le degré de jovialité de Joe chuta brusquement.

– Il a fait ça devant Karen ?

– Oui.

– Et ça s'est détérioré à quel point après ça ?

– Ils m'ont demandé de partir pour pouvoir finir de parler de l'enquête. Je doute fort qu'ils aient mentionné une seule fois le nom d'Andy Doran.

– Tu as donc parlé de lui à Targent ?

– Et ç'a été une perte de temps, dis-je en décrochant le combiné. J'appelle Karen pour qu'elle lance cette recherche sur l'avocat commis d'office. Comment s'appelle-t-il ?

– Cole Hamilton.

Karen répondit à la première sonnerie. Elle restait probablement à côté du téléphone pour attendre les instructions du transfert d'argent. Sa voix me sembla tendue et affectée quand elle répondit, et elle ne changea guère après avoir reconnu la mienne.

– Tu vas bien ? Pas d'appel, pas de contact ?

– Rien. Tout est calme.

– Écoute, pour les trucs que Targent a racontés hier…

– Arrête, Lincoln. Tu n'as rien à m'expliquer.

– Je crois que j'aurais dû t'avertir de certaines choses. Surtout Thor. J'ai fait une erreur.

Elle ne répondit pas.

– Je travaille avec Joe sur cette affaire et nous avons progressé. Andy Doran est un suspect bien plus légitime que Targent ne l'admet. Mais je crois que nous avons trouvé quelque chose qui risque de le faire changer d'avis, et j'aurais besoin de ton aide. Peux-tu contacter le cabinet de ton mari et vérifier la date d'embauche d'un des avocats qu'il employait ?

– Pourquoi ? demanda-t-elle après une longue pause.

– Il s'appelle Cole Hamilton et il a peut-être joué un rôle très important là-dedans.

– Pourquoi donc ? Pourquoi est-il important ?

– C'était le commis d'office à la défense d'Andy Doran. On s'est aperçu qu'après, il a été embauché par le cabinet de ton mari.

– Et qu'est-ce que tu en conclus ?

– Ça pourrait être important, Karen. C'est tout. Matt Jefferson était un témoin clé et que son avocat soit allé travailler pour ton mari... Nous devons faire des connexions, c'est tout ce que nous essayons de faire.

– Est-ce que tu insinues qu'Alex l'a embauché à cause de ce qui s'est passé avec cet assassin ? Ce... Doran ? Est-ce que tu suggères...

– Il peut nous fournir des renseignements cruciaux, Karen. J'ai seulement besoin de connaître sa date d'embauche.

– Non, je veux que tu me dises ce que tu penses, Lincoln. J'ai l'impression que tu accuses Alex de quelque chose d'atroce.

Un silence s'installa. De dix secondes, vingt peut-être.

– Eh bien ? insista-t-elle.

– Il faut que tu comprennes quelque chose, Karen. L'homme qui a tué ton mari avait sans doute des raisons de le faire. D'accord ? Il avait ses raisons.

Il y eut une nouvelle pause, d'une ou deux secondes, pendant lesquelles elle ne dit plus rien. Je fermai les yeux en regrettant mes paroles et en comprenant comment elle avait pu les interpréter.

– Est-ce que tu sais ce qu'ils lui ont fait ? Est-ce que tu imagines la douleur qu'il a éprouvée ? L'agonie que ç'a été ? Et maintenant tu essaies de me dire que c'était justifié ?

– Non, Karen. Merde enfin ! J'ai jamais dit ça et je ne le pense absolument pas. C'est un crime odieux et atroce, mais le coupable avait un mobile. C'est de ça que je parle.

– Je n'aurais jamais dû faire appel à toi.

– Karen, j'essaie de t'aider. Je n'ai rien contre ton mari, je veux seulement te montrer...

– Ce n'est pas vrai. Tu haïssais Alex. Et je comprends pourquoi,

Lincoln, sincèrement, mais… je n'aurais pas dû faire appel à toi. C'est ma faute et je ne veux pas te rendre responsable, mais je pense aussi que tu devrais abandonner l'enquête. Ça ne peut pas marcher. Surtout maintenant que la police te soupçonne…

– Tu sais que c'est absurde, Karen. Tu le sais forcément.

– Mais même, tu ne devrais pas y être mêlé. C'est injuste envers toi et envers mon mari. J'aurais dû le comprendre avant et je m'excuse de t'avoir mis dans cette position.

– Alors tu me demandes de lâcher l'affaire ? D'abandonner ? Enfin, Karen… on n'est plus très loin de découvrir la vérité. On en est dix fois plus proches que Targent. Tu ne peux pas m'écarter maintenant. Pas avec ce type dans la nature et les flics qui font comme s'il n'existait pas.

– L'inspecteur Targent peut mener l'enquête. Et je pense que c'est lui qui devrait s'en charger.

Joe m'observait, conscient de la tournure qu'avait prise notre conversation. Je me tournai vers lui comme pour lui demander de l'aide, alors qu'il n'entendait que mes répliques.

– Peux-tu au moins te renseigner sur Cole Hamilton ?

– Non. Tu ne comprends donc pas ce que je te dis ? Il faut tout arrêter. Tu dois arrêter. Mais si tu veux savoir, je connais Cole, figure-toi, c'est un homme bon et honnête. Tout comme l'était mon mari.

Sa voix se brisa et elle raccrocha.

CHAPITRE 26

Je posai le combiné et me tournai vers Joe.

– On est virés.

– C'est l'idée de Targent ?

– Il sera ravi, mais la décision vient de Karen. Elle n'a pas apprécié la suggestion que son trou du cul de mari ait pu mériter l'intérêt du type qui l'a assassiné.

– C'est pas une grande surprise.

– Mais on tient le responsable, Joe. Je me fous de ce qu'elle veut ou de ce qu'elle refuse d'entendre sur Jefferson, trouver le coupable est le plus important.

– Elle l'aimait, Lincoln. Peu importe qu'il soit mort aujourd'hui, elle ne va pas apprécier que son nom soit sali.

J'écartai ma chaise du bureau et hochai la tête. Karen m'avait entraîné dans cette affaire en dépit de ma réticence initiale, elle m'avait convaincu de la suivre dans une mission qui me plaçait en conflit direct avec les flics de deux États, et j'avais accepté pour l'aider. J'avais estimé devoir le faire. Et elle voulait que j'abandonne maintenant ? Elle me reprochait d'être trop impliqué ? J'aurais nettement préféré être moins impliqué quand un salopard s'était fait passer pour moi et avait corrompu un privé de l'Indiana, mais que faisait Karen pendant ce temps ? Elle attendait mon aide, là, dans sa belle maison cossue. Elle ne l'avait jamais refusée jusqu'à ce que je suggère que son mari n'était peut-être pas blanc comme neige.

– J'aimerais qu'elle le voie tel qu'il était, dis-je. C'est ce que j'ai fait, moi, et Doran en a eu une image encore plus pénible. Ça n'empêche pas Doran d'être un sadique, mais il a vu le vrai Jefferson. Karen n'en a jamais été capable.

– Elle a vu le côté que Doran et toi n'avez jamais vu.

– Elle a vu la façade, mais je ne pense pas qu'elle ait vu le type tel qu'il était vraiment.

Joe braqua sur moi un regard perçant.

– Tu crois que le mec n'avait pas plus d'une facette ? Que c'était un salopard, mauvais de part en part ?

– Il a envoyé un innocent en taule. Tu veux me dire que c'était seulement son mauvais penchant ? Que c'était sans doute un être humain plutôt décent si l'on fait abstraction de ce petit détail ?

– Nous ne connaissons pas toutes les circonstances. D'accord ? L'enquête n'a pas encore abouti.

– D'après Karen, c'est fini.

– Alors, c'est tout ? Tu laisses tomber alors que tu as toujours les flics au cul ?

Je gardai le silence.

– On a rendez-vous avec le procureur de l'affaire Doran, me rappela Joe. Tu veux que j'annule ? Tu penses que Targent se débrouillera tout seul ?

– On a rendez-vous à quelle heure ?

– Dans une heure et demie. Et il a souligné que ce serait bref.

Je me levai.

– On ferait mieux d'en tirer le maximum dans ce cas.

* * *

Le procureur du comté d'Ashtabula, George Hilliard, ressemblait moins à un magistrat qu'au gérant d'une plantation de sapins de Noël qui consacrerait ses mois d'été à la fabrication artisanale de meubles. Il mesurait environ un mètre quatre-vingt-dix, corps taillé dans la masse mais sans définition musculaire, et la barbe était épaisse. Il portait un costume, mais en avait négligemment jeté la veste sur le dossier de son siège et son nœud de cravate était atroce, le genre d'abomination que réalise un gamin de dix ans. Joe et moi prîmes place sur des chaises dont le siège se trouvait à environ vingt-cinq centimètres du sol, nous obligeant ainsi à lever la tête vers lui comme s'il était sur un trône. Je me demandai s'il ne les avait pas fait scier pour obtenir cet effet.

– Bien sûr, je me souviens de l'affaire Doran, me dit-il après que je lui eus présenté notre requête. J'occupe ce poste depuis sept ans et je n'ai vu passer que cinq meurtres. Ils ont tendance à me rester assez présents à l'esprit.

– Saviez-vous que Doran s'était évadé ? lui demanda Joe.

– Oui, j'en ai entendu parler, oui. Mais personne ne m'a contacté à ce sujet et je ne vois pas pourquoi on l'aurait fait. Mes informations sur lui ne sont plus d'actualité. Je ne vois d'ailleurs pas très bien en quoi je pourrais vous être utile.

– Pourriez-vous nous dire pourquoi vous lui avez offert le plaider coupable ? lui demandai-je. Si vous n'avez eu que cinq cas de meurtre en sept ans, j'imagine que vous deviez avoir envie d'aller jusqu'au bout du procès.

Il s'enfonça dans son siège, qui eut un craquement inquiétant. D'après ce que je parvenais à en voir, il s'agissait d'un vieux fauteuil pivotant en bois, avec un vernis plus épais sur un accoudoir que sur l'autre. Hilliard fabriquait peut-être vraiment ses meubles. Il avait la mine renfrognée, mais il haussa les épaules.

– Que diable ! Je peux bien vous le dire. Je lui ai offert le plaider coupable parce que je ne pensais pas que sa condamnation résisterait à un appel… à condition que j'arrive même à le faire condamner. Mieux valait un plaider coupable que de me faire ramasser au tribunal.

– Pourquoi la condamnation vous paraissait-elle impossible ?

– Vous avez vu le dossier. Il y avait du matériel pour la partie civile, mais face à un examen minutieux, comme dans un procès, il y avait des lacunes évidentes que j'étais incapable de combler. Ils avaient trouvé la culotte de la fille chez lui, c'est vrai, mais ils n'avaient même pas relevé son ADN dessus, ce qui pouvait laisser supposer qu'on l'avait placée là pour l'incriminer. Et le témoin principal avait complètement changé de version.

– Vous voulez dire entre sa première nuit chez les flics et sa déposition du lendemain ?

Il fit rouler sa tête de droite à gauche, comme un ours.

– Non. Il a fait pire encore, il m'a envoyé une lettre au début de l'automne pour m'annoncer qu'il refuserait de témoigner, qu'il se réfugierait derrière le cinquième amendement [1] pour ne rien dire ou qu'il prétendrait ne rien se rappeler et que nous serions obligés d'aller le chercher de force parce qu'il refuserait d'obéir à tout ordre de comparution.

– Et ça ne vous a pas alerté ? Vous n'avez pas pensé que son témoignage était peut-être bidon depuis le début ?

Il eut une moue dédaigneuse.

– Bien sûr que si, je me suis posé des questions. Mais l'affaire était déjà en cours, nous avions toujours la culotte et aucun alibi pour Doran, qui, par ailleurs, est un dangereux salopard. J'ai eu plaisir à le mettre sous les verrous à l'époque et je le referais volontiers aujourd'hui.

– Même s'il était innocent ?

– S'il ne l'avait pas tuée, il n'aurait pas dû accepter le plaider coupable. De toute façon, ce n'est même pas moi qui ai eu l'idée de ce plaider coupable. J'avais l'intention d'aller au procès, même si je n'avais guère de chances de le faire condamner. Mais l'avocat de Doran s'est mis à me rendre visite tous les deux jours et m'a présenté un nouveau scénario érotique d'asphyxie en m'expliquant que l'homicide était accidentel et que c'était la faute à toute la drogue et autres merdes qui lui couraient dans le sang. Et quand je lui ai demandé si c'était ce qu'il avait l'intention de présenter comme défense, il m'a contré en disant que, si c'était le cas, on ferait peut-être mieux d'éviter le procès. D'après lui, Doran était prêt à plaider coupable si je changeais le chef d'accusation de meurtre en homicide involontaire. Bon sang, au point où on en était, ça m'a semblé une bonne affaire.

Je me tournai vers Joe, qui acquiesça. Nos soupçons se confirmaient. C'était bien l'avocat de Doran qui avait suggéré le plaider coupable, soit le meilleur moyen de ne pas présenter au tribunal un dossier plein de lacunes et d'ainsi éviter un examen trop poussé, de nouvelles enquêtes et l'attention des médias. Et c'était le même avocat qui menait maintenant la grande vie au sein du cabinet d'Alex Jefferson.

1. Le cinquième amendement de la Constitution américaine permet à tout citoyen de se taire s'il sent que ses déclarations pourraient l'incriminer.

– L'avocat a-t-il eu connaissance de la lettre de Matt Jefferson ? demanda Joe.

– Non, mais je n'étais pas obligé de lui en faire part. On pouvait toujours convoquer le gamin et il aurait bien été obligé de venir. Je n'avais même pas encore eu l'occasion d'essayer de le convaincre qu'il devait témoigner. Je n'étais pas sûr que sa déposition n'ait pas disparu.

– Quand Matt Jefferson est allé modifier sa déposition à la police, il était accompagné de son père.

– Je me souviens de lui.

– Qu'en avez-vous pensé ?

– Qu'il voulait protéger son gamin, c'est tout. Le seul problème que j'avais eu avec le père était le rôle qu'il avait joué auprès de la famille de la victime.

– Vous dites ?

– Il avait convaincu la famille qu'il aidait l'enquête. Le vignoble appartenait à Fenton Brooks… il est mort aujourd'hui, mais il avait plus d'argent qu'il n'y en a à Fort Knox… et Jefferson était un de ses avocats. Jefferson avait dû persuader Fenton Brooks que ce serait une bonne idée de parler à la famille, de voir s'il pouvait servir d'intermédiaire entre la police et elle. Il a fait appel à un de ses enquêteurs, un ancien flic de Cleveland. Brooks culpabilisait sans doute parce que la fille avait été tuée sur sa propriété, pendant sa réception. Je lui en ai touché deux mots : je lui ai expliqué qu'impliquer des enquêteurs extérieurs ne pouvait que miner notre enquête, surtout avec le fils de son avocat comme témoin principal. Il s'est excusé. Et il m'a expliqué que c'était Jefferson qui l'avait encouragé à le faire pour éviter que la famille lui intente un procès.

– Vous avez sans doute appris qu'Alex Jefferson a récemment été assassiné ? lui demandai-je.

Il se gratta la barbe et m'observa en se balançant doucement dans son fauteuil, qui continuait à craquer comme un vieux chêne dans la tempête.

– Je suis au courant, oui. Vous pensez qu'il y a un lien avec Doran ?

– Doran est en cavale et Jefferson est mort, monsieur Hilliard. Voilà ce que je pense.

– Oui.

– C'est intéressant.

– Quoi ?

– Eh bien, Doran a toujours soutenu que la culotte avait été placée chez lui et celle-ci ne comportait que la trace d'ADN de Monica. À supposer qu'on veuille une preuve pour l'incriminer et que cette preuve s'avère ne comporter *que* la trace d'ADN de la fille, où irait-on la chercher ?

Hilliard ne répondit pas, mais je m'en chargeai à sa place :

– On irait chez Monica.

CHAPITRE 27

Jerry et Anne Heath habitaient dans un ranch modeste au fond d'un cul-de-sac tranquille de Geneva. Un mât de drapeau était dressé sur la pelouse et un Ford F350 rangé devant un double garage. Jerry Heath ratissait des feuilles quand nous nous arrêtâmes derrière son pick-up ; il nous fixa longuement des yeux sans arrêter de travailler. Il finit de déblayer l'espace entre l'allée et son tas, puis il entra dans le garage et suspendit son râteau à un crochet. Grand et large d'épaules, il avait des cheveux gris qui lui recouvraient la nuque et une moustache qui lui descendait jusqu'au menton, de chaque côté. Il portait une chemise à carreaux en flanelle, un pantalon de treillis vert et des bottes. Joe et moi descendîmes et l'attendîmes sur le chemin, mais il ne nous adressa pas la parole lorsqu'il passa à côté de nous, rangea son râteau et se débarrassa de ses gants. Puis il ressortit du garage et nous regarda en plissant les yeux.

– C'est vous, les détectives ?

Nous l'avions appelé après avoir quitté George Hilliard.

– Oui, monsieur. Joe Pritchard. C'est moi qui vous ai parlé au téléphone.

– Ouais. Eh bien, entrez. Maman vous attend. Elle aimerait vous parler.

Il était évident qu'il parlait de son épouse et qu'il l'appelle « maman » ne semblait aucunement péjoratif, simplement adéquat et vieillot. Il nous fit passer par le garage, à travers des rangées bien ordonnées d'outils et devant une vieille Buick impeccable, avant d'entrer dans la maison. Il s'arrêta et s'essuya consciencieusement les pieds sur le paillasson, bientôt imité par Joe et par moi. La maison sentait les fleurs séchées et des paniers artisanaux étaient accrochés aux murs.

Nous passâmes dans le couloir, devant la cuisine, et entrâmes dans le salon. Une petite blonde y lavait les carreaux en nous tournant le dos ; elle vaporisait du détergent sur la vitre puis l'essuyait avec un chiffon. Complètement absorbée par sa tâche, elle ne s'était pas rendu compte que des inconnus étaient entrés dans la pièce.

– Les détectives sont là, Anne.

Elle se tourna vers nous et sourit, posa le détergent et le chiffon dans une cuvette en plastique à ses pieds et traversa la pièce pour nous serrer la main et nous saluer. Elle avait une forte poigne et les rides de son visage indiquaient qu'elle avait souvent ri.

Nous nous assîmes dans un canapé, eux dans l'autre. Les meubles étaient usés, mais confortables et propres, comme le reste de la maison. Le tout respirait moins l'argent que l'entretien soigneux.

Comme c'était lui qui avait eu Jerry au téléphone, Joe lança la discussion et lui réexpliqua que nous nous intéressions au passé d'Andy Doran pour une affaire indépendante du décès de leur fille.

– Nous nous posons des questions sur certaines personnes, poursuivit-il. Des gens impliqués dans cette enquête à l'époque. Je comprends que c'est un sujet délicat pour vous, mais si vous vous souvenez de quoi que ce soit à propos de ces personnes…

– Nous voulions qu'elle aille à la fac, vous savez ? nous annonça Anne en souriant. Elle avait de bonnes notes et elle aurait pu réussir. Elle aurait peut-être dû se serrer un peu la ceinture, mais c'est comme ça, à l'université. Nous avions quelques économies. Mais elle a refusé. Elle nous a dit qu'elle n'était pas prête à aller s'asseoir sur des bancs d'école, pas encore. Alors nous avons décidé ensemble qu'elle s'arrêterait un an ou deux pour travailler et qu'elle économiserait avant de reprendre ses études.

Elle s'adressait à Joe plutôt qu'à moi et je m'en accommodais tout à fait. Il avait une facilité à gérer ce genre de situations qui me faisait défaut, une façon de parler aux victimes étrangement réconfortante, sans excès ni drame, sans condoléances maladroites ni larmes, sans leur tenir la main. C'était une de ses qualités, il l'avait peut-être toujours eue : regarder les gens droit dans les yeux et leur faire savoir qu'il comprenait.

– Je suis navré qu'elle n'en ait pas eu l'occasion, ajouta-t-il, ce qu'Anne Heath approuva en souriant.

– Merci. Je pense qu'elle s'en serait très bien sortie. Mais Dieu l'a rappelée à Lui et nous nous y sommes résignés. Nous devons nous y résigner tous les jours, vous savez, mais c'est ainsi.

En observant Anne Heath et sa maison, je m'imaginai une fille de vingt ans grandissant ici, éduquée et aimée dans ce cadre propret, et je compris son désir de rébellion, son envie de fumer quelques joints et de sortir avec un type plus âgé comme Andy Doran en se disant que ça n'aurait jamais grande importance. En fait, si Joe et moi avions raison, sortir avec Doran n'avait rien eu à voir avec sa mort. Pas comme ses parents se le représentaient, en tout cas. Pas comme la police en avait décidé.

Jerry Heath posa une main sur le genou de sa femme et dit :

– De qui vouliez-vous nous parler ?

– Un avocat était venu vous voir, lui répondis-je. Il s'appelait Alex Jefferson.

Jerry et Anne acquiescèrent en chœur.

– Il est venu avec Fenton Brooks, dit Anne. Ils m'ont offert des fleurs et M. Brooks s'est montré d'une grande gentillesse. Il nous a expliqué qu'il regrettait que cette atrocité ait eu lieu lors de sa réception et qu'il allait faire tout son possible pour aider l'enquête.

– Jefferson a amené un détective, ajouta le mari. L'avocat a suggéré qu'il pourrait, vous savez… assister la police et nous tenir au courant de l'évolution de l'enquête.

– Assister la police, répétai-je. Vous vous souvenez de son nom ?

– Robert Walker. Un retraité de la police de Cleveland. Enfin… je ne sais pas s'il était vraiment à la retraite, il était assez jeune, mais il ne travaillait plus pour la police.

Je me tournai vers Joe.

– Tu connais un Robert Walker ?

– Non.

– Moi non plus. Monsieur Heath, à quoi ressemblait cet homme ? J'essaie de voir de qui il s'agit. Nous avons tous les deux travaillé dans la police à Cleveland, nous devrions le connaître.

Jerry Heath fronça les sourcils et regarda son épouse.

– Il avait une quarantaine d'années, non ?

– Peut-être même moins. C'était un Italien, en tout cas il avait le type. Tranquille. Il écoutait et prenait des notes, c'est à peu près tout.

– Un Italien nommé Walker, répéta Joe en se tournant vers moi, le sourcil haussé.

– Puis-je vous demander s'il est resté seul dans la chambre de votre fille ?

Le visage de Jerry Heath devint curieux et se durcit, mais sa femme répondit :

– Oui. La police avait déjà fouillé la chambre, mais il voulait s'assurer qu'elle n'avait rien oublié. Il voulait savoir ce que les policiers avaient regardé, s'ils avaient pris des photos ou avaient rédigé un… euh… comment on appelle ça, déjà ? un inventaire. Il voulait s'assurer que tout avait été fait dans les règles. Je suppose qu'il avait pas mal d'expérience dans ce genre d'affaire.

– Et il était seul ?

– Oui. M. Jefferson nous a dit qu'il ne voulait pas nous imposer ça une deuxième fois, vous savez… parce que c'était douloureux d'entrer dans la pièce… avec toutes ses affaires.

– Pourquoi nous demandez-vous s'il était seul ? Pourquoi ? voulut savoir Jerry Heath.

– Nous essayons seulement de comprendre la situation, lui répondit Joe.

Le téléphone sonna, Jerry Heath se leva et alla répondre dans la cuisine. Il parla quelques minutes à voix basse tandis que nous l'attendions avec sa femme. Quand il revint, son visage était noir de rage.

– Je vous donne dix secondes pour ficher le camp d'ici.

– Je vous demande pardon ? dit Joe.

– C'était George Hilliard. Le procureur. Il vient de parler à la police de Cleveland. Pour se renseigner sur votre compte. On lui a dit que vous travailliez sans l'accord de la police et sans client.

Il se tourna vers moi et m'enfonça son index dans la poitrine.

– Et ils disent que vous êtes soupçonné de meurtre.

– Quoi ?! s'exclama Anne en se levant d'un bond.

– Quelqu'un a tué l'avocat qui était venu ici pour nous aider. Jefferson, celui dont ils parlent. La police dit que ce type essaie de se servir de Monica pour faire diversion. D'utiliser notre fille pour éviter leur enquête.

– Ce n'est pas vrai. Nous essayons de prouver ce qui est réellement arrivé à votre fille, monsieur Heath. Nous pensons qu'Andy Doran…

– Je vais vous ouvrir la porte et je vous conseille de ne pas traîner en sortant, monsieur le détective. Parce que, si vous traînez, je serai plus qu'heureux de vous botter le cul. Et maintenant sortez.

Anne Heath était en larmes.

CHAPITRE 28

La colère monta en moi comme l'eau dans un tuyau ; Joe conduisait. Avant même que nous ayons rejoint la route, j'avais sorti mon portable, composé le numéro de Targent et j'écoutais la sonnerie, les doigts crispés sur l'appareil.

– Qui appelles-tu ? me demanda Joe.

Mais avant que je puisse lui répondre, Targent décrocha.

– Qu'est-ce que vous voulez, Perry ?

– Vous êtes lamentable. Je suis ici en train de faire votre boulot et vous ne pensez qu'à nous mettre des bâtons dans les roues. Vous avez dit à ces pauvres gens que j'utilisais leur fille pour faire diversion ?

– J'ai dit au procureur que vous étiez un suspect, pas à la famille.

– Vous saviez très bien que cette information serait communiquée.

– Vous pouvez compter là-dessus, Perry, c'était bien mon intention. Vous ne faites que nous gêner en poursuivant votre enquête.

– Il faut bien que quelqu'un s'y colle…

– La ferme ! Vous m'appelez pour pleurnicher et rouspéter ? Faut vraiment être gonflé, vu que je viens de passer une heure au téléphone à convaincre le lieutenant Brewer d'abandonner la demande d'extradition qui vous réexpédierait dans l'Indiana.

– Aucun juge au monde n'accepterait de m'extrader avec le peu d'éléments qu'il a contre moi, Targent. Alors ne me faites pas passer pour votre protégé.

– Vous n'êtes pas mon protégé. La seule raison pour laquelle j'ai refusé sa requête, c'est que vous êtes au centre d'une enquête bien plus importante dans cet État. Je lui ai dit que j'avais besoin de temps. Quant au manque de preuves de Brewer ? Les choses ont changé, Perry, et pas qu'un peu. Si Brewer veut vous faire extrader, il y parviendra.

– Qu'est-ce que vous racontez ?

– Vous avez une demi-heure pour regagner votre agence. Je vous y attends. Si vous me faites faux bond, je reviendrai peut-être sur ce que j'ai dit à Brewer, je vous arrêterai moi-même et vous enverrai dans l'Indiana à coups de pied au cul.

– Je suis à une heure de route, Targent.

– Dans ce cas, je vous conseille de vous magner.

***

Targent était arrivé à l'agence avant nous. Il était sorti de sa voiture et nous attendait, assis sur une borne du parking, une bouteille d'eau à la main. Il ne se leva pas en nous voyant arriver ; il but son eau et nous regarda descendre de voiture. Il fallut que nous nous approchions tout près de lui pour qu'il replace le bouchon sur sa bouteille et se lève, sans mot dire.

– Que vous a dit Brewer ? lui demandai-je. Quelle est la nouvelle grosse foutaise du jour ?

– Entrons.

Nous entrâmes dans l'immeuble, montâmes l'escalier, et Joe déverrouilla la porte. Targent passa le premier et s'installa face à mon bureau. Je le frôlai en allant m'asseoir, m'approchai de lui et écartai les mains.

– Alors ?

– À ma requête, Brewer a fait examiner l'argent envoyé au détective privé de l'Indiana pour tenter de relever des empreintes. J'espérais trouver une empreinte de Jefferson pour prouver qu'il s'agissait bien de son argent.

– Je me fous que ce soit son argent ou pas, ce n'est pas moi qui l'ai envoyé.

– On n'a retrouvé aucune empreinte de Jefferson.

– Tant pis pour vous.

– Mais on a retrouvé les vôtres.

On utilise le mot « choqué » à tort et à travers. Les gens sont choqués en voyant qu'un retrait automatique de cinquante dollars a été effectué sur leur compte à leur insu, choqués d'apprendre que leur shih-tzu pure race n'est rien d'autre qu'un bâtard, choqués que leur chaîne préférée ne figure pas dans leur super-bouquet télévisé. Ces gens racontent n'importe quoi. Ils sont surpris, pas choqués. Le choc, c'est ce qu'on ressent quand on vous présente une impossibilité absolue comme une vérité indéniable. Le choc, c'est ce qu'on ressent quand un flic trouve vos empreintes sur des billets que vous n'avez jamais touchés.

– Vous mentez, lui dis-je. Vous essayez de m'avoir au bluff. Jolie tentative, Targent. Je suis à peine surpris de voir à quels procédés vous avez recours.

– Je vous montrerai le cliché informatique. Je ne parle pas d'une seule empreinte. Nous avons trois doigts, retrouvés sur cinq billets. Il y en a d'autres, mais ils sont moins visibles.

– C'est un coup monté.

– Comment pourrait-on placer vos empreintes sur des billets à votre insu ?

– Facile. Il y a toujours un moyen. Il suffit de prendre quelque chose que j'ai touché, d'utiliser du scotch, des produits chimiques… c'est faisable, Targent.

J'eus le sentiment d'être un menteur balourd et inepte en train de concocter une explication sous le regard sceptique de Targent.

– Vraiment ? dit-il. Eh bien, j'attends avec impatience que votre avocat trouve un expert qui puisse m'expliquer ça.

– Je n'ai pas touché cet argent, Targent. Je ne l'ai ni envoyé ni touché.

– Et vous ne connaissiez pas Thor non plus ?

– Ça, c'est différent.

– Bien sûr, là, le mensonge est différent.

– Quelqu'un essaie de m'inculper à tort. Pourquoi vous entêtez-vous à refuser de me croire ? Pourquoi ne pas envisager cette éventualité ? Je suis venu vous dire qu'Andy Doran est le type…

– Ce qui me fait penser à votre histoire de Donny Ward… J'ai vérifié, je l'ai appelé ce matin. Il a tout démenti. Il m'a raconté que vous aviez essayé de lui tirer les vers du nez. Il vous a demandé de partir.

– Il ment.

– C'est lui qui ment ? Et même si vous n'en avez pas la moindre preuve, je devrais vous croire ? Mais quand c'est moi qui vous accuse de mentir, preuve à l'appui, vous ne le reconnaissez toujours pas.

– J'ai des preuves de ce que je vous ai dit sur Doran. Nous avons parlé à la famille de la victime. Jefferson est allé chez eux avec un type qui se faisait passer pour un flic à la retraite. Et il semblerait que ce même type ait rendu visite à Ward. Les Heath ne mentiront pas. Contrairement à Ward, ils n'ont rien à cacher.

Il soupira, mais m'invita à poursuivre d'un geste de la main.

– Allez-y, racontez.

Je lui donnai des précisions sur le flic qui avait accompagné Jefferson chez les Heath, sur les cinq ans qu'avait mentionnés mon agresseur et qui correspondaient au passé de Doran, et sur l'avocat de la défense qui avait fini par rejoindre le cabinet de Jefferson. Targent sortit même un calepin pour prendre quelques notes en m'écoutant. J'étais surpris. Je m'attendais à être une nouvelle fois confronté à son regard blasé et au scepticisme railleur qui depuis peu émanait de lui comme une mauvaise odeur.

– D'après vos observations, ou vos convictions, donc, Alex Jefferson aurait été responsable du déroulement faussé du procès de Doran, me dit-il.

– Oui.

– Pourquoi ?

– Pensez à la situation, Targent. Son fils est l'unique témoin du meurtre et soudain Jefferson déboule et fausse l'enquête. Qu'est-ce qu'il faisait, à votre avis ? Pour moi, il n'avait jamais rencontré Doran, ni la fille auparavant. Le seul lien passe par son fils. Qui, comme par hasard, a faussé compagnie aux autres au moment des faits.

– Vous insinuez que le fils était plus que témoin ?

– Exact, c'est mon opinion. Le lien entre Jefferson et le type qui a rendu visite à Donny Ward reste à prouver. Ward hésite à vous parler. Naturellement. Il a peur de Doran, il craint que celui-ci ne veuille se venger comme il l'a fait avec Jefferson. Je ne lui reproche pas cette peur, sans elle, il ne m'aurait jamais parlé. Il croyait que j'allais voir Doran.

Targent acquiesça en portant de nouvelles notes dans son carnet.

– Allez donc vérifier tout ce que je vous ai dit. Vous verrez, Targent, ça tient la route. Je sais que vous n'y croyez pas, mais c'est comme ça.

– En fait, je crois que si.

Il cessa de gribouiller et ferma le calepin. Il était mal rasé et se passa la main sur sa barbe naissante en me regardant.

– Vous avez fait un boulot approfondi. Et solide. À condition, bien sûr, que le couple Heath confirme votre version, eh bien, ça me paraît d'aplomb. Et vous avez raison : on devrait pouvoir vérifier tout ça facilement.

Je n'aimais ni son ton de voix, ni son calme résigné.

– Qu'est-ce qui vous chiffonne, Targent ?

– Simplement que c'est un formidable boulot d'investigation, et rapide, avec ça. Parce qu'enfin, merde, Perry… vous avez découvert tout ça en quoi ? Deux jours ?

– Oui.

– Et qu'est-ce qui vous a mis sur la bonne voie, exactement ?

– Cette histoire de payer le prix pendant cinq ans. Je vous l'ai déjà dit. La manière dont Doran… ou l'agresseur, en tout cas… a parlé du coup de téléphone.

– Hum. Quelle rapidité…

– J'ai l'impression que ce n'est pas un compliment, mais je dois dire que je m'en fous complètement à partir du moment où vous vérifierez tout.

– Ne vous inquiétez pas, je m'en charge.

– Bien. Vérifiez donc et rayez-moi de la liste des suspects.

Il fronça les sourcils en inclinant la tête.

– C'est bien le problème. Je ne vois pas en quoi tous ces renseignements me feraient rayer votre nom.

– Qu'est-ce que vous racontez ? Si vous confirmez que Doran…

– Alors j'ajouterai son nom sur ma liste de suspects. Mais rayer le vôtre ? Prenez un peu de recul, Perry. Essayez de vous rappeler comment tout ça a commencé. Quelqu'un faisait chanter Alex Jefferson, n'est-ce pas ? Il en tirait de l'argent et se tourne vers la veuve de Jefferson. Mais que sait-il au départ pour pouvoir faire pression ? On ne peut pas faire chanter quelqu'un sans avoir des atouts en main. Sans avoir découvert le pot aux roses, le grand secret. Et pour réussir ? Il faut convaincre quelqu'un de jouer, et de jouer gros. Ce qui nécessite un secret de la catégorie poids lourds. Le genre qui implique des activités criminelles, des complots ou des affaires étouffées. Le genre que vous venez de m'expliquer dans tous ses détails, conclut-il en tapotant son carnet.

– Vous pensez que j'ai enquêté là-dessus il y a des mois à titre personnel, puis que j'ai décidé de faire chanter Jefferson ?

– Quelqu'un a fait chanter Jefferson et jusqu'à maintenant, vous êtes le seul qui ait la moindre idée de l'origine du chantage. Ce qui est intéressant, puisque vous êtes aussi le suspect numéro un. Votre passé invite à une enquête approfondie sur la vie de cet homme, sur la découverte de choses qui auraient échappé aux amateurs.

– Je n'ai pas eu le moindre rapport avec Alex Jefferson depuis le fameux soir à son club privé. Notre histoire s'est terminée là, Targent. Il faut me croire.

– Je suis content que vous mentionniez ce soir-là. J'ai entendu une histoire intéressante l'autre jour, d'un témoin qui se trouvait dans le parking du club. Vous vous rappelez ce que vous avez crié à Jefferson avant de le cogner ?

– J'ai crié pas mal de choses.

– Vous savez de laquelle je veux parler.

Je regardai Targent droit dans les yeux.

– Je lui ai dit que je détruirais sa vie.

– C'est bien ce que j'ai entendu. Et maintenant voici ma question : avez-vous mis votre menace à exécution ?

Réponses et réfutations me traversèrent l'esprit, mais je décidai de les y laisser. À quoi bon ? Targent en était certain, je ne parviendrais jamais à le dissuader, pas avant que quelqu'un d'autre ait les menottes aux poignets et soit prêt à avouer. Et encore…

– Targent, dit Joe, allez-vous complètement ignorer le fait que Doran est en cavale ? Cette coïncidence ne vous inspire rien ?

– Si, bien sûr. Ça veut peut-être dire qu'il est impliqué, ou alors que ça permet à quelqu'un d'autre de saisir sa chance. Si notre assassin est un type intelligent, aussi intelligent que Perry, par exemple, il ne passerait pas à l'action sans avoir une histoire qui le couvre. Un bouc émissaire. Le genre d'histoire et le genre de type qu'incarne aujourd'hui Andy Doran.

– Donc, vous me considérez toujours comme un assassin, lui renvoyai-je, mais je suis promu assassin opportuniste et intelligent.

– Expliquez-moi vos empreintes, Perry.

– Impossible. C'est forcément un coup monté.

– Cinq empreintes. Avec trois doigts.

– Ils m'ont peut-être volé de l'argent, je n'en sais rien.

– Oui, on vous a volé quelques billets de cinquante sans que vous vous en aperceviez.

– Je n'en sais rien, Targent. Tout ce que je peux vous dire, c'est que je n'ai pas envoyé d'argent dans l'Indiana.

– Mais il porte vos empreintes.

– Et pas celles de Jefferson. Comme vous l'avez dit vous-même. Vous n'avez donc aucune preuve, aucune, que cet argent provient de lui.

– Mais je m'en charge et je le prouverai. Si vous voulez tout miser sur une seule chose, misez là-dessus.

Il s'était levé et se penchait sur mon bureau ; je ne lui avais jamais vu un comportement aussi agressif.

– Je vais aller à la banque de Jefferson et je n'en partirai pas avant de l'avoir prouvé, Perry. Je vais les rendre fous, les forcer à me montrer chaque caméra de surveillance, chaque transaction, relevé informatique et numéro de série, et je vérifierai une fois, deux fois, trois fois, jusqu'à ce que je puisse prouver qu'il s'agissait de son argent. Si vous pensez que c'est impossible, vous vous racontez des histoires. L'argent trouvé dans l'Indiana a été retiré par Jefferson, qui vous l'a donné. Je le prouverai et je viendrai vous passer les menottes. Et quand on en sera là, Perry, je vous conseille de commencer à dire la vérité. Vous n'avez pas arrêté de me mentir jusqu'à maintenant, mais ces jours-là sont comptés. Je vais conclure cette enquête, vous m'entendez ?

– L'ironie, lui dis-je, c'est que vous vous croyez capable de reconnaître la vérité quand vous l'aurez sous le nez.

Il se redressa, s'éloigna de mon bureau, la mâchoire serrée, et fusilla Joe du regard comme pour le décourager d'intervenir. Comme ce dernier gardait le silence, il se retourna vers moi.

– On se reverra bientôt, Perry. Si j'étais vous, je consacrerais le reste de ma journée à trouver un bon avocat. J'ai le sentiment que vous allez en avoir grand besoin.

CHAPITRE 29

Les empreintes sont fascinantes, des traces de résidus abandonnés dès que vous touchez quelque chose et qui disent votre identité à chaque geste. Votre empreinte, comme votre identité, est unique. Elle n'appartient qu'à vous.

Les miennes m'avaient échappé.

Mes empreintes et mon identité. Elles allaient de pair et un inspecteur de police venait de m'annoncer que j'avais perdu les deux, qu'elles manquaient à l'appel et ne m'appartenaient plus.

Je n'avais pas touché l'argent. Je ne l'avais pas envoyé à un détective de l'Indiana, ne l'avais pas manipulé, ne l'avais pas vu. Mais les faits – ces irréfutables faits scientifiques – indiquaient que je l'avais touché. Ma réalité s'était faussée. Les gens sont prêts à vous croire sur parole jusqu'à un certain point. Ce point correspond, semble-t-il, au moment où les faits, surtout les vérités scientifiques, contredisent les mots. Il ne me restait plus que les mots à présent. C'était Targent qui disposait des faits.

Nous nous retrouvions à nouveau tous les deux dans l'agence, Joe et moi, à nos bureaux respectifs, par un après-midi semblable à des milliers d'autres. Mais avant, aucun n'avait eu ce goût.

– T'avais raison, me dit Joe après quelques minutes de silence. L'argent n'appartenait pas à Jefferson. Sinon, ils auraient trouvé ses empreintes, pas les tiennes. Je ne comprends pas comment ils se sont procuré ces billets, mais…

– C'est bien le fric de Jefferson.

Il se tourna vers moi comme si je passais aux aveux.

– Quoi ?

– C'est forcément son fric, Joe. Et Targent réussira à le prouver.

Aujourd'hui ou demain. Il trouvera un moyen. Ce sera l'argent de Jefferson et je n'aurai aucune explication. Voilà comment ça va se passer.

– Il a moins de preuves que tu ne le crois. Et qu'il ne le croit, aussi. Cet argent n'est pas directement lié à l'assassinat. On ne l'a pas trouvé sur le corps de Jefferson, il ne porte aucune marque de sang. Même s'ils parviennent à prouver que ça faisait partie de son gros retrait à la banque, ça ne prouve en rien que tu es le meurtrier.

– Bien sûr, dis-je en songeant que si Joe était devenu l'optimiste de service, on devait être dans un sacré pétrin.

– Comment ont-ils pu se procurer tes empreintes ?

– C'est moi qui fais les comptes tous les soirs, à la gym. Il m'arrive de tripoter des billets de cinquante. S'ils ont réussi à en voler quelques-uns, un seul même, et qu'ils l'aient glissé dans la liasse qu'ils avaient…

– C'est jouable. Mais comment seraient-ils entrés dans le bureau de ta salle de gym ?

– Des types comme ça ? Je ne pense pas que ça leur pose un gros problème.

– Et tes caméras, elles filment bien le bureau ? On pourrait les regarder et…

– Elles ne filment pas le bureau.

– Quoi ?! T'as dépensé tout ce fric sur des caméras et tu n'en as même pas une braquée sur la caisse ?

– Ce n'était pas le but de la manœuvre. Les caméras filment la salle de gym pour que les clients se sentent en sécurité et que mon assurance accepte de me couvrir. Je ne me souciais pas vraiment de la sécurité au sens classique du terme, celui de savoir si quelqu'un risquait de me cambrioler et de me piquer deux ou trois dollars.

Après m'avoir observé d'un air dubitatif, il se leva, s'approcha de la fenêtre et regarda dans la rue. Il avait les mains dans les poches et ses épaules, la bonne et la mauvaise, étaient voûtées. D'ordinaire, il avait une posture si droite et si raide que, face à lui, on se sentait presque obligé de se mettre au garde-à-vous ou de marcher au pas cadencé.

– Ce n'est pas si terrible qu'il y paraît, Lincoln.

– Content de l'entendre parce que ça a vraiment une sale gueule.

Il se détourna de la fenêtre.

– On ne laisse pas tomber. D'accord ? On ne s'arrête pas, on ne ralentit même pas l'allure. On continue à bosser et on contre chaque découverte de Targent avec une des nôtres.

– C'est lui qui nous contre, Joe. Chaque fois qu'on découvre quelque chose, lui aussi. Et ses découvertes semblent avoir plus de poids.

– On peut encore prouver certaines choses. Robert Walker, par exemple. Ça ne devrait pas être bien dur. Appelons le commissariat pour voir s'il y a eu un inspecteur de ce nom. Si c'est le cas, ça nous mènera peut-être quelque part. Peut-être qu'il aura quelques explications.

J'acquiesçai, trouvai le numéro du service du personnel de la police et demandai à parler à une femme que j'y connaissais depuis des années. Elle exigea dix minutes pour vérifier. Il lui en fallut cinq.

– Aucune trace d'un Robert Walker dans ce service au cours des vingt dernières années, me dit-elle quand elle rappela. Nous avons eu sept Walker, mais aucun d'entre eux ne se prénommait Robert, même en deuxième prénom, et le seul qui était inspecteur est toujours ici, il s'appelle Daryl et il est noir. Ce n'est pas ton homme.

Je la remerciai, raccrochai et me tournai vers Joe.

– Pas de Robert Walker. Jefferson a amené un faux flic, qui répond à la description du type qui a menacé Donny Ward.

Il acquiesça, mais sans grand enthousiasme. On savait tous les deux que Walker n'était pas un vrai flic, ça ne nous apprenait donc rien de bien nouveau, nos doutes étaient confirmés, rien de plus.

– C'est Ward qui me tue, lui dis-je. S'il acceptait de dire la vérité, si on pouvait prouver que le type qui l'a menacé est le même que celui qui a accompagné Jefferson chez les Heath…

– Dans ce cas, allons le voir. Essayons de le faire changer d'avis. De lui faire comprendre l'importance de son histoire.

– Ce n'est pas à nous qu'il doit parler. Son témoignage ne comptera que s'il va jusqu'au bout et parle à Targent.

– Essayons, insista Joe. Et cette fois-ci, prenons un magnétophone.

* * *

Le magnétophone était une bonne idée qui aurait sans doute payé si nous avions trouvé Donny Ward. Mais il n'était pas chez lui. Nous l'attendîmes dans la véranda, sous le toit affaissé, avec les fuites de la dernière pluie et les trous de gouttière ; nous tambourinâmes à sa porte, attendîmes et recommençâmes. Aucune réponse. Nous essayâmes de l'appeler et la seule réplique fut un long aboiement désespéré.

– Sa voiture est là, me dit Joe.

– Il pourrait être dans les bois. Ou y être allé avec quelqu'un d'autre… s'il travaille vraiment.

– La porte est fermée ?

J'essayai de tourner la poignée et acquiesçai.

– La dernière chose dont on ait besoin est de forcer la porte et de fournir une excuse à Targent pour t'arrêter.

– Ce n'est sans doute pas la meilleure solution.

Il était près de dix-sept heures. Le ciel, déjà assombri par les nuages de pluie, perdait la lumière du jour. On pouvait passer la nuit dans la véranda de Donny. Il finirait peut-être par arriver… ou pas. Un voisin, au volant d'une petite Honda poussive, passa en nous dévisageant d'un air méfiant et ralentit avant de poursuivre sa route.

– J'ai horreur de penser qu'on est venus pour rien, dit Joe.

– Tu crois que ça vaut le coup d'attendre ?

Il se caressa la mâchoire et regarda les ombres qui s'allongeaient dans la véranda.

– Il sera tard quand on rentrera à Cleveland. L'avocat devrait être chez lui, ou sur le chemin du retour. Cole Hamilton.

– Tu penses qu'on devrait aller le voir ?

– Je pense qu'on devrait essayer avant Targent. Une fois qu'il aura menti aux flics, il prendra le pli et s'y tiendra. Si on arrivait à lui mettre la pression avant, ça nous aiderait.

– D'accord.

Nous descendîmes avec les chiens qui tournaient autour de nous, ils étaient tous gentils maintenant, même celui qui avait grogné lors de notre première visite. Nous étions devenus familiers, ou peut-être avaient-ils faim et espéraient-ils que nous leur donnerions à manger avant le retour de Donny. Ils geignirent quand nous montâmes dans la voiture, comme s'ils regrettaient notre départ. La pluie avait repris, de grosses gouttes éclaboussaient le pare-brise, puis elle s'allégea quand nous sortîmes du chemin de terre. Le vent exerçait une pression continue sur les arbres, arrachait les quelques feuilles qui restaient aux branches et les projetait sur la route. Dans un mois, ces lourds nuages donneraient de la neige au lieu de la pluie, s'épancheraient sur le comté d'Ashtabula comme ils l'avaient toujours fait, avec des rafales de vent qui monteraient du lac, courberaient les branches des pins et recouvriraient de glace les fils électriques. Nous étions au cœur de la Ceinture des Neiges, qui recevait la plus grande quantité de neige de l'État. Les villages riverains, si animés en été, seraient depuis longtemps désertés lors des premières neiges. C'est à cette période que l'Ohio ressemble à la côte sud du Maine : les visiteurs abondent en été, mais il faut avoir la peau dure pour y traîner en hiver.

Nous parlâmes peu en revenant, nous contentant de regarder la route se remplir de phares de voiture. Mieux valait ne pas penser aux empreintes ou aux liasses de billets de cinquante. Amy était peut-être rentrée du travail. Ç'aurait été sacrément bien d'aller la chercher pour l'inviter à un bon dîner et partager une soirée tranquille sans nous inquiéter de policiers, d'évadés ou des associés sans visage qui leur tournaient autour. Je pensai à elle et au kiosque à musique pittoresque dans le verger de l'Indiana tout imprégné de l'odeur des forêts d'automne. Quel endroit magnifique… jusqu'à ce que le sang fasse des flaques sur les planches et se mette à goutter dans les eaux sombres et scintillantes de l'étang.

Lui, au moins, avait un motif. Seul l'appât du gain vous motive.

La ville était éclairée quand nous revînmes, les ponts du centre illuminés de guirlandes lumineuses. Nous passâmes devant, en direction de l'ouest, et quittâmes l'autoroute à la 150e Ouest, vers Lorain Avenue.

– On s'arrête au bureau ? demandai-je.

– T'as l'adresse de Cole Hamilton sur toi ?

– Non.

– Alors on n'a pas le choix.

La pluie avait cessé, pour l'instant en tout cas, mais quand nous entrâmes dans l'immeuble, l'escalier était plongé dans l'obscurité.

Les seules lueurs provenaient des issues de secours, de la bijouterie d'en face et du panneau SORTIE au-dessus de la porte.

– Panne d'électricité. T'as noté l'adresse de ce type sur un bout de papier ou on a besoin d'allumer l'ordinateur ?

– Je l'ai notée.

La force de l'habitude nous aida plus que nos yeux à monter l'escalier. En haut des marches, Joe chercha ses clés, mais comme j'avais déjà la mienne à la main, je le devançai, la glissai dans la serrure, ouvris et entrai à moitié. Je cherchai l'interrupteur à tâtons en passant la main le long du mur.

– Souviens-toi, y a pas de jus, me rappela Joe.

– Évidemment, je suis con.

Je renonçai à chercher l'interrupteur et tandis que mon bras se baissait, je sentis une main sur ma nuque et le goût métallique du canon d'une arme qu'on m'enfonçait dans la bouche.

CHAPITRE 30

Il faisait complètement noir à l'intérieur ; je trébuchai et heurtai un meuble classeur. J'avais toujours le canon de l'arme dans la bouche, mais ne distinguai que la silhouette de l'homme qui le tenait.

– Entrez donc, Pritchard, dit-il.

Je compris alors qu'il s'agissait du même individu qui m'avait agressé dans la rue et avait téléphoné après avoir démoli la moitié de ma salle de gym.

– Je suis sûr que, tout comme votre coéquipier, vous ne tenez pas à ce que je tire, poursuivit-il.

Joe entra lentement dans la pièce, un coup de pied violent claquant la porte derrière lui. Puis l'arme se dégagea en me tailladant le palais avec son viseur.

– Doran, dis-je.

– Tout juste. Maintenant, Pritchard, je vous prie d'aller vous asseoir à votre bureau. Et ne vous faites pas d'illusions, j'ai déjà pris le flingue qui se trouvait dans votre tiroir.

Joe traversa la pièce en clopinant et s'assit. J'étais toujours debout, libre pour l'instant, mais Doran était tout à côté de moi, l'arme contre mes côtes. J'avais le Glock sur moi, je le portais dans son holster contre mes reins. Doran avait trouvé les portes de l'immeuble et de l'agence verrouillées, mais les serrures ne semblaient pas avoir de secrets pour lui.

Mes yeux s'habituant à l'obscurité, je distinguai notre agresseur un peu plus nettement. Il était plus maigre que sur les photos de son dossier, où il n'était déjà pas gros. Son visage semblait décharné et son corps tendu et souple, en alerte. Depuis sa coupe militaire, ses cheveux châtain clair avaient poussé et lui couvraient le front et les oreilles. Il portait des bottes, un jean et une veste en polaire.

– Je vous explique comment on va procéder, dit-il. Pritchard, vous restez à votre bureau sans bouger ni essayer de contacter qui que ce soit. Perry, nous allons faire un tour, tous les deux. Vous conduisez et on discute. Si votre coéquipier fait exactement ce que je lui ai demandé, qu'il reste assis et se montre patient, alors je vous ramènerai vivant.

Personne ne parla ni ne bougea pendant un long moment.

– Reste ici, Joe, lui dis-je. Je serai bientôt de retour.

Doran acquiesça.

– Perry sait que j'aurais déjà pu le tuer à plusieurs reprises et que je l'ai épargné. Il pense donc qu'il vaut mieux me faire confiance que de me mettre à l'épreuve.

– Très bien, dit Joe. Je resterai ici et je vous attendrai. Pendant un certain temps, en tout cas. Mais si Lincoln ne revient pas, c'est moi qui irai vous dénicher et je vous descendrai, Doran.

Ce dernier me sourit tandis que des phares de voiture baignaient son visage d'une lueur blanche.

– Quelle équipe loyale vous formez !

Il s'approcha de la porte, la tint ouverte et me fit un signe de tête.

– Après vous. Descendez, puis sortez par la porte de derrière. On prend votre pick-up.

Je franchis la porte, qui se referma immédiatement derrière moi, Doran sur mes talons, Joe seul dans le noir de l'agence. Nous descendîmes, sortîmes et entrâmes dans le parking. Doran me suivait de près. Nous montâmes dans mon pick-up, je démarrai, il s'installa sur le siège du passager avec son arme sur les genoux, un gros Colt Commander, braqué sur mon ventre. Il portait des gants fins.

– Sortez du parking, tournez à droite et restez dans cette rue, m'ordonna-t-il.

Je pris Rocky River Drive en direction du nord. La radio s'était allumée quand j'avais mis le contact et Doran ne l'avait pas éteinte. La chanson d'U2 parlait d'une ville aux lumières aveuglantes. Doran était peut-être fan de Bono.

– Vous n'avez pas chômé, me dit-il. Vous avez réuni un bon dossier, même si je n'ai pas pris la peine de tout lire : après tout, je connais l'histoire.

– Je veux bien vous croire.

– Depuis combien de temps travaillez-vous sur mon affaire ?

– Quelques jours.

– Vous avez eu vite fait de me trouver, dit-il comme s'il me complimentait. C'est peut-être mieux. Vous avez peut-être appris de nouveaux éléments, ou les avez interprétés différemment. Vous comprenez ma situation, n'est-ce pas ? Je ne peux pas disparaître sans argent, Lincoln. Je n'ai nulle part où aller.

– Vous n'avez nulle part où aller ? Eh bien, moi je suis parti pour aller en taule, grâce à vous.

– Ce n'est pas moi qui vais vous plaindre, Lincoln. J'ai fait de la taule grâce à Jefferson.

– Et ça vous a donné envie de jouer le même tour à quelqu'un d'autre ?

– Prenez la prochaine rue, se contenta-t-il de répondre.

Je quittai Rocky River Drive et pris West Clifton Boulevard, en direction du nord. Nous traversâmes Detroit Avenue, franchîmes la vieille voie ferrée de Norfolk Southern, puis là où West Clifton Boulevard rejoint Clifton Boulevard, nous nous engageâmes dans une rue qui coupait d'est en ouest et était bordée de belles villas anciennes aux jardins arborés.

– Tournez à droite, me dit Doran, et je repartis vers l'est.

Nous traversâmes plusieurs rues avant qu'il me fasse virer à gauche et que je commence à comprendre où nous allions. C'était la route de Lakewood Park, endroit animé en été, mais vraisemblablement désert par un soir d'octobre pluvieux et froid. Doran me fit garer dans un parking et descendre de la voiture. Il ne m'avait pas fouillé, l'oubli était de taille, à moins qu'il n'ait été complètement certain de sa capacité à me tuer si j'essayais de me servir de mon arme.

Le parc était désert. Doran m'ordonna de descendre vers le lac, près des tables de pique-nique, des abris et des balançoires. Puis il me dirigea au bord de la grande clôture du parc, ornée de barbelés sur le haut. Il y avait un trou dans la clôture dans ce coin-là, sans doute l'œuvre de gamins qui avaient voulu descendre au bord du lac la nuit pendant l'été pour boire ou se bécoter. Doran me montra le chemin avec son arme.

– Passez.

Je me tournai vers lui lorsque j'atteignis le trou dans la clôture. Devant nous, la pente abrupte menait à des rochers découpés qui formaient une jetée en bordure du lac. Doran avait dit qu'il n'avait pas l'intention de me tuer, mais il m'emmenait à un endroit où il serait facile de le faire. C'était un coin isolé et bruyant car l'eau s'y brisait contre les gros rochers. Pousser un corps à coups de pied dans le lac n'aurait rien de difficile.

– Passez, répéta-t-il.

Sa voix avait pris de l'assurance, son arme s'était levée de quelques centimètres. Je repoussai le morceau de clôture coupé et passai par la brèche. Il me suivit de près, en m'enfonçant son arme dans le dos. Comme il la tenait haut, au-dessus de mes reins, il ne touchait pas mon Glock, mais je craignais toujours qu'il ne remarque la bosse sous ma veste.

Un chemin pavé serpentait de là jusqu'au parc d'Edgewater. Nous le descendîmes environ deux minutes, puis Doran m'ordonna de le quitter et de monter sur les larges rochers qui formaient la jetée. Les énormes blocs de pierre étaient disposés dans tous les sens et leurs angles rendaient le parcours difficile, même en plein jour. J'avançais lentement et prudemment, me servant de mes mains pour trouver mon équilibre. Derrière moi, Doran se déplaçait avec agilité et sautait de rocher en rocher sans hésiter.

Plus nous descendions, plus nous nous rapprochions du lac, plus je me sentais mal. Je l'avais cru, à l'agence, quand il avait dit à Joe qu'il n'avait pas l'intention de me tuer… après tout, pourquoi ne pas nous éliminer tous les deux, s'il était prêt à tuer… mais cette impression de sécurité me quittait. Il n'avait pas eu de contact précédent avec Joe, il ne lui avait jamais donné d'avertissement. Peut-être que, dans son esprit tordu, ça affranchissait Joe.

La pluie se remit à tomber, légère et froide, rendant les pierres d'autant plus glissantes. Je n'étais plus loin du lac, j'essayais de repérer la position de Doran en écoutant ses pas derrière moi et me demandais si j'aurais le temps de sortir mon Glock avant qu'il tire quand je me souvins de notre brève lutte sur le trottoir de Chatfield Avenue et de la rapidité stupéfiante dont il avait fait preuve.

– Stop, dit-il.

L'ordre était inutile, car un pas de plus m'aurait précipité dans le lac. Planté sur la grande pierre plate au bord de l'eau, je me tournai vers lui. Il était perché sur le rocher précédent, l'arme contre sa jambe.

– On n'aurait pas pu avoir cette discussion ailleurs ?

Il lança un bref regard sur l'arme dans sa main, puis me fit à nouveau face.

– Figurez-vous que je n'ai pas encore prévu la suite. J'y ai pensé, mais je voulais vous avoir seul. Puis vous êtes arrivés tous les deux et tout a changé. J'ai disjoncté et attendu.

Formidable. Excursion avec un psychopathe en trois leçons. De quoi agrémenter ma balade en bord de lac, perdus comme nous l'étions au milieu de la pluie et des rochers.

– Vous comprenez un peu mieux la situation depuis la dernière fois, me dit-il.

– Quelle fois ? Celle où vous avez mitraillé ma salle de gym ou celle où vous m'avez assommé en pleine rue ?

Il traça un demi-cercle nonchalant avec son arme et m'en mit le canon sur la tempe. Le métal était froid et humide contre ma peau, et même dans l'obscurité, je distinguai une goutte de pluie sur son doigt ganté, contre la détente.

– Il y a environ six ans, m'expliqua-t-il, je suis venu ici avec Monica Heath. C'était un soir d'été et il faisait chaud. Et humide. J'avais mouillé ma chemise, rien que pour descendre ici depuis le parking. On avait amené une grande bouteille de Coca, une petite de Captain Morgan et deux gobelets. Le tout dans un sac à dos. Il y avait des hors-bord dans la baie et un type faisait du ski nautique, il était doué, d'ailleurs. On s'est assis sur ces rochers et on a bu des rhums Coca en regardant le mec skier jusqu'à ce que le soleil se couche et que le lac entier devienne orange. Quelqu'un faisait un barbecue dans le parc ; je me souviens qu'on sentait la fumée, la viande grillée, et qu'on entendait des rires. Ils ont lancé un Frisbee par-dessus la clôture et l'ont perdu. Il est venu atterrir ici et s'est coincé dans un arbre. Avec la bouteille de Captain vidée, on a trouvé ça tordant. Puis le soleil a disparu, le lac est passé de l'orange au noir, les lumières du Jake [1] se sont allumées, on a fumé un joint et on s'est endormis sur les rochers.

1. Jacob's Field, le stade de base-ball de Cleveland.

L'arme s'éloigna de mon front et s'abaissa, ce qui me rappela que je pouvais me remettre à respirer.

– Et voilà le seul crime que j'aie jamais commis avec Monica Heath.

La pluie s'était renforcée, piquant le lac et glissant silencieusement à travers les branches des arbres. Les cheveux de Doran étaient maintenant mouillés et collés à son front.

– C'est le fils de Jefferson qui l'a tuée? lui demandai-je.

– Oui et après, son père a faussé l'enquête.

– Comment vous en êtes-vous rendu compte?

– J'ai reçu une carte postale d'un ami. Un ami qui avait aidé à me mettre derrière les barreaux en mentant aux flics.

– Donny Ward. Il nous l'a raconté.

– Sans déconner? Je ne suis pas encore passé le voir. Je pense que si je le vois, je risque de le tuer. Ce que je ne veux pas faire. Parce que ce n'est pas lui qui était aux commandes, vous savez. C'était Alex Jefferson.

– Comment le savez-vous?

– Quand j'ai reçu la carte postale, je me suis dit que je devrais contacter mon vieil avocat, celui qui m'avait convaincu d'accepter le plaider coupable. Et je me suis aperçu qu'il travaillait pour Alex Jefferson. Il ne m'a pas fallu longtemps pour assembler le puzzle après ça. Le fils de Jefferson avait menti. Je ne vois pas pourquoi il l'aurait fait s'il n'était pas mouillé. Je me suis aperçu que mon avocat avait obtenu son boulot comme pot-de-vin et le restant allait de soi.

– Une fois que vous saviez tout ça, pourquoi vous n'avez pas fait appel? Essayé de faire réexaminer votre dossier?

– Parce que ça lui aurait donné du temps.

– Quoi?

– Réfléchissez, Perry. J'aurais dû rester en taule à attendre que des types, qui eux étaient en liberté, examinent mon cas. Au premier coup de fil, Jefferson aurait repris le dessus et aurait tiré les mêmes ficelles qui m'avaient fait boucler à l'origine. Vous vouliez que je fasse confiance à un autre trou du cul d'avocat et espère qu'il ferait un meilleur boulot que le premier? Confiance aux flics? Mon œil. C'était à moi de régler l'affaire, et à ma manière. Vous saisissez? Ce n'était pas juste une question d'années en prison, c'était aussi pour Monica.

Doran bougea sur le rocher au-dessus du mien et fit quelques pas sur la droite, la démarche assurée même sur la surface glissante. La pluie tombait toujours et nous étions trempés. De temps en temps, le vent du lac s'amplifiait et me transperçait de ses embruns glacés.

– J'ai appelé Jefferson le jour de mon évasion. Oui, je l'ai appelé et je lui ai dit que j'allais l'avoir. Il a tout démenti, naturellement, il a fait semblant de pas savoir qui j'étais, mais la peur, Perry, la peur qui montait de lui est passée par la ligne téléphonique et a empli la cabine. Après, je suis allé les buter, lui et son fils. Le fils avait compris. Il avait compris le sort que je lui réservais. Dès le début. Mais pas le père. J'étais prêt à le tuer, vous savez, prêt à mettre un terme à sa vie, mais ce connard ne voulait pas m'en donner la chance. Il a cru qu'il pouvait m'éliminer.

– Il a envoyé quelqu'un pour vous tuer.

– Et pour un homme avec une telle fortune, il lui a offert une somme décevante, ridicule. Alors convaincre son, euh… son employé de changer de cible n'a pas été difficile.

J'avais la main au-dessus de la hanche, à quelques centimètres du Glock, et Doran ne semblait pas y prêter attention. Il était assez calme maintenant, son arme était braquée vers le sol, mais ça ne voulait pas dire que les choses allaient en rester là.

– Vous faites tout pour m'incriminer, lui dis-je. Et vous y réussissez. C'est vraiment ce que vous voulez ? Envoyer un autre innocent en prison ? C'est moi qui essaie d'expliquer aux flics ce qui vous est arrivé, Doran. J'essaie de vous aider.

– Je vous avais prévenu, je vous avais donné des consignes simples et vous ne m'avez pas écouté. Ça ne dépend pas de moi.

– Comment avez-vous réussi à placer ces empreintes sur les billets ?

– Ce n'était pas mon idée.

– Pas votre idée ? En tout cas, vous y êtes bien arrivé, espèce de sale con. Vous croyez que je vais vous prendre pour un pauvre innocent dans cette histoire, pour la victime d'une manipulation ?

– Ça ne serait pas plus mal. Car c'est la vérité, mon ami. J'ai toujours été manipulé. Si vous voulez remercier quelqu'un pour tous vos ennuis, remerciez Jefferson.

– Vous avez eu ce que vous vouliez. Vous avez tué Jefferson et précipité son fils à la mort. Il est l'heure de vous retirer, Doran. Vous avez réglé vos comptes.

Il écarta les mains, son arme maintenant braquée sur les arbres.

– Me retirer avec quel fric ? Pour aller où ? Retourner en taule avec des années à ajouter à ma peine ?

– Vous ne vous êtes pas mal tiré d'affaire jusqu'à maintenant.

– J'ai besoin du fric. Et le piquer à la salope de Jefferson, putain, ça me fait bien envie, pour tout dire.

– Elle ne vous paiera pas.

Il baissa le bras et me lança un regard presque triste.

– Dans ce cas, des gens vont mourir, Perry. Des gens vont mourir.

Le ton menaçant que j'avais entendu dans sa voix la dernière fois était revenu en force. Il changea encore de place sur le gros rocher, se détournant très légèrement de moi pour regarder où il posait le pied. Je n'avais même pas prévu de prendre mon arme, mais quand il se tourna ainsi, je dus saisir ma chance, peut-être la seule qui se présenterait à moi. L'étui dans le creux de mes reins se fermait à l'aide d'un Velcro et je n'avais besoin que d'un coup rapide et sec pour dégager le Glock. Je n'ai jamais dégainé aussi vite de ma vie, je le sortis et le pointai sur la poitrine de Doran, qui me dit alors :

– Je vous tiens.

Il me présentait toujours son dos, mais il avait tourné la tête vers moi, le menton collé contre son épaule gauche, et il me regardait. Le Colt Commander était braqué sur mon ventre, au niveau de sa hanche droite. Son geste avait été d'une rapidité foudroyante : l'instinct aurait dû lui faire faire demi-tour, il s'était contenté de regarder derrière lui et de changer la direction de son arme. Même en me tournant le dos, il m'avait battu.

– On dirait plutôt un match nul, lui dis-je.

Sa position incommode, qui le forçait à tirer presque de dos, aurait dû me donner un avantage incontestable. Mais quand la distance entre une arme et la cible est d'à peine plus d'un mètre, cet avantage tend à disparaître. S'il tirait, il ne pourrait pas me rater.

– Vous allez me tuer, Perry ?

– Possible.

Nous restâmes un instant figés sur place, nos armes pointées l'un sur l'autre. Puis Doran haussa les épaules et baissa son Commander.

– J'ai pris un gros risque en venant vous chercher, enchaîna-t-il. Mais je vous ai observé. J'ai cru que vous compreniez qui j'étais et dans quelle situation je me trouvais. Je pensais vous devoir une explication. C'est fait. Alors, si vous voulez me descendre, c'est le moment.

J'avançai d'un pas.

– Posez votre arme sur ce rocher, Doran.

– Non, répondit-il en hochant la tête. Il faudra d'abord me tirer dessus.

Je fis un autre pas vers lui, mais Doran me contra en reculant.

– Pas prêt à tirer ?

– Je tirerai s'il le faut.

– Pourquoi ?

– Parce que vous êtes un assassin, Doran.

– Tuer un homme qui vous a fait payer le crime de son fils, c'est rendre justice.

– Seulement dans votre esprit.

– Alors tirez !

Il enfonça le Commander dans sa ceinture et leva ses mains vides en écartant bien les bras.

– Allez-y, Perry, tirez ! Vous pensez que Jefferson ne méritait pas de mourir ? Je vous donne l'occasion de régler vos comptes. Je sais que vous avez une sacrée dette envers lui.

– Je lui dois que dalle ! m'écriai-je.

Je continuai à avancer, à réduire la distance entre nous, mais il était perché plus haut que moi, mes yeux se trouvaient au niveau de sa poitrine, tandis qu'il me mettait au défi de l'abattre.

– Et moi, je lui dois quoi ?

– Il méritait d'aller en prison, Doran. Il ne méritait pas la mort.

Il éclata de rire en rejetant la tête, et ce faisant, il recula encore d'un pas et se réfugia sur un autre rocher, encore plus haut.

– Vous y croyez vraiment ? Dans le système actuel, ce système de « justice », vous croyez qu'un magistrat millionnaire va aller en taule et qu'un pauvre type avec un casier va retrouver la liberté ? Mon cul, ouais ! Comme je vois les choses, le destin m'a offert une chance de donner à Jefferson exactement ce qu'il méritait quand je me suis barré de prison dans ce camion d'ordures. C'était justice, Perry, et elle fut douce.

– Et faire chanter sa femme ? C'est encore la justice ? Ça ne vous suffit pas d'avoir descendu son mari, il vous faut aussi son argent ?

– J'ai passé cinq ans sous les verrous, mec. Ça vaut pas quelques dollars à vos yeux ? Passer cinq ans en taule à la place d'un autre ?

– Ce n'est pas le crime de Karen.

– Ce n'est pas son fric non plus. Pas à l'origine.

– Mettez-vous à genoux et placez vos mains derrière la tête, Doran. Vous retournez en taule dès ce soir, et vous pourrez expliquer votre conception de la justice à la police et aux jurés. Parce que, pour le moment, je suis leur suspect numéro un et je n'ai aucune envie d'aller en taule à votre place de minable.

Un rire s'échappa de ses lèvres, un rire dément qui s'envola et dépassa le bruit de l'eau qui cognait contre les rochers à nos pieds.

– La beauté de tout ça, c'est que vous pouvez me mettre en taule dès ce soir et m'y laisser pourrir pendant des semaines, des mois ou des années : mais ça ne vous servira à rien. Ils peuvent faire tous les tests d'ADN du monde, faire appel aux meilleurs inspecteurs de l'État, au FBI, à la CIA, à Sherlock Holmes ou n'importe qui d'autre. Ils peuvent les mettre tous à mes trousses, ça ne suffira pas à vous innocenter.

Mon pied glissa sur la pierre et tomba dans une petite flaque d'eau, mais je remarquai à peine le froid. Je le tenais en joue, mais il continuait à s'esclaffer et à me regarder comme si j'étais le nullard d'un sketch comique et n'en avais pas encore pris conscience.

– Qu'est-ce que vous racontez ?

– Même si les flics m'arrêtent, ça n'arrangera pas vos affaires. Et vous savez pourquoi ?

– Non.

Son sourire s'élargit.

– Parce que ce n'est pas moi qui l'ai tué, Perry. Je n'ai pas tué Alex Jefferson.

J'aurais pu exercer un tout petit peu plus de pression sur la détente du Glock et en finir avec cette histoire. Faire venir Targent qui récupérerait le corps de Doran et tirerait les conclusions qui s'imposaient. Mais plus je regardais Doran au bout de mon canon, plus j'étais convaincu que ça ne résoudrait pas tout. Il ne mentait pas.

– Vous m'avez enlevé en pleine rue, mis un sac sur la tête, et vous vous êtes vanté de l'avoir tué, lui renvoyai-je d'un ton calme. Vous m'avez expliqué pourquoi vous l'aviez fait, et vous vous êtes justifié.

– Je sais bien. Mais ce n'était pas vrai.

– Pourquoi l'avoir dit dans ce cas?

L'air cinglé mais amusé quitta son visage, remplacé par la colère.

– Parce que ç'aurait dû être moi. Ce fils de pute m'a envoyé en taule, manipulé, faussement incriminé, et m'a fait tirer cinq ans pour le crime de son fils. Alors oui, ç'aurait dû être moi.

Les pieds bien plantés sur le rocher, Doran me toisa tandis que je tenais le canon de mon arme contre sa poitrine.

– C'est votre dernière chance, Perry. Si vous voulez en finir, dépêchez-vous de tirer.

Je ne bougeai pas mon arme et ne dis pas un mot.

– D'accord, dit-il en me saluant avec deux doigts contre le front. À un de ces jours.

– Ne bougez pas.

– Dans ce cas, tirez! dit-il encore en prenant la fuite.

Il avait bondi avant que j'aie le temps de le voir bouger, il s'enfuyait sur les rochers irréguliers comme s'il s'agissait d'un tapis roulant conçu pour la vitesse et l'équilibre.

Je restai un instant immobile, les pieds solidement plantés, et je visai. Il bondissait de rocher en rocher en une suite de mouvements à la fois verticaux et horizontaux.

– Merde! lançai-je en baissant mon Glock pour le poursuivre.

Il était d'une rapidité incroyable dans l'obscurité et sur ce terrain traître. Je tentai d'aller aussi vite que lui et dus y renoncer; il semblait décider sur quel rocher sauter avant même de le voir et frôlait à peine la surface de l'un avant de bondir sur l'autre. Nous avions fait une trentaine de mètres quand mon pied se posa sur un rocher lisse et humide, glissant comme du verre. Ma jambe gauche se déroba sous mon poids et je partis en arrière sur le côté. Mes côtes se fracassèrent sur le rebord d'une pierre, mes poumons se vidèrent dans un élan de douleur et je me retrouvai sur le dos, tandis que mon arme tombait quelque part derrière moi.

Je me rassis le plus rapidement possible, mais pendant quelques secondes atroces je fus incapable de respirer. Puis l'air revint en une longue et pénible inspiration ; je me remis alors sur pied et cherchai mon Glock. Il était coincé entre deux pierres. Je fis quelques pas douloureux vers l'arme et la ramassai, en essuyai la boue et la pluie, puis regardai devant moi.

Doran me devançait d'une cinquantaine de mètres, il avait escaladé les rochers jusqu'aux arbres. Il marqua une pause et se tourna vers moi. Puis il leva la main et disparut dans le bosquet en me faisant un petit signe d'adieu.

CHAPITRE 31

Le temps que Targent arrive, cinq ou six flics en tenue ratissaient la jetée et les bois environnants. Je savais qu'ils ne trouveraient pas Doran, mais j'avais tout de même voulu les avertir – après avoir appelé Joe. Il était arrivé au parc avant la police et me tenait compagnie sous la pluie, tandis que je racontais mon histoire à un sergent, au mieux sceptique et certes soulagé quand il apprit que Targent était en route et qu'il pourrait lui passer le relais.

Je dis tout à Targent qui m'écouta debout, les mains dans les poches, la pluie dégoulinant sur sa casquette de base-ball.

– Il y a six heures, vous vouliez me faire croire que Doran avait tué Alex Jefferson, me fit-il remarquer.

Il observait les lueurs des gyrophares sur l'herbe humide autour de nous tandis que les fouilles pour trouver Doran se poursuivaient.

– Et maintenant, poursuivit-il, vous affirmez vous être trompé. Et Doran aurait eu la prévoyance d'aller vous chercher et de vous amener ici pour vous l'expliquer ?

– C'est une des choses qu'il m'a dites.

– Alors qui a tué Jefferson ?

– Je ne sais pas.

– Il aurait oublié de le préciser ? Quel dommage ! Mais vous dites qu'il a avoué avoir participé à la tentative d'extorsion. Qu'il en a pris la responsabilité.

– Oui.

– Il n'aurait pas passé un coup de fil pendant que vous étiez là-bas, par hasard ?

J'essuyai la pluie de mes yeux et hochai la tête pour m'ébrouer comme un chien.

– Non. Pourquoi ?

– Vous voulez bien monter dans ma voiture une seconde ? Tous les deux. Mettons-nous à l'abri.

Nous nous installâmes dans sa voiture, Joe à l'arrière, Targent et moi à l'avant. Il alluma la veilleuse du plafond, puis il brandit un petit magnétophone.

– Vous dites que Doran était avec vous à dix-neuf heures ?

– Oui.

– Et il n'a pas téléphoné.

– Non.

– Karen Jefferson a reçu un coup de téléphone ce soir. Sa ligne est sur écoute. Je veux que vous entendiez ceci, dit-il en montant le volume avec le pouce.

Il appuya sur le bouton. Après un peu de friture, la première voix se fit entendre :

– *Allô ?* (Karen.)

– *Où en est mon argent ? Il est prêt à changer de main ou vous êtes trop occupée avec la police ?*

La voix ne me disait rien. Elle était profonde et déformée, sans doute modifiée par un gadget électronique.

– *Je ne suis pas occupée avec la police.*

– *Ce n'est pas vrai. Vous avez passé beaucoup de temps avec elle malgré des instructions très précises vous l'interdisant.*

– *Les flics enquêtent sur l'assassinat de mon mari. Ils doivent forcément passer du temps chez moi. Je n'y peux rien. Je n'y peux rien.*

La frustration et la peur faisaient monter la voix de Karen.

– *Vous êtes l'objet de grosses pressions. C'est dommage. Mais ce n'est pas ma faute. Cet argent m'a été promis. Si ça ne vous plaît pas, vous devriez en parler à Lincoln Perry. Vous avez passé beaucoup de temps avec lui aussi.*

– *Pourquoi me parlez-vous de Lincoln ?*

– *Comme je vous l'ai dit, cet argent m'a été promis.*

– *Par qui ? Qu'est-ce que Lincoln vient faire là-dedans ? Qui vous a promis de l'argent ?*

La voix de Karen vacillait entre le hurlement et les larmes.

– *Lincoln.*

– *Quoi ?*

– *Lincoln m'a promis mon argent. Je ne sais pas ce qu'il vous a raconté, mais il m'avait assuré que je serais payé. J'ai bien l'intention de l'être. Et rien ne m'arrêtera, ni lui ni vous.*

– Lincoln ne vous a pas promis d'argent ! Qui êtes-vous ? Pourquoi est-ce que vous...

La ligne avait été coupée. Ses hurlements n'avaient cessé que quand la tonalité était revenue. La friture se faisant entendre à nouveau, Targent arrêta la cassette et me transperça du regard.

– Des commentaires ?

Je ne dis rien. Je fixais l'appareil dans sa main comme s'il était vivant, comme s'il incarnait une personne néfaste.

– Comme c'est mignon ! dit Joe. Sauf que ça n'a ni queue ni tête. Si vous pensez que c'est Lincoln qui a téléphoné, pourquoi se serait-il dénoncé ? Et si vous pensez qu'il travaillait avec quelqu'un d'autre pour soutirer cet argent, pourquoi cette personne l'impliquerait-elle maintenant ? C'est manifestement une tentative de coup monté.

– Ça n'a ni queue ni tête ? D'accord, Pritchard, mais je peux utiliser cette phrase pour absolument tout ce que votre associé me dit depuis le début. Vous savez pourquoi ? Parce que quand on accumule mensonges sur mensonges, plus rien n'a ni queue ni tête.

– Mais vous ne voyez pas qu'on cherche à m'incriminer ? lui lançai-je. D'abord les empreintes, maintenant cet appel, c'est un...

– En parlant d'empreintes... vous avez bien dit qu'il était monté dans votre pick-up ?

– Oui.

– Il a donc dû en laisser quelques-unes.

– Il portait des gants.

– Ah bien sûr. Mais il y a peut-être d'autres preuves. Fibres, empreinte de botte, quelque chose.

– Peut-être.

– Je suis heureux que vous en soyez d'accord. Je vais donc réquisitionner votre véhicule.

– Allez-y.

– Et pendant que j'y suis, j'aimerais jeter un coup d'œil à vos pneus. Voir si leurs marques correspondent à celles relevées dans le champ où on a retrouvé Alex Jefferson.

– Elles ne risquent pas de correspondre, dis-je, mais je n'en étais même plus certain.

J'entendais encore la voix enregistrée dire et redire mon nom, tandis que celle de Karen basculait dans l'hystérie.

– Peut-être que non, dit Targent, mais vos certitudes ne m'inspirent plus la moindre confiance.

– Je dois aller voir Karen. Je sais qu'elle ne croit pas un mot de tout ça, mais il faut que je la voie.

– C'est hors de question, répondit Targent.

– Vous ne pouvez pas m'en empêcher, inspecteur.

– Mon coéquipier est encore avec Mme Jefferson. Elle est très perturbée. Elle a accepté de suivre notre conseil et de requérir un mandat de protection vous interdisant tout contact avec elle tant que l'affaire ne sera pas résolue. En attendant que le tribunal s'occupe de la paperasse, c'est la police qui se charge de faire respecter cette interdiction. Si vous vous amusez, ne serait-ce qu'à l'appeler, je vous flanque en taule dans l'heure.

– Vous ne pouvez pas faire ça, Targent. C'est votre idée, pas la sienne. Ce fils de pute l'appelle et vous essayez de m'évincer ? C'est impossible. J'y vais.

– Dans ce cas, vous irez en prison. Un simple coup de fil et vous allez en prison.

Je me tournai vers Joe, dont les yeux ne me renvoyèrent que du désarroi. Que faisait donc Karen en cet instant ? Écoutait-elle Daly développer les idées que Targent avait semées ?

– On peut faciliter les choses, dit alors Targent en se penchant vers moi, la moitié de son visage éclairé par la veilleuse, le coude posé sur le volant. Si vous n'avez pas tué Jefferson, il est temps de parler. De nous dire qui l'a fait. De nous dire ce que vous savez. Si vous le faites, les choses devraient être moins douloureuses.

– Je vous ai donné chaque foutu détail. Il s'agit de Doran et de son complice, qui avait été recruté par Jefferson.

– J'en ai assez d'écouter vos conneries, Perry. J'ai déjà exposé certains de vos mensonges, je ne vais pas me priver de continuer, et plus longtemps vous attendez en la fermant, plus je suis persuadé que c'est vous qui menez la danse. Et que vous avez tué Jefferson.

Je ne répondis pas.

– Réfléchissez bien, me dit-il, et sortez de ma voiture.

CHAPITRE 32

Ils remorquèrent mon pick-up, Targent s'en alla et nous laissa sous la pluie. Le même sergent qui avait ardemment souhaité refiler mon cas à Targent se prit de pitié pour moi. Il me tendit une veste et proposa de me raccompagner. Je lui dis que Joe me ramènerait.

Quand nous partîmes enfin, ce dernier frottait son épaule blessée, l'eau dégoulinant de son crâne le long de ses cheveux et perlant sur ses vêtements déjà trempés. Il mit le contact et poussa le radiateur à fond. Nous restâmes assis face aux ventilateurs, l'air tiède qu'ils projetaient se réchauffant bientôt et embuant les vitres.

– Je le tenais, lui dis-je. J'aurais pu lui tirer dans le genou, le liquider et en finir.

– Tu n'en aurais pas fini. Pas si Doran n'est pas l'assassin de Jefferson.

– Il connaît peut-être le coupable. Et il aurait au moins pu me disculper pour le coup de téléphone. J'aurais vraiment dû lui tirer dessus, Joe.

– Tu crois ?

Je revis Doran sur la jetée, le dos au-dessus du canon de mon arme, et hochai la tête. Je n'aurais pas plus tiré maintenant, pour les mêmes raisons que je ne l'avais pas fait alors : je l'avais cru. Je l'avais cru quand il m'avait affirmé ne pas avoir tué Jefferson et je l'avais cru quand il avait ajouté avoir été victime d'un coup monté pour le meurtre de Monica Heath. Ce qui ne voulait pas dire que l'arrêter ne m'aurait pas facilité la vie. Ça voulait seulement dire que je n'étais pas prêt à lui tirer dans le dos.

– C'est son complice qui orchestre tout, dis-je. C'est lui qui a dû téléphoner. Je ne pense même pas que Doran était au courant.

– Un complice sans nom et sans visage. Pas étonnant que Targent ne soit pas fan de cette explication. De qui s'agit-il, nom de Dieu ?

– Du tueur engagé par Jefferson pour éliminer Doran. On sait qu'il a essayé de recruter Thor et a échoué. Mais il n'en est manifestement pas resté là. Il a dû trouver quelqu'un prêt à l'aider et c'est notre homme. Il s'est allié à Doran, c'est peut-être même lui qui a tué Jefferson.

– Ça n'a ni queue ni tête.

– Non ?

– Pourquoi ce type aurait-il accepté de s'associer à Doran ? On a cru que c'était pour faire chanter Jefferson et lui faire cracher gros. Alors pourquoi le zigouiller avant d'être payé ?

Je soupirai et me passai les mains dans les cheveux. Étrangement, le radiateur renforçait ma sensation d'humidité et de froid.

– Je veux partir, Joe. Rentrons.

Les flics fermaient boutique quand nous sortîmes du parc ; ils regagnaient leur voiture avec pour seul résultat de leurs recherches des habits trempés et des bottes boueuses. La pluie martelait les grosses pierres de la jetée en contrebas. Je tentai de repérer la clôture et le trou par lequel cinq ans auparavant Andy Doran et Monica Heath s'étaient glissés avec leur bouteille de rhum. Mais il faisait trop sombre et la pluie tombait trop fort.

* * *

Quand Joe me laissa devant mon immeuble, mes yeux parcoururent la rue et s'arrêtèrent sur une voiture garée dans un emplacement qui restait toujours vide la nuit. Un véhicule bas et long, comme une Crown Vic ou une Taurus.

– Targent me fait surveiller, lui dis-je.

Joe avait repéré la voiture sans que j'aie à la lui montrer. Il la fixa longuement, puis me demanda :

– Tu veux que j'aille ailleurs pour voir s'ils me suivent ?

– Laisse-les faire le guet.

Je sortis de la voiture, regardai Joe s'en aller et disparaître dans le lointain, puis j'entrai chez moi. En haut, je me débarrassai de mes vêtements trempés, les jetai en tas sur la machine à laver et je pris une douche très chaude.

Après m'être lavé et habillé, je me postai dans le salon, toutes lumières éteintes, et observai la rue. La voiture y était toujours, en surveillance. Plus je la regardais, plus j'étais en colère. Ils avaient perquisitionné à mon domicile, ils avaient réquisitionné ma voiture et maintenant ils me surveillaient jour et nuit.

Je baissai les stores, ce qui assombrit encore la pièce, et appelai Amy. C'était un bon réflexe de relation normale : rentrer chez soi et discuter de sa journée. Sauf que, dans une relation normale, on parle sans doute de la réunion du conseil d'administration, de problèmes de fax ou d'un rendez-vous chez le dentiste. Avec moi, on parlait de meurtre, du goût qu'a le canon d'une arme et d'interrogatoires. Au moins avais-je des récits pittoresques à rapporter.

– C'est Lincoln.

– Tu vas bien ?

Je compris à sa voix qu'elle avait dormi ou était sur le point de s'endormir – ses mots étaient épais et pâteux.

– J'ai eu des jours meilleurs. Tu veux te recoucher ?

– Non, non. J'ai essayé de t'appeler tout à l'heure. (J'entendis des bruits de mouvements, elle devait s'asseoir dans son lit.) Alors, quoi de neuf aujourd'hui ?

– On a découvert mes empreintes sur l'argent d'Alex Jefferson, Andy Doran m'a mis un flingue dans la bouche et Karen m'a licencié avant de requérir un mandat m'interdisant tout contact avec elle.

– Je crois que je vais éviter de râler sur mes problèmes d'e-mails et le Coca sans bulles que j'ai dû avaler avec mon déjeuner, me répondit-elle après une pause.

– Hé, ce n'est pas un concours de la pire journée. Je suis prêt à écouter tes malheurs.

– Quelle maturité dans ta conception des communications !

– Je l'ai acquise à l'école des relations. J'ai pris des cours sur Internet, et je l'ai fait pour toi.

– Tu partais de loin.

– Merci.

– Tu veux venir chez moi puisque de toute façon tu m'as réveillée ?

J'allais dire oui, mais je m'arrêtai.

– Ce n'est sans doute pas une bonne idée. Une voiture de

police me suivra chez toi et je ne veux pas de ces idiots dans ta vie.

– Et les empreintes… est-ce qu'ils peuvent s'en servir pour…

– Pour m'envoyer en taule ? Peut-être. Pourquoi, tu fantasmes sur les visites conjugales ?

– Euh, non. Je crois que je serais obligée de te faire évader.

– Tu m'indiqueras l'emplacement du tunnel quand tu l'auras creusé.

– Pas de tunnel. Je ne veux pas me salir.

– Par-dessus le mur, alors ?

– Oh ouais. C'est bien plus classe. J'ai un grappin dans l'armoire qui demande qu'à servir.

La stupidité des blagues et le ridicule de la conversation m'aidaient comme rien d'autre n'aurait pu le faire, mes muscles se détendirent et j'oubliai la voiture de surveillance.

– Tu ne peux pas savoir à quel point j'ai eu besoin de toi, cette semaine, lui dis-je. Et pas pour remplacer Joe.

– Je me suis déjà excusée pour cette remarque, Lincoln.

– Je sais. Mais tu comprends ce que je veux dire.

– Oui, et ça me fait plaisir.

– Quand tout ça sera fini, partons ensemble. En week-end. Seuls et sans flics garés devant la porte.

– Il paraît que l'Indiana est superbe à cette époque de l'année.

– Ce n'est pas drôle.

– Non.

Nous discutâmes longtemps, jusqu'à ce que je me rende compte qu'il était très tard et qu'elle travaillait le lendemain ; je lui fis mes adieux et raccrochai, puis je revins à la fenêtre pour voir si l'on me surveillait toujours. La voiture y était et la pluie dansait sur son toit. Avec la lumière éteinte, ils ne pouvaient probablement pas me voir, mais je leur fis un bras d'honneur quand même, au cas où, avant de m'endormir.

***

Quand le téléphone sonna, je crus à un nouvel appel en pleine nuit. Puis j'ouvris les yeux et vis une lueur grise. Je vérifiai sur le réveil et m'aperçus qu'il était plus de sept heures – dix minutes plus tard, il aurait sonné. Le téléphone insistait, je pris le combiné et compris qu'il s'agissait en fait de mon portable. On m'appelait d'un numéro caché. Je croassai dans l'appareil.

– J'ai horreur de vous réveiller, Lincoln, me dit une voix d'homme qui m'était inconnue, mais comme vous allez vivre le jour le plus important de votre vie, vous avez tout intérêt à être matinal.

– Quoi ?

Je me redressai et essayai de reconnaître la voix, mais je savais seulement qu'il ne s'agissait ni de Doran, ni de Targent, ni de quelqu'un avec qui j'avais parlé dernièrement.

– C'est le jour de paie, Lincoln. Le jour de paie. Et vous êtes chargé d'organiser la transaction. Quelqu'un doit convaincre Karen Jefferson de préparer ce fric. Vous vous êtes porté volontaire.

– Elle ne paiera pas et je ne peux pas lui parler, gros con. Grâce à vous, elle a une injonction m'interdisant de la contacter.

– Je suis sûr que vous trouverez un moyen de la convaincre de l'importance de tout ça, parce que moi, je peux vous assurer que j'ai trouvé un moyen de vous convaincre.

– Ah ouais ?

– Vous voulez dire bonjour à votre petite amie ?

Je bondis et me plantai à côté du lit, le téléphone à la main, les muscles tendus, les nerfs soudain très froids.

– Vous comprenez ce que ça veut dire ou vous voulez des détails ? Bon, d'accord : j'ai votre petite copine, Perry. Elle est avec moi. Je la laisserais bien vous parler, mais elle n'est pas d'humeur en ce moment.

– Espèce de salopard. Elle n'a rien à…

– Rien à voir avec tout ça ? Sans blague ! Vous non plus, et ça ne vous a pas empêché de vous joindre à nous. Donc maintenant, vous êtes impliqué. Et comme vous n'avez laissé aucun doute sur votre envie de participer, nous avons décidé de nous adresser directement à vous. La blondasse avec moi trouvait que ce n'était pas la meilleure méthode, mais je lui ai assuré qu'elle avait tort. Pouvez-vous nous dire encore une fois que la femme de Jefferson n'est pas prête à payer ?

– Je ne peux pas la forcer à payer. Je ne peux même pas lui parler. Y a des flics partout chez elle, et prêts à m'arrêter dès qu'ils me verront.

– Ça n'a pas l'air commode. Mais vous avez le reste de la journée pour trouver une solution. Quant à moi, je vais trouver un moyen de m'occuper. Peut-être avec votre copine.

– Si vous la touchez…

– Fermez-la. Elle va bien, mais je vous rappelle que vous n'êtes pas en position de me faire des menaces. Nous allons obtenir notre argent. Et pas en nous donnant rendez-vous sous une bretelle d'autoroute comme dans un film. Vous ne nous verrez jamais, alors ne songez pas à saboter notre opération. Votre seule possibilité est de suivre nos instructions. Vous avez le reste de la journée pour convaincre la femme de Jefferson de préparer l'argent. Je vous appellerai ce soir avec un numéro de compte et des instructions. Elle transférera l'argent elle-même, par ordinateur. Quand nous serons sûrs de la validité de la transaction et que nous aurons l'argent entre nos mains, vous pourrez récupérer votre copine. Et ce sera là aussi selon nos instructions. À partir de maintenant, la situation vous échappe et vous avez perdu tout contrôle.

– Mais c'est à cause de vous que je suis interdit de contact avec Karen ! Vous faites de votre mieux pour m'incriminer et vous pensez que je peux la convaincre de vous payer ? C'est impossible.

– Vous allez devoir le rendre possible. Et pendant que vous y êtes, réfléchissez bien à ce que vous allez faire côté flics. Si vous les impliquez, vous connaissez les risques. Je pense que vous êtes un peu plus malin que ça. Ils seront trop lents, vous n'aurez même pas le temps de prier. Et… Perry ? En dépit de toute l'énergie que vous avez dépensée dans cette affaire, m'avez-vous vu une seule fois ? Savez-vous seulement mon nom ? Pensez-y.

Et il raccrocha.

TROISIÈME PARTIE

LES COUPABLES

CHAPITRE 33

J'abaissai le téléphone, le fermai en un claquement machinal, déconnecté de mon cerveau. Après un moment où je fus incapable de bouger, je traversai la pièce, m'approchai de la fenêtre, entrouvris les stores et observai la voiture banalisée toujours garée dehors.

Elle m'avait demandé d'aller chez elle, et j'avais refusé pour ne pas que la police nous suive. Car la police aurait été présente et nous aurait surveillés toute la nuit.

– Elle n'a rien à voir avec tout ça, dis-je.

L'appartement ne me répondit pas. Mais maintenant, elle était impliquée. Grâce à moi.

J'avais des décisions à prendre, mais je n'arrivais pas à me concentrer. Les options qui entraient et sortaient de mon cerveau étaient mêlées à des instantanés d'elle, d'elle dans son tee-shirt dix fois trop grand, d'elle avec ses lunettes et ses promesses de me faire évader de prison à l'aide d'un grappin pour que ce soit plus classe.

Il était sept heures vingt du matin. Dehors, la circulation s'intensifiait dans Lorain Avenue. Des habitants dont les soucis du jour se résumeraient à une déclaration d'impôts ou à une vidange de voiture étaient déjà en mouvement alors que moi, j'étais paralysé dans mon appartement et que je les écoutais passer.

– Bouge-toi, Lincoln !

Je me le répétai à voix haute et les mots, forts et étrangers, résonnèrent dans la pièce vide.

– Bouge-toi !

Je pris des habits, laçai mes chaussures, serrai l'étui contre mon dos et y glissai l'arme. Rien de ce que je touchais ne semblait réel. Sept heures et demie déjà. Un quart d'heure s'était écoulé depuis l'appel et j'étais toujours chez moi, sans avoir rien accompli. Le désir de promptitude, d'action rapide, commençant à se faire sentir, je dus faire un effort conscient pour le réprimer. Sans but précis, la vitesse devient inutile et peut engendrer des erreurs. Et je n'avais aucune marge d'erreur. S'ils me voyaient partir, les flics me suivraient. Je devais l'éviter. Je descendis et sortis par la porte de derrière, où personne n'attendait. Ce n'était pas surprenant, on ne pouvait pas s'y garer et observer mon petit parking sans être trop en vue. Je traversai le parking, pris appui sur le haut de la palissade à l'arrière de mon immeuble, posai le pied sur une barre en diagonale, passai par-dessus et atterris dans l'allée. Je la traversai, franchis une autre palissade, puis, en passant par un jardin privé, je me retrouvai dans Chatfield Avenue et trottai jusque chez Joe.

Il était éveillé, assis à la table de la cuisine devant un café et le journal ; un matin habituel avant mon arrivée. Il avait laissé la porte d'entrée ouverte après avoir récupéré son journal. Il leva la tête et se redressa à moitié en me voyant.

– Lincoln ?

– Ils ont pris Amy.

– Quoi ?!

– Ils ont pris Amy. Doran et son complice. Ils viennent juste de m'appeler.

Il se mit à dodeliner de la tête comme s'il refusait d'accepter ce que je lui disais.

– Karen est censée expédier l'argent ce soir. Et moi, je dois la convaincre de le faire.

– Mais tu n'as pas le droit de lui parler.

– Eh non. J'ai essayé de le lui dire, mais rien à faire.

Je lui rapportai la conversation téléphonique avec autant de détails que possible et quand j'eus fini, il dodelina à nouveau de la tête.

– Lincoln, nous avons besoin d'aide. Appelle Targent. C'est un enlèvement.

– Ils vont la tuer, Joe.

– Ils risquent de la tuer de toute façon.

Je me tournai vers lui ; il leva la main et s'excusa.

– Non, tu as raison.

La torpeur qui s'était logée en moi se mua en terreur.

– Ils risquent de la tuer de toute façon. Même si Karen les paie, c'est encore possible. Nous devons décider de la meilleure façon de protéger Amy. Et je ne crois pas que Targent soit la bonne solution.

– Qu'est-ce qui nous reste ?

– Il faut au moins faire comme si Karen allait payer. Prétendre que tout se déroule comme ils veulent.

– On parle de la vie de quelqu'un d'autre, Lincoln. On parle d'Amy. Tu veux être le seul responsable du déroulement des choses ? Tu veux te lancer tout seul ?

Je sentais le Glock contre mes reins, bosse rigide dans son étui. Sa pression m'énervait, me tourmentait. J'avais envie de le soupeser, puis d'actionner la détente et de regarder les balles propulsées par le canon s'enfoncer dans… qui ?

– Ce n'était pas Doran.

– Au téléphone ?

– C'est son complice qui a appelé, pas lui.

– On ne sait même pas qui c'est, me fit-il remarquer. On ne sait ni de qui il s'agit, ni où il se trouve, et on n'a pas le temps de le chercher. On pourrait faire appel à l'unité du FBI spécialisée dans les prises d'otages afin qu'elle soit prête quand ils contacteront Karen pour négocier.

– Si les flics foutent tout en l'air, Amy va…

Je n'arrivai pas à dire « mourir ». Je n'étais pas encore prêt à dire ça froidement et abruptement, pas à propos d'Amy. Mais la réalité était glaçante. Aussi glaçante que réelle.

– Et si on fout tout en l'air, le résultat sera différent ?

– Il faut que je réussisse à parler à Karen. On commence par là. Ils vont la contacter et elle doit connaître la situation avant qu'ils le fassent. Elle doit savoir qu'une autre vie est en jeu.

– Tu comptes lui demander de payer ?

Je ne répondis pas.

– Lincoln ?

– Je ne sais pas. Il est plus facile de récupérer du fric qu'une vie humaine, Karen devrait le comprendre.

– Ils te tiennent, me dit-il. Tu ne comprends pas ? Ils ont préparé le terrain pendant des jours, ils t'ont présenté comme le suspect qui pousserait Karen à payer et maintenant, ils t'ont convaincu de le faire. Si tu la forces à payer, tu crois que les choses s'arrêteront là ? Qu'Amy sera relâchée, saine et sauve, que t'expliqueras toute l'affaire à Targent et que ce sera réglé ? Ça ne va pas se passer comme ça. Ils joueront leur dernière carte et elle te sera fatale.

– On doit leur faire croire que tout se passe comme ils l'ont demandé. Ça nous donnera du temps.

– Du temps pour quoi faire ? On n'a pas la moindre idée de ce qu'on doit faire pour trouver ces types.

– Il faut que je parle à Karen, Joe. Ils vont la contacter et avant ça, elle doit connaître les enjeux.

– Si on va là-bas et qu'un flic surveille sa maison, t'es cuit. Ils t'arrêteront pour violation de l'interdiction et tu devras lui expliquer du fond de ta cellule.

– Je vais quand même essayer. Tu veux m'y conduire ou est-ce que je dois trouver une voiture ?

Il avait l'air angoissé. Il voulait passer par les filières appropriées, il voulait désespérément impliquer les flics et le FBI, chose qu'il aurait conseillé de faire à n'importe qui s'il ne s'était pas agi d'Amy, qu'il connaissait et aimait profondément. Mais il ne pouvait pas ignorer mon point de vue pour autant. Il connaissait les risques des deux options.

– Je vais t'y conduire, mais il faut que tu me promettes de ne pas écarter la possibilité de demander de l'aide, pas encore. C'est une prise d'otage, Lincoln. D'accord ? On n'est pas équipés pour résoudre ce genre de problème, pas tout seuls. Si tu espères que Karen paiera et qu'on jouera le jeu sans embrouille, c'est une chose. Mais si elle refuse, je ne suivrai pas. On aura besoin d'aide, et de la meilleure équipe de police qui soit.

– On prendra la décision après avoir parlé à Karen.

Il n'aimait pas trop l'idée, mais la sonnerie de mon téléphone l'empêcha de répondre. Juste avant que je sorte l'appareil de ma poche, nous étions persuadés que ce serait Doran ou son complice. Mais cette fois-ci, un nom apparut.

– Targent, dis-je à Joe.

– Tu devrais répondre. Tout lui expliquer.

– Pas encore.

– Il sait peut-être quelque chose. Pourquoi t'appellerait-il si tôt s'il…

– Pas encore, Joe. Je veux d'abord voir Karen.

* * *

La longue allée nous posait un problème. Nous descendîmes et remontâmes la rue deux fois sans repérer de surveillance. Mais l'allée était cachée, dissimulée derrière les arbres. S'il y avait un flic chez elle, nous ne le saurions pas avant de trouver sa voiture au bout de l'allée.

– Je ne pense pas qu'ils aient laissé quelqu'un chez elle en permanence, dis-je. La police accorde rarement une protection vingt-quatre heures sur vingt-quatre et maintenant qu'elle a accepté de se débarrasser de moi, les flics ont encore moins de raisons de la surveiller.

– J'espère que tu as raison, me renvoya Joe en s'approchant de l'entrée au ralenti.

– Vas-y, tourne.

Il s'engagea, nous prîmes le virage, passâmes entre les arbres, et la maison nous apparut. Pas de voiture, aucun signe de la police. Les flics avaient peut-être laissé un type chez elle, mais je devais suivre mon instinct. Sans otage – et nous étions les seuls à savoir qu'il y avait un otage –, la situation de Karen ne requérait pas ce niveau de protection policière. Pas encore.

Joe se gara, je descendis rapidement de voiture et gravis les marches. L'interdiction de la voir était une idée de Targent, mais ça ne voulait pas dire que Karen ne la prenait pas au sérieux et qu'elle n'appellerait pas la police en me voyant arriver. Je frappais déjà à la porte quand Joe sortit de voiture. Le vitrail de la porte donnait une image déformée de l'intérieur, mais je vis Karen s'approcher, son téléphone sans fil à la main.

– Merde, lâchai-je doucement avant d'ajouter, plus fort : Karen, c'est Lincoln. Il faut que je te parle.

Elle s'arrêta, mais ne porta pas le téléphone à son oreille.

– Non, Lincoln. Tu n'as rien à faire ici. Je dois appeler la police si tu me téléphones. Va-t'en, je t'en prie.

– Ils ont kidnappé une autre femme, lui dis-je. Ça nous dépasse complètement, Karen. Tu dois absolument nous laisser entrer et nous écouter.

Tandis que je l'observais, elle s'éloigna encore de la porte et s'enfonça dans le couloir.

– Je ne peux pas faire ça. C'est à la police que tu dois t'adresser, pas à moi.

– Karen !

– Pars tout de suite, Lincoln. Sinon je téléphone.

Elle leva le combiné, le tourna vers elle pour composer le numéro et, sans prendre le temps de réfléchir, je passai à l'action. Je pris un peu de recul, donnai un coup de talon en plein dans la porte de toutes mes forces, fendis le bois de l'encadrement et arrachai l'une des serrures, mais pas la serrure verrouillée. Karen hurla, je donnai un nouveau coup de pied et cette fois-ci j'arrachai le moraillon, la serrure céda. Je me retrouvai à l'intérieur tandis que l'alarme de la maison se déclenchait et que Karen s'enfuyait.

Je la rattrapai au fond du couloir, lui arrachai le téléphone, lui passai une main autour de la taille et la tins contre moi pour l'empêcher de partir. Joe franchit alors la porte, je me retournai et en voyant son visage, une fraction de seconde, je sentis que je n'étais plus moi-même. Son expression reflétait exactement ce qu'il avait devant ses yeux : je venais de démolir une porte pour poursuivre une femme qui m'avait fait interdire tout contact avec elle, et je l'empêchais d'appeler la police. Il avait déjà vu ce genre de cauchemar dans des scènes de violence domestique, mais là, il s'agissait de son coéquipier.

– Ils ont kidnappé Amy Ambrose, dis-je à Karen en la serrant plus fort car elle essayait de se dégager.

Elle me faisait face et l'effroi avait remplacé la méfiance et le doute que j'avais lus sur son visage quand nous étions avec Targent. Je la terrorisais. Ce regard me toucha plus que sa résistance physique, je relâchai mon emprise, elle se dégagea et courut dans le salon. Je la regardai partir, puis je me tournai vers Joe, près de la porte en morceaux, et me demandai où ça allait me mener.

– Arrête ça, dis-je.

L'alarme continuait de sonner et alerterait bientôt la police.

Plantée au milieu du salon, Karen m'observait avec prudence et attendait que je bouge.

– Arrête ça et écoute-moi, Karen. Tu appelleras la police après si tu veux. Mais donne-moi cinq minutes. Les assassins de ton mari ont enlevé une femme innocente. Il faut que tu m'écoutes.

– S'il te plaît, dit Joe derrière moi.

Elle posa les yeux sur lui et fut rassurée. Elle hésita un tout petit instant, puis elle traversa le couloir en m'évitant soigneusement et composa le code qui désactivait l'alarme.

– Excuse-moi, lui dis-je. Je suis désolé, Karen. Mais ils ont enlevé une femme qui n'a rien à voir avec cette affaire. Ils l'ont enlevée parce que je tiens à elle. C'est comme ça qu'ils comptent obtenir leur fric.

– Ils m'ont prévenue que ce serait toi qui demanderais l'argent.

– Karen, comment peux-tu croire que je sois de mèche avec eux ?

Elle ne répondit pas et se contenta de faire un pas de côté, ce mouvement nerveux l'éloignant de Joe et la rapprochant de l'escalier.

– On est sortis ensemble pendant des années, Karen. Souviens-toi. Souviens-toi de moi. Puis pense à ce qu'ils ont fait à ton mari. Ils l'ont torturé, ils l'ont bâillonné avec du…

– Je sais ce qu'ils ont fait !

– Et tu sais qui je suis ! lui hurlai-je en retour.

Le silence s'installa pendant quelques secondes tandis que nous étions plantés comme les trois points d'un triangle, craignant tous de nous rapprocher.

– Tu penses vraiment que je peux être impliqué ? lui demandai-je. Honnêtement, Karen, tu y crois ?

Elle était sur le point de pleurer, mais elle secoua la tête de droite à gauche.

– Non, dit-elle enfin.

– Dans ce cas, écoute ce que j'ai à te dire. Ils vont te demander de l'argent aujourd'hui ; ils vont te dire des choses sur moi, essayer de me mouiller. Mais je dois pouvoir te parler. Communiquer avec toi pendant que nous essayons de libérer Amy. Je vais avoir besoin de ton aide.

– La police…

– Si elle est impliquée, j'augmente les risques pour Amy.

– Ce n'est pas ce que je veux dire. La police ne m'autorisera pas à te parler. Mon téléphone est sur écoute…

– On te laissera mon portable, ou celui de Joe, pour pouvoir te parler.

– Mais ils seront ici, Lincoln. Des policiers vont passer la journée ici. Ils sont en route en ce moment même.

– Quoi ?!

Elle haletait de peur, d'une peur que j'avais déclenchée en elle. Elle jeta un coup d'œil à Joe, puis elle se tourna vers moi.

– Tu vas être arrêté. L'inspecteur Targent vient juste de m'appeler pour me le dire. Ils doivent m'envoyer quelqu'un pour me protéger jusqu'à ce qu'ils t'arrêtent.

– Jusqu'à ce qu'ils m'arrêtent ?

Elle acquiesça, mais se rapprocha aussi de moi.

– Un certain Donny Ward a été assassiné. C'est le type qui t'a dit ces trucs sur Andy Doran. Ils ont trouvé son corps hier soir et de l'argent caché chez lui. Et tes empreintes étaient dessus.

Je regardai Joe sans dire un mot. Ce que j'avais prédit à l'agence venait de se réaliser. C'était l'argent de Jefferson, mes empreintes étaient dessus, et maintenant les flics pouvaient m'arrêter.

– Donny Ward, dit-il. Merde, Lincoln. Quand on est allés chez lui, il était peut-être déjà mort. Et le voisin nous a vus.

Je me retournai vers Karen. Je soutins son regard, essayai de voir la personne que j'avais connue et de me montrer à elle tel qu'elle m'avait connu, moi. J'ignore si un regard embrumé d'effroi est capable de transmettre ça, mais j'essayai.

– Je n'ai pas touché cet homme. Je n'ai tué ni ton mari, ni Donny Ward, ni qui que ce soit. Mais ils pourront m'arrêter pour ces crimes. Très bien. Je les laisserai. Je me rendrai. Mais pas avant qu'Amy soit en sécurité.

– Je te crois, Lincoln. J'ai peur, d'accord ? J'ai peur, je suis paumée, mais je te crois. C'est pour ça que je t'avertis.

Je fis quelques pas dans le salon, sans but précis. La torpeur qui m'avait envahi après l'appel du matin était revenue, je songeai à Donny Ward et à une liasse de billets couverts de mes empreintes et de celles d'Alex Jefferson.

– On est seuls, Joe. Impossible de faire appel à la police maintenant. Ce n'est même plus la peine d'y penser. Les flics vont m'arrêter pour meurtre à la première occasion et prendront l'histoire d'Amy pour une tentative de diversion. D'ici à ce qu'ils confirment sa disparition, il sera trop tard.

C'est alors qu'une voiture se gara devant la maison. Nous entendîmes les pneus, le moteur s'éteignit, puis une portière s'ouvrit et claqua. Joe était le plus proche de la porte, il regarda et dit « flic ».

Les yeux de Karen ne se posèrent pas sur la porte. Ils ne me quittèrent pas.

– C'est l'inspecteur Targent ou c'est quelqu'un d'autre ? demanda-t-elle.

– Un officier. Un jeune.

Elle bougea alors, passa devant Joe en un mouvement souple et flou et se dirigea vers la porte ouverte. Je la regardai, jetai un coup d'œil dans l'arrière-cour et me demandai si je pouvais me risquer. On ne pouvait pas prendre la voiture de Joe tant que le flic serait là, mais si je parvenais à sortir, je trouverais bien une autre voiture – j'en volerais une s'il le fallait, mais je ferais ce qu'il faudrait pour rester hors de prison tant qu'Amy ne serait pas en sécurité.

– Bonjour, dit Karen, tandis que le flic entrait dans la maison.

Il était trop tard, je ne pouvais plus bouger. Je me tournai vers lui, son regard passa de Joe à moi, ses yeux étaient méfiants et sa main glissa vers son arme.

– Madame Jefferson ? demanda-t-il sans me quitter des yeux.

Il était très jeune, la vingtaine, un simple policier. Si personne ne lui avait montré une photo de Joe et moi, il ne pouvait pas nous reconnaître. Je le regardai et sus que c'était le cas. Il était assez soupçonneux pour indiquer qu'il avait eu un signalement, mais il n'était sûr de rien.

– Merci d'être venu, dit Karen.

Elle se tenait près de l'encadrement et tentait de dissimuler derrière elle les dégâts que j'avais occasionnés à sa porte.

– L'inspecteur Targent m'avait prévenue qu'il enverrait quelqu'un.

– Oui.

Le gamin n'arrivait pas à se décider. Il m'observait comme s'il était prêt à dégainer, mais le calme de Karen ne correspondait pas à sa lecture de la situation et l'embrouillait.

– Je vous présente John et David, dit-elle en nous montrant du doigt. Ce sont des amis de mon mari. Ils ont bien voulu me tenir compagnie en vous attendant.

Il plissa les yeux et essaya de lire un signe de mensonge, mais elle lui renvoya un regard serein.

– Mais vous avez fait vite, je vous remercie, lui dit-elle.

– Oui, madame.

Nous avions une chance. Elle nous l'avait donnée. Il fallait la saisir.

Je m'approchai de Joe, lui donnai une claque amicale dans le dos et montrai la porte du menton.

– On devrait sans doute y aller et laisser la police faire son boulot.

– D'accord.

Nous nous dirigeâmes vers la porte, je m'attendais à tout instant à ce que le flic ne marche plus dans ces bobards, sorte son flingue et demande du renfort à la radio. Au lieu de ça, il s'écarta pour nous laisser passer.

– Merci d'être venus, nous dit Karen. Ça a beaucoup compté pour moi.

Je me penchai vers elle, l'embrassai, et quand mon visage toucha le sien, je lui murmurai « merci » dans l'oreille avant de sortir.

– Bonne chance pour aujourd'hui, me dit-elle.

Elle se tint devant l'encadrement défoncé pendant que Joe nous entraînait au loin.

CHAPITRE 34

Nous roulâmes dans un silence tendu pendant quelques kilomètres en surveillant les rétroviseurs et guettant les bruits des sirènes. Rien ne se passa. Si le policier avait vu le chambranle en miettes, Karen avait dû réussir à lui fournir une excuse convaincante. Elle avait un sacré mérite après m'avoir vu perdre mon sang-froid et lui défoncer sa porte d'entrée. Mais elle me connaissait. Envers et contre tout, elle me connaissait. Ce n'était peut-être pas grand-chose, mais vu les circonstances, ça avait suffi.

– Donny Ward, dit Joe. Le pauvre bougre. Tu penses que c'était Doran ? Tu lui avais parlé de Donny.

– Doran était déjà au courant pour lui. Je ne sais pas qui l'a tué et je ne peux pas m'en inquiéter pour le moment. Il faut se concentrer sur Amy, Joe. Il ne faut pas penser à autre chose. J'étais sincère là-bas, tu sais ? On sort Amy de là et je me rendrai à la police et laisserai les choses suivre leur cours. Mais je ne peux pas y aller maintenant. Ni pour me rendre, ni pour demander de l'aide. Cette option n'existe plus.

– Je sais.

– Et encore ce foutu fric. Ils en balancent beaucoup pour m'incriminer. Ils doivent être certains de réussir leur coup avec Karen.

– Ça devait être leur atout majeur. Je ne crois pas que Doran et son complice voulaient le jouer si tôt.

– Qu'est-ce que tu veux dire ?

– C'est suffisant pour un mandat d'arrêt et pour te mettre sous les verrous. Dès lors qu'ils avaient leur fric, c'était parfait : toute l'attention de la police se concentrait sur toi, et eux, ils disparaissaient. Mais la découverte du corps de Donny si tôt ne les arrange pas. Ça restreint ta marge de manœuvre auprès de Karen et ça, ils en avaient besoin.

– S'ils s'en rendent compte… S'ils s'aperçoivent que je suis devenu inutile…

– Ils pourraient paniquer.

Nous n'avions pas besoin de nous attarder sur les risques de cette panique tant qu'Amy était avec eux.

– Il faut les retrouver avant d'en arriver là et avant qu'ils essaient d'obtenir l'argent, dis-je. On n'a pas une seconde à perdre sinon c'est foutu.

– On n'a pas assez de temps, Lincoln. Des policiers en tout genre recherchent Doran depuis des semaines. Comment allons-nous, nous, le trouver en quelques heures ?

– On va se faire aider.

– J'étais d'accord ce matin, mais si tu fais l'objet d'un mandat d'arrêt, aller chez les flics…

– Je ne te parle pas de ce genre d'aide. Pas celle de la police.

– À quoi penses-tu, alors ?

– À Thor.

***

Je n'avais pas la moindre idée de l'endroit où le dénicher. Les types comme Thor ne sont pas dans l'annuaire et même si ça avait été le cas, je n'étais pas sûr de son nom de famille. Je ne l'avais vu écrit qu'une seule fois, dans un rapport du FBI, et ce n'était pas le genre de nom qu'on garde en mémoire après un simple coup d'œil. Une étrange collection de K et de V avec une bonne dizaine de voyelles. Sans son nom exact, nous étions obligés de passer par ses connaissances, de trouver quelqu'un à même de nous dire où le localiser. Mais les connaissances de Thor n'étaient pas fréquentables, si l'on tenait à sa santé.

– On va essayer Belov, dis-je à Joe.

Dainius Belov nous avait déjà offert son assistance par le passé. On redoutait toujours d'avoir besoin de ce type d'aide, mais c'était peut-être notre meilleure chance.

– La maison au bord du lac ?

– C'est le seul endroit où je sois sûr de le trouver.

Il hocha la tête – l'idée ne l'enthousiasmait pas.

– Il peut nous aider, Joe, lui dis-je. S'il nous dit où est Thor, on obtiendra le nom du type qui a recommandé ses services à Jefferson. C'est sans doute le même qui a mis Jefferson en contact avec le complice de Doran. Avec ça, on pourra trouver le complice et récupérer Amy.

– À condition qu'on puisse voir Thor et qu'il veuille bien nous parler.

– C'est une piste. Peut-être la seule.

– Tu te rends bien compte à qui tu demandes de l'aide ? C'est un tueur. L'homme de main d'un des pires criminels de la ville.

– Il faut pénétrer le monde de ce type, Joe. Et ce monde est aussi celui de Thor.

Joe s'assura que la voie était libre en jetant un coup d'œil par-dessus son épaule, puis il accéléra pour prendre la 480 en direction de l'ouest. Il n'essaya pas de discuter et n'ajouta rien pendant un long temps.

***

Je pensai à elle tandis que Joe conduisait, la revis sur le canapé où elle avait dormi avec les cheveux sur la moitié de son visage, en respirant lentement et profondément. Était-elle éveillée à cette heure ? Lui avaient-ils fait du mal, l'avaient-ils maltraitée, droguée ? L'avaient-ils ligotée et bâillonnée, ou Doran la menaçait-il de son Colt Commander ? Alors que j'envisageais toutes les possibilités, ma poitrine m'oppressait, mes tempes bourdonnaient et je me glaçais de l'intérieur.

Ils avaient obtenu un mandat d'arrêt, papier qui pouvait me mettre derrière les barreaux pour meurtre, mais je l'avais relégué au deuxième plan. Cette pensée n'éveillait aucune peur en moi, aucune comparée à celle que j'éprouvais pour Amy. Si je réussissais à la sauver de ces salopards, je me foutais bien du reste. Targent ferait figure de meilleur copain à côté du complice de Doran, la voix du téléphone.

La conduite de Joe – rapide mais respectant la limite – me paraissait atrocement lente, mais je comprenais son raisonnement. Nous ne pouvions absolument pas nous permettre de nous faire arrêter pour excès de vitesse. Même sa voiture deviendrait bientôt trop repérable. Targent finirait par communiquer son numéro d'immatriculation.

Nous arrivâmes au centre-ville et regagnâmes l'ouest en empruntant le Cleveland Memorial Shoreway jusqu'à Lake Avenue. Nous n'avions pas l'adresse, mais nous ne devrions pas avoir de mal à retrouver la maison. La dernière fois que nous y étions entrés, nous étions en compagnie de Thor et d'un autre homme de main de Belov. On n'oublie pas facilement ce genre de visite.

La vaste maison de style victorien n'avait pas changé, la villa et le parc étaient immaculés. Les voisins étaient-ils au courant des activités de Belov ou tentaient-ils de deviner – dans l'immobilier, ou la finance, peut-être ? – quand ils dînaient en observant sa propriété tranquille et les étrangers au visage fermé qui lui rendaient visite.

Après nous être garés dans l'allée, nous montâmes et sonnâmes. Pas un bruit. Joe sonna une nouvelle fois, nous attendîmes quelques minutes, mais rien ne se passa. Personne.

– Il n'est pas chez lui et ça veut dire qu'on est dans le pétrin, dit Joe. J'ai accepté l'idée que Belov pouvait nous aider à contacter Thor. Mais sans lui ?

– Essayons le River Wild, dis-je en reprenant le chemin de la voiture.

Resté à la porte, Joe me toisait.

– Quoi ? Tu vas entrer, t'éclaircir la gorge et demander à parler à Thor ? Dans cet endroit ?

Le River Wild était un bar de la mafia russe situé dans le district des Flats, un club de strip-tease où traînaient souvent les acolytes de Dainius Belov.

– Tu portes ton arme, aujourd'hui ? lui demandai-je.

– Oui.

– Bien.

***

Le River Wild se trouvait sur la rive est des Flats – l'ancien quartier des entrepôts convertis en restaurants, clubs et boîtes de nuit. Mais nombre de ces entreprises avaient coulé et les Flats traversaient une nouvelle période de dépression. Le Wild River était resté ouvert, mais c'est vrai qu'on survit plus facilement avec les dollars de la mafia.

Les fenêtres de l'immeuble étaient couvertes de planches d'un gris fané pour que les passants ne puissent pas se rincer l'œil gratuitement et une chaîne reliait les poignées de la porte, qui n'était pas fermée à clé. Je dégageai la chaîne, ouvris et m'enfonçai dans l'obscurité de l'intérieur.

Je n'étais encore jamais entré dans le bar, sauf par le biais d'une caméra de surveillance. Qui avait filmé un assassinat. Nous arrivâmes dans la grande salle et découvrîmes des rangées de tables au pied d'une large estrade avec en son centre quatre piliers métalliques. Un comptoir longeait la gauche de l'estrade, un autre traversait la pièce. Le tic-tac d'une pendule en forme de seins se fit entendre au-dessus de nos têtes. Il n'y avait personne en vue, mais on percevait des bruits de voix.

– Il y a une arrière-salle.

– Oui.

Joe n'en dit pas plus, mais je l'imaginai partager mes pensées : c'était dans l'arrière-salle que le meurtre avait été filmé.

Nous traversâmes la salle vide en passant devant la scène et le bar du fond et trouvâmes une double porte. Les voix étaient plus fortes. Je laissai ma main s'assurer que le Glock était bien là et franchis la porte, Joe à ma suite.

Trois hommes étaient assis à une table, un autre se tenait debout ; tous nous lancèrent des regards hostiles. Des jeux de cartes étaient disposés sur la table, mais personne ne jouait. Une fine volute de fumée s'échappait d'un cigare. Je ne connaissais le nom d'aucun de ces hommes, mais celui qui était debout – un nabot au visage plat et aux épaules musclées comme un petit chien trapu – ne m'était pas inconnu. J'avais vu sa photo lors d'un briefing du FBI un an auparavant.

– Vous avez une raison d'être ici ? demanda l'un des types attablés.

Il avait le menton profondément fendu et ses cheveux argentés lui collaient à la tête comme s'il sortait d'une piscine.

– Sinon, vous vous êtes trompés d'adresse, alors excusez-vous et dégagez vite fait.

Joe se plaça à côté de moi. Un craquement de chaise accompagna le pivotement du dernier homme qui nous tournait le dos.

– On cherche Thor, lui annonçai-je comme s'il n'y avait rien de plus naturel de la part d'un inconnu.

– On connaît pas de Thor, messieurs les policiers, répondit l'homme debout.

– On n'est pas des flics.

– Ah non ? Dans ce cas, pas besoin de soigner mon langage : foutez le camp !

Il avait le fort accent russe que Thor essayait d'éviter avec grand soin. Avec son nez tordu, les cicatrices proches de ses lèvres et celles qu'il avait à côté de son œil, on voyait que son visage avait été tabassé à plusieurs reprises et qu'il avait dû se délecter de chacune de ces bagarres. Le genre de type à rechercher la violence, comme un alcoolique qui n'hésite pas à faire cinquante kilomètres pour trouver un bar ouvert.

– On n'est pas des flics, répétai-je. Et Thor nous connaît. Belov aussi.

– Si vous êtes si intimes que ça, vous devriez savoir où le trouver.

– Appelez-le, leur dis-je. Vous le contactez, vous lui dites qui je suis et vous le laissez décider. Mais j'ai vraiment besoin de lui parler.

– Ceux qui ont besoin de parler à Thor savent comment le trouver, trou du cul. Et sinon, si Thor a besoin de leur parler, il les trouve. Vous comprenez ? Alors maintenant sortez. Le club n'est pas encore ouvert et cette salle est privée.

Je lui fis un signe de la tête.

– J'ai dû mal m'expliquer. La question que je dois aborder avec lui est du genre à risquer d'attirer la police. Si jamais Thor apprend que tout ça pouvait être évité, mais que c'est vous qui avez décidé de faire foirer, je pense que ça le mettra de très mauvaise humeur.

– Allez chercher la police et dites-lui de me vider. Vous croyez que vous pouvez entrer ici et nous menacer comme si vous aviez de bons contacts ? Vous n'avez aucun contact.

– Vous voulez demander à Thor ?

– Pas besoin.

Il s'approcha et s'interposa doucement entre nous en bousculant délibérément Joe au passage. Ce dernier réprima une grimace et essaya de contenir la douleur. Mais je m'en aperçus et le Russe aussi. Planté devant Joe, le visage au niveau de son menton, il sourit.

– Ça fait mal ?

Il lui asséna un coup rapide du revers de la main et atteignit directement les tendons endommagés de son épaule. Joe grogna et fit un pas en arrière, le Russe s'esclaffa.

– Comment oses-tu me donner des ordres avec un vieillard ? me demanda-t-il, puis il se tut dès que je lui eus décoché un coup de poing à la mâchoire.

J'entendis les grincements de chaise des hommes qui se levaient, mais je ne les regardai pas. Celui qui avait frappé Joe avait bien digéré mon attaque et me rendait la pareille. Je le contrai de mon coude droit, en pivotant pour me donner plus de force comme un swing de golf de gaucher. Le coude lui atterrit sur le côté de la bouche et je sentis les tranchants de ses dents contre l'os. Il chancela puis tomba, j'en profitai pour m'écarter et dégainer le Glock, à temps pour m'occuper de l'assaut de l'homme qui nous avait tourné le dos. Il était presque sur moi, je le braquai, mon arme se trouvant soudain à trente centimètres de son visage.

Les deux autres étaient debout, Menton brisé tenant à bout de bras une chaise qu'il s'apprêtait à lancer. Joe avait lui aussi sorti son arme. Leur regard passa de mon flingue au sien, puis la chaise tomba et tous reculèrent de quelques pas. Si l'un d'entre eux était armé, il n'avait pas dégainé à temps et nous menions la danse.

– Vous ne m'avez sans doute pas compris quand je vous ai dit que c'était très important, repris-je. Et ce sera aussi très important pour Thor. Quand nous serons partis, n'hésitez pas à appeler votre patron. Dites à Belov que ses gros cons de copains ont agressé un type qui s'appelle Joe Pritchard et vous verrez s'il sera content.

Aucune réponse. La fureur se lisait dans leurs yeux, l'expression d'hommes violents qui viennent juste de perdre une bataille et ne sont pas près de l'oublier.

– Donc, je répète, poursuivis-je. Où est Thor ?

Il y eut une pause. Celui qui était tombé se releva, la bouche ruisselante de sang. Il se passait le pouce sur les dents. Je n'avais pas regardé mon bras, mais une tiédeur humide se faisait sentir sur mon coude et me dégoulinait le long de l'avant-bras, souvenir desdites dents.

– Vous connaissez Chez Cujo ?

C'était Menton brisé qui m'avait posé la question. Il s'agissait d'un autre bar, à un kilomètre de là. Je n'y étais jamais entré, mais je revis l'enseigne : une gueule de chien méchant.

– Je connais, oui.

– Allez-y.

– Et j'y trouverai Thor.

– Y a des chances.

– Il me faut un numéro de téléphone.

– Pour Chez Cujo ?

– Pour Thor.

– Il a jamais de téléphone. Allez voir Chez Cujo.

J'étais loin d'être convaincu que Thor n'avait pas de téléphone, mais ce n'était pas impossible. Il aimait passer inaperçu.

– D'accord. On y va. Et si on n'y trouve pas Thor, on revient. Avec Belov.

C'était une menace sans substance, puisque Joe et moi n'avions pas la moindre idée de l'endroit où trouver Belov, mais je n'avais rien d'autre. Je reculai de quelques pas et m'approchai de la porte sans baisser mon Glock. Il y avait forcément une arme quelque part dans cette salle et je ne tenais pas à leur donner l'occasion de la saisir.

Soudain, le Russe que j'avais frappé suça le sang de ses lèvres, inclina la tête et s'avança pour me cracher dessus. Mais Joe ne lui en donna pas le temps, il tourna son bras valide et le cueillit au milieu du front. Il avait toujours son arme à la main, le bruit du métal contre l'os provoqua une certaine tension dans la salle. Au lieu d'avancer et de cracher, le Russe bascula et s'effondra une deuxième fois. Adossé à la double porte, je l'ouvris en reculant et Joe sortit avec moi. Nous traversâmes ensuite rapidement la grande salle du bar, l'arme toujours à la main, mais personne ne nous suivit.

– Tu l'as agressé à cause de ton épaule ? lui demandai-je.

– Non. À cause du commentaire sur le vieillard.

* * *

Il nous fallut dix minutes pour arriver devant Chez Cujo. Je croyais que le bar était dans Carter Road, mais en fait il se trouvait dans la 4e Ouest, comme blotti dans la courbe de la rivière. Du parking, en levant la tête, on pouvait voir le pont mobile d'Eagle Avenue et au-delà les cheminées de brique du vieux poste d'incendie du quai construit des décennies auparavant pour surveiller le brûlage des bois de charpente. Un autre jour, j'aurais pris un moment pour apprécier car ce petit terrain au goudron craquelé donnait un point de vue parfait sur la rivière à laquelle la ville devait sa prospérité. Ce jour-là, je n'avais qu'une raison pour observer la zone autour du parking : guetter l'arrivée des flics.

Sous les mots AU CHIEN QUI GRONDE écrits sur une pancarte décorée de gouttes de salive s'échappant des bajoues de la bête, les horaires étaient affichés : OUVERT TOUS LES JOURS À PARTIR DE SEIZE HEURES.

– Tous les clubs du coin semblent avoir des horaires spéciaux pour les ressortissants russes, lança Joe.

– Oui, j'ai remarqué.

Il y avait quelques voitures et un vieux pick-up dans le parking, mais personne dehors. En arrivant à la porte, je sortis mon Glock de son étui et le tins contre ma jambe.

– T'y vas pas un peu fort, non ? me demanda Joe.

– Ce type du River Wild m'inspirait pas confiance. Peut-être qu'on va trouver Thor, mais peut-être que ce sera un guet-apens.

– C'est exactement ce que je me disais. Si on entre et qu'on se retrouve dans la même situation que tout à l'heure, qu'est-ce qu'on va faire ? On ne peut pas passer la journée à débouler dans des bars en demandant à voir Thor.

– C'est le seul moyen de la récupérer, Joe. Les flics ne sauront pas comment retrouver le complice de Doran, même s'ils me croient. Thor, lui, le retrouvera.

– Dans ce cas, dépêchons-nous.

La porte était ouverte, je la poussai et entrai. Les lustres n'étaient pas allumés, mais des néons éparpillés sur les murs projetaient une palette insensée de couleurs dans la salle.

– Pas de visages sympathiques, dit Joe.

– Pas de visages du tout.

Je fis trois pas, entendis la porte claquer derrière Joe et sentis qu'on me passait une chaîne autour de la tête et qu'on la resserrait.

La force immédiate et brutale de l'homme me souleva sur la pointe des pieds et me repoussa en arrière. Je glissai les doigts de ma main gauche entre la chaîne et ma gorge, mais en vain ; les maillons métalliques s'enfonçant dans ma peau, je commençai à manquer d'air ; tant que la chaîne resterait tendue, je ne goûterais que le peu qui restait dans mes poumons.

J'avais toujours le Glock à la main, mais quand je le levai et tentai de le braquer, mon assaillant le fit tomber aisément d'un coup. J'agrippai à deux mains la chaîne qui m'étranglait, et un type en débardeur sortit de derrière le bar et s'avança. Je le vis prendre son élan et préparer son poing en se ruant vers moi ; j'eus le temps de bander les abdominaux avant qu'il me frappe. Même alors, j'eus l'impression que le coup me brisait le ventre. Son poing me rentra dans le plexus solaire et priva mes poumons du peu d'air dont ils disposaient. Mon réflexe fut d'essayer d'inspirer, mais la chaîne ne me le permettait pas. Je perdis mon souffle et tentai d'inspirer en même temps, ce qui provoqua une douleur que je n'avais jamais éprouvée avant, une sensation de déchirement qui me traversa de l'abdomen à la gorge.

La pièce disparut dans une farandole de diamants, puis la chaîne se desserra et je fus jeté par terre. Je n'eus même pas le temps de me ressaisir : la chaîne me frappa sur le côté de la tête et me coucha au sol. Mes lèvres essuyèrent une traînée de poussière et de saleté du plancher lorsque je glissai en travers.

Je fus à peine conscient du faisceau de lumière qui me passait sur le visage ; je ne ressentais encore aucune douleur au crâne car j'essayais trop d'approvisionner mes poumons en oxygène. Mais dès que le faisceau m'éclaira, l'attaque cessa. J'entendis des voix que je ne compris pas – on parlait russe –, tandis que je gisais par terre et tentais de prendre des bouffées d'air lentes et douloureuses. La poussière et la saleté m'emplissaient la bouche chaque fois que j'inhalais, mais l'air n'avait jamais eu aussi bon goût.

Une fois certain de pouvoir à nouveau respirer, je roulai sur le côté et m'appuyai sur un coude. Le sang me dégoulinait sur le visage, du côté où la chaîne m'avait touché. Je l'essuyai d'une main, m'assis et parcourus la salle du regard. Joe, lui, était à côté de la porte, maintenu par un homme à la carrure impressionnante, qui lui braquait une arme sur la tempe. Les deux hommes qui m'avaient attaqué étaient au milieu de la salle et argumentaient dans un russe frénétique avec l'homme qui venait d'entrer dans le bar et y avait apporté la lumière. Je clignai plusieurs fois des paupières pour tenter d'y voir clair, tandis que le nouveau venu hurlait quelque chose : une seconde plus tard, Joe était relâché. Je ne distinguais pas encore très bien l'homme dans le noir, mais je reconnus sa voix douce et posée, même quand elle s'exprimait en russe.

Nous avions trouvé Thor.

CHAPITRE 35

Un instant plus tard, Thor était accroupi à côté de moi et me passait la main dans les cheveux en examinant ma blessure.

– Le cuir chevelu saigne toujours beaucoup, dit-il. C'est rien.

Il ordonna quelque chose en russe et l'homme en maillot de corps se précipita derrière le comptoir et revint avec une serviette. Thor me la plaça dans la main et l'appliqua contre ma tête.

– Vous pouvez vous lever ?

– Oui, dis-je en m'humidifiant les lèvres avec la langue. On a essayé de vous trouver au River Wild. J'imagine que vos potes là-bas nous ont tendu ce piège.

Il acquiesça.

– J'ai appris ce qui s'était passé et où ils vous avaient envoyé. Je n'étais pas loin d'ici. Vous avez eu de la chance.

– Il faut croire.

– Faire ce que vous avez fait… c'était imprudent.

– J'ai jamais pensé que c'était très malin, mais je devais absolument vous trouver. La situation est critique, Thor. Le…

– Ne parlez pas ici.

Le ton était sans appel. Il se redressa et me tendit la main. Je la pris et il me remit sur pied.

– Partons, dit-il. Vous conduirez et nous parlerons.

Je le suivis jusqu'à la porte d'entrée. Joe semblait indemne. Ils l'avaient apparemment tenu pour qu'il puisse me regarder tandis qu'ils me bottaient le cul. S'ils avaient eu le temps de finir, ils lui auraient peut-être réservé le même traitement. Je pus enfin distinguer l'homme qui avait tenté de m'étrangler, un gorille pâlichon avec des tatouages plein les bras et même sur le cou. Thor me guida jusqu'à la porte, puis s'écarta. Il s'approcha du type, lui saisit le menton et pressa sur ses mâchoires en murmurant quelques mots de russe. Il ne semblait pas forcer beaucoup, mais les muscles de sa main et de son bras s'étaient durcis ; l'homme à la chaîne plissa les yeux et des larmes s'en échappèrent. Il ne tentait aucunement de résister. Thor chuchota longuement. Quand il finit par le relâcher, l'homme garda les yeux rivés au sol. Thor ouvrit la porte et nous la tint tandis que Joe et moi retrouvions la lumière du jour.

– Ça va ? me demanda Joe en me tendant mon arme.

J'ôtai la serviette et y examinai la tache rouge sombre.

– Oui.

– Tu saignes toujours beaucoup.

– Ça va passer.

La matinée tirait à sa fin. Amy avait disparu depuis au moins cinq ou six heures. Beaucoup de choses avaient pu se passer en un tel laps de temps. Ils l'avaient peut-être jetée à l'arrière d'une camionnette et transportée dans un autre État, et se trouvaient à des centaines de kilomètres de nous et poursuivaient leur route. C'était loin d'être le pire scénario. C'était seulement le pire que je m'autorisais à imaginer.

La porte s'ouvrit à nouveau et Thor nous rejoignit et montra la Taurus de Joe du doigt.

– C'est votre voiture ?

– Oui.

– Alors prenons-la. Vous conduirez et vous m'expliquerez ce qui vous a poussés à faire de telles sottises.

Joe prit le volant, Thor me fit signe de m'asseoir sur le siège passager et s'installa sur la banquette arrière. Il portait un jean foncé et une veste noire et pas besoin d'examiner d'éventuelles bosses pour savoir qu'il était armé. Bien qu'il ne fasse pas assez froid pour le justifier, il portait aussi des gants. Je remarquai les yeux de Joe dans le rétro – il essayait de regarder notre passager. J'attendis que nous soyons sortis du parking pour parler.

– Je sais qui a soutiré de l'argent à Jefferson. Il s'appelle Andy Doran et agit de pair avec le type que Jefferson a engagé quand vous avez refusé son offre. Il avait été embauché pour descendre Doran et éliminer le problème de Jefferson, mais il a préféré s'allier à Doran. J'imagine qu'il y avait plus d'argent à la clé.

Le feu passa à l'orange et Joe tourna à droite pour l'éviter – il conduisait au hasard, mais voulait rester en mouvement.

– Et aujourd'hui, ils ont kidnappé une femme.

Thor s'enfonça dans la banquette et regarda défiler la rue. Aucune réaction. Il ne me regarda même pas.

– Elle n'a rien à voir avec tout ça, repris-je. Absolument rien, Thor. Ils l'ont kidnappée parce qu'ils savent qu'elle compte pour moi. Il faut que je sache qui est le partenaire de Doran et que je le trouve. Et ça doit se faire maintenant.

– Et vous pensez que je sais de qui il s'agit ?

– Non, mais vous connaissez le type qui devrait le savoir. Celui qui vous a mis en relation avec Jefferson… l'avocat dont vous m'aviez parlé… il est peut-être au courant. Ce serait logique : Jefferson a fait appel à lui une fois et a dû recommencer. Je dois savoir qui c'est, et aller le voir.

– Je vous ai déjà dit que je n'avais pas envie d'être mêlé à cette affaire. La police m'a retrouvé à cause d'une erreur. Je n'en veux pas d'autre.

– Vous êtes déjà plus impliqué que vous ne le croyez. Ils ont un mandat d'arrêt contre moi. Ils croient que j'ai tué Jefferson. Ou plutôt, que j'ai organisé son assassinat. Et c'est vous qu'ils soupçonnent de l'avoir exécuté.

– C'est Doran qui a tué Jefferson ?

– Il dit que non.

– Qui alors ?

– Je ne sais pas et pour le moment, je m'en fous.

J'enlevai la serviette pleine de sang, celui-ci commençait à coaguler, et je me retournai pour regarder Thor. Il n'avait pas changé de position, n'avait pas bougé d'un poil depuis que nous étions montés en voiture, mais je remarquai que ses mains gantées s'étaient crispées sur ses genoux.

– Il faut que je retrouve Amy. C'est son nom. Amy Ambrose. Elle est complètement innocente, Thor. Sa seule erreur est de me connaître, elle n'a rien à voir dans toute cette affaire. Et elle est entre leurs mains.

Je m'efforçais de parler d'un ton posé, calme, mais je n'y arrivais pas. Je savais que Thor s'en rendait compte et quand je me retournai une nouvelle fois, ses yeux d'un bleu glacé cherchèrent les miens.

– Aidez-nous à la retrouver.

Le silence se fit. Je savais que le mieux était de me taire. Il réfléchissait et nous ne pouvions qu'attendre. Comme je l'avais dit à Joe: nous devions nous introduire dans un monde ténébreux et Thor était le guide dont nous avions besoin.

– Ne vous attendez pas à un interrogatoire, pas le genre de truc que vous avez l'habitude de faire quand vous enquêtez, dit-il enfin. Nous allons obtenir votre renseignement, mais pas comme vous avez coutume de faire. Et si nous obtenons le nom, si nous apprenons qui est impliqué dans ce truc, ce ne sera pas le genre d'adversaire que vous avez déjà affronté. Ce sera un professionnel et sa profession sera de tuer. Telle est la situation.

– J'en suis conscient.

Il soutint mon regard si longuement que je dus détourner les yeux. Puis il nous dit où aller.

CHAPITRE 36

L'avocat s'appelait J.D. Reed. Comme nous l'expliqua Thor, ce n'était pas le genre de magistrat à qui on fait appel pour un testament ou se défendre dans un délit mineur. C'était un avocat mafieux, un escroc professionnel inscrit au barreau. Sa spécialité n'était pas la défense criminelle, comme je le croyais, mais le droit fiscal, ou plus exactement le droit de la fraude fiscale. Il avait commencé sa carrière en traficotant les comptes d'un petit arnaqueur, propriétaire de quelques bars de Cleveland. L'un de ces bars était le River Wild. C'est là que Reed avait fréquenté Dainius Belov, qui avait fini par acheter le club. L'avocat n'appartenait pas à la mafia russe, mais il lui donnait un coup de main, lui faisait économiser de l'argent et, de temps à autre, la sortait de situations épineuses. Sa liste de contacts s'allongeant, il était bientôt devenu l'un des spécialistes du crime organisé de la ville, un magistrat pourri qui naviguait de la mafia russe à la mafia italienne en passant par des arnaqueurs et autres filous en tout genre. L'avantage d'une corruption aussi affichée était que son réseau s'étoffait à vue d'œil. Si vous étiez véreux et aviez besoin des services d'un avocat pour continuer à prospérer sur la même voie, J.D. Reed était la première personne à laquelle on vous conseillait de recourir. Le monde du crime n'est pas très différent de celui des affaires légitimes : le bouche-à-oreille en est la clé.

– Il est très fort pour dissimuler de l'argent, m'expliqua Thor. Quand on est suffisamment doué, ça se sait. Les gens le savent, enfin… certaines personnes.

– C'est lui qui vous a présenté Jefferson ?

– C'est lui qui a organisé l'entrevue.

Thor nous indiqua un garage souterrain dans un vieil entrepôt en brique converti en bureaux, toujours dans le centre-ville, à une dizaine de rues de là où nous étions. Joe coupa le moteur, tandis que Thor se penchait vers nous deux.

– Quoi qu'il arrive aujourd'hui, nous dit-il, vous n'en parlerez jamais à personne. Vous comprenez la valeur du silence. Vous l'avez montré par le passé. Ne l'oubliez pas cette fois-ci.

– C'est compris.

Il se tourna vers Joe.

– Attendez-nous.

– Quoi ?

Le visage de Joe s'assombrit. Thor ne lui répondit pas ; il se contenta de le dévisager comme si son silence était la seule explication nécessaire. Et ça l'était. Je comprenais, même si Joe avait du mal. J'avais déjà été confronté à ce genre d'épreuve et j'avais réussi. Joe n'avait pas vu tout ce que j'avais vu. Pour Thor, il n'avait pas encore fait ses preuves. Moi si.

Thor descendit de voiture, je le suivis et nous nous dirigeâmes vers l'ascenseur. Je me palpai la tête du bout des doigts et recueillis des croûtes de sang séché. J'avais mal autour de ma coupure, mais c'était une douleur sourde.

Une fois dans l'ascenseur, Thor appuya sur le bouton du douzième et dernier étage.

– Vous êtes sûr de le trouver ? lui demandai-je.

– Il habite et travaille au même endroit. L'appartement et le bureau sont reliés. Il est toujours ici.

Thor avait gardé sa veste et ses gants, son visage restait impassible, n'exprimait rien. Il m'avait parlé de Reed de son ton ordinaire, dans son anglais soigné et dénué de toute contraction ou inflexion. Ses émotions ne perçaient jamais, ni dans ses propos, ni sur son visage. Il évoluait ainsi dans le monde, sans laisser de traces. En le regardant, j'eus l'impression qu'il aurait pu passer à travers la paroi s'il l'avait souhaité et me laisser seul dans la cabine, à me demander si j'avais imaginé sa présence. Je savais que les flics de la brigade du crime organisé avaient cette même opinion de lui.

La porte s'ouvrit en carillonnant et nous pénétrâmes dans un couloir vide, face à une seule porte fermée. Il n'y avait ni nom ni numéro.

– Penthouse, me dit Thor.

Il essaya d'ouvrir, mais la porte était fermée à clé. Il appuya sur le bouton d'un petit interphone et attendit. Quelques secondes plus tard, une voix blasée se fit entendre :

– Ouais ?

– Thor.

La boîte grésilla, puis la voix revint, bien moins décontractée qu'avant :

– D'accord, man. D'accord, bien sûr. Eh bien, hum, entrez donc.

Après un bip, la serrure cliqueta, Thor tourna la poignée et la porte s'ouvrit en grand. Il entra et je lui emboîtai le pas.

Nous étions à présent dans un espace ouvert, moitié appartement, moitié cabinet professionnel. Sur ma gauche, un bureau en forme de U était flanqué de deux étagères prolongées par des casiers de rangement et de sièges en cuir luxueux. Un écran plat était accroché au mur. De l'autre côté du bureau, quelques bouteilles de vin et une carafe de scotch en cristal étaient posées sur un minibar.

Le coin bureau s'ouvrait dans un salon en contrebas meublé avec des fauteuils en cuir, un sofa modulaire et un poste de télévision gigantesque. Le mur du fond était une baie vitrée du sol au plafond, avec vue plongeante sur le centre-ville et le pont mobile qui enjambe la Cuyahoga.

Un petit homme aux cheveux frisés et mouillés entra dans la pièce. Il avait les mains jointes et se déplaçait avec l'empressement des gens qui ont l'habitude de marcher à côté d'hommes à l'allure plus rapide. Il portait un pantalon de costume et une chemise habillée, des bretelles, mais pas de veston. Dès qu'il vit Thor, il pressa encore l'allure et finit au pas de jogging, la main tendue. Il remarqua ma présence, mais ne m'accorda qu'un regard rapide et curieux. Thor requérait toute son attention.

– Salut, man. C'est pas souvent que vous me rendez des visites impromptues, lança-t-il, la main toujours tendue.

Thor lui prit la main droite et la serra, fort. Le petit homme chancela. Thor lui passa la main gauche en travers du dos et le propulsa en avant, en plein dans une étagère en verre. Les rayons s'entrechoquèrent et l'un d'eux se décrocha et tomba par terre, mais le verre de sécurité ne se brisa pas. Une petite sculpture en onyx et un cendrier sophistiqué dégringolèrent et roulèrent jusqu'à mes pieds. Reed avança en trébuchant, reprit son équilibre juste à temps pour que Thor le fasse pivoter et lui donne un coup de genou dans l'entrejambe. Il le frappa si fort que Reed voltigea sur la pointe des pieds avant de s'effondrer et de se recroqueviller en une boule de douleur.

J'avais été presque aussi surpris que Reed par la soudaineté de l'attaque. Thor n'avait montré aucun signe d'agressivité avant de projeter l'avocat dans les étagères. Il le dominait et, impassible, le regardait se tordre sur la moquette épaisse, les yeux ruisselants de larmes et la bouche grande ouverte de douleur.

– Vous avez communiqué mes coordonnées à Alex Jefferson, dit Thor après quelques minutes, quand enfin la respiration de Reed fut redevenue pratiquement normale. Je l'ai rencontré pour entendre ce qu'il proposait et je lui ai dit qu'il faisait erreur. L'affaire n'aurait jamais dû aller plus loin. Mais ça n'en est pas resté là. Est-ce que vous savez à qui j'ai dû parler depuis ? À qui j'ai eu affaire à cause de votre stupidité ?

Reed se remit en position assise et fixa Thor avec les yeux d'un enfant qui n'a pas été sage et attend sa punition. Il hocha la tête sans répondre.

– Des inspecteurs de police, poursuivit Thor. Ils sont venus me parler de Jefferson. Ils étaient très intéressés par notre rencontre. Vous imaginez bien que je n'apprécie pas l'intérêt de ces inspecteurs. Vous imaginez bien que je n'apprécie pas que vous me les envoyiez.

– Je ne vous les ai pas envoyés, répliqua Reed d'une voix gargouillante de salive et les yeux pleins de larmes.

– Bien sûr que si. C'est vous qui m'avez mêlé à cette affaire.

Thor me regarda.

– Expliquez-lui où on en est maintenant.

Je m'agenouillai à côté de Reed, qui s'écarta en s'appuyant sur le plat de ses mains.

– La personne que Jefferson a fini par employer à la place de Thor a kidnappé une femme. Il l'a fait pour me nuire. Il essaie d'extorquer des millions de dollars à la veuve d'Alex Jefferson. Vous avez recommandé ses services à Jefferson, mais il s'est retourné contre lui.

– Vous entendez ? dit Thor. Enlèvement. Et vous savez qui s'occupe des cas d'enlèvement ?

Reed garda le silence jusqu'à ce qu'il comprenne que Thor exigeait une réponse. Il la lui donna dans un souffle :

– La police.

– Le FBI, rectifia Thor. Les agents fédéraux vont bientôt y mettre le nez. Ils parleront à la police, qui leur conseillera de me parler. Et tout ça, à cause de vous.

Reed s'était remis à hocher la tête de droite à gauche.

– Je ne comprends même pas ce que vous voulez dire. J'ai seulement arrangé un rendez-vous entre Alex et vous. Je ne savais pas ce qu'il voulait. J'ai juste…

Thor enroula les doigts dans les boucles brillantes des cheveux de Reed. Serra et souleva l'avocat qui siffla de douleur et se remit sur pied tant bien que mal pour apaiser la pression. La main droite de Thor glissa dans sa poche et en ressortit avec le couteau de chasse argenté Buck qu'il affectionnait. Son pouce activant le cran, il lui colla la lame sur la gorge.

– Je n'ai aucune envie d'entendre vos excuses et vos gémissements de gamin. Vous m'avez mis dans ce pétrin, et maintenant, vous allez répondre à mes questions, sans rien dire d'autre. D'accord ?

– Oui, murmura-t-il.

La lame du couteau était pressée contre sa pomme d'Adam, mais Thor l'en ôta, la fit pivoter et en plaça la pointe au bout du menton charnu de Reed.

– Hochez la tête si vous êtes d'accord, ordonna Thor.

– Je suis d'accord.

– Je vous ai dit de hocher la tête.

Reed déglutit et se tourna vers Thor. La lame du couteau, sous le menton, l'empêchait de tourner la tête, mais il décida qu'il était plus sûr de tenter d'acquiescer tout de même. Il bougea la tête, Thor accompagnant le mouvement de la main qu'il avait gardée dans ses boucles de cheveux. À chaque hochement, la pointe du couteau glissait le long de son menton. L'ombre d'un instant, il y eut une fine empreinte blanche dans les plis entre le bout de son menton et sa lèvre inférieure. Puis elle s'ouvrit et le sang commença à suinter.

– Bien, dit Thor. Première question.

Il se tourna vers moi. Je lui rendis son regard avant de me rendre compte qu'il attendait.

– Jefferson est-il revenu vous voir quand Thor a refusé son offre?

Les petits yeux marron de Reed se plissèrent lorsqu'il me regarda. Il ne me connaissait pas, mais il m'en voulait de le plonger dans cette situation, coincé qu'il était avec le menton ensanglanté, à la merci d'un tueur russe qui lui arrachait les cheveux à la racine. Il répondit néanmoins:

– Oui.

– Lui avez-vous recommandé quelqu'un d'autre? Une autre personne susceptible de l'aider à régler son problème?

Reed hésita cette fois-ci, Thor resserrant un doigt et lui enfonçant la pointe du couteau dans le menton et y approfondissant le trou dans sa chair.

– Non, lâcha Reed en baissant le plus possible les yeux pour essayer de voir le couteau.

– Vous mentez, lui dis-je. Chez qui l'avez-vous envoyé?

– Je ne l'ai envoyé nulle part.

– Dites-nous son nom.

– Je viens de vous dire que je ne l'avais envoyé nulle part.

Thor me regardait en tenant Reed. Puis il le lâcha, ferma brusquement le couteau et le remit dans sa poche. Il s'écarta de Reed.

– Vous pensez qu'il ment? me demanda-t-il.

– Oui.

– Je mens pas, espèce de trou du cul. Je sais même pas ce que vous foutez ici.

Reed s'essuya le menton avec la paume de sa main et le barbouilla de son sang, un soupçon de bravade lui étant revenu dès que le couteau s'était éloigné de son visage.

Thor s'écarta de nous comme s'il se désintéressait de la discussion; il descendit le couloir et disparut dans une pièce sur la gauche. Une seconde plus tard, un robinet grinça et on entendit de l'eau couler. Reed voulut profiter de sa liberté momentanée et, jetant un coup d'œil méfiant dans le couloir, se hâta de gagner un téléphone placé sur une console.

– Je peux appeler quelqu'un pour me débarrasser de psychotiques dans votre genre, me dit-il en tendant le bras vers le combiné, ou vous pouvez décider de partir tout seuls.

Il avait le téléphone à la main quand je lui enfonçai mon poing droit dans la nuque, ce qui l'expédia droit au canapé. Je lui bloquai le bras gauche derrière le dos avant qu'il ne retrouve son équilibre et lui pris le combiné des mains en le poussant brutalement contre le mur.

– Vous allez me donner ce nom, lui dis-je. Jusqu'à ce moment-là, vous n'appellerez personne et personne ne partira d'ici. Vous savez à qui Jefferson a fait appel, espèce de fils de pute. Alors dites-le-moi.

– Amenez-le-moi, lança Thor derrière nous.

Je me tournai : il dominait le séjour encaissé et me fit un signe de sa main gantée. Je redressai Reed et le poussai en direction de Thor. Ce dernier sortit un pistolet de sous sa veste, un Glock 9 mm très semblable au mien. Je sentis Reed tressaillir contre moi. Thor lui colla l'arme contre le front et dit :

– Faites-le entrer dans la salle de bains.

Je le poussai dans le couloir, Thor marchant à reculons devant nous, l'arme braquée sur Reed.

– Laissez-moi partir, sinon je vais me mettre à hurler, dit Reed en se tortillant contre moi sans réussir à se dégager. Il y a un garde juste au-dessous de nous. Il va nous entendre.

– Il ne nous entendra pas, dit Thor. Et vous ne crierez pas.

Une porte s'ouvrit sur ma gauche et je forçai Reed à passer. Nous nous trouvâmes devant une grande baignoire, qui se remplissait d'eau bouillante. La vapeur de la baignoire embuait le miroir derrière nous. Reed s'était mis à trembler, ses genoux jouaient des castagnettes.

– Non, non… Vous devez comprendre que je ne m'occupe que des finances. C'est tout ! Je n'ai rien à voir avec cette femme.

Thor se planta à côté de moi et plaça sa main près de la mienne pour maintenir le bras de Reed dans son dos. Il le tordit et Reed suffoqua de douleur en sentant les tendons de ses épaules se tendre jusqu'à la limite. Je le lâchai et reculai.

– Déshabillez-le, me dit Thor.

– Quoi ?

Il avait rangé son Glock et ressorti le couteau. Il le brandit et d'un coup rapide sur le bras épinglé de Reed, il déchira la manche de sa chemise. Deux entailles plus tard, ses bretelles claquaient sur ses jambes.

– Enlevez-lui d'abord la chemise, puis le pantalon.

Comme je ne bougeais pas, Thor leva les yeux sur moi, leur bleu essayant de capter la lumière de la pièce et de la soutenir.

– D'abord la chemise, répéta-t-il.

Je m'avançai et agrippai le col de la chemise. Reed leva sa main libre pour m'écarter, mais Thor la saisit et d'un coup sec la lui plaqua entre les omoplates, où il lui tint les deux mains sans difficulté. Pour un homme mince, Thor était remarquablement fort. J'arrachai les boutons, puis déchirai le dos du vêtement. Thor découpa les manches jusqu'à ce que la chemise tombe en lambeaux et dévoile le torse et le ventre pâles et gras de l'avocat. Ses tremblotements agitaient ses bourrelets et sa peau blanche se couvrit de sueur.

– Arrêtez, dit-il. Arrêtez. Non.

Ses mots étaient entrecoupés de sanglots.

– Nous allons vous déshabiller et vous allez entrer dans l'eau, dit Thor. Nous allons vous donner une dernière chance de dire la vérité. Si vous ne la saisissez pas, je vais vous trancher les poignets, vous regarder mourir, puis nettoyer toute trace de notre passage ici et vous laisser dans l'eau.

Reed se cabra, puis tenta de se libérer, mais Thor tint bon. De l'urine ruissela le long de la jambe de Reed et s'égoutta autour de sa cheville ; son pantalon était trempé. Sans avoir baissé la tête, Thor écarta le pied.

– Enlevez-lui son pantalon, me dit-il. Le pantalon et les souliers, puis nous le mettrons dans l'eau.

– Stop ! hurla Reed.

Il s'effondra et Thor dut le tenir pour qu'il ne tombe pas à genoux. Son visage était couvert de larmes et de la buée du bain.

– Tommy Gaglionci, lâcha-t-il d'une voix épaisse et étouffée. Je crois que c'est lui qu'il est retourné voir.

Je me tournai vers Thor et pour la première fois depuis qu'il était entré chez Cujo, je lus une réaction sur son visage. Ses yeux m'indiquèrent que le nom lui était connu, mais il y avait autre chose. Et cette autre chose ne semblait pas loin de l'effroi.

– Vous le connaissez ?

Thor regardait Reed, puis il leva les yeux sur moi. Ce que j'avais aperçu sur son visage disparut sous son habituel masque impassible et il fit un seul signe de tête.

– Il était employé par les Italiens. Sa famille avait beaucoup de relations, quand ça comptait encore. Il travaille seul à présent. Il déteste faire équipe. C'est un homme intelligent, violent et imprévisible. Je ne sais pas où le trouver.

Je m'agenouillai pour regarder Reed bien en face. Ses cheveux humides étaient collés à son front, du sang et de l'eau lui barbouillaient le menton et la bouche.

– Vous croyez que c'est lui qu'il est retourné voir. Expliquez-vous, Reed.

– J'avais fait appel à Gaglionci pour aider Jefferson il y a longtemps. J'ignore pourquoi, Jefferson était venu me voir et j'avais arrangé une entrevue avec Gaglionci. C'est pourquoi…

– Attendez, lui dis-je. Quand était-ce, Reed ? Quand ?

– Je ne sais pas, disons cinq ans.

– Non… vous le savez très bien, alors vous allez vous concentrer et me répondre. Quand était-ce ?

Il renifla pour ravaler ses larmes et sa morve, puis il réfléchit.

– C'était, eh bien… il y a cinq ans.

– Plus précisément.

– L'été. Je sais que c'était en plein été.

– Et il est italien. Un type basané, musclé ?

– Oui.

Nom de Dieu. Le signalement du type qui avait tué le chien de Donny Ward et du faux flic qui avait accompagné Jefferson et Fenton Brooks chez Jerry Heath me vint à l'esprit. L'été, cinq ans auparavant. Quand Doran avait été arrêté, avant qu'on le pousse à accepter le plaider coupable. Jefferson aurait préféré ne pas réutiliser Gaglionci, mais il n'avait pas d'autre choix. Je revis Doran debout sur les rochers du lac m'expliquant que son complice était l'homme que Jefferson avait employé pour l'éliminer. Doran n'avait sans doute aucune idée du rôle que Gaglionci avait joué pour l'envoyer en prison.

– C'est le même type, dis-je. Ce connard travaille pour Doran maintenant, mais c'est lui qui a aidé à le mettre sous les verrous avant. Gaglionci se donne au plus offrant. Doran l'a convaincu qu'ils pourraient soutirer plus d'argent de Jefferson qu'il n'en gagnerait en exécutant son contrat et en le tuant. Mais il ne savait pas à qui il avait affaire et quel rôle il avait joué.

Reed ne comprenait pas un traître mot de notre échange et la confusion l'effrayait d'autant plus.

– Vous avez dit que Jefferson avait fait à nouveau appel à lui, mais à contrecœur. Expliquez-vous.

– Il m'a dit qu'il avait à nouveau besoin de quelqu'un, mais il ne voulait pas de Gaglionci. Il n'avait pas confiance en lui. Il semblait en avoir peur. Je lui ai dit que je ne savais pas qui lui conseiller, mais il a beaucoup insisté. Je lui ai dit de parler à… (Reed lança un regard inquiet par-dessus mon épaule) Thor.

– Vous n'êtes donc pas sûr qu'il ait repris contact avec Gaglionci ? C'est seulement votre conclusion.

– Il a repris contact. Il m'a dit que l'idée ne lui plaisait guère, mais je n'avais personne d'autre à lui proposer et il n'arrêtait pas de répéter qu'il était très pressé.

– Comment peut-on trouver Gaglionci ?

Sa bouche s'entrouvrit et se referma, un filet de salive se formant à la commissure de ses lèvres, mais rien n'en sortant.

– Reed, lui dis-je. Nous pouvons vous tuer aujourd'hui. Vous le savez déjà. Nous pouvons vous laisser dans cette baignoire où l'on vous trouvera dans un jour ou deux, dans l'eau refroidie et pleine de sang. À vous de choisir. Le silence ne vous apportera rien d'autre.

– Il a une villa dans les quartiers est. Je ne connais pas son adresse. Tout ce que j'ai, c'est son numéro de portable.

– Il a enlevé une femme. Vous pensez qu'il l'aurait amenée chez lui ?

Sa langue glissa et lécha ses lèvres.

– Probablement pas.

Probablement pas. Je reculai, sur le point de le frapper, mais me maîtrisai. Je me tournai et vis mon visage dans la glace à travers la vapeur qui le déformait, la peur y était manifeste. Nous avions progressé, mais ce n'était pas suffisant. Même si c'était Gaglionci qui tenait Amy, il ne l'aurait jamais amenée chez lui. Si l'on vérifiait, la maison serait vide. J'en étais certain. C'était un pro et il avait forcément un repaire.

Thor laissa tomber Reed qui s'effondra sur le carrelage de la salle de bains et se dirigea péniblement vers le siège des WC en essayant de se glisser entre lui et le mur. Je le regardai et fus envahi de colère et de dégoût. Il consacrait sa vie à se faire de l'argent grâce aux crimes des autres, des gens comme Gaglionci et Doran. Ils dissimulaient les corps, et lui l'argent.

Dissimuler l'argent. C'est ce que Thor avait dit – « il est très fort pour dissimuler de l'argent ». Et Reed n'avait-il pas grogné pour sa défense quand on l'avait traîné ici : « Je ne m'occupe que des finances. C'est tout ! Je n'ai rien à voir avec cette femme » ?

– Ils vont effectuer une transaction informatique de plusieurs millions, lui dis-je. Pas seulement pour déplacer cet argent, mais pour le faire disparaître. Une transaction qui ne laisse pas de traces et que même des professionnels ne pourraient détecter.

Reed gardait les yeux rivés au sol. Il s'était réfugié derrière la cuvette des toilettes. Je le montrai du doigt et me tournai vers Thor.

– Il serait capable d'organiser ça ?

Thor eut l'air presque impressionné en me répondant.

– Oui, il en est capable.

Reed tenta de bouger, mais en vain. Il n'avait nulle part où aller. Il n'y avait que nous et lui – et il était piégé dans sa salle de bains. Il se mit à sangloter.

– Je ne savais rien de tout ça. Je ne savais pas qu'il y avait une femme. J'ai juste accepté de m'occuper de la transaction. C'est tout ce que je savais… le fric. C'est tout !

La salive et les larmes lui mouillaient la voix. J'acquiesçai en l'écoutant et me dis que je devais avoir l'air calme, car il sembla rassuré. Ses sanglots se tarirent alors que son visage était encore strié de larmes, et il répéta encore une fois qu'il n'était au courant que de la transaction.

– C'est bon, lui dis-je. Ce n'est pas mal du tout, Reed. Je suis content que vous vous occupiez de l'argent. Mais je crains que vous n'ayez un problème avec la transaction. Et ce type, vous allez devoir le rencontrer en personne.

CHAPITRE 37

C'est Joe qui concocta le scénario dont nous avions besoin.

Il nous rejoignit à l'appartement après que Thor eut ramené Reed au salon. J'avais proposé que Joe nous aide et Thor ne s'y était pas opposé. Dès qu'il passa la porte, Joe braqua les yeux sur Reed assis en sous-vêtements, le corps encore humide de sueur et de vapeur et le visage en sang. Il le regarda longuement, puis se tourna vers moi.

– On a un nom, lui dis-je.

Il ne répondit pas. Il entra dans le salon encaissé en évitant de se tourner vers Reed. Je savais ce qu'il pensait : il pensait que, dans sa carrière, il avait extrait des renseignements précieux de nombreux suspects sans les mettre dans un état pareil. Mais là, les enjeux étaient différents et c'est pour ça que j'avais demandé l'aide de Thor. Nous étions dans un monde plus obscur et chaque seconde comptait. Le temps des règles était révolu.

Joe s'assit, je lui expliquai que Reed était en charge de la transaction et que je voulais l'utiliser contre Gaglionci et Doran.

– Si on arrive à les faire venir ici, c'est la moitié du boulot. Il faut donc qu'on trouve un argument pour qu'ils viennent voir Reed en personne. Ils vont m'appeler dans quelques heures avec des instructions sur la manière de transférer les fonds. On a besoin d'un changement de plan, un ordre qui semblera provenir de Reed, mais qui les dérangera suffisamment pour que l'un d'eux finisse par venir ici.

Joe fronça les sourcils.

– Gaglionci a kidnappé une femme. Il sera difficile de le convaincre de venir ici et de lui tendre un piège discrètement.

– Ce fric, il le veut, Joe. Il y tient vraiment. Il viendra ici s'il croit ne pas avoir d'autre choix. Il nous faut une excuse pour en faire venir un ici, mais mes idées sont toutes trop simples… genre il y a besoin d'une signature et autres conneries de ce genre. Ça ne marchera jamais. Pas pour un transfert électronique.

Si Reed avait des idées, il les gardait pour lui. Thor nous observait en silence, l'arme à la main, et je ne connaissais rien aux transferts d'argent.

– Comment vous y prenez-vous, Reed ? Une fois l'argent prêt, comment le faites-vous disparaître ?

Reed était assis par terre et tentait de tamponner le sang de son menton avec ce qui lui restait de chemise. Il abaissa le tissu et examina la tache cramoisie comme pour se rappeler qu'il avait tout intérêt à être sincère.

– J'effectue un ricochet.

– Pardon ?

– Un ricochet, c'est le terme que nous utilisons. Quand la somme est versée dans le compte que j'indique, je l'évacue immédiatement, et la fais rebondir dans toute une série de comptes différents. J'utilise des comptes numériques, des banques offshore… l'informatique offre des millions de possibilités. Et ça s'appelle un ricochet parce que l'argent rebondit dans un certain nombre de comptes avant de finir par atterrir. La trace est beaucoup plus difficile à remonter.

– Ces comptes ne servent qu'au ricochet ?

Il acquiesça.

– Ce sont des comptes factices. Je les ai déjà mis en place.

– Quelle raison auriez-vous de faire venir ces types ? Ça n'a pas besoin d'être réel, ça doit juste en avoir l'air.

– Je ne sais pas.

– Dans ce cas, vous feriez mieux de réfléchir, espèce de trou du cul. Parce que soit on les fait venir ici, soit…

– Des empreintes digitales, dit Joe.

– Quoi ?

– J'ai vu quelque chose à la télé… ou dans le journal, je ne sais plus. Sur la sécurité des ordinateurs. Ils utilisent les empreintes pour l'identification. Ils ont des lecteurs, des scanneurs d'empreintes qu'on peut brancher sur un ordinateur personnel. Il y a même une marque de portable qui les intègre au système.

Je me tournai vers Reed, qui semblait d'accord.

– C'est de la biométrie. C'est comme ça que ça s'appelle. Beaucoup de banques offshore se sont mises à utiliser la sécurité biométrique pour les transferts électroniques.

– C'est ça, dit Joe en se tournant vers moi. Ils ont utilisé des empreintes pour t'inculper, nous, on va retourner ça contre eux.

– C'est bien, dis-je. En tout cas, c'est mieux que les autres solutions. Reed appelle Gaglionci et lui dit qu'il a besoin d'une empreinte pour un des comptes. Il doit les convaincre que c'est pour sécuriser la transaction.

– Gaglionci ne voudra jamais utiliser ses propres empreintes, évidemment, poursuivit Joe. Reed devra donc lui dire qu'il a besoin d'une empreinte quelconque et il lui offrira peut-être celle de Doran. J'ai l'impression que cette idée-là lui plaira… ça reliera l'argent à Doran, plutôt qu'à lui.

– Mais je n'ai pas de lecteur d'empreinte.

– Mais ça, ils n'en savent rien, Reed. Il suffit de leur faire croire que vous en avez un. Vous pensez y arriver ?

Il acquiesça, mais il était loin d'être convaincant.

* * *

Je l'obligeai à utiliser le téléphone de son bureau sur haut-parleur pour pouvoir entendre ses interlocuteurs et savoir si Gaglionci mordait à l'hameçon.

– Vous foutez ça en l'air, lui dis-je, et ils sauront qu'on vous tient. Ils sauront qu'on a le nom de Gaglionci. Ça les fera paniquer et ils s'en prendront à des innocents. Si ça arrive, je vous en tiendrai responsable, Reed.

Il était assis dans son grand fauteuil, à son bureau. Quand il se pencha en avant, son dos gras se décolla du cuir en y laissant une tache. Il était toujours en sous-vêtements et des gouttes de sang séché perlaient sur son torse pâle et velu. J'activai le bouton du haut-parleur. La tonalité se fit entendre.

– Appelez-le.

Reed composa le numéro et resta penché sur l'appareil, tandis que nous étions disposés autour de lui. Thor avait sorti son Glock et le tenait contre sa jambe droite, bien en vue de Reed.

– Qu'est-ce que tu veux ?

La voix qui répondit à la troisième sonnerie n'était pas celle de Doran, mais bien celle de l'homme qui m'avait dit tenir Amy. Je me tournai vers Thor, qui me fit un petit signe affirmatif. Gaglionci.

– Euh, écoute… j'ai un petit problème, dit Reed d'une voix trop aiguë et précipitée.

Thor déplaça très légèrement son arme, Reed s'en aperçut et parvint à se maîtriser.

– C'est pas grand-chose, poursuivit-il. Tout est quasiment prêt, mais j'ai…

– Problème ? Il y a un problème ?

Le changement de ton de Gaglionci sembla déstabiliser Reed encore plus que le pistolet de Thor, mais il déglutit et poursuivit :

– Non, pas vraiment un problème. C'est juste que… J'ai un système parfait pour ce que tu veux. Un système qui nous permet de rebondir jusque dans une banque en Amérique du Sud. On peut déplacer l'argent à partir de là sur le compte numérique d'un autre pays. Ça sera impossible à remonter et la police américaine n'y a pas accès.

– Bien, dit Gaglionci en appuyant sur le mot pour intimider Reed. Alors tu t'en occupes.

– C'est bien ce que je compte faire… enfin, on va y arriver, mais pour lancer ce système, pour ouvrir le premier compte, j'ai besoin d'une empreinte digitale.

Longue pause.

– Une empreinte digitale…

– Oui. J'ai un lecteur d'empreinte intégré à mon ordinateur. Tu poses le pouce dessus, j'ai quelques manipulations à faire et tu peux ouvrir ton compte. C'est la meilleure façon de procéder. Ça assure dès le départ un haut niveau de protection.

– Mais je veux pas utiliser d'empreinte. Qu'est-ce que c'est que ces conneries ? Tu plaisantes ou quoi ? Une empreinte digitale ?!

Reed me regarda, puis se concentra à nouveau sur l'appareil. Il transpirait et, les mains jointes, serrait fort les doigts.

– D'accord. Si tu veux pas t'en servir, très bien, mais ça nous aiderait beaucoup, c'est tout. Ce serait le moyen le plus sûr. Les empreintes nous permettent d'ouvrir un compte plus fiable et l'argent ne fera qu'y passer avant de disparaître. Les banques considèrent que les empreintes sont une sécurité supplémentaire, les comptes sont donc mieux protégés.

– Mais je serai lié à ces comptes et c'est hors de question.

– Il me faut une empreinte. Je n'utiliserai pas la mienne. Trouve quelqu'un d'autre pour me la donner.

La voix de Reed commençait à monter dans les aigus.

– T'as déjà transféré un demi-million pour moi sans en avoir besoin. Qu'est-ce qui a changé depuis la semaine dernière ?

Je regardai Reed puis Joe et vis la même expression que la mienne sur son visage. Un demi-million ? La semaine précédente ?

– La somme est plus importante, répondit Reed. (Je m'intéressai à nouveau à lui.) Beaucoup plus conséquente, man. D'après ce que tu m'as dit, en tout cas. J'essaie de t'aider, moi, c'est tout. Avec une telle somme, c'est plus dur. Et tu m'as dit que les flics risquaient de remonter ta piste, ou en tout cas d'essayer. Je tiens pas à aller en taule pour toi. Si je fais le transfert, je dois le faire de la façon la plus sûre possible. Et pour ça, il me faut une empreinte.

Il était devenu plus convaincant, sa voix n'était plus si nerveuse. Il discutait, comme il fallait.

– T'utilises une empreinte pour commencer et ça finit dans le compte dont on a parlé ? demanda Gaglionci. C'est bien ça ?

– Oui. C'est exactement ça. Se servir de l'empreinte nous permet d'ouvrir une autre sorte de compte d'où initier tous les transferts. Un compte plus sûr. Ils se sentent protégés et ça nous aide vraiment.

Gaglionci garda le silence. Le haut-parleur siffla légèrement, Reed se lécha les lèvres et fixa la petite lumière bleue de l'écran comme s'il allait prendre vie.

– Il te faut une seule empreinte, dit Gaglionci. La mienne ou celle de quelqu'un d'autre et on sera prêts. Tu pourras effectuer les transferts.

– Mais oui, man, absolument. On sera prêts à y aller.

– D'accord. Reste où t'es.

La lumière bleue s'éteignit.

CHAPITRE 38

– Un demi-million, dis-je une fois que Reed eut raccroché et se fut éloigné de son bureau en essuyant la sueur de son front d'un revers de main. Vous avez transféré un demi-million pour lui la semaine dernière ?

Le visage de Reed s'effondra immédiatement. Je crus un instant qu'il allait essayer de mentir alors même que nous avions tous entendu Gaglionci mentionner ce transfert, mais il finit par se résoudre à le reconnaître.

– D'où provenait cet argent ?

– Je n'en sais rien.

– Reed…

– Honnêtement, je ne peux pas vous le dire. Le compte d'origine était anonyme, ce n'était qu'un numéro.

– Et c'est habituel ? Que Gaglionci transfère des sommes pareilles ?

Il fit non de la tête.

– Je n'avais jamais manipulé un montant aussi élevé pour lui.

– Quel jour l'argent a-t-il été versé ?

Il se lécha les lèvres, baissa les yeux, garda le silence une trentaine de secondes pour consulter son calendrier mental, puis annonça :

– Le 20 octobre.

Le 20 octobre.

– Tu comprends ? dis-je à Joe. C'est le jour…

– Où Jefferson a été assassiné.

– Non. Le lendemain de l'assassinat. C'est Gaglionci qui l'a tué. Il a assassiné Alex Jefferson et quelqu'un l'a payé pour le faire.

Joe fronça les sourcils.

– Peut-être pas. Ils ont peut-être soutiré plus de cinquante mille dollars à Jefferson.

– Penses-tu ! Jefferson n'est pas riche au point de perdre un demi-million sans que personne s'en aperçoive. Les flics ont épluché tous ses comptes. S'ils se sont aperçus qu'il manquait cinquante mille, tu peux parier ton cul que cinq cent mille leur auraient pas échappé.

– Mais c'est Jefferson qui a employé Gaglionci.

– Oui, lui dis-je. Et on dirait que quelqu'un a surenchéri. Doran l'avait déjà fait, en lui promettant de soutirer plus de fric à Jefferson. Mais ce n'était peut-être pas le seul.

Un demi-million de dollars versés le lendemain de l'assassinat de Jefferson. Sans que Doran soit au courant. Il ne pouvait pas le savoir. Je le revis au bord du lac écarter les mains et dire « Avec quel fric ? » quand je lui avais conseillé de prendre la fuite. Cinq cent mille dollars, c'est une petite fortune. Je ne voyais pas Doran continuer à traîner en risquant de se faire prendre et de retourner en taule juste pour en demander un peu plus.

– Il manipule Doran comme il me manipule, moi, dis-je. Il n'a montré son visage à personne, mais Doran, lui, s'est exposé. Il a pris un risque et c'est exactement ce que voulait Gaglionci.

– Donny Ward pouvait l'identifier, ajouta Joe. Le relier à ce qui était arrivé à Doran. Puis on a envoyé les flics chez lui et tu as dit à Doran…

– Que j'étais au courant pour Ward. Gaglionci l'aura sans doute tué, car en se débarrassant de lui, il éliminait son dernier lien avec l'argent.

Plus j'y pensais, plus les implications de ce que Reed venait de nous dire m'apparaissaient clairement. Au début, c'est Doran qui m'avait inquiété, puis ç'avait été Doran et son complice, mais cette révélation montrait que je ne me doutais pas qu'il y avait un autre larron. Quelqu'un d'autre trempait dans cette affaire, et c'est à lui qu'obéissait Gaglionci.

– Qui l'a payé ? demandai-je.

Ni Joe ni moi n'avions la réponse. Nous restâmes un moment silencieux, sous le regard craintif de Reed et l'impassibilité habituelle de Thor. Joe finit par hocher la tête.

– Il faut nous préparer. Il nous envoie quelqu'un. L'un de nous devrait attendre dans le garage ou dans la rue, observer qui arrive et prévenir ceux qui sont ici.

– Vous pouvez vous en charger? demanda Thor.

– Oui. Je vais sortir ma voiture du garage. Ils sont sans doute capables de la reconnaître, maintenant. Il ne faut pas que je sois trop près. J'irai la garer ailleurs et je reviendrai à pied.

– Bien.

Joe sortit ses clés, tourna les talons et se dirigea vers la porte. Il s'apprêtait à l'ouvrir quand je l'arrêtai.

– Gaglionci était chez les Heath avec Alex Jefferson et Fenton Brooks, lui dis-je. Jefferson a dit à la police qu'il était un intermédiaire entre Brooks et la famille Heath. Pour des raisons d'assurance et de responsabilité.

– Oui, sauf que Fenton est mort.

– Mais pas son fils. À combien t'évalues la fortune de cette famille?

– Oh je ne sais pas, l'entreprise Brooks Biomedical doit valoir… une centaine de millions? Un milliard peut-être. C'est énorme.

– Exact.

La main sur la poignée, il me fixa des yeux.

– Gaglionci touche un demi-million le lendemain du meurtre de Jefferson et ça ne peut pas être une coïncidence, repris-je. Je ne vois pas comment ça se pourrait. Le paiement est lié à Doran et Jefferson, mais aussi à la famille Brooks. Ce sont les seuls dans cette affaire à disposer d'une telle fortune.

– Tu penses que Fenton a aidé à protéger Matt Jefferson?

– Peut-être. Matt était un ami de la famille et le fils de son meilleur avocat. C'est Fenton qu'Alex Jefferson a appelé en premier.

Joe lâcha la poignée et se retourna complètement, l'air pensif.

– Je serais assez d'accord, dit-il, si nous ne nous intéressions qu'au passé. Je comprendrais la logique. Un peu poussée, mais possible. Mais aujourd'hui, quel sens ça aurait? Pourquoi Paul Brooks ferait-il descendre Jefferson? S'il était au courant pour Doran, il tenait Jefferson. Et pas le contraire. Jefferson ne représentait aucune menace pour lui.

C'était vrai. Si Fenton Brooks avait sciemment aidé Jefferson à couvrir un meurtre, le révéler pouvait noircir sa réputation et embarrasser sa famille. Mais Jefferson n'aurait jamais pu le dévoiler : pour noircir la réputation de Fenton, il devait s'accuser du même crime et avouer que son fils était le meurtrier. Jefferson devait savoir quelque chose qui effrayait Paul Brooks, mais quoi ?

– On s'est trompé de gamin de riche, dis-je.

– Quoi ?

– Paul Brooks, Joe. Si c'était lui qui avait tué la fille ?

– Je ne comprends pas comment tu arrives à cette conclusion.

– Le soir où la fille a été étranglée, Matt Jefferson a appelé son père, qui a appelé Fenton Brooks.

– Pour vérifier l'histoire que lui avait racontée son fils. Pour comprendre ce qui s'était passé.

– Et qui nous a raconté ça ?

Il acquiesça d'un petit hochement de tête.

– Paul Brooks.

– Exactement. Et un jour après ces coups de fil, Matt change de version et implique Doran. Peut-être que ce n'était pas pour se couvrir, peut-être qu'il couvrait quelqu'un d'autre, mais ce n'était pas Doran. C'était le fils du client le plus riche de papa.

– C'est un peu hâtif comme conclusion.

– Matt a écrit au procureur pour lui dire qu'il refuserait de témoigner. Pourquoi faire ça, pourquoi risquer d'attirer ainsi l'attention s'il était coupable ? Son papa l'aurait mieux conseillé. S'il s'agissait seulement de sauver son cul, il aurait patiemment attendu en croisant les doigts que Doran accepte le plaider coupable. Quand il est revenu dans l'Indiana, il a rompu les ponts avec son père. Mais il ne fuyait peut-être pas. En tout cas, il ne fuyait pas ce qu'on croyait. Il fuyait peut-être seulement la culpabilité et ne voulait plus voir son père en raison de ce qu'il l'avait persuadé de faire.

– Très hâtif comme conclusion, répéta Joe, et comme je ne répondais pas : Mais les Brooks pourraient avoir l'argent. Ça, c'est certain. Paul Brooks dispose de sommes pareilles.

– Et Gaglionci est lié à tout ce qui est arrivé à Doran. Il a joué un rôle clé dans l'affaire. Si quelqu'un pouvait savoir comment tirer du fric en montant Brooks contre Jefferson, c'est bien lui.

La pièce replongea dans le silence. Thor était impassible, mais

Reed nous observait avec intérêt, la peur avait laissé un peu de place à la fascination.

– Va-t'en, Joe, lui dis-je. Va déplacer la voiture et attends qu'un de ces mecs se pointe. Tu ne reconnaîtras pas Gaglionci, mais avertis-nous si quelqu'un lui ressemble, même vaguement. On débrouillera le reste après avoir récupéré Amy.

Il sortit et il ne resta plus que Thor, Reed et moi dans l'appartement. Je m'approchai de la porte, m'assis par terre, le dos au mur et le pistolet sur les genoux. J'éprouvais le genre de sentiment qu'on a quand tout ce qu'on tient pour vrai s'effondre soudain.

***

Une heure passa, puis deux, et personne ne se montra. Joe appela trois fois pour de fausses alertes. Je commençais à me demander si nous avions raté notre coup et si Gaglionci avait flairé un piège. Je restais contre le mur, changeais de position de temps en temps, mais je ne m'éloignais pas de la porte. Reed – à présent habillé et le sang nettoyé sur son visage au cas où il aurait besoin de se montrer – était toujours dans le salon en contrebas, où l'on pouvait le surveiller. Thor restait debout, de l'autre côté de la porte. Il ne s'était pas assis, ne faisait pas les cent pas, ne s'étirait même pas. Il se contentait de rester planté sur place.

Cette attente me pesait. Pendant la journée, j'avais trouvé une diversion temporaire dans les moments de confrontation, d'action, et dans les diverses besognes à accomplir qui me permettaient d'éviter de penser à ce qui risquait d'arriver si j'échouais. J'avais toujours gardé Amy à l'esprit, même quand je m'étais pris des coups de chaîne à la tête sur le sol de Chez Cujo, et dans la tension de ces moments elle représentait un but, elle me rappelait pourquoi je devais me relever. Mais pendant cette attente, la peur reprenait ses droits. Avec le tic-tac des minutes vides, je me mis à imaginer des choses que je n'osais pas envisager, à entrevoir toutes les possibilités atroces que j'avais mises de côté dans le feu de l'action.

Nous attendions depuis près de deux heures et demie quand Joe appela une nouvelle fois.

– Une autre voiture vient d'entrer dans le garage. Une petite voiture de sport, je crois que c'est une Mazda.

– D'accord.

Je raccrochai et répétai cette information à Thor, qui ne prit même pas la peine de hocher la tête. Plusieurs minutes s'écoulèrent et alors que je me disais que la Mazda était une autre fausse alerte, Thor parla :

– Ascenseur.

Je fronçai les sourcils et m'accroupis en tendant l'oreille. Je n'avais rien entendu. Quelques minutes plus tard, nous entendîmes le carillon signalant l'arrivée de l'ascenseur au niveau du penthouse. Je ne sais pas ce que Thor avait entendu avant, mais il ne s'était pas trompé.

L'interphone sonna et je fis signe à Reed. Il se dépêcha de traverser, les pieds claquant sur les carreaux de céramique, et il appuya sur un bouton.

– Oui ?

– Ouvre.

La voix était dénaturée ; il s'agissait peut-être de Gaglionci, mais peut-être pas. Reed se tourna vers moi et j'acquiesçai. Il appuya sur un autre bouton et j'entendis le loquet de l'entrée. J'avais suivi les conseils de Thor et décidé de laisser le hall d'entrée vide, nous attendrions à l'intérieur de l'appartement.

J'étais agenouillé contre le mur, Thor en face de moi, quand je vis la poignée tourner et la porte s'ouvrir d'un coup. Thor surgit et bondit en position de combat, Andy Doran entra dans la pièce, vit le Glock braqué sur son cœur et eut juste le temps de dire « Ben merde alors ! » avant que je me dresse derrière lui et lui assène un coup de crosse sur la nuque.

CHAPITRE 39

– Vous n'avez nulle part où aller, Doran, lui dis-je. Autant vous détendre et prendre vos aises.

Tombé face la première sur le carrelage, il restait allongé, inerte, mais ses pieds s'agitaient comme s'ils tentaient de s'éloigner du reste de son corps. Je me baissai, pris l'arme dans son holster d'épaule sous sa veste et la tendis à Thor qui la glissa dans sa ceinture. Il lui fallut quelques secondes, mais Doran finit par rouler sur le côté, les yeux plissés de douleur ; il nous dévisagea ainsi tandis que son esprit groggy essayait d'analyser la situation. Il fit un effort pour se redresser et s'asseoir, puis il se glissa la main sur la tête et sentit l'endroit où je l'avais frappé à la nuque.

– Je vous le devais bien, lui dis-je. Et c'est pas fini.

Il glissa le bras le long de son corps et je sus qu'il vérifiait l'absence de son Colt. Il fit un petit signe de tête, se glissa et s'adossa au mur. Nous le laissâmes faire. Il passa le bout de sa langue sur sa lèvre en sang, souvenir de son visage rebondissant contre le sol.

– Où est-elle ? lui demandai-je.

Il goûta le sang sans me répondre. Thor, debout et silencieux, jouait avec son cran d'arrêt en faisant buter la lame contre son pouce. La répétition de ce bruit étouffé forçait Doran à garder les yeux rivés sur le couteau.

– Vous ne sortirez pas de cette pièce avant de nous l'avoir dit, Doran. Vous êtes vraiment prêt à vous sacrifier pour un type comme Tommy Gaglionci ?

Doran se tourna vers moi. La peau tendre sous son œil avait déjà rougi et commencé à enfler. Il ne dit rien.

– Répondez-moi honnêtement, Doran. Une seule réponse et je

pense pouvoir vous fournir des explications qui vont beaucoup vous intéresser. Gaglionci a-t-il tué Jefferson ?

Il se frotta la nuque, se tourna vers Thor et regarda cette lame qui entrait et sortait, encore et encore. Sans dire un mot.

– D'accord, lui dis-je. Vous voulez être loyal. C'est très bien, mon gars. Je vais vous poser une autre question. Gaglionci a-t-il tué Donny Ward ?

Son regard me revint, rapide et perçant, mais il ne dit toujours rien.

– Eh oui, Doran, Ward a été assassiné. La nuit dernière. Et la police a obtenu un mandat d'arrêt contre le type qu'elle soupçonne d'avoir fait le coup. Et ce type, c'est moi. Le problème, c'est que je n'ai pas tué Donny. Je ne pense pas que vous soyez coupable non plus, mais je suis à peu près certain que c'est votre complice. Vous ne sauriez pas pourquoi, par hasard… hormis le désir de m'incriminer ?

Doran se contenta de se tourner vers le couteau de Thor et de lécher le sang sur ses lèvres.

– C'est parce que les flics étaient déjà allés voir Donny et que Gaglionci ne pouvait pas laisser faire, poursuivis-je. Donny Ward aurait pu l'identifier comme étant le type qui vous a envoyé en prison. Gaglionci était allé voir Donny, avait flingué son chien, menacé de s'en prendre à sa fille après lui avoir offert une grosse somme d'argent, tout ça pour s'assurer qu'il détruise votre alibi.

Cette remarque lui fit enfin ôter les yeux du cran d'arrêt. Il inclina la tête et oublia un instant le sang qui lui coulait sur la lèvre.

– L'été où vous avez été arrêté, Alex Jefferson est venu le voir, dis-je en montrant Reed, et lui a demandé de trouver quelqu'un pour l'aider à accomplir quelques besognes déplaisantes. Le genre de besognes auxquelles la police risquait de s'intéresser. Ce type l'a mis en contact avec Gaglionci, qui est ensuite allé voir Donny Ward, puis, en se faisant passer pour un détective, chez la famille Heath, le jour avant que les flics retrouvent le slip de la fille dans votre mobile home. Quand vous vous êtes évadé et que vous avez mis la pression sur Jefferson, il est retourné voir Gaglionci. Et comme vous me l'avez dit, Jefferson l'a utilisé pour vous descendre. Mais Gaglionci n'est pas votre associé, Doran. Il vous a déjà envoyé une fois en taule et il espère le faire une deuxième fois.

Je montrai Reed du doigt.

– Dites-lui quelle somme vous avez transférée pour Gaglionci le 20 octobre.

– Cinq cent mille dollars.

Reed avait l'air malade. Il venait de faire un pari aussi risqué que désagréable : donner un tueur comme Gaglionci pour faire plaisir à un autre tueur – Thor.

– Vous avez entendu ? demandai-je à Doran. Un demi-million. Voilà la somme dont dispose votre « complice ». Et vous en avez vu la couleur ? Combien avez-vous touché ?

– Pas un centime.

– C'est bien ce que je pensais. Il a perçu cet argent le lendemain de l'assassinat de Jefferson, figurez-vous. Le jour après qu'il l'a tué.

– Qui l'a payé ?

– Je n'en suis pas encore sûr, mais j'ai mon idée. Si j'ai raison, le type qui l'a payé est celui qui aurait dû aller en taule à votre place.

– Le fils de Jefferson.

Je lui fis non d'un signe de tête.

– Qui alors ?

– Je vous le dirai quand j'aurai retrouvé Amy. Mais il est bien évident que quelqu'un l'a payé pour le faire. Vous n'avez pas vu le blé, vous ne vous êtes pas vengé. Vous vous êtes simplement fait avoir. Et lui, pendant toute cette histoire, a-t-il pris le moindre risque ? Il vous a envoyé au front, il vous a fait prendre les risques et s'il n'arrive pas à tout me mettre sur le dos, il se débrouillera pour le mettre sur le vôtre. C'est la seule raison pour laquelle il vous a laissé en vie si longtemps. Il vous a utilisé pour aller sur le terrain, pour vous occuper de moi, garder un œil sur les flics, et maintenant, il veut utiliser votre empreinte pour son argent. Voilà ce qu'il a prévu. Il a kidnappé une femme, ce qui vous a envoyé dans un piège. Vous avez encore envie de le couvrir ?

Doran, les yeux baissés, digérait le tout sans un mot. Mais je n'avais pas le temps de le laisser réfléchir, il était trop tard.

– Voilà qui vous protégez, l'homme qui vous a envoyé en prison. Vous n'êtes pas obligé de me croire, pas un mot si vous le voulez, mais moi, je dois récupérer Amy.

Je tendis la main vers Thor et lui montrai le couteau. Il me regarda curieusement, puis me le donna. Le manche était tiède. Il ne restait aucune trace du sang de Reed sur la lame. Il l'avait nettoyée.

– On pourrait rester ici longtemps, Doran, et je pourrais vous faire tout ce que vous vouliez faire à Jefferson. Je le ferais et je me justifierais en pensant à Amy, comme vous vous êtes justifié en pensant à Monica Heath. Je me convaincrais aussi facilement que vous et peut-être que ça marchera mieux pour moi.

Doran leva la tête.

– On va la libérer, puis vous me direz qui c'est.

– Quoi ?

– On va récupérer votre amie, je m'occuperai de Gaglionci, puis vous me direz qui l'a payé. Je dois le savoir. Je le saurai. Parce que si cette affaire se règle ce soir, c'est moi qui dois y mettre le point final.

Nous quittâmes l'appartement avec Doran, sans l'attacher. Avant d'ouvrir la porte, Thor plia son couteau, le rangea dans sa poche, se gratta le nez d'un doigt ganté et fixa Reed des yeux.

– Vous avez pris de très bonnes décisions aujourd'hui, dit-il. Meilleures que précédemment. Il en reste une autre. Nous partons et vous avez de nombreuses solutions pour gérer ce qui s'est passé aujourd'hui. Je vous recommande de m'oublier complètement, je ne suis jamais venu chez vous.

Reed acquiesça.

– Je ne veux jamais vous revoir, dit Thor. Je ne veux même pas que vous prononciez jamais mon nom.

– C'cst d'accord.

– Une bonne décision de plus, conclut Thor.

* * *

Joe nous attendait dans le garage. Il avait ramené la Taurus et nous avait vus arriver avec Doran. Il me montra du menton la voiture garée à côté de mon pick-up, une petite Mazda de sport RX-8.

– Il est venu avec ça, et il était tout seul.

– Bien.

– Tu sais où elle est ?

– Avec Gaglionci. Pas loin de Geneva. Doran va nous y conduire.

C'est ce qu'il avait accepté de nous dire dans l'appartement, que Gaglionci l'attendait près de Geneva, dans un coin qu'il avait repéré depuis des semaines. Il n'avait pas voulu en dire plus, il voulait nous montrer lui-même.

Joe fronça les sourcils.

– Pourquoi ne nous dit-il pas où elle est ?

– Il refuse.

– Si je vous le dis maintenant, vous allez appeler les flics et des centaines vont rappliquer là-bas, lui expliqua Doran. Vous pouvez faire ça si vous voulez, mais ce serait une perte de temps. Et vous n'en avez pas beaucoup. Gaglionci sait combien de temps il me faut pour venir ici et revenir. Si je suis en retard d'une heure ou deux, il saura qu'il y a quelque chose qui cloche et il réagira. Et on n'a pas envie de provoquer des réactions chez des types comme lui.

J'acquiesçai d'un signe de tête. Doran n'avait pas tort sur le risque de faire paniquer Gaglionci.

– D'accord, vous allez nous y conduire. Joe conduira et vous vous assiérez à côté de lui.

Je montrai Thor du doigt. J'avais fait attention à ne jamais prononcer son nom devant Doran.

– Et lui sera à côté de vous. Le moindre geste non autorisé vous sera extrêmement douloureux.

Thor ne semblait pas satisfait.

– Quoi ? lui demandai-je.

Il m'indiqua la RX-8.

– Gaglionci attend cette voiture. Il ne va pas considérer la vôtre de la même manière. La Mazda le mettra en confiance.

C'était sacrément bien vu.

– C'est vrai. D'accord, on prend sa voiture. On ira plus loin avec.

– Il montera avec vous et votre coéquipier, dit Thor en désignant Doran, je vous suivrai dans celle-là. Si nous sommes tous dans le même véhicule, il peut tenter de provoquer un accident. En vous suivant, je m'assurerai qu'il meure s'il fait la moindre tentative.

Doran se tourna vers Thor, l'air impressionné. Il avait été dans l'armée, mais il n'avait sans doute jamais eu un sergent aussi froidement efficace.

– Vous avez entendu, dis-je à Doran. Donnez-lui les clés.

Il les sortit de sa poche, les lança à Thor, puis il monta devant dans la voiture de Joe, quand je le lui indiquai d'un mouvement de mon arme. Je la rangeai tandis que Joe sortait son Smith & Wesson d'une main et ses clés de l'autre.

– Conduis, me dit-il. Je me mettrai derrière et le surveillerai.

Je fus surpris, mais je compris bientôt : il n'avait qu'un bras valide et si Doran avait l'intention de provoquer un accident, il lui serait plus facile de le faire avec Joe qu'avec moi. Ni Joe ni Thor n'avaient confiance en Doran et ses bonnes intentions. Je me mis au volant de la Taurus, Joe s'assit sur la banquette arrière, derrière Doran, et braqua son arme sur lui. Nous quittâmes le garage, Thor nous suivait dans la voiture de Gaglionci.

– L'endroit où vous nous emmenez, dis-je à Doran, vous y êtes déjà allé depuis votre évasion ?

– Oui.

– C'est un coin sûr, dans ce cas.

– C'est vide. Depuis des années. C'est une espèce de terrain de camping. Mais c'est fermé depuis longtemps. Il y a de vieux bungalows. Il y avait un lac dans le temps, mais le gouvernement a éventré le barrage parce qu'il menaçait de craquer. C'était il y a des années.

Je fus surpris qu'il nous donne tant de renseignements, mais ça ne m'avançait guère. J'aurais pu téléphoner aux flics et leur dire de trouver un ancien camping près de Geneva et d'appeler le SWAT [1], mais nous serions arrivés avant eux.

– Comment avez-vous trouvé Gaglionci ? lui demandai-je.

– Jefferson l'avait envoyé pour me livrer la première somme d'argent. Il m'a expliqué ce qu'il en était vraiment, que Jefferson l'avait payé pour me descendre. Et il m'a dit que Jefferson était trop riche pour que je me contente de cinquante mille dollars.

– C'est ce que vous lui aviez extorqué ?

– Je lui avais dit qu'avec ça, il achetait une semaine de vie en plus à son fils.

1. Acronyme de Special Weapons and Tactics, unité de police spécialisée dans les opérations paramilitaires dans les villes.

– Vous étiez sérieux ? Vous auriez tué son fils ?

Doran réfléchit quelques instants.

– Peut-être. J'y ai beaucoup pensé. Tout le temps, en fait. Parce que… j'ai quand même été enfermé à sa place, vous savez ? Et il a tué Monica. Et en fin de compte, c'était ça qui comptait. Personne ne s'est avoué coupable. Mais est-ce que je serais allé jusqu'au bout, est-ce que je l'aurais vraiment tué si Jefferson m'avait obéi et n'avait pas fait appel à Gaglionci ? Peut-être pas. Si j'avais eu l'argent en poche… peut-être pas.

– C'était l'idée de Gaglionci de s'associer à vous et de chercher à soutirer plus d'argent ?

– Oui. Je ne savais pas jusqu'où je pouvais monter avec Jefferson, mais lui le savait.

– Et vous n'avez jamais vu la couleur de ces cinquante mille ?

– Jamais. Il m'a dit que c'était ce qu'il avait reçu pour me tuer et qu'il le gardait. Et qu'il pouvait obtenir beaucoup plus.

– Lui le pouvait. Mais il vous a oublié en route et les cinquante mille n'ont servi qu'à m'incriminer. Comment a-t-il mis mes empreintes sur les billets ?

– C'est moi qui l'ai fait. Le soir où je vous ai enlevé dans la rue. Il m'avait dit comment m'y prendre : il suffisait de mettre les billets dans votre main et d'appuyer sur vos doigts quand vous étiez dans le cirage. Ce n'était pas sorcier.

Pas sorcier du tout, mais bizarrement, je n'y avais jamais songé.

– Et qui c'est, ce type ? me demanda Doran en me montrant Thor dans le rétroviseur.

– Quelqu'un avec qui je travaille de temps à autre.

Il ricana en hochant la tête.

– Ben voyons, Perry. Vous êtes détective privé. Ce type est un guerrier. J'en ai croisé quelques-uns dans ma vie.

– Et Gaglionci ? lui demandai-je.

Ses yeux se posèrent sur moi, puis sur le ruban noir de la route devant nous.

– Lui aussi, c'en est un.

CHAPITRE 40

J'expliquai à Doran que je voulais m'arrêter quelques kilomètres avant le repaire de Gaglionci. Sur la fin du parcours, dans les petites routes de campagne tortueuses bordées d'arbres, je craignais qu'il ne me dise pas où stopper, que l'histoire du camping ne soit un mensonge, qu'il ne parvienne à avertir Gaglionci et que nous ne soyons repérés avant même d'arriver. Doran me fit tourner dans un petit chemin qui semblait appartenir à une ferme, avec un rond-point gravillonné permettant de faire demi-tour.

– C'est à un petit kilomètre d'ici. Y a un chemin sur la gauche et après, une grande pancarte et un portail dans le style imitation ranch du Far West. Puis il y a un vieux mobile home à l'entrée, l'ancien bureau, et des dalles en ciment un peu partout où se garaient les camping-cars.

– Il est dans le mobile home ?

– Non. Il y a cinq ou six bungalows au bord de l'ancien lac. Il est dans l'un d'entre eux.

On frappa à ma vitre. Thor. J'ouvris la portière et le rejoignis, suivi de Joe et de Doran, puis j'expliquai la situation au Russe, qui resta silencieux.

– Vous aviez raison pour la voiture, dit Joe. La question est maintenant de savoir comment l'utiliser au mieux. On pourrait entrer dans le camp dans celle de Doran. Se servir de lui pour faire sortir Gaglionci.

– On ne devrait pas être dans la même voiture. Si ça tournait mal, on serait tous piégés au même endroit.

– C'est vrai. Qu'est-ce que vous suggérez ?

Thor s'écarta et examina les pins qui se balançaient au-dessus de nos têtes.

– Peut-on entrer dans le camping par l'arrière ? Par les bois ou en contournant le lac ?

Tous les regards se dirigèrent sur Doran, qui acquiesça.

– Une ancienne voie de chemin de fer longe le camping. Y a bien une clôture entre les rails et le camp, mais le grillage a été arraché à plusieurs endroits. Si vous trouvez des rails, vous pouvez sans doute les suivre pour rejoindre le camp à pied.

Thor apprécia cette idée. Il hocha brièvement la tête.

– Je conduirai. On trouvera les rails et vous les suivrez tous les deux jusqu'au camp.

Je fis la grimace.

– C'est moi qui devrais conduire. C'est sans doute le conducteur qui aura affaire à Gaglionci et…

– Et je saurai mieux m'y prendre que vous, dit Thor.

Ses yeux semblaient moins pâles, mais ils étaient rivés aux miens. Cette bataille n'avait rien de personnel pour lui, mais il était venu m'aider et il avait raison : il saurait mieux s'y prendre. Je songeai à objecter, mais son regard implacable me découragea. Nous étions venus sauver Amy. Si Thor représentait notre meilleure chance, il fallait procéder ainsi.

– D'accord.

– Je vais avec eux ou avec vous ? demanda Joe.

– Ni l'un ni l'autre.

Joe était furieux. Il était déjà resté dans le garage quand nous étions allés chez Reed et voilà que Thor l'excluait à nouveau. Il n'aimait pas être mis sur la touche.

– Il y a une seule issue, expliqua Thor. Si les choses se gâtent et que Gaglionci réussit à partir, avec la femme si ça se trouve, qui l'arrêtera ? Prenez votre voiture et bloquez la sortie derrière moi. Personne ne pourra partir sans passer par vous, c'est nécessaire.

– D'accord.

L'expression de Joe avait changé et il acquiesça. Thor avait raison, naturellement. Dans ce genre de situation, Thor avait toujours raison.

– Bon, dis-je. Je suivrai les rails avec Doran. Mais comment va-t-on minuter ça ? Vous devriez attendre qu'on soit arrivés et on ne sait pas combien de temps ça va prendre.

Thor se tourna vers Doran, qui haussa les épaules.

– Ça dépendra d'où on rejoindra les rails, dit-il. Le seul endroit que je connaisse, c'est pas loin de là où ils traversent la route, un peu plus avant.

– J'attendrai vingt minutes, dit Thor. Une fois dans le camping, je le trouve où ?

– Y a des bungalows tout autour du lac. Il est dans le troisième sur la droite. La copine de Perry aussi.

Nous revînmes au croisement des rails, à quatre cents mètres environ. Thor gara la RX-8 sur le bas-côté, dans un tas de mauvaises herbes, et je me rangeai derrière lui. Doran et moi descendîmes de la Taurus, je me tournai vers Joe et lui passai les clés.

– À bientôt.

– Ouais, méfie-toi de Doran, Lincoln.

– T'en fais pas.

Thor me regarda.

– Vingt minutes.

– D'accord.

Doran et moi suivîmes la voie, sur un chemin sinueux de graviers blancs strié de vieilles traverses en bois qui disparaissaient dans l'obscurité. Il ne fallut que très peu de temps pour sortir du premier virage et perdre de vue Thor et Joe.

* * *

La ligne était manifestement désaffectée depuis des années, on en avait même ôté les rails. Il ne restait que la piste de graviers et les traverses. Un boulon rouillé roulait parfois sous nos chaussures, mais nous avancions à une allure soutenue. Doran me devançait et progressait aisément, sans même regarder où il posait les pieds. La pluie avait cessé, mais l'air restait frais. Mon haleine fit de la buée pendant seulement quelques minutes, puis soit elle se refroidit assez pour ne plus réagir à l'air, soit il fit trop sombre pour que je puisse la remarquer.

L'odeur de terre et de feuilles humides qui montait de la forêt me rappela la véranda dans le vignoble de Paul Brooks, quand Joe et moi avions écouté et cru ses habiles mensonges. Nous avions gobé ses histoires et avions perdu des jours précieux à poursuivre des recherches qui avaient abouti à ceci : Amy avait été piégée par un tueur professionnel pour qui le temps était compté. Quant au coût de ce délai… Je hochai la tête et allongeai le pas. Je ne pouvais pas me permettre de penser au coût potentiel.

– On n'est plus très loin, m'annonça Doran un quart d'heure après notre départ.

– Comment le savez-vous ?

– La barrière. Sur la gauche.

Je plissai les yeux, scrutai l'obscurité et ne vis rien. La dernière fois que j'avais fait vérifier ma vue, elle était supérieure à dix sur dix, pourtant je n'avais pas la moindre idée de ce que voyait Doran. Nous fîmes encore une bonne trentaine de pas avant que je distingue enfin une clôture en fer déglinguée qui, trouée par endroits, longeait la voie et la séparait des arbres du camping.

Nous pénétrâmes dans les hautes herbes mortes. En dépit de l'humidité, elles craquaient et crissaient sous nos pieds, la forêt semblant trop silencieuse et nos pas trop bruyants. J'imaginai Gaglionci à l'intérieur d'un des bungalows, dressant la tête en nous entendant approcher et s'emparant de son arme.

Le fil de fer avait été écrasé et la clôture pendouillait à soixante centimètres du sol. Doran posa le pied dessus et je le suivis. Sur ma droite, je distinguai le bassin de l'ancien lac où des roseaux et de hautes herbes avaient remplacé l'eau. Les structures noires des bungalows se détachèrent sur la rive opposée. Nous nous en approchâmes en contournant le lac ; le chemin en graviers du camp se déroulait comme un ruban clair dans l'herbe sombre.

Nous arrivâmes au bord du lac, à l'arrière des bungalows. Doran avait dit que Gaglionci était dans le troisième, j'en vis six, tous flanqués de petites vérandas qui s'avançaient dans le bassin du lac et dont le bois devait être pourri après des années d'abandon. Je fis quelques pas en arrière et observai le chemin. À l'entrée, je reconnus la forme du mobile home dont avait parlé Doran, mais au-delà le noir engouffrait tout. Et toujours aucun signe de Thor.

Nous arrivâmes à côté du premier bungalow, sombre et vide, avec, derrière, des vieux débris et détritus. J'enjambai une bouteille de gaz abandonnée en m'approchant de la fine bande d'herbe entre la cabane et la véranda. Je devançais Doran de quelques pas, mais je ne l'entendais pas. Chacune de mes respirations me semblait horriblement forte, mais lui ne produisait pas un son. Un bosquet de pins séparait le premier et le deuxième bungalow. J'écartai les branches des arbres pour passer, Doran se contentant de se baisser et de les esquiver. Les aiguilles me laissaient des traces résineuses sur les mains. Nous étions derrière la deuxième cabane lorsque la lumière de la troisième devint visible.

– C'est là ?

Doran ne me répondit pas. Il s'arrêta et posa un regard méfiant sur le bungalow.

– Quoi ? demandai-je en un murmure rauque.

– Il sait.

– Gaglionci ?

Doran acquiesça en se baissant. Il s'accroupit, s'intéressa à nouveau à la route et au mobile home, puis il tordit le cou pour regarder les autres bungalows. Je m'agenouillai à côté de lui.

– Qu'est-ce que vous racontez ?

– La lumière. Il n'aurait jamais laissé la lumière allumée dans la cabane. On avait aveuglé les vitres avec des bouts de tissu. Il ne les aurait jamais enlevés sauf s'il voulait faire croire qu'il était à l'intérieur. Il a installé un piège au cas où je ne reviendrais pas tout seul.

Des phares apparurent sur la route derrière nous. C'était Thor. Je le reconnus à l'emplacement des codes, très bas, signe d'une petite voiture. Doran avait sous-estimé le temps nécessaire pour suivre la voie ferrée. Nous avions marché vite et étions arrivés juste avant Thor.

– Merde, murmurai-je, ça va trop vite.

Doran garda le silence. Baissé, je me glissai contre le mur du deuxième bungalow après qu'il eut été balayé par les phares de la RX-8. Thor conduisait lentement. Je m'agenouillai au bord de la cabane. Quelques bardeaux tombés du toit jonchaient le sol, je les poussai, plantai fermement mon pied gauche, agrippai mon pistolet à deux mains et posai mes avant-bras sur mon genou. Thor avait garé la RX-8 devant le troisième bungalow, mais n'en était pas encore descendu et laissait le moteur tourner. Les phares éclairant l'extérieur de la cabane, je me penchai pour mieux voir. Rien ne changea. La porte resta fermée, la lumière allumée. Si Doran avait raison et que Gaglionci avait changé d'emplacement, nous étions dans un sale pétrin. Nous avions complètement loupé l'effet de surprise à présent : Gaglionci avait forcément vu la voiture.

– Où peut-il être ? demandai-je à Doran.

Je me retournai à temps pour voir que ce dernier était à plusieurs mètres de moi et se faufilait entre les grands roseaux de l'ancien lac. Je me levai pour le suivre, mais entendis à ce moment-là le moteur de la RX-8 vrombir et les gravillons voler sous les pneus, tandis que Thor accélérait. Je fis volte-face pour suivre l'action.

Il roula en marche arrière, à fond sur quelques mètres, puis il braqua et dérapa face au mobile home. Il avait allumé les pleins phares et le faisceau était maintenant dirigé droit sur Gaglionci qui sortait des arbres au-dessus de la route et épaulait un fusil.

Les phares avaient été une bonne idée, une tentative visant à désorienter Gaglionci, mais celui-ci réussit tout de même à armer et tirer, arrachant des fragments de fibre de verre et de métal sur l'avant de la RX-8.

Je brandis mon Glock et tirai, mais j'étais bien trop loin pour un pistolet et n'avais aucune chance de l'atteindre. Il entendit le coup de feu, qui avait projeté des gravillons à ses pieds, il me visa et tira un autre coup de fusil, qui fit exploser des bouts de bois de la cabane tout autour de moi.

Je me précipitai vers l'arbre le plus proche, à quelques mètres, me collai contre le tronc et surveillai la route. La RX-8 ne bougeait plus, de la fumée s'échappait du capot. Le dernier tir avait peut-être endommagé une pièce et cloué la voiture. Je guettai le moment où la portière allait s'ouvrir et où Thor sortirait, ou riposterait, au moins. Au lieu de ça, je ne voyais que le filet de fumée. Le pare-brise était cassé, et Thor avait disparu.

Je roulai sur le côté et cherchai Gaglionci sur la route. Une ombre s'agita dans les arbres, puis disparut. Il s'approchait de moi dans la forêt et je n'y voyais strictement rien. J'étais dans une mauvaise position, adossé à la cabane avec un arbre pour tout abri. Je pouvais m'avancer et m'enfoncer dans les bois en direction de Gaglionci, ou, comme Doran, essayer de passer derrière la cabane.

Je venais juste d'opter pour la seconde solution quand j'entendis le moteur de la RX-8. Je me retournai à temps pour voir les roues coller aux graviers et la voiture se ruer vers les arbres où j'avais aperçu Gaglionci. On ne voyait personne au volant. Thor devait s'être tapi sous le tableau de bord ; il se servait de la voiture comme d'une armure et conduisait à l'aveuglette.

Gaglionci fit le tour d'un arbre à moins de dix mètres de moi et tira une nouvelle fois, faisant voler en éclats ce qui restait du pare-brise, mais la voiture ne ralentit pas. Il hésita une seconde avant de replonger dans les arbres, puis Thor braqua à nouveau et la voiture percuta les pins sur le côté.

Tout fut calme pendant quelques secondes. La fumée qui s'échappait du capot s'épaississait, le radiateur était sans doute percé, les phares dessinaient une coupe biscornue dans les arbres, l'un d'eux défoncé et dressé vers le ciel. Personne ne bougea près de la voiture. Je vis l'airbag contre la vitre du passager. Je contournai l'arbre et avançai prudemment à la recherche de Gaglionci en me demandant si Thor était mort. Presque au même moment, ils reparurent tous les deux.

Gaglionci s'était jeté à terre et avait roulé en voyant la voiture accélérer vers lui. À nouveau debout, il s'avançait maintenant vers la RX-8, prêt à tirer. J'en fis autant et tentai de viser précisément tandis qu'il chargeait son fusil à pompe ; c'est alors que Thor émergea de l'épave et visa par la vitre arrière, la seule qui n'était pas bloquée par un pin.

Il tira à deux reprises, mais rata chaque fois sa cible. Gaglionci braqua son fusil sur la voiture, son tir toucha le coffre et la vitre arrière. Ensuite il trébucha en arrière et glissa dans l'herbe du fossé.

Je tirai trois fois dans les herbes où il avait disparu, puis le silence revint. Doran n'avait fait aucun bruit, il était vraisemblablement caché au milieu des pins ou en train de prendre la fuite. Il avait sauté sur la première occasion de s'enfuir. Je partis en courant sur la route, les yeux rivés sur les fourrés où j'avais vu Gaglionci pour la dernière fois. Il ne me tira pas dessus, mais j'entendis des bruits de feuilles et de branches cassées tandis qu'il se déplaçait dans le bois. Je fis encore une fois feu, à l'aveuglette, dans les arbres : deux tirs qui n'avaient aucune chance de l'atteindre. Il s'éloigna et se fondit dans l'obscurité, hors d'atteinte.

J'étais arrivé près de la RX-8 quand la portière du passager s'ouvrit d'un coup et Thor dégringola dans l'herbe. En dépit de son visage et de ses mains en sang, il était vivant et mobile. Je m'agenouillai pour l'aider, mais il m'en dissuada d'un signe et prit appui sur la voiture pour se relever. Il avait toujours le Glock à la main. Le sang semblait provenir de multiples coupures superficielles, pas d'une blessure par balle.

– Vous êtes touché ?

– Pas gravement, dit-il en s'essuyant le visage d'un revers de sa main gantée. Il tirait des chevrotines. J'ai dû prendre quelques plombs.

En l'examinant, je m'aperçus que sa veste était déchirée sur le côté gauche et le tissu saturé de sang le long de ses côtes. Il y jeta un coup d'œil, sans paraître inquiet ; il s'apprêtait à me dire quelque chose quand nous entendîmes un cri provenant du haut de la route en gravillons.

– Je vais la tuer !

Gaglionci était ressorti des bois, à une vingtaine de mètres de nous, à côté du mobile home. Sa silhouette se détachait. Je me mis à courir alors que Thor se retournait et posait son poignet sur le toit de la RX-8. Je n'avais fait que quelques pas lorsque j'entendis trois détonations de son Glock. À cette distance et dans le noir, ses tirs s'approchèrent très près de leur cible, mais ne la touchèrent pas. Gaglionci se dirigea vers le mobile home et épaula à nouveau. Je ne pris même pas la peine de viser, je me contentai de courir, sachant que ma seule chance de réussir était d'arriver à l'intérieur avant lui, mais conscient aussi que c'était quasi impossible : j'étais trop loin et il serait trop tard.

Gaglionci ouvrit la porte, entra dans le mobile home et tira. J'entendis le coup de feu et hurlai comme s'il m'avait touché. Je ne cessais de courir, tout en trébuchant car mes pieds allaient trop vite pour le reste de mon corps. Au même moment, je compris que la détonation ne correspondait pas à mes craintes – il s'était agi d'un bruit strident plutôt que du grondement sourd de son fusil – et Gaglionci culbuta par la porte et s'effondra. Son arme lui échappa, je retrouvai mon équilibre sur les gravillons et courus encore plus vite pour fondre sur lui, mon pistolet braqué sur son front tandis qu'il se tordait de douleur.

– Heureusement que j'étais là, me lança Andy Doran de l'intérieur de la caravane.

Il était adossé à la porte et tenait un revolver pointé sur ma poitrine.

CHAPITRE 41

– Viens voir ta copine, me dit Doran.

J'entrai dans le mobile home. Une faible lumière éclairait la pièce, mais je compris immédiatement pourquoi nous ne voyions rien de l'extérieur : les vitres étaient couvertes d'un épais tissu noir. Doran avait probablement acheté plusieurs chutes de tissu pour une dizaine de dollars, mais le résultat était concluant. La texture absorbait la lumière et, la nuit, le mobile home paraissait inoccupé aux yeux d'observateurs éventuels.

Je suivis Doran, qui s'engagea dans une petite cuisine au fond de la pièce, au moment même où Thor entrait dans le mobile home à son tour. Ça empestait les déchets avariés et la moisissure. Le sol était couvert de poussière et il y avait des flaques à l'endroit où l'eau avait traversé la toiture. Doran avait habité ici près d'un mois et attendu le moment opportun. Je traversai la cuisine, puis, dans une chambre à coucher sur la droite, je vis Amy.

Allongée par terre sur une vieille couverture, pieds et mains menottés, elle était bâillonnée avec du ruban adhésif, mais ses yeux étaient ouverts et brillants, même dans cette pièce sombre et obscure. Je posai mon pistolet, tombai à genoux et tendis la main vers elle ; mais Doran se pencha et appuya le revolver contre sa tempe.

– Elle est vivante, Perry. Comme promis. Maintenant, si vous voulez que ça dure, écoutez-moi bien.

Mon pistolet était par terre, à côté de ma main, à l'endroit où je l'avais posé quand j'avais voulu enlacer Amy. Thor était dans l'encadrement de la porte et, sans lever les yeux sur lui, je sus qu'il braquait son arme sur Doran, qui lui sourit par-dessus mon épaule.

– Du calme, mec. Tranquille, lança-t-il à Thor. Aucun besoin de s'affoler. Si vous pressez sur la détente, moi aussi. Vous connaissez le topo. Vous voyez la position de mon flingue et comment je le tiens ? Si vous essayez, elle va sans doute y passer. Je ne peux pas vous le garantir complètement, mais je peux pas vous dire le contraire non plus.

Thor resta silencieux. Je n'étais pas loin de Doran, seul le corps d'Amy nous séparait, mais je n'envisageai pas le moindre mouvement. Pas avec cette arme braquée sur sa tête et Doran le doigt sur la détente. J'avais les yeux rivés sur ceux d'Amy. Elle ne me semblait pas blessée. Effrayée, certes, mais indemne.

– Dites à votre copain de poser son flingue par terre, m'ordonna Doran.

Thor ne bougea pas. Je le regardai et hochai la tête en me tournant vers Doran.

– Il ne le fera pas.

– Il ferait mieux. Dites-lui…

– Non. Personne ne pourrait lui faire poser son flingue. Il refuse.

– Alors rengainez, ordonna Doran à Thor. Si vous êtes aussi rapide que vous le croyez, ça devrait pas vous poser trop de problème.

Thor abaissa le Glock, lentement, et le glissa dans son étui. Son corps tout entier semblait sur le qui-vive.

– D'accord.

Doran se glissa derrière Amy, il gardait l'arme braquée sur sa tête, mais il se rapprochait de moi. Puis, en un geste vif, il me colla son arme sur la tempe au lieu de celle d'Amy. Thor se raidit, mais laissa son arme où elle était.

Doran ramassa mon pistolet, puis me montra où étaient les clés des menottes. Il me laissa détacher les pieds d'Amy, mais pas ses mains. Il refusa aussi que je lui enlève le ruban adhésif. Une fois ses pieds libérés, j'aidai Amy à se remettre debout. Elle n'était pas très stable, je la tins, une vague de soulagement me traversant le corps lorsque je sentis la tiédeur du sien. C'est alors que Doran me donna un coup de son arme sur la tête, sans ménagement, et me dit de reculer.

– Je vous ai promis de vous la rendre, et la voici, me dit-il. Maintenant à vous de tenir votre promesse, Perry. Venez avec moi et amenez-la.

Doran me poussa dans le couloir, puis bouscula Amy. Ses jambes la lâchèrent, mais il la rattrapa à temps, la soutint et la guida jusqu'à l'extérieur, son arme toujours contre ses côtes.

Depuis que nous étions entrés dans le mobile home, Gaglionci avait rampé sur une dizaine de mètres en laissant une traînée de sang derrière lui. Il était désarmé, Doran avait jeté son fusil à l'intérieur.

Doran fit tomber Amy et s'accroupit entre elle et Gaglionci.

– Éloignez-vous un peu, Perry. Si vous vous approchez trop, les coups risquent de partir et on peut éviter ça.

Il fit rouler Gaglionci sur le dos et je l'observai de près pour la première fois ; c'était un homme de taille et de poids moyens, basané, ses cheveux bruns peignés en brosse lui dégageant le front. Son regard opaque était fixé sur un ciel sans étoiles. Tout autour de lui, le sang imprégnait l'herbe et formait des petites flaques en s'échappant de son corps et en se mêlant à la terre humide. J'aperçus une blessure qui lui déchirait le haut du torse, près de la clavicule.

– Comment tu vas, mon pote ? lui demanda Doran. T'as pas l'air en super-forme.

Thor se tenait à la porte du mobile home, mais ne s'approchait plus. Il gardait son pistolet dans son étui. Amy était dans l'herbe derrière Doran. J'essayai de ne pas la regarder. Chaque fois que je le faisais, j'avais envie de me précipiter vers elle, ce qui n'aurait pas manqué de provoquer Doran.

Gaglionci glissa dans la terre en s'appuyant sur ses coudes.

– Tu sais combien de fois j'ai pensé à te descendre ? demanda-t-il à Doran.

Sa voix était réduite à un chuchotement, parler lui demandait un effort considérable.

– Dommage que t'aies raté ta chance. Perry me dit que t'as ramassé un beau petit magot pour avoir tué Jefferson. Un demi-million, à ce qu'il paraît ?

Doran eut un petit sifflement désapprobateur, comme une mère grondant son enfant.

– T'aurais pu te débarrasser de moi avec un tout petit pourcentage de cette somme. Dommage que t'y aies pas pensé. Maintenant, je veux savoir qui t'a payé.

Les muscles des mâchoires de Gaglionci s'agitaient alors même qu'il ne disait pas un mot ; son poing droit s'ouvrait et se fermait sur un peu de terre qu'il avait ramassée.

– Qui c'était ? demanda Doran en appuyant son arme sur le crâne de Gaglionci. T'es pas encore mort, mec. Ce petit trou que t'as dans ta poitrine ? C'est pas une connerie pareille qui va te tuer, crois-moi. J'ai vu bien pire chez des types qui faisaient le marathon quelques mois plus tard. Mais regarde bien comment je tiens mon flingue. Là, oui, ça peut te tuer. Et te descendre ne me posera aucun problème, si tu ne me dis pas la vérité.

– Paul Brooks.

Il répondit sans hésitation, comme je m'y attendais. Gaglionci n'était pas du genre à prendre une position morale, ce n'était qu'un tueur à gages et un arnaqueur, ses décisions étaient exclusivement motivées par la menace des armes et par le cash. Brooks s'était servi du fric pour le motiver et Doran venait de surenchérir en utilisant son arme. Dans le monde des Gaglionci, il n'existait pas d'autres règles.

Doran me regarda par-dessus son épaule.

– Vous soupçonniez quelqu'un. Sans en être certain, vous aviez votre idée. C'était Brooks ?

– Oui. C'était lui.

– Paul Brooks, répéta lentement Doran. Le fils du proprio du vignoble où Monica a été tuée, c'est bien ça ?

– Oui.

– S'il t'a payé… s'il a tué Monica, qu'est-ce que Jefferson est venu foutre dans cette affaire ?

Il s'adressait à Gaglionci cette fois-ci.

Ce dernier inspira et expira lentement en se concentrant sur chaque mouvement. Son regard glissait sur son torse, il essayait de voir sa blessure. Il ne répondit pas et après quelques secondes Doran s'avança et lui enfonça le canon de son arme dans sa blessure.

Gaglionci hurla. Il écarta les lèvres, cria et tenta de s'éloigner, mais Doran le tenait. Je n'avais éprouvé aucune pitié pour lui jusque-là – il avait kidnappé Amy et s'apprêtait à la tuer quand Doran lui avait tiré dessus –, mais l'entendre et voir son visage me retournèrent l'estomac, et je dus détourner la tête.

– On attend une réponse, reprit Doran d'une voix douce.

Gaglionci souffla longuement, il luttait contre la douleur en attendant de pouvoir parler.

– J'ignorais que Brooks l'avait tué… au début. La nuit où Jefferson m'a envoyé te descendre, je t'ai demandé ce que tu savais sur lui. Tu m'as parlé de son fils. Tu croyais qu'il avait tué la fille, sinon il n'aurait eu aucune raison de t'incriminer. C'est ce qui m'a surpris.

– Mais vous êtes allé chez Monica Heath avec eux, dis-je. Avec Brooks et Jefferson. Vous deviez bien savoir qui vous protégiez.

– Non, répondit Gaglionci. Il a fait comme s'il s'agissait d'un invité de la soirée. Un ami ou collègue de Brooks, un truc dans ce genre. Il m'a dit que je n'avais pas besoin de connaître les détails et m'a filé assez de fric pour que je sois d'accord.

Toutes ces explications l'exténuant, il se mordit la langue et plissa les yeux ; la douleur gagnait du terrain.

– C'est pas fini, objecta Doran. Continue.

Gaglionci reprit un moment plus tard, mais en gardant les yeux fermés :

– Je suis revenu vers Jefferson en lui disant que j'étais au courant pour son fils et qu'il allait me falloir plus que cinquante mille pour la fermer. Il est devenu fou. Il m'a dit que son fils n'avait pas tué cette fille. Il croyait que t'en avais après lui parce qu'il t'avait piégé et que t'en avais aussi après son fils parce qu'il lui avait donné un coup de main. Mais quand il a compris ce que tu croyais vraiment… que tu pensais que son fils avait tué la fille, ça a tout changé. Il m'a dit qu'il voulait aller à la police, raconter tout ce qui s'était passé et se rendre en expliquant le rôle qu'il avait joué dans tout ça. Il voulait que j'aille te voir encore un coup, que je te donne les cinquante mille que tu voulais et que je te dise qu'il allait se rendre et te disculper. Je lui ai dit que je n'aimais pas trop cette idée… S'il allait voir les flics, les flics viendraient me voir, moi.

Gaglionci toussa, la souffrance lui ouvrait grand les yeux, mais je ne voyais pas de sang dans sa bouche, aucun signe de blessure interne critique. Doran attendit quelques secondes, puis il leva son arme et la rapprocha de sa poitrine. Ça lui redonna le goût de la parole.

– Je lui ai dit que je le croyais pas, que son fils avait tué la fille, qu'il aurait jamais dépensé autant d'argent sinon. Il a ri et m'a dit que c'était pas son argent et que tout ce qu'il m'avait donné, c'était de l'argent de poche pour le type qui l'avait tuée. J'étais allé voir la famille de la fille avec Jefferson et le père de Brooks. Je savais qu'il avait une fortune. Alors je suis allé voir Paul Brooks.

– Et tu lui as dit que Jefferson s'apprêtait à tout avouer à la police, dit Doran.

– C'était risqué, mais ça a marché.

– Tu as tué Jefferson, tu t'es fait une fortune et pourtant t'as essayé de soutirer encore du fric à sa veuve. T'as voulu transformer ton demi-million en trois millions et demi. Et laisser Perry se débrouiller avec les flics.

Gaglionci ne répondit pas, il se contenta d'observer Doran. Sa blessure ne saignait plus beaucoup et Doran avait raison : moi aussi, j'avais vu pire. Gaglionci n'allait pas mourir ce soir-là. Pas de cette blessure en tout cas.

L'arme toujours à la main, Doran avait le regard perdu dans le vide. Il resta ainsi quelque temps, puis il hocha légèrement la tête et se tourna vers Thor pour s'assurer qu'il était toujours là, mais sans le menacer. Quand il se leva, il le fit avec le manque d'assurance d'un vieillard resté trop longtemps assis. Le canon de son arme s'écarta du torse de Gaglionci et se tourna vers moi. Doran se servit de sa main libre pour me lancer les menottes qu'il avait ôtées des pieds d'Amy.

– Attachez-le.

Je m'accroupis à côté de Gaglionci et lui passai les menottes aux poignets. Il n'opposa aucune résistance, il ne lâchait pas Doran des yeux.

– D'accord, dit ce dernier. On va prendre la camionnette et partir d'ici. Perry, vous prendrez le volant. Vous nous conduirez tous les deux, mon pote et moi.

Il tapota Gaglionci du bout du pied.

– Vous allez où vous voulez avec ce salopard, mais je ne peux pas vous accompagner. Je veux sortir Amy d'ici.

– Il s'occupera d'elle, dit Doran en me montrant Thor du menton. Ça ne me pose aucun problème. Qu'il rejoigne avec elle votre coéquipier à pied et ils pourront l'amener chez les flics, à l'hôpital ou Dieu sait où. Mais vous et moi, faut qu'on aille faire un petit tour.

– Où ça ?

– On va rendre visite à Paul Brooks. Je ne plaisantais pas quand j'ai dit que je voulais conclure cette affaire ce soir et si vous ne venez pas avec moi, les coups vont encore pleuvoir. Je ne sais pas ce qui va se passer, mais je sais que votre copine est en sécurité. Ce serait idiot de compromettre tout ça si vite.

Amy était assise entre eux, elle serait prise entre leurs feux s'ils commençaient à tirer. Il était inutile de le provoquer. Pas maintenant, alors qu'Amy était saine et sauve et que le danger – en tout cas le danger immédiat – était écarté.

– Sortez-la d'ici, dis-je à Thor. Mettez-la en sécurité. Je vais accompagner Doran.

CHAPITRE 42

Un vieux fourgon était garé derrière le mobile home, dans un chemin de terre qui s'enfonçait dans les bois à l'abri des regards. Doran en avait les clés. Je pris la route en gravillons, Doran à côté de moi avec son arme, comme pour le voyage aller, sauf que cette fois-ci Gaglionci saignait sur la banquette arrière. Adossé à la portière, Doran gardait l'arme braquée sur ma tête. Nous passâmes devant le mobile home, descendîmes le chemin en terre plein d'ornières et nous arrêtâmes à l'endroit où la voiture de Joe bloquait la route. Joe n'était pas dedans.

– Avancez et posez votre arme ! cria Doran.

Il avait descendu les deux vitres et m'appuyait son arme dans la chair tendre sous le menton.

– Si à cinq vous n'êtes pas là, je descends votre collègue.

On entendit un mouvement dans les arbres sur notre gauche et Joe s'avança. Il n'avait pas baissé son arme, mais j'étais beaucoup plus confiant qu'aucun coup ne partirait, maintenant que Thor n'était plus là.

– Vas-y, rengaine, Joe, lui dis-je. (J'avais du mal à parler fort, à cause de la pression du canon.) Amy est en sécurité. Elle est dans le mobile home avec Thor. Laisse-nous passer et sors-la d'ici. C'est le plus important.

Joe rengaina. Son visage me sembla pâle à la lueur des phares, ses cheveux fins et gris, emmêlés et humides.

– Sors-la d'ici, répétai-je.

– Je m'en occupe.

– Dégagez la voiture, dit Doran. Et allez attendre quelque part. On en a presque fini, alors n'allez pas tout gâcher. Si on se fait suivre par les flics, votre coéquipier y passe. Et je vous assure que c'est pas des paroles en l'air, Pritchard.

Joe monta dans la Taurus, démarra et dégagea la voie, puis il s'immobilisa, moteur au ralenti, pendant que nous passions. Je vis les feux arrière de sa voiture dans le rétroviseur, il se dirigeait vers le camping, où l'attendaient Thor et Amy. Elle était saine et sauve.

– Brooks est toujours au vignoble? me demanda Doran.

– Je n'en sais rien.

– Pas de mensonges. C'est là qu'il habite. Je me souviens d'une maison d'habitation. Une villa cossue de gros riche. C'est bien là qu'il habite?

Je ne répondis pas.

– Votre copine n'a pas eu de mal, me dit Doran. Vous comprenez? Vous l'avez vue, Perry. Elle va bien, et c'est à moi que vous le devez.

– Merci, lui dis-je, et j'étais sincère.

Qu'il me menace ou pas à cet instant, il avait surpris Gaglionci au moment où j'étais pris au dépourvu.

– Ç'a été un plaisir de tirer sur Gaglionci, Perry. Un véritable plaisir. Il est possible que je recommence avant la fin de la nuit.

Derrière nous, Gaglionci gardait le silence, mais je vis son visage dans le rétroviseur et l'éclat de ses yeux ouverts; il nous regardait. Même blessé, sans arme et avec les menottes aux poignets, il restait menaçant.

– Quand vous êtes parti, j'ai cru que vous vous étiez enfui, dis-je à Doran. Parti rejoindre la route par exemple.

Il hocha la tête.

– Il ne reste plus que deux cabanes qui tiennent encore debout dans le camping. Le troisième bungalow et le mobile home. Quand j'ai compris qu'il n'était pas dans le premier, j'ai su qu'il était dans le deuxième. C'était plus logique, plus proche de la route, et je savais qu'il ne l'aurait pas laissée seule.

– Où avez-vous pris ce flingue?

– Dans le mobile home. C'est là que j'ai habité ces dernières semaines. Je savais où il était, mais pas lui. (Il gigota sur son siège et baissa son arme.) Maintenant que votre copine est en sécurité, vous pouvez vous détendre un peu, vous savez? Vous avez accompli votre mission, en ce qui vous concerne. Mais moi, j'ai encore quelques détails à régler. Vous avez simplement la chance d'être invité au spectacle. (Il me regarda en inclinant la tête.) Le fils de Jefferson : pourquoi s'est-il tué ? S'il n'était pas coupable, pourquoi l'a-t-il fait ?

Il y avait du regret dans sa voix, ce qui me surprit. Je me tournai vers lui un instant.

– Vous lui avez dit que vous alliez le descendre, Doran. Le torturer et le tuer. Il a dû vous croire.

– Mais pourquoi attendre aussi longtemps ? Pourquoi ne pas aller voir les flics et dénoncer Brooks ? S'il avait fait ça…

– Dénoncer Brooks revenait à se dénoncer aussi. Et à dénoncer son père. Son père serait allé en prison. Ils avaient peut-être rompu les ponts, mais je crois qu'il n'était pas prêt à aller aussi loin. Le temps qu'il comprenne que son père avait déjà été tué, je me trouvais devant lui et il a dû en conclure que vous n'étiez pas loin.

– Je regrette qu'il ne soit pas allé voir les flics, dit Doran. Ça aurait changé pas mal de choses.

Je scrutai son visage strié d'ombres.

– Laissez-moi partir et prenez votre destin en main. Mais n'allez pas voir Brooks. Partez au nord, au sud, à l'ouest, n'importe où. Mais n'y allez pas, Doran. Ça va mal se terminer.

– Fermez-la, Perry.

Nous restâmes silencieux un moment. Il n'y avait personne sur la route, nous ne croisions aucune voiture, il n'y avait que nous dans ce vieux fourgon qui sentait le moisi, et le bruit du vent et des pneus sur la chaussée.

– Il fut un temps, reprit Doran, juste avant que Monica se fasse tuer et que je sois arrêté, où je m'étais à peu près stabilisé. Je serais le premier à admettre qu'il était plus que temps, mais je m'étais vraiment calmé. Je picolais moins, je fumais moins d'herbe, j'avais un boulot stable, déclaré. C'était la maison à Geneva qui m'y avait aidé, vous savez. La maison dans les bois. À moins d'une heure de là où j'avais grandi, mais, merde, c'était bon de ne plus être en ville. J'aimais les arbres. J'étais heureux là-bas. J'avais même un compte épargne. Je mettais quelques dollars de côté quand je pouvais et je pensais m'installer avec un peu plus de confort après l'hiver.

Je me représentai tout ça: sa bicoque dans les bois, les grands arbres qui l'entouraient. J'y pensai, puis je pensai à l'énorme villa d'Alex Jefferson près de son club privé, et aussi au vignoble de Paul Brooks et à sa propriété au bord du lac.

– Tout allait bien, poursuivit Doran, et Monica avait une bonne influence sur moi. Je savais très bien que ça ne durerait pas, elle le savait aussi, mais elle m'aidait. Ses amis et ses parents ne m'aimaient pas, sans même me connaître. Plein de rumeurs couraient sur moi, comme quoi j'étais violent et tout le bordel, mais c'était fini, tout ça. C'était le passé, et Monica en était consciente. Personne d'autre sans doute, mais elle, si. Quand on s'est séparés... je me revois assis dehors, j'ai fumé une clope et je me suis promis de me refaire une santé. Je veux dire... je voulais une vie plus saine. Je me disais que j'habiterais dans une nouvelle maison, que j'en aurais fini avec la came, l'alcool et tout le reste. J'en étais pas loin. Il ne me restait plus qu'un hiver à passer.

Sa voix changea, elle devint tendre et presque musicale.

– Plus qu'un hiver à passer.

Nous arrivâmes au croisement de quatre routes et Doran me fit signe de prendre celle de droite, qui partait vers le vignoble. Le vent forcit et fit tomber des gouttes des arbres.

– Vous saviez forcément que quelqu'un vous piégeait, lui dis-je. Pourquoi avoir accepté le plaider coupable?

– Justement, Perry, parce que quelqu'un m'avait piégé. Et en beauté. Une chose est de se défendre quand on est sûr des faits, mais moi, je n'étais plus sûr de rien. Je ne savais pas ce qu'ils allaient trouver d'autre, et ce fumier d'avocat, ce vendu, n'arrêtait pas de me rabâcher tous les jours que je ferais mieux d'accepter. Il me racontait que je pourrais toujours faire appel, être relâché plus tôt, mais que j'étais cuit si je passais au tribunal du comté. L'affaire était trop grave, ma réputation trop douteuse, je n'avais pas la moindre chance de m'en tirer. Et soi-disant, il ne pouvait pas me faire juger ailleurs, alors c'était le plaider coupable avant de faire appel. Il me disait que c'était le plus sûr.

– Est-ce que vous aviez la moindre idée de qui vous manipulait? lui demandai-je. Ou avez-vous mis ça sur le dos des flics?

– J'avais des idées par milliers, mais j'étais loin du compte. Je croyais que les flics avaient joué un rôle, mais je ne savais pas qui l'avait tuée. Au début, je me suis posé des questions sur son père. Il m'a toujours détesté. Mais il ne m'avait jamais semblé psychotique non plus. Alors pourquoi moi ? Qui avait choisi Andy Doran pour trinquer à sa place ? J'y pensais tous les jours, matin et soir, et j'étais complètement à côté de la plaque. J'ai même sérieusement soupçonné les militaires ! Merde alors, c'est pas le comble ? J'avais été vidé de l'armée et je me disais : peut-être que ces types n'apprécient pas du tout et se chargent personnellement de me le faire savoir. Ça vous montre à quel point je me gourais.

– Vous ne connaissiez pas Paul Brooks ?

– Jamais vu. C'est toujours vrai, d'ailleurs, mais pas pour longtemps.

– Je peux vous procurer de l'argent, Doran. Je me débrouillerai. Je vous file un bon petit paquet et vous fichez le camp. Allez où vous pouvez et disparaissez. Oubliez Brooks. Joe et moi, on le fera inculper, je vous l'assure. Vous pourrez suivre l'histoire à la télé, dans les journaux, depuis un coin éloigné où vous serez en sécurité.

Il détourna les yeux et regarda le paysage enténébré.

– Vous étiez flic, vous avez dû visiter des prisons.

– Oui, plusieurs.

– Alors vous savez ce qu'elles peuvent vous faire ?

Je pensai au son creux de la porte qui claque en se fermant et au bruit de serrure dans la prison de l'Indiana, ça m'avait fait penser à un sas de sous-marin et donné l'impression que tout était fini.

– Oui, lui dis-je. Je vois à peu près.

– Et vous savez ce qui s'y passe quand ces portes se ferment ?

Je ne répondis pas.

Il se tourna à nouveau vers moi.

– J'ai fait cinq ans de taule, Perry. Un truc pareil, ça ne se pardonne pas, ça ne s'oublie pas, on ne peut pas se contenter de prendre la fuite. On a une dette de sang.

CHAPITRE 43

Brooks était chez lui. Ce fut évident dès que nous sortîmes des pins et que la lumière des fenêtres de son beau chalet en rondins devint visible. Il n'y avait aucune voiture devant sa maison. Je m'arrêtai devant le garage et, les yeux sur la façade, me demandai si Brooks nous avait vus arriver ou s'il n'en avait pas la moindre idée et regardait tranquillement la télévision, en paix avec le monde, ces histoires de meurtre loin de son esprit.

– Sortez, me dit Doran en ouvrant sa portière.

Je lui obéis et restai à côté de la camionnette, tandis qu'il faisait le tour et ouvrait la portière coulissante à l'arrière. Il jeta un coup d'œil dans l'allée, puis me dit :

– Sortez-le. Il vient aussi.

L'arme de Doran dans le dos, je tendis la main dans la camionnette, saisis Gaglionci sous les bras et le soulevai de la banquette. Il posa les pieds par terre et se tint tout seul, en haletant, les yeux rivés sur Doran.

– On pourrait compter notre fric en ce moment, lui dit-il, et toi, au lieu de ça…

Il s'interrompit quand Doran lui posa le canon de son arme sur les lèvres.

Nous montâmes jusqu'à la maison, Doran juste derrière moi, l'arme dans une main, l'autre dans les cheveux de Gaglionci, pour le faire avancer. À l'entrée, il m'ordonna de frapper. Je fis tomber le heurtoir en laiton sur le bois massif et nous attendîmes. Des bruits de pas se firent entendre. La porte s'ouvrit en grand et Paul Brooks apparut en robe de chambre, l'air curieux jusqu'à ce qu'il reconnaisse Gaglionci et remarque le sang sur sa poitrine.

– Mais… nom de Dieu ! s'exclama-t-il en levant les mains, paumes ouvertes.

Il s'éloigna de la porte, moment que choisit Doran pour passer devant Gaglionci et braquer son arme sur Brooks.

– C'est lui ?

– Oui, répondis-je.

Brooks me regarda en grimaçant. Avec son menton volontaire et sa peau bien lisse, il me fit penser à une publicité pour de l'after-shave.

– Puis-je vous demander ce qui vous prend ? dit-il.

– Ta gueule.

Doran finit d'entrer dans la maison en poussant Gaglionci devant lui et ferma la porte d'un coup de pied. Brooks faisait marche arrière, suivi de Doran.

– Tu me reconnais, trou du cul ? Tu sais qui je suis ?

Brooks hésita, pas parce qu'il essayait de deviner de qui il s'agissait, mais parce qu'il devait choisir de dire ou non la vérité.

– Vous êtes Andy Doran, répondit-il. L'assassin.

Doran lâcha Gaglionci et frappa Brooks de son arme en pleine figure – un coup violent et fort. Brooks trébucha et se retint à la rampe au pied de l'escalier pour ne pas tomber. Je m'étais approché d'une trentaine de centimètres d'eux, quand Doran fit volte-face et me colla l'arme sur le front.

– Reculez, Perry. Je vous ai dit que vous étiez invité comme spectateur. Alors comportez-vous en spectateur, d'accord ?

Nous étions dans le vaste couloir d'entrée de la maison, on devinait la cuisine derrière nous et l'escalier montait sur notre gauche. Une grande mezzanine surplombait la salle, une rangée de lucarnes reflétant les lumières du bas. Agrippé à la rampe, Brooks fixait Doran, tandis que son nez saignait sur le plancher en bois dur bien ciré. Gaglionci était tombé par terre quand Doran l'avait lâché et y était resté. Doran pivota et le menaça de son arme.

– C'est lui ton patron, n'est-ce pas ? C'est le type qui t'a payé ?

Gaglionci acquiesça.

– Alors dis-moi, lui ordonna Doran, dis-moi, là, devant lui, pourquoi il t'a fait tuer Jefferson.

Gaglionci se démenait avec ses menottes pour essayer de s'asseoir.

– Parce que c'est lui qui a tué la fille. Le crime pour lequel t'as fait de la taule.

Dès que Gaglionci se mit à parler, Doran frappa Brooks. Cette fois-ci, il s'y était préparé et tourna la tête à temps pour prendre le coup sur l'oreille, plutôt qu'en plein visage. Il monta une marche et essaya de s'abriter derrière la balustrade. Doran étant passé devant moi, je fis un petit pas en arrière. Je voulais être hors de son champ visuel si j'avais l'occasion de m'échapper.

– C'est vrai ? demanda Doran. Tu l'as tuée ?

– Non.

– Mauvaise réponse.

Brooks tenta d'esquiver complètement le coup en reculant dans l'escalier, mais Doran l'agrippa, le terrassa, le talocha deux fois sur l'arrière de la tête avant de le flanquer par terre. Je vis des cheveux sur le canon de son arme et un filet irrégulier de sang s'échapper de la nuque de Brooks.

– Perry est d'accord avec ton larbin. Il pense que tu l'as tuée.

Brooks leva les yeux sur moi et tenta d'avoir l'air offusqué, mais ne réussit qu'à exprimer la colère.

– Vous êtes fou ?

Même terrassé, avec du sang sur sa belle gueule de pub pour after-shave, il débordait d'arrogance et de mépris.

– Vous feriez peut-être mieux de dire la vérité aujourd'hui, lui conseillai-je.

– Je n'ai pas la moindre idée…

Doran tenta de le cogner encore une fois, mais Brooks esquiva le coup avec une rapidité surprenante et s'échappa. Il se leva et parvint à mi-chemin de la cuisine, les mains toujours levées pour se protéger de Doran.

– Reconnais-le ! hurla Doran. Avoue que c'est toi. Dis-le !

Il postillonnait en criant, les jointures de ses mains étaient blanches sur la crosse de son arme ; son corps tout entier tremblait de fureur.

– Je n'ai pas…

Doran tira. Le grand revolver qu'il avait pris dans le mobile home tressauta dans sa main et la balle s'enfonça dans le mur derrière Brooks, qui cria et se baissa en l'entendant.

– Reconnais-le, répéta Doran d'une voix qui avait retrouvé son calme, comme si le tir l'avait apaisé.

Brooks s'était baissé. Adossé au mur, il gardait les bras levés comme pour se protéger au cas où Doran tirerait une nouvelle fois.

– C'est moi, murmura-t-il d'une voix si basse que je ne fus pas sûr qu'il ait vraiment parlé alors que je l'avais vu le dire.

– Quoi ? demanda Doran.

– C'est moi. (Plus fort cette fois-ci.) C'est moi qui ai tué la fille. Monica Heath.

Il fallut à Doran une bonne minute avant de pouvoir parler, et il se contenta d'un mot :

– Pourquoi ?

Brooks pencha la tête, une mèche acajou balayant son front.

– Je ne l'ai pas fait exprès. Je veux dire, je ne voulais pas… elle s'est débattue. On était en train de batifoler. Sur la terrasse. J'ai passé la main sous sa jupe, je lui ai baissé son slip et elle a commencé à se débattre. Puis elle m'a crié dessus. Mais fort, elle hurlait presque. Et il y avait tous ces gens dans la maison, mon père et tous ces…

Doran gardait le revolver braqué sur Brooks, mais il donnait l'impression de ne plus respirer. Il me rappela la statue d'un monument aux morts que j'avais vue quelque part, instant de violence imminente figé dans la pierre.

Brooks brisa le silence.

– Je ne voulais pas la tuer, je voulais seulement qu'elle la ferme. Elle a essayé de s'en aller, alors j'ai pris un torchon, je suis passé derrière elle et je m'en suis servi pour la faire taire. Je ne voulais pas tuer…

Il s'interrompit encore.

– Tu m'as envoyé en prison, dit Doran. J'ai fait cinq ans à ta place. Cinq ans parce que t'avais peur d'être embarrassé par une fille qui ne voulait pas coucher avec toi.

Brooks garda le silence.

– Pourquoi moi ? demanda Doran.

– Je ne sais pas. Je ne vous ai pas choisi exprès.

– Pourquoi moi ?

En entendant à nouveau la question, Brooks s'arrêta, la bouche ouverte. Puis il dit :

– Parce que vous vous trouviez là. Ça n'avait rien de personnel. Vous vous trouviez là, c'est tout.

– Je me trouvais là. Je me trouvais là, c'est tout, ça n'avait rien de personnel, répéta Doran. Super. Ça me fait une belle jambe. Ces cinq années au trou, elles n'avaient rien de personnel !

– Vous voulez de l'argent ? demanda Brooks. Vous tous ? Très bien. Dites votre prix. Allez-y. Dites un chiffre, n'importe lequel, et je vous arrange ça.

J'étais tellement persuadé que Doran allait tirer en entendant ça que je me dirigeai vers lui. Persuadé qu'il ne supporterait pas ce que venait de tenter Brooks : essayer de l'acheter et de contrôler la situation comme il avait contrôlé la situation pour l'assassinat de Monica Heath, comme il avait envoyé Doran en prison. Mais au lieu de tirer, ce dernier sourit.

– De l'argent, dit-il en articulant lentement comme s'il savourait ces mots. Vous pouvez me donner un peu de votre argent ?

Brooks acquiesça. Son nez saignait toujours et du sang tachait sa robe de chambre bleue.

– Je peux vous donner plus d'argent que vous ne pouvez l'imaginer. Plus que vous ne pouvez le croire.

Le regard de Doran se dirigea sur Gaglionci, toujours par terre, puis se leva sur moi. Je n'arrivai pas à l'interpréter. Ses yeux ne semblaient rien voir, ni moi ni rien d'autre dans la pièce.

– Combien tu peux me donner ce soir ?

Brooks fronça les sourcils.

– En liquide ?

Doran étudia Brooks, le visage incliné, l'air toujours absent. Puis il hocha la tête.

– Non, un chèque. Je préfère un chèque.

Brooks le fixa des yeux, puis accepta.

– D'accord. Un chèque. Très bien. OK, je vous en fais un. Comme acompte, d'accord ? On vous en donnera plus après. On vous en donnera plus un peu plus tard.

– Bien sûr, répéta Doran. Un acompte.

Brooks resta un moment planté là, sans cesser d'acquiescer, puis il montra du doigt la droite du couloir.

– Le bureau. Mon chéquier est dans le bureau.

– Dans ce cas, allons-y, répondit Doran.

Il avait une voix différente. Détendue, presque amusée, comme s'il participait à la conversation à un niveau différent et que nous ne pouvions suivre. Cette voix m'inquiétait.

Brooks partit dans le couloir, Doran se tourna vers moi et me fit signe avec son arme.

– Allons-y, Perry.

– Partez, lui dis-je.

– Quoi ?

– Foutez le camp, Doran. Prenez le fourgon et allez-vous-en.

Il me sourit. Du sang avait séché sur sa lèvre.

– Je ne pense pas, non.

Je traversai le couloir derrière Brooks et Doran nous suivit. Personne ne parlait à Gaglionci ; nous le laissâmes menotté, à saigner sur le beau parquet en bois dur. Brooks n'avait pas allumé la lumière, il faisait sombre dans le couloir. Un gigantesque casier à vin longeait le mur, il y avait sans doute cinquante ou soixante bouteilles, les blancs renvoyaient le peu de lumière et les rouges se fondaient dans l'ombre contre le mur. Brooks marchait vite, les mains le long du corps. Il entra dans la première pièce à droite et alluma l'interrupteur. Nous étions dans son bureau, une pièce luxueuse avec des fenêtres d'où l'on devait voir la terrasse, les arbres et le lac quand il faisait jour. Mais à cette heure, les vitres sombres ne faisaient que refléter la pièce.

Doran me dépassa et se dressa face au bureau tandis que Brooks s'y installait. Tout en ne quittant pas Doran des yeux, il prit un carnet de chèques noir sur la table et l'ouvrit devant lui. Il trouva un chèque et se tapota la poitrine juste au-dessus du cœur – il cherchait un stylo. Je me raidis en le voyant faire. Le geste était louche et empreint d'une certaine lourdeur et malhonnêteté que je ne pouvais m'expliquer.

– Il me faut un stylo, dit-il en ouvrant le tiroir à droite de son bureau.

– Non, lança Doran, mais Brooks avait déjà la main dans le tiroir.

Doran fit feu.

Le coup toucha Brooks, lui brisa la clavicule, traversa son corps et la chaise derrière lui, mais sa main, posée sur l'arme dans le tiroir, pressa la détente. Un trou déchira le bureau dans une nuée d'échardes et son jumeau fleurit, rouge, au centre de l'estomac de Doran.

Doran eut le temps de tirer encore et cette fois la balle toucha Brooks à la gorge, traça une fissure sanglante dans le creux de son cou et lui rejeta la tête en arrière. Le sang lui gargouilla dans la bouche tandis qu'il essayait de prendre un dernier souffle qui ne vint jamais.

Je m'approchai de Doran, toujours debout, il vacilla et tenta de me menacer avec son arme. Je m'arrêtai et tendis les mains. Il me regarda brièvement, droit dans les yeux. Il semblait très inquiet. Le sang jaillissait de son ventre et imbibait sa chemise. Il lâcha son revolver, s'assit par terre et regarda sa blessure pour la première fois.

– Je voulais le descendre avec son chéquier ouvert. Je voulais le tuer pendant qu'il écrivait le chèque, dit-il.

Puis il mourut.

CHAPITRE 44

La pluie, qui avait repris et tambourinait sur la grande baie vitrée derrière Brooks, me tint compagnie pendant que j'attendais avec les deux cadavres. Je restai dans le bureau et regardai Doran longtemps après sa mort. Au début, le seul bruit provenait de la pluie et des gouttes de sang qui tombaient du fauteuil de Brooks, puis j'entendis des mouvements en provenance de la maison. Il me fallut une minute pour me rappeler Gaglionci. Il valait mieux ne pas le laisser seul.

Je me levai, sortis du bureau, descendis le couloir plongé dans l'obscurité et, après avoir tourné, me retrouvai face à la porte ouverte ; Gaglionci avait disparu, laissant une traînée de sang dans la nuit noire et pluvieuse.

Devais-je le poursuivre ou appeler la police ? La décision aurait dû être simple, mais j'avais l'esprit confus et étrangement détaché, comme si rien de tout cela n'avait plus d'importance. Voilà ce qui se passe quand on reste trop longtemps en compagnie de deux cadavres.

Je passai dans la véranda et regardai la pluie éclabousser des flaques dans l'allée et rebondir du toit du fourgon rouillé de Doran, puis j'entendis des pas du côté de la route et distinguai une silhouette qui s'approchait lentement. Je songeai brièvement aux armes de Doran et de Brooks et envisageai d'aller en prendre une. Puis je reconnus Thor.

Il traînait Gaglionci, à présent inconscient, sur le sol mouillé. Le saisissant sous les bras, il le hissa dans la véranda et le lâcha à mes pieds.

– J'ai pensé que vous voudriez le récupérer.

– Oui. Oui, c'est bien.

De la véranda, Thor inspecta l'intérieur de la maison ; il remarqua le sang sur le plancher et entendit le silence.

– C'est fait, dit-il.

C'était moitié une question, moitié une constatation. Il pensait que c'était le cas, mais il voulait vérifier.

– Ils sont morts, dis-je.

Il ne répondit pas. Je me rendis compte que c'était exactement ce qu'il avait voulu dire.

– Je ne les ai pas tués. Ils se sont entre-tués.

Il gardait toujours le silence. Pour lui, qui avait tué, cette précision n'avait aucune importance.

– Où sont Amy et Joe ? lui demandai-je.

– Ils sont allés chercher de l'aide. Auprès de la police. Je me suis dit qu'il valait mieux que je vous rejoigne. Ce n'était apparemment pas nécessaire. Votre associé m'avait expliqué comment venir ici.

– Je vais devoir appeler la police, lui dis-je. Il serait sans doute préférable que vous ne soyez plus là quand elle arrive.

– Exact.

– J'essaierai de ne pas parler de vous, Thor. Je ferai de mon mieux.

Il ne répondit pas.

– Vous avez retrouvé Amy, lui dis-je. Je n'y serais jamais arrivé tout seul. Merci.

Il me fit une petite révérence. Le geste de l'artiste professionnel qui remercie le public qui a apprécié son travail. Je trouvai que c'était sacrément approprié.

– Vous avez besoin d'aller à l'hôpital ? lui demandai-je en remarquant que le sang n'avait pas encore séché sur son côté.

– Je connais quelqu'un qui peut m'aider.

– Je n'en doute pas.

– Bon, je vais y aller, dit-il. Vous pouvez téléphoner.

– Comment allez-vous retourner en ville ?

– Ce ne sera pas un problème, dit-il.

Puis il se tourna, descendit de la véranda et s'enfonça dans les bois.

***

Je comptai cinq minutes avant d'avertir la police. Gaglionci avait repris connaissance. Je renonçai à appeler les urgences et contactai Targent. Il répondit à la première sonnerie et reconnut mon numéro.

– Perry, vous avez environ douze heures de retard, espèce de salopard, vous feriez mieux d'être prêt à vous rendre.

– Vous voulez boucler l'enquête ?

– J'imagine que vous ne m'offrez pas une confession pour autant ?

– Exact.

– Qu'est-ce que vous avez, alors ?

– J'ai deux cadavres dans une maison à Geneva. J'ai une fille enlevée ce matin, à présent en sécurité et prête à vous expliquer certaines choses. J'ai un homme menotté : l'assassin d'Alex Jefferson et de Donny Ward.

– Dites-moi où vous êtes, dit-il seulement.

CHAPITRE 45

Je passai trois jours en garde à vue. À l'arrivée de la police au vignoble, le mandat d'arrêt pour le meurtre de Donny Ward était toujours valable et mes explications n'impressionnèrent personne au point de le déchirer et de me laisser partir. De son côté, Tommy Gaglionci refusa d'avouer quoi que ce soit. J'avais été arrêté un vendredi soir, cela donna à la police – ou à moi – un sursis jusqu'au lundi matin pour ma mise en accusation ; les flics disposèrent donc de quarante-huit heures pour se plonger dans les histoires que Joe, Amy et moi avions à leur proposer. Lundi matin arrivant, mon avocat apprit qu'il n'y aurait pas d'inculpation.

J'avais entre-temps réussi à étayer ma déposition de certaines preuves. Outre le récit de l'enlèvement d'Amy par Gaglionci, où elle expliqua qu'il était entré chez elle par effraction et lui avait couvert la bouche d'un chiffon parfumé, les techniciens avaient trouvé des empreintes de chaussures dans le jardin de Donny Ward qui correspondaient à celles que portait Gaglionci.

Les flics finirent par me relâcher le lundi peu après midi ; Targent fit le déplacement pour l'occasion. Joe m'attendait dehors, mais Targent m'ouvrit une petite salle d'interrogatoire et me demanda de lui accorder une minute.

– Bon, me dit-il. Vous voulez sans doute des excuses ?

– Je veux rentrer chez moi. C'est tout.

– Vous méritez probablement des excuses, me renvoya-t-il en ignorant ce que je venais de dire. J'y ai beaucoup pensé la nuit dernière. Nous n'avons pas reconstitué l'affaire dans tous ses détails, mais si tout se tient, comme ça paraît être le cas… Eh bien, ce que je veux dire, c'est que vous avez sans doute l'impression que je me suis acharné sur vous, mais ce n'est pas vrai. Je n'ai pas inventé les indices qui ont aiguisé mes soupçons envers vous, Perry. Je n'aurais pas fait mon boulot si je n'avais pas essayé de les élucider. C'est tout ce que je faisais. Je voulais juste vous expliquer…

– C'est bon, Targent, j'ai compris. Je sais que vous n'avez rien inventé. Vous n'étiez pas obligé de tout croire à la lettre ou de refuser de me croire aussi systématiquement, mais je sais que vous faisiez votre boulot et je sais en quoi il consiste.

– Un cas pareil, une affaire de coup monté contre quelqu'un… on n'en voit pas tous les matins. On a du mal à y croire, même quand on a le nez dedans.

– Votre méthode, sans être impressionnante, n'était pas pire que celle que j'ai suivie.

Il me jeta un regard curieux.

– Ah bon ?

J'avais eu tout le temps d'y réfléchir pendant ces trois jours passés en prison. Je m'étais estimé un peu moins chaque jour.

– Vous avez trouvé des preuves contre moi, vous avez mordu à l'hameçon et vous avez écarté le reste des possibilités, lui expliquai-je. Parce que vous me vouliez coupable. Vous ne m'aimiez pas. Vous vouliez ma perte. Exactement comme moi avec Alex Jefferson. J'avais désigné mes deux coupables, lui et son fils. Parce que je ne les aimais pas. Je n'étais pas en quête de vérité, je voulais simplement prouver leur culpabilité. Et alors même que j'attaquais votre attitude envers moi, j'adoptais la même avec Jefferson et son fils. Vous avez au moins eu le bon goût de vous en prendre à quelqu'un de vivant.

Son regard s'était promené dans la pièce pendant que je parlais, mais il me fixait maintenant droit dans les yeux. Nous restâmes silencieux quelque temps, puis il finit par se lever.

– Rentrez chez vous, Perry. Rentrez chez vous.

***

Amy et Joe m'attendaient devant la prison. Amy descendit de la voiture en me voyant. Elle tendit les bras, je l'enlaçai, la tins contre moi, et sentis pour la première fois que tout était fini. Le pire était passé. Elle était là, saine et sauve, et j'étais avec elle. Tommy Gaglionci, Paul Brooks et tous les autres pouvaient aller au diable. Les dégâts avaient été limités.

Amy fit un pas en arrière, ses yeux étaient mouillés de larmes qui ne tombaient pas.

– T'as pris ton temps, bon sang, dit-elle.

– Oui, long week-end. Mais l'accueil à la prison n'était vraiment pas à la hauteur de celui qu'on m'avait réservé dans l'Indiana.

– Tu devrais écrire un guide, dit Joe en plaisantant. *Le Middle West en cinquante prisons.*

Il me serra la main et m'ouvrit la portière côté passager, comme si j'étais une célébrité en visite.

– Pas de tapis rouge ?

– J'ai eu peur que ça emmerde les flics. Qu'ils aient l'impression qu'on leur mettait le nez dans leur caca.

Il monta et démarra.

Encore sur le trottoir, je me tournai vers Amy.

– Tu vas bien ? Est-ce qu'il…

– Je vais bien. Le mieux possible, vu les circonstances. Ça va.

– Quand je t'ai vue dans le mobile home… quand j'ai vu que tu étais vivante…

Je fus incapable de poursuivre, elle évita mon regard et je sus que nous pensions ensemble à Andy Doran et au tir qui avait arrêté Gaglionci alors qu'il ouvrait la porte d'un coup de pied, le flingue à la main, prêt à la descendre.

– Si on y allait ? nous pressa Joe. Si Lincoln reste encore un peu sur le trottoir de la prison, quelqu'un va finir par croire qu'il s'évade et le boucler une nouvelle fois.

Nous montâmes. Tandis que Joe conduisait, ils me racontèrent ce que la police ne savait pas.

– Ils ne m'ont pas parlé de Thor, dis-je.

Joe regarda Amy dans le rétroviseur.

– Avec un peu de chance, on n'en entendra pas parler. Nous avions décidé de ne rien dire sur lui. Apparemment, tu as fait pareil.

– Mais Gaglionci et Reed ?

– Gaglionci n'a pas dit un mot. Pas encore. On verra ce qui va se passer. Quant à Reed, les flics l'ont interrogé une dizaine de fois et il n'a jamais mentionné Thor. Il leur a dit que toi et moi, nous l'avions menacé, mais nous deux seulement.

– Bien.

– Reed met tout sur le dos de Gaglionci et raconte qu'il a toujours agi sous la menace.

– Rien de surprenant. Reed est du genre à raconter n'importe quoi quand il verra de quoi il est accusé.

– Ça devrait t'aider, remarque. Son sort va se décider avec celui de Gaglionci. Qui a été formellement inculpé ce matin et accusé d'un enlèvement et de deux meurtres. Une équipe s'est aussi penchée sur le passé de Paul Brooks. Il avait été arrêté pour agression sexuelle quand il était étudiant dans l'Est. La victime était revenue sur ses accusations et avait retiré sa plainte. Peu après, elle avait été aperçue au volant d'une Lexus neuve et Brooks était revenu à Cleveland.

– L'intervention discrète de Fenton.

– T'y es. Son cancer avait déjà été diagnostiqué quand Monica Heath a été tuée. Il se savait condamné.

– Il était prêt à tout pour protéger sa descendance.

– Je me demande combien de fois le fils de Jefferson a pensé à ce qu'aurait pu être sa vie s'il avait appelé les flics plutôt que son papa, dit Amy. S'il avait dit la vérité.

– Je suis à peu près sûr qu'il y a pensé le soir où je suis allé chez lui. J'avais laissé ce mot à la con sur sa porte et le gamin qu'il était devait attendre la visite d'un Gaglionci et d'un Doran décidés à finir le boulot. Oui, à mon avis, il a dû y penser à ce moment-là.

***

Je me réveillai dans l'appartement d'Amy le lendemain matin, avec la douceur de ses cheveux sur mes épaules. Je l'observai longuement en suivant les lents mouvements qui accompagnaient sa respiration, soulagé de voir qu'elle avait trouvé le sommeil. Nous étions restés éveillés tard, et elle m'avait raconté ce qu'elle n'avait pas dit à la police, ce qu'elle avait ressenti et craint quand elle s'était réveillée dans le fourgon, ce qu'elle avait pensé quand Doran était rentré à quatre pattes dans le mobile home pendant qu'on tirait dehors. Elle m'avait expliqué que Gaglionci fredonnait tandis qu'il nettoyait son arme en attendant le retour de Doran, qu'il sentait l'eau de Cologne et lui avait adressé un sourire qui l'avait glacée d'effroi et que même quand j'étais entré, elle n'avait pas repris espoir car elle savait que Doran était là, et que quand elle avait vu Thor rengainer, elle avait cru que tout était fini.

Elle m'avait raconté toutes ces choses, j'en avais partagé d'autres avec elle, et nous nous étions endormis. Il était près de neuf heures. Je me forçai à sortir du lit et me mis debout. Je pris une douche, puis me préparai un café.

Une demi-heure s'écoula sans qu'Amy se réveille. J'espérais qu'elle se lèverait, qu'on pourrait bavarder et faire la grasse matinée, et que je pourrais retarder la visite qu'il me restait à effectuer. Mais pas question. Amy avait besoin de sommeil et je devais avoir la conversation que j'avais tant tenu à avoir et que je redoutais absolument.

***

L'air était pur et vif après la pluie, un soleil sans chaleur luttait pour percer les nuages et traverser les branches nues des arbres autour de la maison d'Alex Jefferson. Karen sortit m'attendre dès qu'elle me vit arriver. Quand je descendis de voiture, elle s'approcha, posa ses mains sur mes épaules et me regarda dans les yeux.

– Je suis désolée, dit-elle.

– C'est inutile, Karen.

– J'ai parlé à la police. Ils m'ont tout raconté en gros, mais il reste des milliers de détails que je ne connais pas ou ne comprends pas. Ce que je sais, en revanche, c'est que c'est fini, et grâce à toi. Je suis vraiment navrée, Lincoln. Je n'ai jamais voulu croire les choses dont ils t'accusaient, mais ils en rajoutaient un peu plus chaque jour et moi, je…

– Tu as simplement répondu à leur pression, lui dis-je. Ils ont voulu jouer avec tes émotions. Targent comme Gaglionci. Ils voulaient te dresser contre moi et ont bougrement bien travaillé. Pas la peine de t'excuser. Au moment crucial, quand ce flic est arrivé chez toi, tu m'as fait confiance. En tout cas, suffisamment pour me laisser filer. Et sans ça…

– Ils m'ont raconté pour ton amie, dit-elle. Amy Ambrose. Je suis vraiment soulagée qu'elle soit sauve.

– Elle va bien. Tu as contribué à la sauver.

– Bon.

Elle ôta les mains de mes épaules et recula. Le vent avait forci et balayait ses cheveux sur son visage, dissimulant un instant la peur, la fatigue et la douleur qu'on y lisait. À cet instant, j'eus mal pour elle et songeai au souvenir que je gardais d'elle, le jour où nous avions loué ce voilier dans les îles Bass, le sourire qu'elle avait alors. Un sourire qu'elle n'aurait plus jamais après tout ça, ou qui en tout cas ne lui viendrait plus jamais aussi naturellement.

– Quand tout a commencé, me dit-elle, quand Alex a été tué et que la police n'arrivait pas à l'expliquer, je t'ai appelé.

– Oui.

– Je l'ai fait parce que cette famille avait trop de secrets. En tout cas, c'est ce que je croyais. Cette distance entre Alex et son fils… j'avais toujours voulu comprendre d'où elle venait. Quand Alex a été assassiné, tout a changé. Je devais absolument comprendre.

Je ne voulais plus voir ses yeux. Je sentais l'effort qu'ils reflétaient, la façon dont elle se préparait à vivre de nouvelles angoisses.

– Aujourd'hui, je sais que tu peux, reprit-elle. Tu peux m'aider à comprendre. Et soudain, je ne sais plus si j'en ai envie. Je crois que je ne le veux plus.

Elle eut un rire forcé, au bord des larmes.

– Mais il faut que je sache. La police m'en a dit un peu, et je dois savoir le reste.

Nous restâmes dehors. Assis sur les marches devant chez elle, côte à côte.

– Si la police dit vrai, commença-t-elle, Alex a toujours su qu'Andy Doran était innocent.

Je soutins son regard quelques secondes avant de baisser les yeux.

– Voilà ce que je peux te dire, Karen. C'est Paul Brooks qui a tué Monica Heath. Il me l'a avoué. Andy Doran croyait que le fils de ton mari était l'assassin. C'est ce que j'ai cru, moi aussi, pendant un moment. Nous avions tous les deux tort.

– Mais ils savaient. Alex et Matthew savaient ce qui s'était passé.

– Oui, dis-je, peiné par l'expression de son visage.

– Alex a aidé, dit-elle, et ce n'était pas une question. Il a aidé à mettre Doran en prison alors qu'il savait qui était le véritable assassin.

– Il l'a payé cher. Il a perdu son fils, Karen. Il a permis au fils de son client d'éviter la punition qu'il méritait, et du même coup, il a perdu son fils.

– Perdu son fils, répéta-t-elle comme un écho. C'est vrai, et quand son fils s'est suicidé… quand son fils s'est tiré une balle dans la tête parce qu'il craignait encore pire, il l'a reproché à Alex, n'est-ce pas ? Il pensait que tout était la faute d'Alex.

– Je crois qu'il se le reprochait aussi, Karen. Ce n'était pas un gamin. On l'avait encouragé à identifier Doran, certes, mais la décision finale lui avait appartenu.

Elle resta silencieuse quelques minutes, puis me dit :

– Tu penses qu'Alex incarnait le mal, n'est-ce pas ? Que peux-tu penser d'autre ? Il a contribué à condamner cet innocent et à en tirer profit. Pour toi, il incarne le mal.

Je hochai la tête.

– Non, Karen. Non. Je pense que cette nuit-là, il s'est soumis à l'argent et au pouvoir et qu'il a été piégé par son choix. Je ne pense pas qu'il envisageait la suite des événements et il n'a pas su comment s'en sortir. Et il l'a payé cher. Plus qu'il n'aurait dû. Plus que n'importe qui le devrait.

Elle resta silencieuse, tête baissée.

– Est-ce qu'ils t'ont dit pourquoi il est mort ? lui demandai-je.

– Ils m'ont dit que Paul Brooks avait peur de lui. Qu'il avait peur qu'il dise ce qu'il savait.

– Parce qu'il en avait l'intention, Karen. Il avait dit à Gaglionci qu'il était prêt à parler à la police et il a essayé de le convaincre de faire pareil. Il voulait renvoyer Gaglionci, lui demander de trouver Doran, lui donner l'argent et s'assurer qu'il soit disculpé. Il avait seulement besoin de quelques jours pour tout préparer. Pour t'en parler, j'en suis sûr. Il serait sans doute allé en prison. Probablement. Même dans le meilleur des cas, sa carrière aurait été finie, et il aurait été humilié de manière inimaginable. Mais il était prêt à tout ça pour retrouver son honneur. Pour protéger son fils, pour réparer ses torts.

Elle pleurait.

– Je crois que tu l'as aidé quand vous vous êtes rencontrés, poursuivis-je. Tu représentais presque une échappatoire. Tu étais jeune, généreuse et totalement étrangère à son monde, je suis sûr qu'il avait besoin d'être avec quelqu'un qui était tout ça.

Je pensai encore à elle sur ce bateau, au sourire que je n'oublierais jamais, à la jeunesse, à l'énergie et à la joie irrésistibles qui émanaient d'elle. J'imaginai Alex Jefferson la rencontrant au lendemain de son plus grand péché et je compris ce qu'elle lui avait apporté. Je le compris parfaitement.

Elle essuya ses larmes du bout des doigts. D'une main je lui frottai le dos et lui serrai l'épaule jusqu'à ce que ses larmes soient taries. Quand ce fut fait, je posai la main sur son cou et tournai son visage vers le mien.

– Alex te disait que tu le guérissais. Et quand il te le disait, tu sentais qu'il avait un besoin de toi que tu ne parvenais pas entièrement à comprendre.

Elle acquiesça.

– Ça, c'est sans doute la vérité pure et dure, Karen. Et ça devrait être important pour toi.

Nous restâmes assis ensemble, puis je me levai. Elle m'imita, je l'étreignis et la tins contre moi, puis quand c'eut duré trop longtemps et apporté trop peu, je repartis vers mon pick-up et la laissai avec son chagrin. Il n'y a parfois rien d'autre à faire.

CHAPITRE 46

Je ne lui parlai pas dans les semaines qui suivirent, mais je n'arrêtais pas de la voir. Je débranchai la télé pour ne plus tomber sur son image à l'écran, où elle écoutait les commentateurs expliquer ce qu'avait fait son mari et la triste histoire d'Andy Doran.

Les journaux annoncèrent bientôt qu'elle avait quitté la ville pour revenir dans sa famille. Quinze jours après la mort de Doran et de Paul Brooks, des déménageurs commencèrent à vider sa maison. Une agence immobilière s'occupait de la propriété, mais il fallait, semble-t-il, attendre quelques mois avant de pouvoir la mettre sur le marché. Difficile de vendre une maison quand les journalistes campent sur les pelouses.

Parfois, je songeais à l'appeler. Comme, par exemple, le jour où Cole Hamilton fut écroué pour association de malfaiteurs. Celui, aussi, où du sang d'Alex Jefferson fut retrouvé dans le fourgon de Tommy Gaglionci. Ce dernier en avait lavé l'intérieur avec de l'eau et de la javel, mais le sang se débrouille toujours pour se cacher dans des coins, trouver des fissures où disparaître, et quand on pense s'en être débarrassé pour de bon, il refait surface ailleurs.

Pour finir, je ne l'appelai pas. Les mots me manquaient et, sans eux, le téléphone ne sert pas à grand-chose. Je lui passerais peut-être un coup de fil à Noël, me disais-je. Ou je lui enverrais une carte. Peut-être m'appellerait-t-elle. Mais peut-être aussi n'avions-nous plus rien à nous dire.

* * *

La couverture médiatique était constante. Je dus changer mon numéro de téléphone fixe qui était déjà sur liste rouge, puis celui de mon portable. Les journalistes les plus acharnés m'attendaient dans le parking en bas de chez moi, mais je ne leur donnai jamais de quoi me citer. Ni eux, ni personne d'autre. Le rôle que j'avais joué dans cette affaire était l'objet de débats incessants dans la presse, ma relation avec Karen fut même le sujet d'un reportage d'un quart d'heure dans un des journaux télévisés du matin, et l'on mentionna souvent mon mandat d'arrêt pour meurtre alors même qu'aucun chef d'accusation n'avait été retenu. Mon avocat me téléphona pour me proposer d'entamer une action en justice contre Targent et la police pour erreur judiciaire, mais je lui ordonnai de ne pas me rappeler. Si j'avais besoin de ses services, je le contacterais.

Comme je ne répondais pas au téléphone, les journalistes m'envoyèrent des demandes d'interview par courrier. Alors que j'en feuilletais une pile un beau jour, je tombai sur une carte postale de l'Indiana. La photo montrait un pont couvert en automne, au milieu d'arbres cramoisis. Je la retournai et lus ceci :

> *Monsieur Perry,*
> *Il semblerait que je me sois trompé sur votre compte. Je vous prie d'accepter cet aveu et mes excuses. Je vous prie également de ne jamais remettre les pieds dans mon comté.*
> *Avec mes sentiments les meilleurs,*
> *Lieutenant de police Roger Brewer*

Je retournai la carte et couvris le pont du doigt pour ne plus voir que les arbres. Il était facile d'imaginer un étang et un kiosque à musique en contrebas, près d'un verger. Les feuilles étaient sans doute déjà mortes et il ne restait que des branches nues au-dessus de l'eau froide.

J'étais allé dans l'Indiana pour l'argent. C'est ainsi que je l'avais expliqué à Joe et à Amy. Et sinon pour l'argent, au moins parce que je voulais aider. C'était honorable. J'avais voulu aider. Dans les moments les plus malhonnêtes, j'aurais pu en rester là. Mais plus maintenant. Pas avec le départ de Karen et la mort de Matt Jefferson et d'Andy Doran.

C'était le secret de la famille Jefferson qui m'avait poussé à aller dans l'Indiana. Je voulais l'apprendre avant Karen. Je voulais savoir pourquoi le fils avait coupé les ponts avec Alex Jefferson, quel mal il avait vu en son père. Il aurait dû me le dire, je l'aurais ensuite répété à Karen. J'aurais ainsi été celui qui pouvait lui montrer quel salopard son mari avait été. Je cherchais une « confirmation » – le mot est beau. Le terme de « vengeance » était plus exact.

J'aurais voulu que Matt Jefferson m'explique ce que son père avait fait de si terrible. Maintenant qu'ils étaient tous les deux morts, j'aurais voulu dix secondes pour lui dire que son père avait été sur le point de faire ce qu'il fallait.

Je trouvai un aimant et collai la carte postale sur mon frigo. C'est bien ce qu'on fait avec les choses dont il faut se souvenir, non ?

* * *

L'agence resta fermée pendant trois semaines, tandis que je consacrais du temps à Amy en me cachant des journalistes. En tant que membre de cette odieuse petite milice, Amy était experte dans l'art de les éviter. Pendant ce temps, les clients n'eurent droit qu'à un message enregistré leur annonçant notre absence pour une durée indéfinie. Joe passa chez moi le troisième lundi après la fermeture du bureau pour me dire que je devais m'y remettre et rouvrir l'agence.

– Si tu restes fermé une semaine de plus, tu risques de ne jamais t'en remettre, LP. Quand les clients vont voir ailleurs, c'est dur de les récupérer.

– Tu as raison. Mais ces dernières semaines ont été un enfer, Joe. Je ne pouvais pas travailler. Tu le sais.

– Je le sais. Et maintenant je te dis qu'il est temps de t'y remettre.

Debout dans mon salon, il ajustait de l'index un abat-jour qu'il trouvait de travers. Il fuyait mon regard.

– Il est temps de m'y remettre, répétai-je. Oui, tu as sans doute raison. Et c'est valable pour toi aussi ?

Il arrêta de jouer avec l'abat-jour.

– Non, LP. Je crains bien que non.

Je m'assis en le fixant du regard. Il semblait triste, mais résolu. Il s'éloigna de la lampe et se mit à faire les cent pas.

– Je vais partir en vacances cet hiver. Sortir de la ville, trouver un endroit chaud. Je ne veux pas passer un hiver de plus dans cette ville. Pas cette année. Tu sais que j'ai passé tous les hivers de ma vie à Cleveland ? Tu arrives à le croire ? Tous les voyages que j'ai faits avec Ruth étaient en été ou en automne. Une fois au printemps, peut-être. Mais j'ai toujours passé mes hivers ici et merde, j'en ai marre. Je pense aller en Floride, au Texas, ou descendre dans le golfe du Mexique.

Il me fallut une minute pour retrouver ma langue, et tout ce que je trouvai à dire fut : « D'accord. »

Il s'arrêta enfin de marcher, s'assit en face de moi, se passa la main sur la mâchoire et s'intéressa à la moquette.

– J'ai besoin de faire une pause, Lincoln, c'est tout. Je ne peux pas te dire pour combien de temps exactement, mais je sais que j'ai besoin d'aller voir ailleurs. Tu te débrouilleras très bien sans moi.

– Oui, mais ça ne sera pas très drôle.

Il ricana.

– Merde alors, ça sera presque comme un boulot normal, alors. Tu sais, il y a beaucoup de gens qui n'ont pas eu le privilège de bosser avec quelqu'un comme moi. Tu vas enfin te rendre compte de la chance que tu as eue.

Je réussis à sourire.

– Très bien, Joe. Mais ne va pas te perdre dans ces coins-là. Au printemps, quand le climat s'adoucira, tu as intérêt à reprendre la route du nord.

– Ne t'en fais pas.

* * *

Il partit le premier dimanche de décembre. Son bras allait de mieux en mieux, mais il eut tout de même besoin d'un coup de main pour charger la voiture, ce que je fis de mon mieux pendant qu'il me grommelait des ordres d'un ton exaspéré. Je réussis à fermer le coffre en poussant un peu et pris du recul. Il me tendit les clés de sa maison.

– N'oublie pas d'arroser mes plantes. Et rappelle-toi : pas de fêtes.

– D'accord.

Amy sortit de la maison et nous rejoignit.

– Alors, ça y est ? Tu vas vraiment nous quitter ?

– Oui, ma petite, je m'en vais. Et je sais que je vais vous manquer.

Elle l'étreignit et l'embrassa sur la joue. Un vent violent soufflait et de gros nuages gris annonçaient de la neige. La météo en prévoyait de lourdes chutes. Joe ferma sa veste et sourit.

– Dans quelques heures, j'échange ce truc pour un polo et un transat au bord de la piscine.

– C'est ça, remue le couteau dans la plaie, répondis-je. Bravo.

Le silence s'installa un moment.

– Donne-nous des nouvelles, Joe.

– Évidemment.

Il me tendit une main que je serrai, puis il monta dans sa voiture. En arrivant dans le Tennessee, il aurait sans doute doublé les kilomètres au compteur de cette satanée Taurus. Il démarra, je tapai sur le coffre, puis je reculai et lui fis un signe d'adieu. Il sortit de l'allée et descendit Chatfield Avenue en direction de la bretelle d'autoroute à la hauteur de la 150e Ouest. Je le regardai partir et comme si elle sortait de Dieu sait où, j'entendis la voix d'Andy Doran dans ma tête. « Il ne me restait plus qu'un hiver à passer. » Plus qu'un hiver.

Amy s'approcha de moi et m'enlaça la taille.

– Il va me manquer.

– À moi aussi.

Elle me serra, puis s'écarta.

– Mais on ne va pas passer la journée à être tristes. J'ai des projets pour nous.

– Les Browns de Cleveland, répondis-je. D'accord, on regardera le match.

– Décorations de Noël dans mon appartement, me corrigea-t-elle. Tu crois que les guirlandes s'accrochent toutes seules ?

Je lui adressai un regard terrorisé, puis je me tournai vers Chatfield Avenue.

– Si je cours assez vite, tu crois que je peux le rattraper ?

Nous verrouillâmes la maison de Joe, montâmes dans mon pick-up et partîmes. Les flocons s'étaient mis à tomber et pendant quelques secondes formaient des cristaux sur le pare-brise avant que la chaleur du véhicule les liquéfie. À la radio, on annonçait quinze centimètres avant la tombée de la nuit. En allant vers le sud, Joe devancerait la tempête ; j'étais heureux pour lui. Amy et moi allions passer l'hiver à Cleveland, mais ça ne me déplaisait pas. La neige finirait bien par fondre. Elle finit toujours par fondre.

RÉALISATION : PAO ÉDITIONS DU SEUIL
IMPRESSION : NORMANDIE ROTO IMPRESSION S.A.S. À LONRAI
DÉPÔT LÉGAL : MAI 2009. N° 96691-7 (091294)
IMPRIMÉ EN FRANCE